Nicci French

Der Glaspavillon

NICCI FRENCH

DER GLAS PAVILLON

Roman

Deutsch von Petra Hrabak,
Barbara Reitz und Christine Strüh

BECHTERMÜNZ

Die Originalausgabe erschien 1997
unter dem Titel »Memory Game«
bei William Heinemann, London.

Genehmigte Lizenzausgabe
für Weltbild Verlag GmbH, Augsburg 2000

Übersetzung von Petra Hrabak, Barbara Reitz und Christine Strüh
Umschlaggestaltung: Philippa Walz, Stuttgart
Umschlagmotiv: Mauritius/Tonig, Stuttgart
Gesamtherstellung: Clausen & Bosse, Leck
Printed in Germany
ISBN 3-8289-6809-0

FÜR EDGAR, ANNA, HADLEY
UND MOLLY

1. KAPITEL

Ich schließe die Augen. In meinem Kopf ist alles noch da. Der morgendliche Dunst, der sich den Konturen des Bodens anschmiegt. Die beißende Kälte, die mir in der Nase schmerzt. Ich muß alle Kraft aufbieten, wenn ich mir ins Gedächtnis zurückrufen will, was sich an jenem Tag, an dem wir die Knochen – ihre Knochen – entdeckten, sonst noch zugetragen hatte.

Als ich den rutschigen, grasbewachsenen Abhang vor dem Haus hinabging, sah ich, daß die Arbeiter bereits warteten. Sie hielten Becher mit Tee in den Händen und rauchten. Ihr warmer, feuchter Atem stieg in Dampfwolken vor ihren Gesichtern auf. Zwar war erst Oktober, doch so früh am Morgen konnte man die Sonne hinter den Nebelschwaden nur erahnen. Ich hatte meinen Overall eine Spur zu ordentlich in die Gummistiefel gesteckt, während die Männer natürlich die übliche Kluft der Landbewohner trugen: Jeans, Acrylpullover und schmutzige Lederstiefel. Um sich warm zu halten, traten sie von einem Bein aufs andere, und sie lachten über etwas, das ich nicht hören konnte.

Als sie mich erblickten, verstummten sie sofort. Da wir uns alle seit Jahren kannten, wußten sie nicht so recht, wie sie sich mir gegenüber verhalten sollten – jetzt, da ich ihr Boß war. Mir hingegen bereitete das keine Schwierigkeiten, weil ich auf Baustellen stets von Männern umgeben war, selbst auf ganz kleinen wie dem sumpfigen Fleckchen Land meines Schwiegervaters in Shropshire. Absurderweise wurde das Anwesen »Stead – Stammsitz« genannt, eine Bezeichnung, die zunächst die ironische Distanz der Familie zu ihrem Gutsherrentum verriet, die aber mit der Zeit immer ernster gemeint wurde.

»Hallo, Jim«, sagte ich und streckte ihm die Hand entgegen. »Sie konnten also der Versuchung nicht widerstehen, selbst herzukommen. Freut mich.«

Jim Weston gehörte zu Stead wie das Gewächshaus oder der Keller, in dem selbst an Ostern noch der süße Duft der Äpfel hing. Es gab keinen Gegenstand auf dem Anwesen, mit dem er nicht auf irgendeine Weise verbunden war. Er hatte die Fensterrahmen ausgewechselt und gestrichen und an glühendheißen Augusttagen mit nacktem Oberkörper das Dach gedeckt. Bei jedem Malheur – egal, ob es sich um den Schimmelbefall der Mauer, einen Stromausfall oder eine Überschwemmung handelte – rief Alan Jim aus Westbury zu Hilfe. Und stets weigerte sich Jim zu kommen. Zuviel zu tun, war die übliche Antwort. Doch eine Stunde später rumpelte sein klappriger Lieferwagen die Einfahrt hinauf. Dann besah Jim sich nachdenklich den Schaden, klopfte mit traurigem Kopfschütteln seine Pfeife aus und murmelte etwas von modernem unbrauchbaren Zeug. »Mal seh'n, was ich da tun kann«, sagte er schließlich. »Irgendwie werde ich es schon zusammenflicken.«

Es gehörte zu Jim Westons Eigenart, daß er nie etwas zum Listenpreis oder überhaupt für Geld kaufte, wenn es sich durch Gefälligkeit, im Tausch oder sogar über die verschlungeneren Pfade des Schwarzmarktes von Shropshire besorgen ließ. Als er meinen Plan für den Pavillon sah, wurde sein Gesicht lang und länger. Das Gästehaus – gedacht für Kinder, Kindeskinder, Ex-Frauen und sonstige Verwandte, die sich zu den Familienfeiern der Martellos zusammenfanden – war mein Abschiedsgeschenk an die Familie; ein Traumhaus, wie ich es für mich selbst bauen würde. Ich hatte mir die relativ geschützte Lage des Grundstücks zunutze gemacht und einen Pavillon von absoluter Transparenz entworfen. Nur Streben,

Deckenträger und Glas. Es war ein Wunder an Funktionalität. Als ich Claud, meinem zukünftigen Ex-Ehemann, die Pläne zeigte, fuhr er sich zerstreut mit den Fingern durch sein schütteres braunes Haar und murmelte etwas von wirklich interessant und gut gelöst, was seine übliche Reaktion auf alles und jedes war; selbst meine Ankündigung, ich hätte mich zur Scheidung entschlossen, hatte er in diesem Stil aufgenommen. Ich hoffte, daß wenigstens sein Bruder Theo meine Absicht erkannte. Ihn erinnerte der Entwurf an seine alten Metallbaukästen, woraufhin ich erwiderte: »Ja, genau. Hübsch, nicht wahr?« Dabei war seine Bemerkung als Beleidigung gemeint. Schließlich unterbreitete ich den Plan dem Patriarchen selbst, Alan Martello, meinem Schwiegervater.

»Was ist das?« fragte er. »Ein Metallrahmen? Und wo ist das, was drumherum gebaut wird? Kannst du davon nicht auch eine Zeichnung anfertigen?«

»Das *ist* das Haus, Alan.«

Er schnaubte verächtlich in seinen grauen Bart. »Ich will nichts, was uns schwedische Architekturkritiker auf den Hals hetzt. Ich möchte etwas, in dem es sich wohnen läßt. Nimm das Stück Papier wieder mit und bau das Haus in Helsinki oder sonstwo weit weg von hier. Sicher wird dir irgendein durch Steuergelder finanziertes Komitee dafür einen Preis verleihen. Wenn wir schon so ein verdammtes Haus in unseren Garten stellen müssen – weshalb, will mir sowieso nicht ganz in den Kopf –, dann eins im englischen Landhausstil, aus Ziegeln und Sandstein oder einem anderen anständigen Material aus der Gegend.«

»Das klingt aber nicht nach dem zornigen jungen Alan Martello«, flötete ich. »Neue Wege in der Architektur, Innovation – hattest du dich nicht immer für so was begeistert?«

»Ich bin nicht mehr jung und auch nicht mehr zornig, außer über dich. Mach aus dieser strukturalistischen Scheußlichkeit etwas, das ich als Haus erkennen kann.«

So war Alan: umwerfend barsch und charmant. Ich war dankbar, daß er mich immer noch so liebevoll ausschelten konnte, obwohl ich im Begriff war, mich von seinem Sohn scheiden zu lassen. Trotzdem hielt ich hartnäckig an meinem Entwurf fest. Schließlich gab Alan nach, wohl auch vom Rest der Familie sanft dazu gedrängt.

»Was ist das hier, Mrs. Martello?« hatte Jim Weston beim Anblick des Bauplans gefragt und mit seiner Pfeife auf die Metallkonstruktion gedeutet.

»Jim, bitte nennen Sie mich Jane. Das sind Metallträger.«

»Hmm.« Er schob die Pfeife wieder zwischen die Lippen. »Geht das nicht auch mit Stein?«

»Jim, darüber können wir jetzt nicht diskutieren. Es gibt kein Zurück mehr. Alles ist bereits in Auftrag gegeben und bezahlt.«

»Hmm«, brummte er.

»Hier heben wir aus, nur einige Meter tief...«

»Nur«, murmelte Jim.

»Dann die Betonsockel, hier und hier; der Unterbau, die Isolierschicht und die Membrane, darüber der Estrich, anschließend das geflieste Erdgeschoß. Die Metallträger verankern, der Rest ist ein Kinderspiel.«

»Isolierschicht?« wiederholte Jim mißtrauisch.

»Ja. Unglücklicherweise gibt es seit 1875 ein Gesundheitsgesetz, an das wir uns bis heute zu halten haben.«

Jetzt, zu Beginn des ersten Arbeitstages, ähnelte Jim mehr einem knorrigen Baum als einem Mann, der hergekommen war, um die Arbeiten zu überwachen. Sein Gesicht, das zeitlebens jedem Wetter ausgesetzt gewesen war, erinnerte an die Haut einer Kröte. Haarbüschel sprossen ihm aus Nase und Ohren. Weil er so alt war, bestand seine Rolle darin, seinen Sohn und seinen Neffen herumzukommandieren; ihre Rolle wiederum schrieb ihnen vor, seine Anweisungen nicht zu befolgen. Ich begrüßte die beiden jüngeren Männer ebenfalls.

»Was habe ich da gehört? Sie wollen auch graben?« fragte Jim mißtrauisch.

»Nur den ersten Spatenstich. Ich habe gerade gesagt, ich möchte einen Spatenstich tun, wenn's recht ist. Es ist wichtig für mich.«

Während meiner zwanzigjährigen Tätigkeit als Architektin habe ich mir etwas angewöhnt, das schon fast einem Aberglauben gleichkommt: Ich muß beim ersten Spatenstich dabeisein. Dies ist tatsächlich ein Moment rein sinnlichen Vergnügens, in dem ich mir oft wünsche, ich könnte mit eigenen Händen graben. Nachdem man Monate, manchmal sogar Jahre an der Erstellung von Plänen gearbeitet, nervöse Auftraggeber besänftigt und mit sturen Beamten im Baureferat verhandelt hat, nach all den Kompromissen und dem Papierkrieg tut es gut, nach draußen zu gehen und sich daran zu erinnern, daß es eigentlich nur um Erde und Ziegel und das richtige Anbringen der Rohre geht, damit sie im Winter nicht platzen.

Das Schönste daran sind die zehn bis fünfzehn Meter tiefen Aushebungen, die den eigentlichen Bauarbeiten vorausgehen. Man steht am Rand eines Baulochs im Herzen von London und blickt auf Jahrtausende vergangener Menschenleben. Zuweilen ahnt man noch die Überreste eines alten Hauses, und mir sind Gerüchte zu Ohren gekommen, wonach Bauunternehmer heimlich Beton über einen alten Fußboden aus der Römerzeit gegossen haben, um einer Auseinandersetzung mit den Archäologen aus dem Weg zu gehen. Denn oft muß man endlos warten, bis sie ihre Untersuchungen abgeschlossen haben und die Genehmigung zum Weiterbau erteilen. Wir errichten unsere Gebäude auf den Ruinen, die längst vergessene Vorfahren hinterlassen haben, und in einigen hundert oder tausend Jahren werden unsere Nachkommen ebenso vorgehen und auf unseren verrosteten Deckenträgern und dem bröckeligen Beton etwas Neues hochziehen. Auf unseren Toten.

Das hier würde nur ein winziges Loch werden, ein Kratzer an der Oberfläche. John reichte mir einen Spaten. Ich trat in die Mitte des rechteckigen Bauareals, das ich tags zuvor ausgemessen und mit einem Seil abgegrenzt hatte, und stieß den Spaten in den Boden.

»Paß auf deine Nägel auf, Mädchen«, hörte ich Jim hinter mir sagen.

Ich drückte den Spatengriff entschlossen nach unten und dann zu mir. Das Rasenstück wurde angehoben und legte ein keilförmiges Stückchen Erde und Lehm frei.

»Schön weich«, bemerkte ich.

»Die Jungs machen den Rest«, meinte Jim. »Wenn es Ihnen recht ist.«

Eine Hand auf meiner Schulter ließ mich zusammenzukken. Es war Theo. In meiner Erinnerung ist Theo Martello siebzehn Jahre alt; er trägt das schulterlange Haar in der Mitte gescheitelt, seine Haut ist blaß, und die vollen, geschwungenen Lippen schmecken leicht nach Tabak. Er ist groß und dünn und trägt einen überlangen Militärmantel. Schwierig, zwischen ihm und meinem jetzigen Gegenüber eine Verbindung herzustellen, diesem – o Gott! – über vierzigjährigen Mann mit den scharf geschnittenen Gesichtszügen, dem Dreitagebart, dem kurzgeschnittenen, graumelierten Haar. Was war er älter geworden! Aber wir waren alle älter geworden!

»Wir sind gestern erst spät angekommen und haben dich nicht mehr gesehen«, sagte er.

»Ich bin früh schlafen gegangen. Aber warum bist du in dieser Herrgottsfrühe schon auf den Beinen?«

»Ich wollte dich unbedingt sehen.«

Er zog mich an sich und umarmte mich. Ich drückte mich fest an meinen Lieblingsschwager.

»Ach, Theo«, sagte ich, als er mich losließ. »Es tut mir leid. Es tut mir so leid wegen Claud.«

Er lächelte. »Mach dir keine Gedanken. Tu, was du tun mußt. Es war mutig von dir, hier aufzutauchen und der ganzen Familie die Stirn zu bieten. Übrigens, wer kommt denn eigentlich?«

»Alle natürlich. Sämtliche Martellos. Und die Cranes auch, koste es, was es wolle. Dad und mein Bruder samt Familie sind noch nicht hier, aber mit ihnen sind wir vierundzwanzig. Das Königshaus mag untergehen, und möglicherweise ist uns die Bedeutung des Christfests abhanden gekommen – aber die jährliche gemeinsame Pilzsuche der Martellos findet trotzdem statt.«

Theo zog die Brauen hoch. Beim Lächeln bildeten sich um seine Augen und um seinen Mund kleine Fältchen. »Wie immer die alte Spötterin!«

»Ach, ich glaube, ich bin einfach nervös. Mein Gott, Theo, erinnerst du dich an die Fähre, die vor Jahren gesunken ist? Ein Rettungsboot wurde zu Hilfe geschickt, aber die Frauen und Kinder konnten nicht hinüberklettern. Da hat sich ein Mann zwischen die beiden Schiffe gelegt, und sie sind über ihn hinweggestiegen.«

Theo lachte. »Und du warst die erschöpfte menschliche Brücke, stimmt's?«

»Manchmal habe ich mich so gefühlt. Oder besser, wir, Claud und ich, haben uns so gefühlt. Das schwache Verbindungsglied zwischen den Martellos und den Cranes.«

Theos Gesicht verhärtete sich. »Du überschätzt dich, Jane. Wir gehören alle zusammen. Wir sind doch eine Familie. Und wenn es eine besondere Verbindung gibt, dann ist es die Freundschaft zwischen unseren Vätern, die schon lange vor uns existierte. Das sollten wir nicht vergessen.« Er lächelte wieder. »Du warst höchstens ein zweitrangiges Bindeglied. So was wie eine sekundäre Nut.«

Ich mußte kichern. »Höre ich da einen technischen Fachausdruck? Was, zum Teufel, ist eine sekundäre Nut?«

»Schon gut, vergiß es – du bist die Expertin. Ich habe nie mit Holz gearbeitet. Und ich freue mich, daß du gekommen bist, auch wenn es für dich ein Spießrutenlaufen war.«

»Ich mußte das hier beaufsichtigen, oder etwa nicht? Jetzt fürchte ich, daß ich über meinen Zeichnungen in Tränen ausbrechen und sie verschmieren werde.«

Wir traten durch die Flügeltüren in die Küche und nahmen uns jeder einen Becher Kaffee. Aus dem oberen Stockwerk waren Tassengeklapper und rauschende Klospülungen zu hören.

»Mach die Tür hinter dir zu, verdammt noch mal. Es ist kalt«, schrie jemand von drinnen.

»Reg dich nicht auf, ich bin gerade auf dem Weg nach draußen.« Es war Jonah, Theos Bruder.

»Hallo, Fred«, begrüßte ihn Theo.

Jonah nickte über den abgedroschenen Martello-Witz. Er und Alfred waren Zwillingsbrüder, die einander zumindest als Kinder und Jugendliche zum Verwechseln ähnlich gesehen hatten. Theo hatte mir einmal verraten, die beiden hätten tatsächlich ohne Wissen der betreffenden jungen Damen mit der Freundin des jeweils anderen geschlafen.

»Man kann uns Zwillinge an der Nase unterscheiden, Theo«, belehrte ihn Jonah. »Fred ist der mit der roten Nase und ohne Sonnenbräune.«

»Ach ja, darauf wollte ich dich gerade ansprechen, Jonah. Woher stammt die Bräune diesmal?«

»Tucson, Arizona. Ein Kosmetikkongreß.«

»Gut?«

»Ein paar interessante Möglichkeiten lagen in der Luft.« Jonah bemerkte Theos Lächeln. »Jetzt, da jeder so gesunde Zähne hat, müssen wir uns was Neues einfallen lassen.«

Theo beugte sich vor und sog den Dampf ein, der aus Jonahs Becher aufstieg.

»Anscheinend gehört dazu auch die Zahnpasta in Form eines heißen Getränks«, sagte er.

»Pfefferminztee«, antwortete Jonah. »Ich möchte den Tag nicht mit einem unnatürlichen Stimulans beginnen.«

Damit drehte er sich zu mir um, und seine tugendhafte Miene wich einem traurigen Lächeln. Mein Gott, würden mich an diesem Wochenende alle so anlächeln?

»Jane, Jane«, sagte er und umarmte mich mit einer Herzlichkeit, die nur dadurch beeinträchtigt wurde, daß er sich gleichzeitig bemühte, den Becher mit Kräutertee in einer Hand zu balancieren. »Wenn ich dir irgendwie helfen kann, laß es mich wissen.« Dann deutete er hinunter auf die Aktivität im Gras. »Toll, was du da für unsere Familie tust. Wenn es doch nur schon fertig wäre, dann müßten Meredith und ich nicht noch eine Nacht mit den Kindern in einem Zimmer verbringen. Sie haben höchstens drei Minuten am Stück geschlafen. Und Fred samt den Mitgliedern seiner Familie, die nicht im Internat sind, schliefen nebenan. Soweit ich informiert bin, sind die einzigen Paare, die ein Zimmer für sich haben, Alan und Martha und außerdem dein Sohn und seine Mieze.« Letzteres war eindeutig ein Seitenhieb.

»Alan wollte *unbedingt*, daß Jerry und Hana ein Zimmer für sich bekommen«, protestierte ich. »Vielleicht bedeutet es für ihn ein voyeuristisches Vergnügen. Ich weiß nicht einmal, wo mein jüngerer Sohn abgeblieben ist.«

»Geschweige denn mit wem«, fügte Jonah hinzu. »Aber ich würde es nie wagen, die unantastbare Tradition in Frage zu stellen, die dir das Recht einräumt, Natalies Zimmer zu bewohnen. Klingt wie eine Schlafzimmerposse.«

Ich folgte Jonah und Theo in die Küche zurück, aber mir war weder nach Essen zumute, noch wollte ich mich in die Menge derer einreihen, die Eisschrank und Herd umkämpften. Nirgends eine Spur von meinen Söhnen. Außer Alan und Martha, die das Vorrecht der Gastgeber genossen und sich erst später zu uns gesellten, fehlte so gut wie keiner. Claud, der nach seiner Nacht auf der Couch zerzaust und ein bißchen jämmerlich aussah, stand am Gasherd und rührte in einer großen Pfanne mit Eiern. Er nickte mir freundlich zu.

Vor genau einem Jahr hatte ich die vier Brüder zum letztenmal zusammen in diesem Raum gesehen. In ihrer Freizeitkleidung wirkten sie wieder wie Studenten oder sogar Schuljungen, die lachten und einander neckten. Nur Claud bildete die Ausnahme – bei ihm wirkte legere Kleidung immer etwas deplaziert. Er brauchte eine Uniform und strikte Regeln. Die Zwillinge mit ihrer dunklen Haut und den hohen Wangenknochen hätten nach einer unbequemen Nacht auf einer Couch bestimmt umwerfend ausgesehen. Aber Claud benötigte acht Stunden Schlaf und einen gutgeschnittenen Anzug, um am besten zur Geltung zu kommen. Aber dann kam er tatsächlich sehr gut zur Geltung.

Ich schnappte mir eine Banane aus der Obstschale und verschwand mit meinem Kaffee wieder nach draußen. Die Dunstschleier lösten sich allmählich auf und wichen einem blauen Himmel. Es war fast acht Uhr. Ein schöner, wenn auch kalter Tag kündigte sich an. Vermutlich haben die meisten von uns eine Landschaft im Kopf, die auftaucht, sobald man die Augen schließt. Meine bestand aus den hügeligen, im Patchworkmuster aneinandergereihten Feldern und Wäldern rings um Stead. Jeder Baum, jeder Weg und jeder Zaun riefen Erinnerungen in mir wach, Erinnerungen an lange Sommertage und Wochenenden im Schnee, mit kahlen Bäumen oder Frühlingsblumen – und alles verschmolz ineinander, all die Jahre und Jahrzehnte. Das Herrenhaus selbst war alles andere als alt – der Stein über der Eingangstür trug die Inschrift »1909 – P. R. F. de Beer«, den Namen des unbekannten Mannes, der das Haus hatte bauen lassen. Aber auf uns hatte es immer alt gewirkt. Die Eingangstür, die von uns jedoch nie als solche genutzt wurde, befand sich auf der anderen Seite. Die Auffahrt, die von dort wegführte, mündete in die B 8372. Bog man links ab, gelangte man nach Wales, rechts ging es nach

Birmingham. Doch dort, wo ich jetzt stand, vor Pullam Wood, sah ich über eine kleine Senke hinweg auf die Vorderfront des Hauses mit den Türen, durch die man das Wohnzimmer und die Küche betrat. Darüber waren die Fenster von Alans und Marthas Schlafzimmer und von den Gästezimmern. Noch ein Stockwerk höher befand sich Alans Büro, sein Allerheiligstes, das die gesamte Etage einnahm und von einem lächerlichen Holztürmchen gekrönt wurde. Obwohl das Haus groß war, wirkte es gemütlich, und obwohl es solide gebaut war, waren die Böden uneben und die Wände dünn wie Papier.

Ich erreichte den Rand des Waldes – in den ich mich nie vorwagte –, wandte mich nach rechts, streifte ein wenig umher und ging den Abhang hinab, bis ich bei den Männern angelangt war, die mit dem Bagger die Erde aushoben. Ich hörte das Geräusch eines Autos, Pauls unverwechselbarer Saab, ein erstklassiger Wagen, aber nicht so übertrieben, daß er gewisse politische Überzeugungen Lügen strafte. Dad stieg vorsichtig auf der Beifahrerseite aus und schlurfte hinüber zum Haus. Dann tauchte auf der gleichen Seite Erica auf und eilte Vater nach. Offenbar hatte sie auf dem Rücksitz gesessen, denn sie trug Rosie im Arm, die in nahezu theatralischer Haltung schlief. Paul sah sich um und entdeckte mich, und wir winkten uns zu. Jetzt waren alle da.

Kurz nach zehn hatten sich alle auf dem Rasen zur großen Pilzsuche versammelt. Die Familie nebst Anhang war so zahlreich, daß man sie für eine Jagdgesellschaft hätte halten können, wenn sich eine Meute Hunde in ihrer Mitte befunden hätte. Alle Brüder waren mit ihren Familien gekommen, mein Bruder Paul hatte sogar seine ehemalige und auch die derzeitige mitgebracht. Mir fiel eines dieser unlesbaren Kapitel des Alten Testaments ein: Alan zeugte Theo und Claud, Jonah und Fred. Robert zeugte Paul und Jane. Ohne mich waren es zwanzig Personen, die herumstanden und plauderten. Man war noch nicht abmarschbereit, weil ein Teil der jüngeren Generation auf sich warten ließ, unter ihnen bemerkenswerterweise Pauls drei Töchter mit seiner ersten Frau Peggy. Ungefähr zehn nach zehn tauchten sie auf, klobige Stiefel an den Füßen, langhaarig, ganz in schwarz, die gleiche gelangweilte Miene auf allen drei hübschen Gesichtern. Da ich an dem Ausflug nicht teilnahm, hielt ich mich etwas abseits und konnte die Szene gut überblicken. Himmel, was für eine Familie! Alle trugen abgewetzte Jeans und alte Pullover, nur Martha und Alan waren ordentlich gekleidet. Dies war ihr großer Tag! Alan trug ein grotesk korrektes langes Jackett, in dem ihm nicht mal die Niagarafälle etwas anhaben konnten. Sein Auftreten erinnerte immer etwas an einen Theater-Workshop, als sei der Darsteller in die Requisite geschickt worden, um sich dort als alternder Schriftsteller ausstaffieren zu lassen, der das Leben eines Gutsbesitzers führte. Er verfügte sogar über einen Stock, wie ihn Errol Flynn gern für seine Fechtkämpfe benutzte, die er auf umgestürzten Baumstämmen über rauschenden Flüssen ausfocht. Martha hingegen sah mit ihrem schneeweißen Haar bezaubernd aus, so schlank wie ihre Enkelinnen und wie diese ganz in Schwarz. Nur die Doc Martens fehlten. Ihrer Jacke sah man an, daß sie ausgedehnte Wanderungen erlebt hatte, und am Arm trug sie einen Weidenkorb in der genau richtigen Größe. So konnten die Pilze nicht durcheinanderpurzeln oder verderben. Die anderen hatten fast ausnahmslos Plastiktüten dabei. Ich hatte Martha einmal zu erklären versucht, Plastiktüten seien entgegen herkömmlicher Meinung gut für die Aufbewahrung von Pilzen geeignet, wenn man sie noch am gleichen Tag verzehren wollte – was wir stets taten –, aber Martha hatte mir gar nicht zugehört.

Alan klopfte mit seinem Stock auf den Boden. Ich erwartete beinahe einen Donnerschlag.

»Vorwärts!« rief er.

Bei jedem anderen hätte so ein Befehl lächerlich geklungen.

Dann überschlugen sich die Ereignisse. Ich ging ins Haus, setzte mich an den Küchentisch und wartete, bis man mich wieder brauchte. Nachdem ich die Zeitung zur Hälfte gelesen und ein paar Fragen im Kreuzworträtsel gelöst hatte, hörte ich ein Klopfen und blickte auf. Hinter der Glastür erkannte ich Jims Gesicht. Er sah blaß und erschrocken aus und bedeutete mir, ihm zu folgen. Einen Moment lang sträubte sich etwas in mir, der Aufforderung nachzukommen.

Als ich aus der Tür trat, ging Jim bereits wieder auf den Bauplatz zu. Die Aushubarbeiten schienen fast beendet zu sein, und ich fragte mich, ob er mir das auf eine umständliche Art mitteilen wollte. Die Männer standen um den Bagger herum und machten Platz, als ich näher kam.

»Wir haben etwas gefunden«, sagte Jims Neffe. Er sah aus, als wäre er am liebsten davongelaufen.

Ich blickte zu Boden. Zunächst war nicht viel zu sehen. Karamelbraune Lehmerde, ein paar zerbrochene Ziegel. Woher stammen sie? Ach ja, hier mußte der alte Grillplatz gewesen sein. Wie lange das schon zurücklag! Und dann waren da ein paar Knochen, schrecklich weiße Knochen, die aus der Erde herausragten. Ich sah die Männer an. Wollten sie, daß ich irgend etwas unternahm?

»Stammen die von einem Tier?« fragte ich. Absurd. »Vielleicht von einem Haustier, das man hier beerdigt hat?«

Jim schüttelte langsam den Kopf und kniete nieder. Ich wollte nicht hinsehen müssen.

»Hier sind ein paar Stoffetzen«, sagte er. »Kleine Stücke. Und eine Gürtelschnalle. Es muß sie sein. Natalie, ihr kleines Mädchen.«

Ich mußte endlich hinschauen. Bisher hatte ich in meinem

Leben nur eine Leiche gesehen. In den letzten Minuten ihres langen Leidens hatte ich die Hand meiner Mutter gehalten, hatte gesehen, wie der Tod jeden Ausdruck von ihrem Gesicht wischte und ihr gepeinigter Körper entspannt in die Kissen sank. Ich hatte meine Lippen auf ihr warmes Gesicht gedrückt. Tags darauf hatte ich es in der Aussegnungshalle noch einmal berührt – wächsern, kalt und hart. Und hier lagen nun die Überreste von Natalie, meiner geliebten Freundin, seit fünfundzwanzig Jahren für immer sechzehn Jahre alt. Ich kniete nieder und zwang mich, die Knochen genauer zu betrachten. Es mußten die von den Beinen sein, lang und dick. Ich erkannte Stoffreste, schwarz und schmutzig. Plötzlich fühlte ich mich seltsam unbeteiligt, nur neugierig. Kein Fleisch, natürlich nicht. Keine Sehnen. Die Knochen, die bereits freigelegt waren, lagen einzeln da. Die Erde um sie herum war dunkler als die übrige. Ob sich ihre Haare zersetzt hatten? Der Schädel war noch nicht freigelegt. Ich sah ihren schlanken Körper vor mir. In jenem Sommer braungebrannt. Ihren Leberfleck auf der rechten Schulter und ihre langen Zehen. Wie hatte ich das so lange vergessen können?

»Jemand sollte die Polizei rufen.«

»Ja, Jim, ja. Ich kümmere mich darum. Ich denke, wir sollten jetzt nicht weitergraben. Gibt es in Westbury eine Polizeistation?«

Es gab keine. Ich mußte mir im Telefonbuch die Nummer der Polizei in Kirklow heraussuchen. Ich kam mir ziemlich albern vor, als ich jemandem am anderen Ende der Leitung mitteilte, wir hätten Knochen gefunden, wahrscheinlich die von Natalie Martello, die seit dem Sommer 1969 vermißt wurde. Doch sie nahmen mich ernst, und bereits nach kurzer Zeit trafen zwei Polizeiwagen ein, dann ein Zivilauto und ein Krankenwagen, der eher wie ein Lieferwagen aussah. Eigenartig, daß ein Krankenwagen Knochen einlud, die man ohne weiteres in einem kleinen Karton hätte abtransportieren können. Einer der Polizisten stellte mir seltsame Fragen, aber ich war so verwirrt, daß ich sie kaum beantworten konnte. Der Fundort wurde notdürftig mit einer zeltartigen Plane abgedeckt. Leichter Regen fiel.

Ich wollte ihnen bei ihrer Arbeit nicht zusehen, konnte mich aber auch nicht losreißen. Ich setzte mich auf die Bank neben der Küchentür und sah hinunter auf die Plane und den dahinterliegenden Wald. Ob die Pilzsammler wohl bald zurückkehrten? Zwar trug ich eine Uhr, aber ich erinnerte mich weder daran, wann sie aufgebrochen waren, noch wie lange die Pilzsuche normalerweise dauerte, obwohl ich so oft dabeigewesen war. Ich saß einfach da, bis ich schließlich zwischen den Bäumen auf der anderen Seite des Waldes eine kleine Gruppe Menschen auftauchen sah. Ich stand auf, um ihnen entgegenzugehen, doch plötzlich stiegen mir Tränen in die Augen, und ich konnte nicht mehr sehen, wer da überhaupt kam. Es hätten genausogut Fremde sein können.

2. KAPITEL

Das Messer schnitt durch die schwammigen Schichten bis in das cremefarbene Fleisch. Ich zog die schleimige Haut ab und warf ein genießbares Stück Hut in eine große Schüssel. Peggy trug einen weiteren, bis oben hin mit Pilzen gefüllten Eimer herein. Sie duftete nach Wald und Erde, und ihre khakifarbene Hose war ganz verdreckt. Ihre Stiefel hatte sie im Flur ausgezogen.

»Hier sind noch ein paar«, sagte sie und griff sich ein Messer.

Behutsam nahm ich die gelben Pfifferlinge, die zuoberst lagen und an Wachsblumen erinnerten, und schnupperte an den Rändern ihres trichterförmigen Hutes. Ein Geruch wie Aprikosen.

»Wer hat die gefunden?« fragte ich.

»Theo, wer sonst? Alles in Ordnung, Jane?«

»Du meinst, was Claud angeht?«

»Nein, den heutigen Tag.«

»Ich weiß nicht.«

Im Eimer fand ich außerdem warzige Knollenboviste, nach Anis duftende Schafchampignons und schmackhafte Austernpilze. Feuchter Pilzgeruch durchzog die Küche; wurmige Schirmlinge verstopften das Spülbecken, Stielreste bedeckten die Arbeitsflächen. Ich wischte mir die zitternden Hände an der Schürze ab und strich mir die Haare aus der Stirn. Obwohl die Küche hell erleuchtet war, kam mir alles unwirklich vor – sowohl die schauerliche Entdeckung im Garten als auch die Parodie der Alltäglichkeit hier in der chaotischen Küche, dem Mittelpunkt des großen Hauses. Waren wir alle verrückt geworden? Ein Haus voller Menschen, die unter Schock standen, Gefangene eines seltsamen Rituals? Ich stürzte mich in Geschäftigkeit.

»Ihr wart wirklich tüchtig«, sagte ich zu Paul, der soeben durch die Küche ging, ein paar verstaubte Rotweinflaschen an die Brust gedrückt.

»Du hättest dabeisein sollen! Doppelt so viele hätten wir mitbringen können! Manche sind allerdings ungenießbar.«

Bevor er wieder hinausging, warf er einen verstohlenen Blick auf Peggy. Er wirkte abgekämpft. Jeder von uns mußte mit seinen Gedanken und Problemen selbst fertig werden. Aber Paul hatte die zusätzliche Belastung, dieses Wochenende in Gesellschaft seiner Ex-Frau, seiner jetzigen Frau und seiner Schwester verbringen zu müssen, die im Begriff war, sich von seinem besten Freund scheiden zu lassen. Man durfte einfach nicht zuviel nachdenken.

Ich begann, die Pilze zu zerkleinern. In den Töpfen siedete das Wasser. Es beruhigte mich, Dinge koordinieren zu können. Ich öffnete die Backofentür und stach mit einer Gabel in die roten Paprikaschoten, deren Haut Blasen warf.

»Jane? Claud hat mich gebeten, dir diese hier zu bringen.« Mein Vater streckte mir drei pralle Knoblauchzehen entgegen. Bereits im Hinausgehen – vermutlich wollte er rasch zurück zu seinem Kreuzworträtsel neben dem Kaminfeuer – fügte er plötzlich hinzu: »Es wird schon alles wieder in Ordnung kommen, meinst du nicht auch?« Seine Augen waren verquollen, als hätte er geweint. Ich tätschelte seinen Rücken.

»Bestimmt«, sagte ich mechanisch.

Ich schälte sechs Knoblauchzehen und zerdrückte sie in einer großen Pfanne auf dem Herd. Peggy stand über das Spülbecken gebeugt und putzte die restlichen Pilze. Dabei summte sie leise vor sich hin. Plötzlich sagte sie: »Es tut mir wirklich leid, es muß schrecklich für dich gewesen sein, als du es ... sie ... gefunden hast.«

»Ja«, bestätigte ich, »aber nicht schlimmer als für die anderen.«

Ich mochte nicht reden. Ich behielt meine Gefühle für mich und wollte sie nicht hier ausbreiten, während ich das Abendessen kochte. Nicht vor Peggy. Doch sie war nicht zu bremsen.

»Ihr wart alle sehr tapfer. Es ist komisch, aber zum erstenmal habe ich mich von der Familie ausgeschlossen gefühlt. Ihr wißt, wie ihr miteinander umgehen müßt.«

Ich wandte mich zu ihr um und nahm ihre Hand.

»Peggy«, sagte ich matt, »das stimmt nicht, das weißt du genau. Wir alle gehören zu dieser Familie, die bei Alan und Martha beginnt und nirgendwo endet.«

»Ich weiß. Vielleicht liegt es daran, daß ich Natalie nicht gekannt habe.«

»Es liegt lange zurück.«

»Ja«, sagte Peggy, »die sagenhafte und idyllische Kindheit in der Familie Martello. Da seid ihr euch alle einig, nicht wahr? Das erinnert mich immer...« Sie brach ab, weil sie etwas vor dem Fenster bemerkte. »Sieh dir das an! Ich bringe sie um! Weshalb kann Paul ihnen nicht die Leviten lesen? Angeblich ist er doch der Vater!«

Und schon stürmte sie aus der Küche. Durchs Fenster sah ich, daß ihre Töchter wie Verschwörer hinter einem Busch beisammenstanden und rauchten. Sie hielten sich offenbar für unsichtbar. Noch immer ohne Schuhe pirschte Peggy sich lautlos an sie heran. Jerry und Robert hatten früher in ihrem Zimmer bei weit geöffnetem Fenster geraucht und waren anschließend nach Zahnpasta riechend nach unten gekommen. Ich hatte nie ein Wort darüber verloren. Auch ich hatte damals heimlich geraucht. Spätabends im Garten, wenn ich keinen Schlaf finden konnte, weil ich über mein Leben nachsann. Später rauchten Jerry und Robert auch in meiner Gegenwart und boten mir sogar Zigaretten an, obwohl ich das Rauchen zu jener Zeit bereits aufgegeben hatte. Heute hätte ich allerdings alles für einen tiefen Zug gegeben.

Ich verrührte den blaßgelben Knoblauch in der Pfanne. Endlich allein. Endlich eine kurze Verschnaufpause, um nachzudenken und mich auf den bevorstehenden Abend vorzubereiten.

»Wie steht's, Mum? Böse, daß du die ganze Kocherei allein machen mußt?«

Robert beugte sich zu mir herunter. Mein großer, hübscher Sohn. Sein glattes, blondgefärbtes Haar hing ihm schräg ins eine Auge. Er trug zerrissene Jeans, ein altes verwaschenes Sweatshirt und darüber ein kariertes Hemd, nicht zugeknöpft. Er war barfuß und sah gut aus.

»Geht schon. Es ist mir sogar ganz recht. Könntest du den Salat waschen?«

»Eigentlich nicht«, antwortete Robert, öffnete den Kühlschrank und spähte hinein. »Gibt's da drin was für mich zu essen?«

»Nein. Was machen die anderen?« wollte ich wissen.

»Guter Gott, bei wem soll ich anfangen?« Mit spöttischer Geste zählte er sie an den Fingern ab. »Theo spielt Schach mit Chris. Dad bastelt eigentlich nur an der Sitzordnung rum und delegiert die Plazierung der Teller. Jonah, Alfred und Meredith machen einen Spaziergang; wahrscheinlich wollen sie klammheimlich einen Blick in dieses Zelt da draußen werfen. Hana und Jerry liegen miteinander in der Badewanne. Und so weiter und so fort. Großvater und Großmutter habe ich nicht gesehen. Sie sind bestimmt oben in ihrem Zimmer.«

Es entstand eine Pause. Robert blickte mich gespannt an. Ich kippte die Pilze in das heiße Öl. Er wartete auf etwas.

»Was gibt's?« fragte ich so neutral wie möglich.

Plötzlich bekam ich weiche Knie, und mir wurde flau im Magen. Robert schloß die Hände um den Mund und begann wie durch ein Megaphon zu sprechen. Seine Stimme klang zornig.

»Hallo, hallo, ist jemand dort draußen? Hier spricht Rob Martello, ein Besucher aus der realen Welt. Ich möchte Sie davon in Kenntnis setzen, daß auf dem Grundstück Knochen gefunden worden sind. Die einzige Tochter von Mr. und Mrs. Martello lag fünfundzwanzig Jahre lang zirka einen Meter von der Haustür entfernt und fünf Zentimeter unter der Erdoberfläche begraben. Die Veranstalter bedauern, Ihnen mitteilen zu müssen, daß aufgrund dieses Funds das Abendessen erst ein wenig später serviert werden kann. Wir hoffen, Ihnen damit keine Unannehmlichkeiten zu bereiten.«

Unwillkürlich mußte ich lachen, aber es klang matt.

»Robert!«

Es war Claud, der hinter Robert hereingekommen war. »Ich weiß, das ist alles sehr unangenehm...«, begann er, wurde jedoch sofort von Robert unterbrochen.

»Was? Unangenehm? Man hat die Leiche deiner Schwester im Garten ausgebuddelt! Was soll daran unangenehm sein?

Außerdem liegt es doch bereits mehrere Stunden zurück, oder etwa nicht? Und die Polizei hat die Knochen beseitigt. Vielleicht hätte Alan die Beamten bitten sollen, vor ihrem Wegfahren das Loch wieder zuzuschütten. Im jetzigen Zustand besteht die Gefahr, daß jemand morgen früh auf dem Weg zur nächsten gottverdammten Pilzsuche reinfällt und sich an die Sache erinnert.«

Claud bemühte sich vergebens, ein strenges Gesicht zu machen. Er lächelte resigniert.

»Du hast recht, Rob, wir werden nicht besonders gut damit fertig, aber...«

»Aber der Schein muß gewahrt werden. Ein paar Knochen dürfen den Martellos schließlich nicht ein tolles Wochenende vermasseln. Sonst geht womöglich noch was Wichtiges schief. Zum Beispiel könnte der falsche Wein zum falschen Pilz serviert werden.«

Claud wurde ernst. »Robert, hör auf damit. Natalie war bereits vor deiner Geburt verschwunden. Daher ist es für dich schwierig, das zu verstehen. Wir haben uns mit der Zeit an den Gedanken gewöhnt, daß Natalie wohl tot ist. Aber deine Großmutter, meine Mutter, wollte es sich nie eingestehen. Sie hat immer versucht, sich einzureden, daß Natalie nur weggelaufen ist und eines Tages wieder auftaucht.« Claud legte den Arm um Robert, was ihm dank seiner Körpergröße auch gelang. »Der heutige Tag ist schrecklich für sie. Er ist für uns alle furchtbar, aber ganz besonders für sie. Wir müssen stark sein und sie unterstützen. Glück im Unglück, daß es passiert ist, während wir alle hier versammelt sind. So können wir uns gegenseitig trösten. Aber vor allem müssen wir Martha zur Seite stehen. Es gibt viel zu bereden, Robert, nicht nur in bezug auf Natalie. Und das werden wir auch tun, ich verspreche es. Aber heute sollten wir vielleicht einfach nur zusammensein. Vergiß nicht, daß die Überreste offiziell noch nicht identifiziert worden sind.«

»Und ist es da nicht das beste, einfach nur gemeinsam zu essen?« fügte ich hinzu. »Komm her, mein Liebling.« Ich zog Robert an mich. »Ich komme mir albern vor, weil ich dir nur bis ans Kinn reiche.«

»Also, hilfst du mir, Rob?« fragte Claud.

»Ja, ja, Dad, in Ordnung«, sagte Robert. »Wir können uns alle wie erwachsene Menschen benehmen. Vielleicht ließe sich aus dem Loch da draußen eine Attraktion machen. Mum, könntest du nicht vielleicht einen neuen Entwurf von deinem Pavillon machen, so daß er das Loch umschließt?«

»Wirst du uns nun helfen oder nicht?« fragte Claud mit einer für ihn typischen plötzlichen Schärfe.

Robert hob übertrieben unterwürfig die Hände. »Ja. Ich werde mich benehmen«, versicherte er und verließ die Küche.

Hilflos zuckten Claud und ich die Achseln. Seitdem wir über die Trennung gesprochen hatten, kamen wir besser miteinander zurecht, und ich spürte, daß ich mich vor gefährlicher Nostalgie hüten mußte.

»Danke«, sagte ich. »Gut gemacht.«

Claud beugte sich über eine Kasserolle. »Das duftet herrlich«, sagte er. »Wie du gesagt hast: Wir sind immer noch gute Freunde, nicht wahr?«

»Hör auf.«

»Ich meine ja nur.« Er machte eine Pause. »Ich denke, wir essen um neun. In Ordnung?«

Er musterte mich. Ich trug eine Trainingshose und ein Herrenhemd, das früher einmal Jerome gehört hatte. Ich hatte das erstbeste übergezogen, das mir nach der heißen Dusche in die Hände gefallen war. Alles hatte ich wegwaschen wollen: den Schweiß von der harten körperlichen Arbeit, die Tränen, die schlammige Erde, in der das Skelett gelegen hatte.

»Gut. Dann muß ich mich allerdings sofort um das Fleisch kümmern.«

Ich zerrieb Rosmarin über den halbfertigen Lammbraten

und schob ihn in den Ofen. Zu meiner Verwunderung leistete Claud mir weiterhin Gesellschaft, obwohl er doch sicher alle Hände voll zu tun hatte. Er lehnte sich gegen die Arbeitsplatte und drehte einen Pilz in seinen Fingern hin und her.

»Sie halten uns für verrückt.«

»Wer?«

»Die Leute aus der Gegend. Sie essen nur die Pilze in den Schachteln, die man in den Supermärkten bekommt. Aber es ist doch klar, was sie abstößt. Die Pilze sehen ein bißchen aus wie Fleisch, findest du nicht auch? Alles andere als bekömmlich.«

Claud strich mit dem Finger über den Pilz.

»Pilze haben kein Chlorophyll. Sie können den Kohlenstoff nicht selbst erzeugen und müssen sich von anderen organischen Stoffen ernähren.«

»Ist das nicht bei allen Pflanzen so?«

»Es macht mir manchmal Sorgen, dich so reden zu hören«, bemerkte er mit traurigem Unterton in der Stimme, und schlagartig wurde mir klar, daß ich mich ab jetzt nicht mehr darüber zu ärgern brauchte.

»Wie geht es Martha? Hast du mit ihr gesprochen?«

»Mutter geht es wunderbar«, entgegnete Claud.

Der Ton seiner Stimme ließ keinerlei Zweifel daran, daß ich mich heraushalten sollte. Gerade wollte ich ebenso kühl antworten, als Peggy mit roten Wangen und verdreckten Wollsocken in die Küche stürmte. Sie schnappte sich ein Glas und eine Flasche Whisky und lief wieder hinaus.

»Peggy«, rief Claud ihr nach, »vergiß nicht, wir essen in ungefähr einer Stunde, und dann gibt es jede Menge Wein!«

»Claud!« zischte ich vorwurfsvoll, doch Peggy besaß ein großes Selbstbewußtsein. Ich hörte sie nur verächtlich schnauben, während sie die Treppe hochstapfte. Claud wandte sich wieder mir zu und erkundigte sich ausnehmend freundlich: »Alles in Ordnung, Jane?«

In diesem Moment stürzte Erica herein – eine Wolke von Parfüm, purpurrote Fingernägel und kupferfarbene Locken.

»Claud, endlich hab ich dich gefunden. Theo braucht dringend deine Hilfe. Im oberen Stockwerk müssen unbedingt Betten umgestellt werden. Jane, mein Engel, kann ich dir was helfen?«

Sie hatte sich bereits zum Abendessen umgezogen. Ihr langer, geschlitzter Rock schleifte über den Boden, die auberginefarbene Seidenbluse bauschte sich über ihrem üppigen Busen, Armreifen klimperten an ihren Handgelenken, lange Ohrringe baumelten ihr fast auf die Schultern. Verglichen mit der armen Peggy und ihrer trägen, demonstrativen Nachlässigkeit wirkte sie wie eine exotische Pflanze.

»Peggys kleine Mädchen haben sich gerade in den Schuppen verdrückt«, kicherte sie nun. »Ach, noch mal fünfzehn sein und in einem Schuppen rauchen. Himmel, was für ein seltsamer, schrecklicher Tag. Arme Natalie. Ich meine, man kann doch sicher davon ausgehen, daß es Natalie ist und nicht irgendein archäologisches Überbleibsel. Sie ist es bestimmt, und ihr habt allen Grund, euch mies zu fühlen. Ich empfinde den Tod von Kindern ganz anders seit der Sache mit Rosie, weißt du. Natürlich hätte es mir vorher auch was ausgemacht, aber jetzt würde ich mich wahrscheinlich umbringen. Frances und Theo meinen, daß es für Martha und Alan eine Erleichterung ist. Aber ich frage mich, ob das stimmt.«

Sie tauchte ihre Krallen in eine Schüssel mit Oliven und schob gedankenverloren ein paar in ihren großen roten Mund.

Claud begann systematisch die Flaschen zu entkorken, bis acht aufgereiht nebeneinanderstanden. Ich rieb Parmesankäse in die dampfende Pfanne mit Pilzrisotto und fügte ein Stück ungesalzener Butter hinzu – nicht aus dem Kühlschrank, sondern aus der Speisekammer, wie sich das für Butter gehört. Ich hatte mir immer eine Speisekammer gewünscht. Vor dem Fenster sah ich Theo und seine Frau Frances groß und elegant vorbeigehen. Frances redete lebhaft auf ihn ein; ihre Augen wirkten hart, aber ich konnte weder ihre Worte hören noch Theos Gesicht sehen. Plötzlich drehte mein Schwager den Kopf zu mir und sah mir geradewegs in die Augen.

Wenn ich auf Stead bin, bewohne ich dasselbe Zimmer wie damals in meiner Kindheit. Natalie und ich stritten uns früher eher wie Schwestern denn als Freundinnen darum, wer in dem Bett am Fenster schlafen durfte, wobei Natalie sich gewöhnlich durchsetzte. Sie war hier zu Hause, es war ihr Zimmer, ihr Bett. Nach ihrem Verschwinden war es mir unmöglich, dort zu schlafen, wo sie gelegen hatte. Ich nahm das Bett gegenüber, unter der Dachschräge, hörte die Schläge der Standuhr aus dem Flur im Erdgeschoß und zuweilen die Rufe der Eulen aus dem nahen Wald. Wenn ich mitten in der Nacht aufwachte, sah ich manchmal für einen Moment die Umrisse von Natalies Körper unter den Laken, bevor mir wieder alles einfiel. Martha hatte nichts von Natalies Sachen weggeräumt, weil sie stets mit ihrer Rückkehr rechnete. Jedes Jahr, wenn wir in den Ferien zu Besuch kamen, mußte ich meine Kleider zwischen die von Natalie legen, die in Folie verpackt waren. Sie wurden mir zusehends fremder, bis ich bemerkte, daß es die Anziehsachen eines jungen Mädchens waren, aus denen ich herausgewachsen war, hinein in das Erwachsenendasein. Eines Tages waren sie nicht mehr da.

Ich zog die Vorhänge zurück und blickte aus dem Fenster auf den Garten, der allmählich in der Dunkelheit verschwand. Wie Rauch schwebte der Abendnebel über dem Gras. Der Himmel war tiefblau, nur der Horizont schimmerte noch rosa. Morgen werden wir schönes Wetter haben, schoß es mir durch den Kopf. Seltsam geformte Laubhaufen lagen auf dem Rasen und warteten darauf, verbrannt zu werden. Weiter rechts sah ich noch eine Erhebung, etwas niedriger – das Zeltdach der Polizei. Ob es irgendwo eine Firma zur Herstellung von Zelten gab, die man über Leichenfundorten aufstellte? Offensichtlich. Alles war ganz still. Unten am Waldrand saßen Pauls drei Töchter, ihre Körper verschmolzen zu einem einzigen dunklen Schatten. Vom Erdgeschoß drangen Stimmen zu mir herauf, doch ich konnte keine Worte verstehen. In einem Rohr gurgelte es, ein Abfluß vor dem Haus rauschte. Ich hörte Schritte vor meinem Zimmer. Wahrscheinlich waren es Jerome und die schöne Hana, die vorbeischlichen, rosig vom Duschen und in Handtücher eingehüllt. Ich meinte, ein unterdrücktes Schluchzen zu vernehmen.

Ich öffnete meinen Koffer und zog eine Jacke hervor, streng, schlicht und doch sexy, hochgeschlossen und an den Handgelenken enganliegend. Nachdem ich sie angezogen hatte, war auch meine Fassung halbwegs zurückgekehrt. Ich tupfte mir etwas Parfüm hinter die Ohren und wählte passende Ohrringe. Ich dachte an Natalie in jenem letzten Sommer, wie sie purpurfarbenen Lippenstift ausprobierte und mit ihren katzenähnlichen Augen, die meinen so sehr glichen, unverwandt in den Spiegel starrte. Dann wanderten meine Gedanken zu den Knochen, die ich am Morgen in der Lehmerde gesehen hatte. Was tat ich eigentlich in diesem Haus? Mit Claud, von dem ich mich trennen wollte, mit seinen Eltern, die meine Gegenwart schmerzen mußte, mit Clauds Bruder Theo, mit dem ich wie ein Teenager vielsagende Blicke durchs Küchenfenster wechselte?

»Jane, Hana, Martha, Alan!« rief Claud die Treppe herauf. »Kommt herunter. Ich öffne den Champagner.«

3. KAPITEL

Marthas und Alans Auftritt wirkte wie einstudiert. Mein Schwiegervater, der bei seinem Eintritt gerade etwas zu seiner Frau sagte, unterstrich seine Worte mit einer Geste seiner großen Hände. Sein Bauch wölbte sich üppig über den Gürtel, der Bart sah eher ungepflegt aus, und das graue Haar fiel ihm bis auf den Kragen. Der grellfarbene Schlips hingegen entsprach der neuesten Mode, und sein Tweedjackett war untadelig. Immer ganz der Bohemien, der auf seine Kleidung keinen Wert legte – allerdings ein Bohemien von der reichen Sorte. Er umarmte Frances, die zufällig an der Tür stand, und bedachte Jerome mit einem herzhaften Klaps auf den Rücken. Jerome, mit kurzgeschnittenem Haar, in Jeans und schwarzem T-Shirt, wirkte traurig und befangen. Er widmete sich ausschließlich Hana, die von Kopf bis Fuß in Schwarz gekleidet war, was ihre slawischen Züge betonte.

»Jetzt sind wir ja alle versammelt!« rief Alan. »Ich brauche unbedingt etwas zu trinken.«

Martha neben ihm wirkte blaß und schmaler, als ich sie in Erinnerung hatte. Ihre glänzenden Augen verrieten, daß sie in den letzten Stunden geweint hatte. Jonah ging zu ihr und küßte sie auf die Wange. Er war ein gutaussehender Mann mit dunklen Haaren und blauen Augen. Weshalb hatte ich weder ihn noch Fred je attraktiv gefunden – wie Theo in jenem langen heißen Sommer? *Unserem* Sommer. Vermutlich, weil jeder der beiden wie ein halber Mann wirkte. Selbst ihre Ehefrauen, ihr Beruf, ihr Heim hatten keine eigenständigen Persönlichkeiten aus ihnen gemacht. Für mich waren sie immer noch Jonah-Fred, die Zwillinge, und ich fand ihre Ähnlichkeit nach wie vor ein bißchen komisch, wenn nicht sogar absurd. Ob sie die Leute noch immer zum Narren hielten?

Als Claud die erste Champagnerflasche entkorkte, hielten

ihm alle erwartungsvoll die Gläser entgegen. Jemand flüsterte mir etwas ins Ohr. Es war Peggy.

»Ich bin mir nicht sicher, ob Champagner den Umständen wirklich angemessen ist!«

Ich zuckte unverbindlich die Achseln. Alan klopfte mit dem Feuerzeug gegen sein Champagnerglas, und als er sich sicher war, daß ihm alle ihre Aufmerksamkeit schenkten, trat er in die Mitte des Zimmers. Eine ganze Weile herrschte völlige Stille. Alan blickte gedankenvoll in die Runde. Als er endlich zu sprechen begann, war seine Stimme so leise, daß wir alle die Ohren spitzen mußten.

»Ihr wißt, wie gerne ich euch mit einem Scherz begrüße, aber unser Treffen hat eine andere Wendung genommen als geplant. Gewiß möchte jeder von euch wissen, was ich gerade mit Clive Wilks, dem Chef der Kriminalpolizei in Kirklow, am Telefon besprochen habe. Er hat sich verständlicherweise sehr vorsichtig geäußert, aber auf meine Frage, ob es die sterblichen Überreste eines sechzehnjährigen Mädchens sein könnten, meinte er, das sei durchaus möglich. Was natürlich keine große Überraschung ist.« Er lächelte dünn. »Ich fürchte, der Bau von Janes wunderschönem Pavillon muß erst einmal verschoben werden.

Das Pilzessen ist uns zur Tradition geworden, und die Zusammenkunft unserer beiden Familien mit allen Kindern und nächsten Angehörigen bedeutet mir sehr viel.« Die Zuhörer wurden unruhig. Worauf wollte er hinaus? »Aber an heute werde ich mich bis ans Ende meiner Tage erinnern. Vor fünfundzwanzig Jahren ist unsere Tochter Natalie verschwunden. Eine Zeitlang glaubten wir, oder zumindest versuchten wir zu glauben«, er blickte zu Martha, die mit den Tränen kämpfte, »daß sie davongelaufen war und wieder zu uns zurückkommen würde. Diese Hoffnung verblaßte zwar mit der Zeit, schwand jedoch nie vollständig. Auf jemanden vergeblich zu warten, ist schrecklich, wirklich ganz schrecklich.

Heute haben wir sie nun gefunden und können endlich angemessen ihren Tod beweinen. Sie kann nun zur letzten Ruhe gebettet werden. Ich denke, ich sollte etwas über sie sagen, ich sollte sie, meine einzige Tochter, beschreiben. Aber mir fehlen die Worte.«

Auf einmal war Alan ein verlorener, trauriger alter Mann. Ich hörte ein deutlich alkoholisiertes Flüstern an meinem Ohr.

»Dieser elende Schauspieler. Er liebt so was, stimmt's?«

Fred. Er war bereits betrunken. Ich bedeutete ihm, still zu sein.

»Sie war klug, schön und jung; das Leben lag noch vor ihr.« Ich hörte ein unterdrücktes Schluchzen, wußte aber nicht, aus welcher Ecke es kam. »Sie war aufsässig, und sie war stur.« Jetzt rannen Tränen über Alans Wangen. »Sie mochte keine Abschiede. Schon als kleines Mädchen schob sie mich weg, wenn ich sie vor der Schule umarmen wollte. Nie winkte sie aus einem Bus, immer hielt sie den Blick nach vorn gerichtet. So war sie, mein kleines Mädchen, nie sah sie zurück. Doch jetzt können wir uns von ihr verabschieden.« Alan blickte auf das Glas in seiner Hand. Etwas gefaßter fügte er hinzu: »Damit beginnt für uns ein neuer Lebensabschnitt.« Er legte einen Arm um Marthas schmale Schultern; sie hielt sie gestrafft, um nicht von ihrem Kummer überwältigt zu werden. »Vielleicht kann ich jetzt sogar wieder ein ordentliches Buch schreiben«, fügte er mit einem kurzen Auflachen hinzu. »Wie auch immer, ihr sollt wissen, wie ich mich freue, daß wir alle hier versammelt sind. Ihr alle habt Natalie geliebt und sie euch.« Er hielt sein Glas in die Höhe, und der Champagner funkelte im Schein des Feuers. »Ich erhebe mein Glas auf Natalie.«

Wir sahen einander an. Entsprach das den Regeln des guten Geschmacks?

»Auf Natalie.«

Ehe ich auch nur einen Schluck trinken konnte, hatte ich bereits die Hälfte verschüttet, denn Fred hatte mich überschwenglich an sich gedrückt.

»Es tut mir leid wegen deiner Ehe, Jane«, erklärte er mit schwerer Zunge. »Und wegen des Pavillons. Ich habe mich schon so darauf gefreut, dort übernachten zu können. Aber jetzt wird für immer ein Geist darin umherwandern, stimmt's?«

»Das würde ich nicht sagen.«

»Doch, doch«, bekräftigte Fred. »Aber die eigentliche Frage ist...« Hier legte er eine so lange Pause ein, daß ich schon dachte, er hätte endgültig den Faden verloren, »...ob es ein glücklicher oder ein unglücklicher Geist ist.«

»Keine Ahnung«, antwortete ich und suchte nach einem Fluchtweg.

»Und welche Geheimnisse er lüften wird.«

»Ja, aber jetzt essen wir erst mal«, sagte ich und fügte mit lauter Stimme hinzu: »Bitte zu Tisch!«

Es war vorbei. Auf der zu Beginn so stilvoll gedeckten Tafel herrschte ein wüstes Durcheinander. Das Kerzenlicht machte die Gesichter weicher, die Stimmen wirkten gedämpft. Bei den jungen Leuten, die vor dem Feuer Karten spielten, kam keine Spur von Ausgelassenheit auf. Sogar Alan sprach leise, als er einen Vortrag über den Zustand des zeitgenössischen Romans hielt und dabei den Stiel seines Glases zwischen den Fingern drehte. Ich war erneut in Freds Fänge geraten, der mir doch tatsächlich vorschlug, Claud und ich sollten seine Frau Lynn mit der Abwicklung unserer Scheidung beauftragen. Bevor er mir jedoch die Vorzüge dieser Lösung genauer erklären konnte, wurde Lynn auf ihn aufmerksam und schickte ihn zu Bett.

»Ich falle nur, wenn ich gestoßen werde«, erklärte er, als Lynn ihn unerbittlich nach oben geleitete.

»Alles in Ordnung mit ihm?« fragte ich Lynn, als sie wieder nach unten kam.

Lynn war eine gutaussehende, selbstsichere Frau, wie immer sehr elegant in ihrem dunklen Samtrock.

»Er ist mit der Umstrukturierung des Trustfonds beschäftigt«, erklärte sie. »Ganz schön nervenaufreibend.«

»Kündigungen?«

»Stellenabbau«, sagte sie.

Ich hoffte, sie würde mir mehr darüber erzählen, aber als sie anfing, mir ihr Mitgefühl wegen der bevorstehenden Scheidung kundzutun, verlor ich das Interesse. Ich suchte nach einem Vorwand, das Gespräch beenden zu können und trat zu Hana und Jerome, der immer noch schmollte. Aber auf meine Fragen erhielt ich nur einsilbige Antworten. Daraufhin ging ich zu Theo, der ins Feuer starrte und zusammenzuckte, als ich seine Schulter berührte. »Verzeihung«, bat ich ihn.

Er drehte sich um, schien mich aber kaum wahrzunehmen.

»Mir gehen die albernsten Dinge durch den Kopf«, erklärte er. »Als Natalie noch klein war, elf oder zwölf, übten wir im Sommer radschlagen. Ich schaffte es immer nur, wenn ich es ganz schnell machte. Natalie lachte mich dann aus und meinte, ich würde die Beine nicht weit genug in die Höhe strecken. Sie machte es mir vor, wobei ihr das Kleid oder der Rock manchmal bis über den Kopf rutschte. Wir Jungen lachten sie dann aus. Allerdings schaffte sie es langsam, wie es sich gehörte. Runter auf die Hände, dann ein Bein langsam in die Höhe, dann das andere, wie zwei Speichen eines Rads. Und wieder runter. Perfekt. Aber wir waren zu stolz, um ihr das zu sagen.«

»Das hat sie bestimmt nicht gestört«, sagte ich. »Sie wußte immer, was sie konnte.«

»Ich erinnere mich, wie sie drüben am Fenster im Sessel saß

und las – dabei hatte sie immer diesen verärgerten Gesichtsausdruck, wenn sie sich konzentrierte. Komisch.«

Ich nickte, brachte aber keinen Ton heraus. Ich war noch nicht soweit.

»Kennst du das alte Klischee: Man kommt von der Schule und muß feststellen, daß sich die kleine Schwester zur Frau gemausert hat? So habe ich es ein bißchen empfunden, als sie zwischen vierzehn und sechzehn war. Ich kam in den Ferien nach Hause, und sie ging mit den Jungs aus, mit denen sie früher gespielt hatte. Dann tauchte Luke auf, erinnerst du dich?« Ich nickte. »Ich fühlte mich ganz komisch. Nicht besonders gut. Zum erstenmal in meinem Leben spürte ich, daß wir alle erwachsen wurden, auch Natalie, die irgendwann Kinder kriegen würde. Aber dazu ist es nie gekommen.«

Er drehte sich zu mir. Seine Augen standen voller Tränen. Ich griff nach seiner Hand.

»An diesen ernsten Blick erinnere ich mich gut«, sagte ich leise. »In diesem furchtbaren, völlig verregneten Sommer, als sie mir erklärte, sie würde jetzt jonglieren lernen, und dann tagaus, tagein mit den drei blöden Bohnensäckchen übte. Auf ihrem Gesicht erschien dieser grimmige Ausdruck, und man sah immer ihre Zungenspitze in einem Mundwinkel. Jeden Tag trainierte sie, und irgendwann klappte es tatsächlich!« Wir saßen ganz nahe beieinander und tuschelten wie zwei Verliebte. »Ich sehe sie noch hier vor dem Feuer liegen. Die Flammen spiegelten sich in ihren Augen. Ich lag direkt neben ihr. Wenn uns jemand ansprach, kicherten wir nur. Lieber Himmel, bestimmt waren wir ziemlich nervig.«

Endlich lächelte Theo.

»Das kann man wohl sagen.«

Der Bann war gebrochen. Im Hintergrund öffnete Claud gerade eine Flasche Portwein. Der dickflüssige, purpurfarbene Wein gluckerte leise in die Gläser auf dem Tablett. Claud hob die Hände, und das Gemurmel verstummte. »Auf die

Köchin!« sagte er und lächelte mich wehmütig über die Reste des Mahls hinweg an. Auf einmal wirkte dieses Festessen fast wie ein Abschied. Ich fragte mich, wie es wohl weitergehen mochte, und spürte, daß ich Angst hatte vor der Zukunft.

»Auf Jane!« fielen alle ein. »Auf Alan und Martha!« ergänzte mein Vater. An dem ungewohnt scheppernden Tonfall in seiner sonst so klaren Stimme hörte ich, daß auch er ein wenig beschwipst war. »Und auf Claud, der alles organisiert hat!« übertönte Jonah das Stimmengewirr. »Auf Theo, der die Parasolpilze gefunden hat!« rief jemand von hinten. Damit war die süße wehmütige Stimmung dahin. »Auf uns alle!« sagte Alan.

»Auf uns alle.«

4. KAPITEL

In der morgendlichen Kälte wollte mein Auto zunächst nicht anspringen. Der Motor stotterte und starb etliche Male ab, bis er sich schließlich freigehustet hatte. Ich kurbelte das Fenster herunter und blickte in das finstere Gesicht meines jüngeren Sohnes.

»Tschüs, Jerome, tschüs, Hana. Ruft mich an, wenn ihr wieder in London seid. Und fahrt vorsichtig.«

Hana gab mir einen Kuß durchs Fenster. Rosie warf ich eine Kußhand zu, worauf sie mit dem Finger auf mich zeigte und ihn anschließend in die Nase steckte. Paul lud eine Unmenge Gepäck in sein Auto. Als ich ihn rief, winkte er mir zu. Alan und Martha standen nebeneinander, um mich zu verabschieden. Ich lehnte mich aus dem Fenster, ergriff Alans Hand und drückte sie.

»Alan« sagte ich, »sollen wir uns treffen, wenn du das nächste Mal in London bist?«

Mir war unbehaglich zumute, als würde ich ihn bitten, mit

mir in Kontakt zu bleiben. Er strich mir mit der Hand übers Haar.

»Jane«, meinte er, »du wirst immer unsere Schwiegertochter bleiben. Nicht wahr, Martha?«

»Natürlich«, sagte sie und umarmte mich.

Sie duftete so vertraut nach Puder und Holzfeuer. Sie hatte es immer verstanden, umwerfend sexy und gleichzeitig beruhigend schlicht zu sein. In ihren Augen standen Tränen, als sie mich zum Abschied küßte, und für einen Augenblick überfiel mich der brennende Wunsch, das, was ich in die Wege geleitet hatte, ungeschehen zu machen: die Trennung von ihrem Sohn und die elenden Pläne für den Glaspavillon, die zur Entdeckung ihrer toten Tochter geführt hatten. Sie drückte meine Hand.

»Eigentlich bist du für uns sogar noch mehr eine Tochter als eine Schwiegertochter.« Zögernd fügte sie hinzu: »Laß mich nicht im Stich, Liebes.«

Was meinte sie damit? Wie sollte ich sie im Stich lassen? Claud trat mit einem eleganten Koffer aus dem Haus. Er kam ein paar Schritte auf uns zu, blieb dann aber stehen. Er würde das Ganze mit Würde tragen, aber weiterhin für mich da sein, dachte ich, während ich ihn betrachtete. Wie vertraut dieser Mann mir war. Ich wußte, wo er seine Jeans gekauft und in welcher Reihenfolge er seine Sachen in den Koffer gelegt hatte. Wußte, welche Musik er im Auto hörte und daß er die Tachonadel nicht höher als auf hundertzehn klettern ließ. Bestimmt rief er mich sofort von seiner neuen kleinen Wohnung in Primrose an, um sich zu vergewissern, daß ich gut daheim angekommen war. Anschließend würde er sich einen Whisky einschenken und sich ein Omelett backen.

Robert, den ich in meinem Wagen nach London mitnahm, saß still und angespannt neben mir. Sein blasses, glattes Gesicht war unbewegt. Ich legte für einen Moment meine Hand auf seine, dann hob ich sie, um Claud zu winken. Er nickte uns zu.

»Auf Wiedersehen, Jane!« rief er und stieg in sein kleines Auto.

Wir verließen Stead gleichzeitig. Während der langen Fahrt durch Shropshire sah ich Clauds blaues Auto und sein dunkles Haar im Rückspiegel. Als wir die Autobahn erreicht hatten, schaltete Robert laute Musik ein. Ich drückte aufs Gaspedal, und bald hatten wir Claud weit hinter uns gelassen.

Zigaretten sind etwas Wundervolles. Jeden Morgen ging ich erst einmal unter die Dusche und anschließend im Bademantel einen Stock tiefer. Ich mahlte mir ein wenig Kaffee, goß frisch gepreßten Orangensaft in ein Glas und zündete mir die erste Zigarette an. Während ich rauchte, überdachte ich Pläne für neue Projekte. Ich rauchte, sooft ich den Telefonhörer zur Hand nahm. Ich rauchte im Auto – mein Gott, wie sehr hätte Claud das verabscheut. Oft rauchte ich auch im Dunkeln, abends. Ich sah zu, wie die glühende Spitze Leuchtspuren in der Luft hinterließ. Meine Tage waren eingeteilt in kleine Nikotinportionen. Und ich rauchte jeden Morgen beim Durchblättern der Zeitung, wenn ich nach Neuigkeiten über Natalies Überreste suchte, die man inzwischen mit Hilfe gerichtsmedizinischer Untersuchungen zweifelsfrei identifiziert hatte. Der *Guardian* schrieb über die »unglückliche Tochter des *angry young man*«. »Martello-Tragödie« hieß es in der *Mail*. Alan gab Interviews. Meistens waren Archivbilder dabei, die ihn als jungen Mann zeigten, zu Zeiten größeren Erfolgs.

Gegen Ende der Woche rief mich ein Kriminalbeamter aus Kirklow an. Man wollte sich rein routinemäßig mit mir unterhalten. Nein, ich bräuchte nicht extra nach Kirklow zu kommen, zwei Beamte hätten nächste Woche ohnehin in London zu tun. Wir vereinbarten einen Termin, und am Dienstag der folgenden Woche saßen Punkt elf Uhr dreißig zwei Kriminalbeamte im vorderen Zimmer: Detective Sergeant Helen Auster, die das Gespräch führte, und Detective Constable Turnbull, ein kräftiger Mann mit straff nach hinten gekämmtem Haar. Ich kochte Kaffee, und Turnbull und ich zündeten uns eine Zigarette an.

Auster trug ein nüchternes graues Flanellkostüm. Sie hatte hellbraunes Haar und durchdringende gelbliche Augen, die offenbar auf einen Punkt hinter meinem Kopf gerichtet waren. Sie trug einen Ehering und war jung, schätzungsweise zehn Jahre jünger als ich. Während wir an unserem Kaffee nippten, tauschten wir Belanglosigkeiten über London aus. Sie hatten es offensichtlich nicht eilig, zur Sache zu kommen. Schließlich schnitt ich das Thema an.

»Treffen Sie sich hier in London mit allen Verwandten von Natalie?«

Helen Auster lächelte und warf einen Blick in ihr Notizbuch. »Wir kommen gerade von Ihrem Vater, von Mr. Crane«, sagte sie mit einem leichten Birmingham-Akzent. »Nach dem Mittagessen sind wir mit Theodore Martello in seinem Büro auf der Isle of Dogs verabredet. Anschließend fahren wir zur BBC-Zentrale und führen dort ein Gespräch mit Ihrem Bruder Paul.«

»Sie werden den größten Teil des Tages im Verkehr festsitzen«, stellte ich mitleidig fest. »Glauben Sie denn, daß sich jemand nach so langer Zeit überhaupt noch an etwas erinnert?«

»Wir müssen ein paar Dinge klären.«

»Glauben Sie, daß Natalie ermordet wurde?«

»Nicht auszuschließen.«

»Weil sie vergraben wurde?«

»Nein, weil es Hinweise gibt, daß sie erwürgt wurde.«

»Reichen die Knochenfunde aus, um das feststellen zu können?«

Auster und Turnbull wechselten einen Blick.

»Ein kleines Detail hat uns darauf gebracht«, erklärte Auster. »Bei einer Strangulation bricht meistens das Zungenbein, das zwischen Unterkiefer und Kehlkopf liegt. Dieser Knochen ist bei der Toten gebrochen. Allerdings befand sich die Leiche lange Zeit in der Erde.«

»Jemand muß die Leiche vergraben haben«, sagte ich.

»Richtig«, bestätigte Auster.

»Hat diese Person sie auch umgebracht?«

»Vielleicht. Im Augenblick versuchen wir Einzelheiten in Erfahrung zu bringen. Wie Sie sicherlich wissen, war man lange Zeit davon ausgegangen, daß Natalie Martello von zu Hause weggelaufen war. Offenbar ist sie am Morgen des 27. Juli 1969 zum letztenmal gesehen worden.«

»Am Tag nach der Party, richtig«, warf ich ein.

»Erst Monate später wurden Aussagen aufgenommen, aber die Nachforschungen brachten nicht viel.«

Es entstand eine Pause, die ich so schnell wie möglich zu überbrücken versuchte.

»Alle Spuren dürften mittlerweile verwischt sein. Wie wollen Sie da noch etwas herausfinden?«

»Wir bitten die Leute eindringlich, uns jedes kleinste Detail mitzuteilen, an das sie sich erinnern können.«

»Aha. Natürlich.«

Auster sah noch einmal in ihr Notizbuch.

»Gerald Francis Docherty, ein Nachbar, hat Natalie zum letztenmal gesehen, und zwar beim Fluß am nördlichen Rand des Grundstücks Ihrer Schwiegereltern. Natürlich möchten wir wissen, ob jemand sie danach noch einmal zu Gesicht bekommen hat.«

»Ich glaube, das hat man uns damals schon gefragt. Ich habe Natalie nach der Party nicht mehr gesehen.«

»Erzählen Sie uns von der Party.«

»Bestimmt hat Ihnen mein Vater eine Menge davon berichtet. Es war Alan und Marthas zwanzigster Hochzeitstag. Sie kamen an diesem Tag von einer Kreuzfahrt zurück. Mein

Vater hat sie in Southampton abgeholt und direkt nach Shropshire gebracht. Die Familie hatte ein großes Fest für sie vorbereitet. Eine Menge Gäste waren gekommen, von denen viele über Nacht blieben, entweder auf Stead selbst oder in der Nachbarschaft. Ich glaube, viele schliefen einfach in Schlafsäcken auf dem Fußboden. Ich erinnere mich hauptsächlich an die Vorbereitungen. Soweit ich weiß, hat Natalie auch mitgeholfen. Die Party fand an einem dieser wunderbar warmen Sommerabende nach einem richtig heißen Tag statt. Wir wollten grillen. Claud und Paul hatten alles dafür vorbereitet. Weshalb ist es immer Aufgabe der Männer, sich um das Fleisch zu kümmern? Ich glaube, Natalie hatte ein ärmelloses schwarzes Kleid an. In jenem Sommer trug sie immer Schwarz, genau wie Luke. Und ich machte es ihr nach. Luke war ihr Freund, das wissen Sie sicher. Beide machten jeden Modetrend mit; sie waren mager und wirkten immer etwas mürrisch. Neben ihnen fühlte ich mich ausgesprochen linkisch, obwohl ich doch diejenige war, die in London wohnte. Aber jetzt schweife ich ab. Was möchten Sie von mir wissen?«

Helen Auster wirkte ein wenig ratlos und verlegen. Anscheinend wußte sie selbst nicht so recht, was sie von mir erfahren wollte.

»Wie war Natalie an jenem Abend?«

»Wie meinen Sie das?«

»War sie deprimiert? Verärgert? Ausgelassen?«

Ich spürte, wir mir das Blut in die Wangen stieg. Wenn ich an das Fest dachte, tauchte immer wieder Theo vor mir auf und nicht Natalie.

»Ich habe sie an jenem Abend nicht viel gesehen. Wissen Sie, es war eine sehr große Party mit ungefähr hundert Gästen.«

»Ich dachte, Sie waren ihre beste Freundin.«

»Ja, schon, aber man erinnert sich doch meistens hinterher

nicht mehr daran, was auf einer Party im einzelnen passiert ist, oder?«

»Stimmt«, bestätigte Helen Auster. »Und am nächsten Tag?«

»Da feierten wir sozusagen weiter. Viele Gäste waren ohnehin schon auf Stead oder schauten noch mal vorbei. Man ging spazieren und machte alles mögliche, und ab Mittag wurde Champagner getrunken.«

»War die ganze Familie da?«

»Bei der Party, ja. Claud, der die Organisation der ganzen Vorbereitungen übernommen hatte, ist am nächsten Morgen noch vor Sonnenaufgang mit seinem besten Freund Alec nach London gefahren, um von dort nach Bombay zu fliegen. Typisch für ihn! Er ist drei Monate lang durch Indien gereist mit ungefähr zwanzig Pfund in der Tasche. Wir hatten immer vorgehabt, zusammen hinzufahren. Das scheint jetzt eher unwahrscheinlich. Ich sollte vielleicht dazu sagen, daß wir in Scheidung leben.«

»Das tut mir leid.«

»Ist schon in Ordnung, ich wollte es selbst so. Im Laufe des Tages zerstreuten sich die Gäste. Wie soll man denn heute noch rekonstruieren können, wer sich an jenem Tag wo aufgehalten hat?«

»Abgesehen von Natalie. Sie war kurz vor eins am Fluß. Gab es einen besonderen Grund dafür?«

»Mir fällt keiner ein. Jedenfalls kein besonderer. Aber es scheint mir auch nicht so verwunderlich, daß sie sich gerade dort aufgehalten hat. Ich fürchte, ich bin keine große Hilfe.«

»Macht nichts. Soweit ich weiß, hat man die Entdeckung der Leiche in gewissem Sinne Ihnen zu verdanken. Weshalb wollten Sie das Gästehaus gerade an dieser Stelle bauen?«

Ich erklärte, daß ich den Pavillon ursprünglich weiter unten am Hang geplant hatte, aber meine Absicht änderte, als ich entdeckte, daß unter der Stelle ein kleiner Flußarm verlief. Die Dränage wäre sehr schwierig und kostspielig geworden. Ich erzählte von den Aushubarbeitcn und wie wir auf Natalies Knochen gestoßen waren.

»Wieso haben Sie gleich angenommen, daß es Natalies Knochen sind?« fragte sie.

»Ich weiß nicht«, antwortete ich etwas verblüfft. »Wahrscheinlich nur deshalb, weil Natalie verschwunden war und ich immer geglaubt habe, daß sie tot ist, obwohl Martha das nie wahrhaben wollte. Und als man in der Nähe des Hauses Knochen fand, na ja...« Verwirrt brach ich ab und begann erneut. »Ich war immer überzeugt, daß wir eines Tages Natalies Leiche finden würden. Also habe ich irgendwie darauf gewartet. Vielleicht wie wir alle. Aber mir ist nie der Gedanke gekommen, daß sie ... na ja, daß sie ermordet worden sein könnte. Ich dachte eher an einen Unfall oder so. Die Entdeckung der Knochen war schrecklich, nicht nur weil es Natalie war, sondern weil jemand sie dort vergraben haben muß. Ach ja, das wollte ich Sie eigentlich fragen: Finden Sie nicht auch, daß das ein sonderbarer Ort ist, um Natalie zu begraben... im Garten, genau dort, wo sie gewohnt hat?«

Auster lächelte. »Eigentlich ist es ein besonders schlaues Versteck! Die meisten Mörder vergraben ihre Leichen nicht sehr geschickt. Abgelegenes Gebüsch oder sumpfiges Gelände scheint auf den ersten Blick zwar geeignet, aber meist ist an derartigen Orten wenig los, und es fällt sofort auf, daß jemand dort gebuddelt hat. In einem Garten dagegen wird ständig umgegraben.«

»Aber in einem Garten sind doch dauernd Menschen in der Nähe«, wandte ich ein.

»Das ist richtig«, sagte sie, schien aber mit mir nicht über Theorien diskutieren zu wollen. »Also, falls Ihnen irgend etwas einfällt, das wichtig sein könnte, melden Sie sich bitte bei uns.«

Sie blickte auf ihre Uhr und fragte nach dem nächsten Pub. Gleich am Ende der Straße, erklärte ich ihr, und sie lud mich ein, sie zum Essen zu begleiten. Obwohl ich Pubs hasse und auch nicht hungrig war, willigte ich ein, auf einen Drink mitzukommen. Turnbull wollte vor dem Termin auf der Isle of Dogs noch in die Oxford Street. Also gingen Helen und ich allein die Straße hinunter zum ›Globe Arms‹. Sie bestellte sich ein Bier und eine Lasagne, während ich mich mit einem Tomatensaft und einer Zigarette begnügte. Helen – wie ich sie nun nannte – gefiel mir zusehends besser. Sie erzählte von sich, ihrem Leben als Kriminalbeamtin, den Sitten in der Kantine und von ihrem Mann, der als Filialleiter beim Supermarkt Sainsbury in Shropshire arbeitete. Als sie nach meiner Scheidung fragte, antwortete ich ausweichend. Kurz bevor wir gehen mußten, kam ich noch einmal auf den Fall zu sprechen: »Es ist doch bestimmt zu spät. Sie werden sicher nichts herausfinden können.«

»Wir haben ein paar Anhaltspunkte, aber es wird nicht einfach sein.«

»Sieht so aus, als hätten Sie schlechte Karten.«

»Das Gefühl habe ich auch. Andererseits scheinen die Martellos eine recht interessante Familie zu sein.«

Helen gab mir ihre Visitenkarte und schrieb ihre Durchwahl noch dazu. Als wir uns auf der Highgate Road voneinander verabschiedeten, bat ich sie, sich bei ihrem nächsten Besuch in London bei mir zu melden. Sie versprach es. Ist es möglich, daß ich mich mit einer Polizistin anfreunde?

»Findest du nicht, es ist an der Zeit, das Rauchen wieder aufzugeben?«

Kim saß mir gegenüber. Eine flackernde Kerze warf Schatten auf ihr blasses, schmales Gesicht. Sie spießte einen Bissen Schwertfisch auf die Gabel und spülte ihn mit einem Schluck Wein hinunter.

»Auf wieviel bringst du es mittlerweile? Dreißig pro Tag?«

Ich hatte fertig gegessen, oder besser gesagt, mein Essen annähernd unberührt beiseite geschoben und blies nun zufrieden den blauen Rauch über den Tisch mit den Essensresten. Ich winkte dem italienischen Ober und deutete auf die leere Weinflasche.

«Noch mal das gleiche, bitte.«

Ich klopfte die Asche in den Aschenbecher.

»Hoffentlich mehr als dreißig. Ich höre bald wieder damit auf. Ehrlich. Das Problem ist nur, daß ich so gerne rauche. Mir wird nicht schlecht oder sonstwas.«

Der Ober brachte eine neue Flasche und entkorkte sie.

»Ich habe schon mehrmals aufgehört. Ohne Schwierigkeiten. Ich schaffe es wieder.«

»Gestern habe ich mir die Untersuchungsergebnisse einer Frau angesehen, die ich vor kurzem zum Röntgen des Thorax geschickt hatte. Sie leidet an chronischem Husten und Schmerzen in der Brust. In einem Jahr wird sie tot sein. Vierundvierzig, drei Kinder im Teenageralter.«

»Hör auf.«

»Und geht es mit deinem Wohnheim voran?«

»Hör auf.«

Es ging nicht voran. Bisher gab es weiter nichts als ein Baugrundstück auf einem Blatt Papier, eine Besprechung im Büro, ein paar Gespräche in den verschiedenen Abteilungen und einen Tagesordnungspunkt bei der Planungsabteilung. Auf Dutzenden großformatiger Blätter Millimeterpapier hatte ich meine Vorschläge festgehalten und mit spitzem Stift geometrische Zeichnungen angefertigt, Kästchen für Kästchen. Ich wartete nur auf das Startzeichen. Mittlerweile hieß es, man müsse die Sache noch mit Leuten aus der Region besprechen. Das Ganze gefiel mir gar nicht.

»Gut, vergiß das Wohnheim«, sagte Kim. »Reden wir von dir. Was treibst du so, jetzt, wo du allein bist?«

Ich genehmigte mir eine weitere Zigarette und schenkte mir noch ein Glas Wein ein.

»Ich bin eine faule, alleinstehende Frau geworden«, erklärte ich. »Bei Abendeinladungen werde ich immer öfter neben irgendeinen frisch geschiedenen Gast gesetzt. Passiert dir das auch manchmal?«

Kim zuckte die Achseln. »Inzwischen nicht mehr.«

»Normalerweise fällt mir nichts ein, worüber ich mich mit diesen Herren unterhalten könnte«, fuhr ich fort. »Ansonsten melden sich plötzlich wieder alte Freunde, die ich seit Ewigkeiten nicht gesehen habe, um mir zu sagen, wie leid es ihnen tut, daß Claud und ich uns getrennt haben. Ich werde den Eindruck nicht los, daß mich manche ganz gern bemitleiden. Alles in allem genieße ich es aber, allein zu leben.« Ich war selbst überrascht, wie fest meine Stimme klang. »Mitten am Tag sehe ich mir Filme im Fernsehen an, ich besuche Ausstellungen und wärme alte Bekanntschaften auf. Ich kann so unordentlich sein, wie ich will. Nur das Haus kommt mir schrecklich groß vor. Jahrelang haben wir zu viert darin gewohnt, und jetzt bin ich auf einmal die einzige. Manche Zimmer betrete ich gar nicht mehr. Irgendwann muß ich das Haus wohl verkaufen.«

Nicht nur, daß das Haus groß war – ich fühlte mich darin auch einsam. Also hielt ich mich dort so wenig wie möglich auf. Dabei hatte ich es früher sehr genossen, wenn Claud und die Jungen nicht da waren und ich ganz für mich sein konnte. Fast zwei Jahrzehnte lang war ich täglich außer Sonntag ins Büro gegangen und abgehetzt in ein chaotisches Haus zurückgekehrt, in dem die Jungen lautstark meine Aufmerksamkeit einforderten. Ich staubsaugte und bügelte, wusch die Wäsche, kochte und chauffierte die Kinder, als sie älter waren, zu immer bedenklicheren gesellschaftlichen Veranstaltungen. Ich gab Abendeinladungen für meine oder Clauds Kollegen, besuchte Weihnachtsaufführungen und ging im Sommer mit zu den Sportfesten. Ich zauberte aus einem leeren Kühlschrank Proviantpakete, spielte Monopoly, was ich haßte, und Schach, bei dem ich immer verlor – und träumte dabei stets von einem Buch am Kamin. Ich buk Kuchen für den Flohmarkt der Schule und werkelte noch spätabends in der Küche, um vor mir selbst als gute Mutter dazustehen, besonders nachdem meine eigene gestorben war. Ich ertrug den Krach der neuesten Hits, die mir das Gefühl gaben, alt zu werden, obwohl ich doch erst Mitte Dreißig war. Ich setzte mich mit Akne, schmollenden Gesichtern und Hausaufgaben auseinander und blieb im Schlafzimmer, während die Jungen ihre Partys feierten. Abend für Abend tranken Claud und ich einen Gin Tonic vor dem Essen. Nacht für Nacht schreckte ich hoch, den Kopf voller Termine und Dinge, die ich erledigen mußte. Morgens wachte ich müde und mit Kopfschmerzen auf, abends legte ich mich in dem Bewußtsein schlafen, daß mir vor lauter Verpflichtungen keine Zeit für mich blieb.

Jetzt ertönte keine dröhnende Musik mehr, es gab keine schmollenden Gesichter und keine Anrufe mehr um ein Uhr nachts aus Telefonzellen: »Mama, ich habe meine Mitfahrgelegenheit verpaßt. Kannst du mich abholen?« Es war niemand mehr da, ich konnte tun, wonach mir der Sinn stand. Nun besaß ich, was ich immer vermißt hatte: Zeit für mich. Aber da ich nicht wußte, was ich mit ihr anfangen sollte, füllte ich sie, so gut ich konnte. In diesem November arbeitete ich viel und blieb oft bis acht Uhr abends im Büro. Ich ging häufig aus. Es stimmt, daß ich unzählige Einladungen erhielt von Leuten, die meinten, mich aufheitern zu müssen, oder die einen zusätzlichen weiblichen Gast bei Tisch brauchten. Außerdem ging ich ins Kino, manchmal am hellichten Tag.

Wenn ich nach Hause kam, trank ich ein Glas Wein, rauchte ein paar Zigaretten und nahm mir einen Thriller mit ins Bett. Die dicken viktorianischen Schmöker, die zu lesen ich mir fest vorgenommen hatte, mußten warten. An Wochenenden besuchte ich Filmmatinees und ging spazieren. War es im Herbst immer so feucht? Eines Sonntags besuchte ich meinen Vater und kochte für ihn Mittagessen. Nachdem wir gegessen hatten, fragte ich ihn, ob ich mir seine Fotoalben ansehen könne. Ich suchte Fotos von Natalie, denn ich besaß selbst kein einziges von ihr. Claud und ich hatten Natalie nach und nach aus unserem Leben verdrängt. Jetzt wollte ich sie zurückhaben. Ich blätterte die alten Alben durch; häufig war sie nur verschwommen am Rand eines Fotos zu sehen oder kaum erkennbar auf den Gruppenbildern, die wir jeden Sommer machten: elf Gesichter blickten gebannt in die Linse. Da waren Alan und Martha – jung, schön und bester Stimmung; und dort meine Mutter – immer nur von der Seite, mit abgewandtem Kopf. Wie sehr sie es gehaßt hatte, fotografiert zu werden! Nachdem sie gestorben war, suchte Dad nach einem Erinnerungsfoto, auf dem sie gut getroffen war. Doch sie war immer nur im Profil zu sehen. Von Paul und mir gab es unzählige Bilder: als Babys mit rundem Bäuchlein und nackten Beinen, feierlich ernst im Alter von sechs oder sieben, linkisch mit dreizehn, eingefangen von der Kamera, eingeklebt in Dads Fotoalbum und von ihm in schnörkeliger Handschrift kommentiert. Auf einem Bild standen Natalie und ich als Achtjährige Hand in Hand vor Stead und starrten in die Linse. Wir sahen uns damals recht ähnlich, obwohl ich ängstlich lächelte und Natalie finster dreinblickte. Natalie lächelte selten, und schon gar nicht, um jemandem einen Gefallen zu tun. Ich nahm dieses Foto mit und dazu noch eines, das ungefähr eine Woche vor Natalies Tod aufgenommen worden war. Darauf trug sie ein ärmelloses T-Shirt und abgeschnittene Jeans, saß auf dem Rasen des Hauses und las ein Buch. Sie hatte die schlaksigen Beine angezogen, eine Locke fiel ihr in das blasse Gesicht. Sie war vollkommen in das Buch vertieft. Waren die letzten Worte, die wir gewechselt hatten, freundlich gewesen, oder hatten wir gestritten? Ich wußte es nicht mehr. Woran erinnerte ich mich überhaupt? Beispielsweise hatte ich nicht vergessen, wie ich mit ihr in Forston – in der Nähe von Kirklow – auf eine Party ging. Wir waren damals ungefähr vierzehn. Ich erzählte ihr von einem Jungen und wie ich mich darauf freute, ihn wiederzusehen. Wie hieß er gleich? Er hatte blondes, in der Mitte gescheiteltes Haar. Nach einer Weile verschwand Natalie. Als ich später durchs Haus schlenderte, stolperte ich nahezu über sie und den blonden Jungen, die engumschlungen auf dem Boden lagen. Sie waren die ganze Zeit zusammen, und der Abend schien kein Ende zu nehmen. Um elf Uhr holte Alan uns in seinem Rover ab. Ich saß hinten, am Boden zerstört. Da rutschte Natalie zu mir herüber, schlang wortlos die Arme um mich und drückte mich an sich. Ich roch das Patschuli-Parfüm des Jungen in ihrem Haar. Vergab ich ihr oder sie mir?

Einen Monat nachdem wir Natalie gefunden hatten, war ich zu einer Vernissage eingeladen, wo ich William wiedersah, einen Anwalt, der früher mit einer Frau verheiratet gewesen war, zu der ich schon seit langem keinen Kontakt mehr hatte. William war groß, blond und gutaussehend, aber nicht auf Wirkung bedacht. Ich hatte ihn als schlanken Mann in Erinnerung, mittlerweile hatte er jedoch einen unübersehbaren Bauchansatz. Wir schlenderten durch die Galerie, langstielige Gläser mit Sekt in den Händen, und sahen uns die großen, eklektizistischen Gemälde an. Der Sekt wirkte entspannend auf mich. Ich erzählte William vom Ende meiner Ehe, worauf er wissen wollte, weshalb ich Claud verlassen hatte.

»Ich glaube«, antwortete ich zögernd, »der Gedanke, daß dies mein Leben sein sollte, war für mich unerträglich. Aber das ist alles schwer in Worte zu fassen.«

Er erzählte mir, daß er sich vor sieben Jahren von Lucy getrennt hatte und seine Tochter jedes zweite Wochenende besuchte. Sie waren auseinandergegangen, weil er eine Affäre mit einer Frau aus seinem Büro gehabt hatte.

»Ich weiß gar nicht, weshalb ich mich darauf einließ«, erklärte er. »Es war wie eine Besessenheit, wie ein Erdrutsch, der mich mitgerissen hat.«

Als ich sagte, diese Entschuldigung hätte ich schon einmal gehört, lächelte er traurig.

»Himmel, Jane, das weiß ich«, antwortete er. »Als Lucy wegging, habe ich mir die andere Frau angesehen und sie nicht mal das kleinste bißchen begehrt, überhaupt nicht. Aber ich habe meine Ehe zerstört und mein einziges Kind verloren.«

Er starrte auf ein Bild, das nur aus einem riesigen, orangefarbenen Farbklecks bestand.

»Ich hasse mich dafür«, bekannte er.

Aber das war wohl ein wenig übertrieben. Er führte mich in eine Kellerbar und bestellte eine Flasche trockenen Weißwein und etwas zum Knabbern. Dann erzählte er mir, er hätte mich auf Anhieb wiedererkannt und mich schon immer attraktiv gefunden. Mittlerweile war ich zwar etwas beschwipst, aber gleichzeitig fast unheimlich klar im Kopf. Ich konnte es wagen, dachte ich. William war kein Mann, der tiefe Spuren hinterlassen würde. Trotzdem war ich nervös. Ich rauchte, spielte mit meinem Haar, aß ein paar Erdnüsse und trank ein weiteres Glas. Als wir die Flasche geleert hatten und William mich fragte, ob ich noch eine wollte, hörte ich mich sagen: »Weshalb kommst du nicht mit zu mir und trinkst dort noch was? Mit dem Taxi sind es keine zehn Minuten von hier.«

Zu Hause zog ich alle Vorhänge zu, legte Musik auf und drehte sogar den Dimmer herunter. Ich füllte zwei Gläser mit Wein und setzte mich neben William aufs Sofa. Mein Mund war trocken, und das Blut pochte in meinen Schläfen. William legte eine Hand auf mein Knie. Ich blickte auf die ungewohnten, dicken Finger. Aus den Augenwinkeln sah ich den Anrufbeantworter, der mir zublinkte, daß Nachrichten eingegangen waren. Ich hatte vergessen, meinen Vater anzurufen. Ich drehte mich zu William, und wir küßten uns. Sein Atem roch sauer. Ich spürte, wie seine Hand unter meinen Rock glitt und sich an meinem bestrumpften Bein hochschob. Wie oft er so was wohl tat? Ich wich zurück und sagte: »Ich bin aus der Übung. Ich weiß nicht mehr, wie es geht«, woraufhin er nur den Kopf schüttelte und mich erneut küßte.

»Wo ist das Schlafzimmer?« flüsterte er.

Er zog die Schuhe aus und stopfte die Socken ordentlich hinein. Ich schlüpfte aus der Jacke und begann meine Bluse aufzuknöpfen. Inzwischen öffnete er die Gürtelschnalle, stieg aus der Hose und legte sie sorgsam zusammengefaltet auf einen Stuhl. Plötzlich durchzuckte mich ein heftiger Widerwille ihm gegenüber, aber gleichzeitig verspürte ich ein gedämpftes Verlangen. Mir war eiskalt, als ich die Bluse auszog, ich fühlte mich schrecklich unbeholfen. Während ich den Büstenhalter öffnete, fiel mein Blick in den Spiegel: Auf meinen Brüsten waren leichte Dehnungsstreifen zu sehen, und über meinen Bauch zog sich die Kaiserschnittnarbe von Jeromes Geburt. Seit Oktober hatte ich abgenommen; meine Arme waren dünn, meine Handgelenke knochig. Ich wandte mich zu William um, der in Unterhosen dastand.

»Was soll ich jetzt tun?«

»Leg dich aufs Bett. Ich will dich anschauen. Du bist wunderschön, weißt du das?«

Ich zog meinen Slip aus und legte mich ausgestreckt mit geschlossenen Augen auf das breite Bett. Eine Mischung aus Erregung und Verlegenheit ergriff mich, während Williams Hände langsam über meinen Körper wanderten. Ich hörte das Telefon klingeln und das Klicken des Anrufbeantworters, und dann drang die Stimme unüberhörbar aus dem Erdgeschoß ins Schlafzimmer: »Mama, hallo, ich bin's, Robert. Es ist Donnerstag abend. Ich wollte nur wissen, ob bei dir alles okay ist. Laß mal hören, was du so machst.« Was ich so machte? Das hätte ich selbst nur zu gerne gewußt.

Ich erzählte Kim an jenem Abend nicht viel von William, außer daß ich nach zwanzig Jahren das erste Mal mit jemand anderem als Claud Sex gehabt hatte und es ganz in Ordnung war, wenn auch etwas nervenaufreibend.

»Die ganze Zeit habe ich mir vorgestellt, daß die Haustür aufgeht und Claud reinkommt.«

»Hast du wenigstens Spaß gehabt?« Kim sah mich seltsam an.

»Ja, irgendwie schon. Ich meine, er war ganz nett, ich hab's genossen. Aber am nächsten Tag kam es mir etwas seltsam vor. Dieses Gefühl habe ich immer noch. Es ist so, als wäre es gar nicht mir passiert, sondern jemand anderem.«

»Komm, Jane.« Kim stand auf. »Ich bring dich nach Hause.« Ich kochte Kaffee, und Kim zündete ein Feuer im Kamin an. Das machte sie schon immer gerne, sogar in unserer Studentenzeit. In meinem letzten Jahr an der Universität wohnten wir zusammen in einem Haus, und Kim saß stundenlang vor dem Feuer, starrte hinein und legte Holz nach. Als hätte sie meine Gedanken geahnt, meinte sie: »Ist dir eigentlich klar, Jane, daß wir uns länger als die Hälfte unseres Lebens kennen?«

Ich wollte etwas erwidern, schwieg dann aber doch. Kim ging neben meinem Stuhl in die Hocke, nahm meine Hände und blickte mich lange an.

»Sieh mich an, Jane«, sagte sie.

Ich starrte in ihre klugen Augen. Sie zog ein Taschentuch hervor und wischte die Tränen weg, die mir die Wangen hinunterrannen.

»Deine Wimperntusche zerläuft«, stellte sie trocken fest. »So wirst du bei keinem Mann Eindruck schinden, es sei denn, du willst mit einem Zebra ausgehen.«

»Ich weiß gar nicht, weshalb ich weine«, schluchzte ich. Der Schmerz lag in meiner Brust wie ein dicker Klumpen. »Ich bin nur so müde. Ehrlich, ich bin einfach müde.

Die vergangenen Wochen haben eine Menge in mir aufgewühlt.«

»Jane«, sagte sie, »jetzt hör mir mal zu. Du ißt nicht mehr. Du rauchst wie ein Schlot. Du trinkst viel mehr als sonst. Du arbeitest zehn, zwölf Stunden am Tag. Du kannst nicht richtig schlafen. Du gehst Abend für Abend aus, als würdest du vor etwas davonlaufen. Sieh dich mal im Spiegel an: Du bist nicht bloß müde, sondern vollkommen erschöpft. Du hast Claud verlassen, und deine Söhne haben dich verlassen, du hast Natalies Überreste gefunden. Innerhalb weniger Wochen hat sich alles in deinem Leben verändert, und das ist mehr, als du ertragen kannst. Verlang nicht so viel von dir. Wenn du meine Patientin wärst, würde ich dir raten, professionelle Hilfe zu suchen.«

»Was willst du damit sagen?«

»Ich glaube, du solltest zu einem Therapeuten gehen«, erklärte Kim. »Du stehst unter Schock. Vielleicht hilft dir ein Gespräch.«

Ich putzte mir die Nase und wischte mir das Gesicht ab. Dann zündete ich mir noch eine Zigarette an. Wir tranken Tee, aßen Kekse und spielten eine Partie Schach, die ich wie üblich verlor. Wieder fing ich an zu weinen. Ich schluchzte mein ganzes Elend heraus, jammerte, wie sehr ich Claud und meine Jungen vermißte, und daß ich nicht wüßte, was ich mit meinem Leben anfangen sollte, bis Kim mich schließlich wie ein Kind ins Bett brachte und neben mir sitzen blieb, bis ich eingeschlafen war.

5. KAPITEL

Sie war jünger, als ich erwartet hatte. Und sie war eine Frau. Meine Überraschung spiegelte sich offensichtlich in meinem Gesicht wider.

»Alles in Ordnung?« fragte sie.

»Entschuldigung«, sagte ich. »Ich habe wahrscheinlich einen alten Mann mit weißem Bart und Wiener Dialekt erwartet.«

»Fühlen Sie sich bei einer Frau unwohl?«

»Na ja, ich hatte noch nicht einmal Gelegenheit, mich zu setzen, Dr. Prescott.«

Dr. Prescotts ohnehin beeindruckende Erscheinung wurde durch ihre Körpergröße von mindestens einsachtzig noch unterstrichen. Sie hatte eine blasse, fast schon durchsichtige Haut und eine lange, spitze Nase. Ihr welliges braunes Haar war sicher lang, aber so geschickt frisiert, daß sich nur im Nacken ein paar Strähnen kräuselten, was ihr eine gewisse Ähnlichkeit mit den Brontë-Schwestern verlieh. Eine ziemlich kräftige, gesunde, elegant gekleidete Brontë-Schwester. Ich hatte auf meiner Fahrt von Waitrose zum geplanten Bauplatz des Wohnheims bei ihr haltgemacht und war ein wenig eingeschüchtert von ihrem schicken Kostüm. Und ziemlich beschämt, weil ich mich einschüchtern ließ. Hatte ich erwartet, daß Therapeutinnen sich in lange, wallende Gewänder hüllen und Räucherstäbchen anzünden?

»Muß ich ein Formular oder so was ausfüllen?«

»Jane – erlauben Sie, daß ich Sie so nenne?« Dr. Prescott schüttelte mir die Hand und hielt sie lange fest, als prüfe sie ihr Gewicht. »Ist ein offizieller Rahmen für Sie wichtig?«

»Gehört das zur Therapie?«

»Wie meinen Sie das?«

Ich sagte lange nichts und atmete tief ein und aus. Ich stand immer noch, und meine Psychoanalytikerin hielt immer noch meine Hand.

»Entschuldigen Sie, Dr. Prescott«, begann ich langsam. »Mein Leben ist im Augenblick ziemlich verworren. Eine Freundin, die Ärztin ist und der ich mehr als jedem anderen auf der Welt vertraue, meinte, ich befinde mich in einer Krise.

Außerdem habe ich heute einen ziemlich hektischen Tag. Ich war schon in aller Herrgottsfrühe bei Waitrose und habe meine Einkäufe erledigt. Dann bin ich nach Hause gehetzt, habe alles abgeladen – da fällt mir ein, ich habe die Eiskrem nicht in den Gefrierschrank gelegt –, und bin anschließend sofort hierhergerast. Sobald ich hier fertig bin, muß ich zu einer Baustelle, wo ich mich mit einer Beamtin aus dem Planungsreferat treffe, die mir erklären wird, daß an dem Entwurf verschiedene Änderungen vorgenommen werden müssen, weil er sonst nicht genehmigt werden würde. Und das ist nur der Anfang eines Projekts, das mir sehr am Herzen liegt und an dem ich nun wahrscheinlich verzweifeln werde.

Jetzt bin ich in Ihrer Praxis, und ich hatte gehofft, hier so etwas wie einen Zufluchtsort zu finden, an dem ich meine Probleme loswerden kann. Ich hatte die vage Vorstellung, daß wir erst mal darüber reden, was mir eine Therapie bringen kann, über grundsätzliche Regeln sprechen und festlegen, worüber wir uns unterhalten sollten. So oder ähnlich. Aber im Augenblick möchte ich mich eigentlich nur hinsetzen und irgendwie vernünftig anfangen.«

»Dann setzen Sie sich doch, Jane.«

Dr. Prescott deutete auf die ramponierte Couch, über die eine orientalisch aussehende Decke gebreitet war. Rasch blickte ich mich im Zimmer um. Zweifellos war jedes Detail bewußt angeordnet. Am Kopfende der Couch stand ein Lehnstuhl. Ein Mark-Rothko-Poster hing an der Wand, die man als Patient auf der Couch nicht sehen konnte. Auf dem Fensterbrett hinter dem Lehnstuhl stand eine kleine abstrakte Skulptur mit einem Loch; vermutlich war sie aus Speckstein. Die Wände und die Decke waren in Weiß gehalten, was wohl neutral wirken sollte. Das war alles.

»Soll ich mich hinsetzen oder hinlegen?«

»Wie Sie möchten.«

»Es ist ein Sofa.«

»Wie es Ihnen lieber ist.«

Verärgert legte ich mich auf die Couch und starrte auf die Rauhfasertapete – typisch für eine Renovierung in den achtziger Jahren. Weiß der Himmel, was sich darunter verbarg. Wenn Dr. Prescott die Praxis später als 1987 gekauft hatte, war der absolute Wert wahrscheinlich gesunken. Sie setzte sich links hinter mich.

»Können wir nicht einfach mit dem Geschäftlichen beginnen?«

»Warum verwenden Sie diesen Ausdruck?«

»Nein, nein, nein, ich will nicht darüber sprechen, weshalb ich den Ausdruck ›Geschäftliches‹ verwende. Dr. Prescott, ich fürchte, wir hatten einen Fehlstart. Wenn wir so weitermachen, haben wir es in einer Stunde noch nicht bis zum ›Guten Morgen‹ geschafft.«

»Was möchten Sie machen?«

Ich fühlte ein Brennen in den Augenwinkeln, als müßte ich jeden Moment weinen.

»Ich möchte eine Zigarette rauchen. Darf ich?«

»Tut mir leid, das geht nicht.«

»Weshalb tut Ihnen das leid?«

»Das ist nur eine Redewendung.«

Ich verrenkte meinen Kopf, damit ich ihr in die Augen blicken konnte.

»Nur eine Redewendung?«

Sie fand das nicht komisch.

»Jane, was wollen Sie?«

»Ich glaube, ich habe eigentlich erwartet, daß Sie mich fragen, was mich bedrückt, und ich Ihnen erzähle, was mir durch den Kopf geht, welche Strapazen hinter mir liegen und daß wir von diesem Punkt aus zu arbeiten beginnen.«

»Also reden Sie.«

»Dr. Prescott, darf ich Sie etwas fragen?«

»Sie können alles sagen oder fragen, was Sie möchten.«

»Haben Sie mit so was Erfahrung? Ich bin in einem zermürbten, geschwächten Zustand. Wir sollten vielleicht darüber sprechen, wie es mir gelingt, genug Vertrauen aufzubauen, um mich Ihnen zu überlassen.«

»Warum brauchen Sie das Gefühl von Vertrauen?«

»Wenn ich mein Auto zur Reparatur in eine Werkstatt bringe, möchte ich wissen, ob die Mechaniker kompetent sind. Ich erkundige mich, ob die Werkstatt etwas taugt. Bevor ich mich auf die Therapie einlasse, brauche ich eine Vorstellung davon, was sie mir bringt.«

»Jane, das ist die Therapie. Alles, was sich in diesem Zimmer abspielt, ist Teil der Therapie. Um Vertrauen zu gewinnen, muß man sich darauf einlassen.«

Alle am Tisch lachten. In der Situation selbst war es ein Alptraum gewesen, aber als ich dann am späteren Abend davon erzählte, unter dem Einfluß von Wein und Karamelcreme und jetzt auch noch Käse, bekam er komische Züge.

»Ich spürte, daß ich der Sache nicht gewachsen war«, fuhr ich fort. »Ich wollte mich unbedingt rückversichern und stolperte in die Förderklasse für Destruktive. Es war nicht möglich, sie auf etwas festzunageln. Jedesmal, wenn ich sie etwas fragte, verhielt sie sich wie die Katze Macavity. Plötzlich war sie verschwunden oder hatte sich zur Seite gedreht und meinte, wir sollten überlegen, weshalb ich das Bedürfnis hatte, gerade diese Frage zu stellen. Ich hätte eine .45er Magnum gebraucht, um diese Frau dazu zu bringen, daß sie mir die Uhrzeit sagt.«

Was ich brauchte, war diese Therapie hier. Ich war in Paul und Ericas luxuriösem Haus in Westbourne Grove, dem exotischen Teil Londons, in dem ich mir etwas deplaziert vorkam. Unter anderem saß Crispin mit am Tisch, einer der Regisseure von Pauls Gameshow *Surplus Value*, und seine Freundin Claire. Außerdem Gus, der unvermeidliche, passable Single. Er war nicht übel, aber ich fühlte mich weit mehr angezogen von den beiden anderen Männern, Philip und Colin, zwei Bauunternehmern aus Australien. Beide schienen mir als Seelentröster für eine Nacht eine weitaus bessere Alternative zu sein als dieses männliche Wesen, dessen Namen ich bereits wieder vergessen hatte. Doch leider waren sie nicht nur schwul, sondern lebten auch zusammen. Ihre Fachkenntnis war nicht berauschend, aber in anderer Hinsicht hatten sie durchaus von der körperlichen Arbeit im Freien profitiert.

»Du konntest dich also überhaupt nicht verständlich machen?« fragte Paul.

»Doch. Aber am Ende blieb mir nur übrig aufzustehen und zu sagen: ›Ich gehe. Und damit meine ich, daß ich jetzt aus dem Zimmer gehe und es nie wieder betreten werde.‹ Worauf sie doch sage und schreibe antwortete: ›Wogegen wehren Sie sich?‹ Plötzlich sah ich mich für den Rest meines Lebens in diese Unterhaltung verstrickt, wie jemand, der unbarmherzig in einen Strudel gezogen wird. Also mußte ich leider zu ihr sagen, sie solle mir den Buckel runterrutschen. Dann stürmte ich – im wahrsten Sinne des Wortes – aus der Tür.« Ich nahm einen Schluck Wein und zog genüßlich an meiner Zigarette. »Und als ich zum erstenmal wieder klar denken konnte, saß ich hier und erzählte euch die Geschichte.«

»Du hättest einen Eimer Wasser über sie schütten sollen«, sagte Paul. »Wahrscheinlich hätte sie sich in nichts aufgelöst. Trotzdem, alle Achtung!«

»Aber *weshalb* haben Sie sich dagegen gesträubt?«

Alle schwiegen. Die Frage kam von Gus, dem Lehrer, der bis dahin geschwiegen hatte.

»Wie bitte?«

»Sie haben der Sache keine Chance gegeben«, meinte er. »Ihre junge Therapeutin lag gar nicht so falsch. Wenn einer meiner Schüler mich fragt, warum wir Geschichte lernen müssen, sage ich ihm, er soll still sein. Allein die Tatsache, daß er noch so jung ist und von Geschichte keine Ahnung hat, bedeutet, daß er nichts von dem verstünde, was ich ihm erklären würde. Er kann diese Frage nur beantworten, indem er sich mit Geschichte befaßt.«

»Rutschen Sie mir doch auch den Buckel runter!«

Es entstand eine schreckliche Pause, bis Gus grinste und dann in schallendes Gelächter ausbrach, als wäre ich nicht hysterisch und unhöflich gewesen, sondern hätte einen geistreichen Witz gemacht. Es folgte eine freundlich-sachliche Diskussion über Psychotherapie; Erica und Gus äußerten sich eher positiv, während Paul behauptete, »man« hätte doch herausgefunden, daß Leute, die keine Therapie machten, rascher von ihren Neurosen geheilt würden als Leute, die sich in Behandlung begaben.

Auf der anderen Seite des Tisches unterhielten sich Crispin und seine Freundin über etwas, was nur sie betraf. Ich fing an, die Teller abzuräumen, aber Paul, der rechts neben mir saß, gab mir zu verstehen, ich solle sitzen bleiben, und fragte mich leise: »Alles in Ordnung?«

»Klar«, entgegnete ich vorsichtig. »Hast du Claud gesehen?«

»Ja«, erwiderte er. »Ich habe heute morgen Squash mit ihm gespielt.«

»Und?«

»Er hat mich drei zu eins geschlagen.«

»Das meine ich nicht.«

»Was willst du hören? Es ist schwer für ihn.« Er überlegte eine Weile und faßte sich dann ein Herz: »Jane, mein Schatz, ich sage dir nur das eine – nein, eigentlich sind es eher zwei, drei Dinge, aber bitte antworte nicht. Erstens bist du meine Schwester, ich habe dich sehr gern und vertraue dir in allem. Claud ist mein bester Freund. War es immer und wird es immer sein. Daher ist es für mich ein bißchen kompliziert, aber das ist ein kleineres Problem. Zweitens behaupte ich nicht, daß Claud ein gebrochener Mann ist, doch Tatsache ist, daß er bis jetzt nicht sehr gut damit zurechtkommt, was in seinem Leben passiert ist. Er versteht wirklich nicht, weshalb du nach einundzwanzig Jahren diese Traumehe plötzlich gelöst hast.«

Ich wollte etwas sagen, aber Paul hob die Hand. »Bitte sag nichts. Ich klage dich nicht an und kritisiere dich auch in keinster Weise. Du brauchst dich nicht vor mir zu rechtfertigen. Drittens ...«

Er hielt inne und nahm meine Hand. Ich dachte schon, er würde anfangen zu weinen, aber seine Stimme blieb fest. »Die Familie – unsere beiden Familien –, Natalie, unsere gemeinsamen Sommer, das alles hat mir so viel bedeutet, daß ich es kaum in Worte fassen kann. Wie heißt das Gedicht, das Dennis Potter für den Film *Blue Remembered Hills* verwendet hat, in dem die Erwachsenen in die Rolle der Kinder schlüpfen? Wie lautet noch mal der Text? Warte einen Moment.«

Paul stand auf und polterte die Treppe hinunter, daß der Boden unter unseren Füßen bebte.

Bewegung kam in die Tischordnung. Gus erhob sich, um sich zu verabschieden. Ich war ein bißchen traurig, weil wir nicht zusammen aufbrachen. Wir würden nicht einmal Telefonnummern austauschen. Er beugte sich über den Tisch und streckte mir die Hand hin: »Ich freue mich, Sie kennengelernt zu haben, Jane«, sagte er.

»Ganz meinerseits«, erwiderte ich. »Und verzeihen Sie bitte, daß ich das zu Ihnen gesagt habe. Normalerweise sage ich so etwas bei Abendeinladungen nicht.«

»Das macht es um so schlimmer«, sagte er, allerdings in ziemlich scherzhaftem Ton. Wahrscheinlich war er ein ganz netter Kerl. Inzwischen kam Paul die Treppe wieder herauf, nickte Gus zu, der auf dem Weg nach unten war, und fing an, endlos in einem Buch zu blättern.

»Hier, ich hab's!« rief er schließlich. »›*Verlor'nes Land der Zuversicht, Erinn'rung, strahlend klar. Der Weg des Glücks, wie es einst war – Doch Rückkehr gibt es nicht.*‹ Das ist genau das, was ich empfinde.«

»Aber du kannst doch zurückgehen. Du bist doch ohnehin fast jeden Sommer dort. Und wir sind gerade erst dagewesen.«

»Schon, aber ich meine die Kindheit und all so was. Daran erinnert man sich doch, wenn man zurückkehrt. Und dann haben wir auch noch Natalie gefunden.«

Er ergriff meine Hand. Ich schwieg. Paul nahm das Gespräch als erster wieder auf.

»Ach, und noch etwas wollte ich sagen.«

Plötzlich wirkte er unsicher, als wäre seine Unbekümmertheit nur vorgetäuscht. »Das Wochenende hat mich sehr berührt. Es war einer dieser Augenblicke, die das eigene Leben verändern. Vielleicht drehe ich einen Film über unsere Familie.«

»Paul, meinst du das ernst?«

»Ja. Die Idee kam mir, als Alan seine Rede hielt. Jetzt ist die richtige Zeit dafür. Ich glaube, ich muß mich dem allem stellen.«

»Du vielleicht – aber müssen wir mitmachen?«

»Nein, nicht nötig. Es wird auch so ein guter Film werden. Ich möchte wieder hinter der Kamera stehen und Dokumentarfilme drehen. Ich spüre, das ist das Richtige für mich.«

»Hast du es satt, Geld zu verdienen?« neckte ich ihn. Aber Paul konnte noch nie über dieses Thema lachen.

»*Surplus Value* läuft mittlerweile von selbst. Frag Crispin. Es ist eine todsichere Formel. Hin und wieder mal ein neuer Gag, das genügt. Ich brauche eine Herausforderung.«

Er füllte sein Glas nach, obwohl er an diesem Abend schon viel zuviel getrunken hatte. Dann senkte er die Stimme, er flüsterte fast: »Ich bin auf die Idee gekommen, weil man Natalie gefunden hat. Sie hat mir so viel bedeutet, tut es noch heute. Für mich ist sie das Sinnbild der verlorenen Unschuld, all der Dinge, die einem durch die Finger gleiten, während man erwachsen wird.«

»Ganz schön viel«, stellte ich müde fest.

Das letzte, was ich jetzt wollte, war ein Streit darüber, wem Natalie am meisten bedeutet hatte. Aber Paul blickte nur ernst in sein Glas. Plötzlich saß Crispins Freundin Claire neben mir. Sie hatte eine dunkle Haarmähne, halb Louise Brooks, halb Beatle, und ein rundes Gesicht wie ein Teddybär, was durch die Oma-Brille noch betont wurde.

»Wann ist es denn soweit?« fragte ich.

»Himmel, sieht man es so sehr?«

»Nein, ich habe mich bisher nur nicht getraut, etwas zu sagen. Eines meiner schlimmsten Erlebnisse war, als ich einer Frau zu ihrer Schwangerschaft gratuliert habe und sich dann herausstellte, daß sie nur fett war. Aber wenn eine Frau, die ein bißchen schwanger aussieht, weite Baumwollhemden trägt, den ganzen Abend nichts trinkt, nicht raucht und auch den Käse nicht anrührt, kann ich riskieren, ihr zu gratulieren.«

»Verflixt noch mal, ich wußte gar nicht, daß ich den ganzen Abend Sherlock Holmes gegenübergesessen habe. Was wissen Sie sonst noch über mich?«

»Nichts. Außer daß Sie gut aussehen.«

»Da muß ich Ihnen leider einen Punkt abziehen. Ich muß mich jeden Tag übergeben. Ich dachte immer, das hört nach den ersten drei Monaten auf.«

»Dafür gibt es keine Garantie«, grinste ich. »Einer Freundin von mir war noch schlecht, als sie in den Wehen lag.«

»Toll«, sagte Claire. »Bei dieser Vorstellung wird mir ja erst richtig übel.« Sie rückte etwas näher. »Die Sache mit Ihrer Freundin tut mir sehr leid, und dann all das, was Sie sonst noch durchmachen müssen. Es muß schrecklich sein.«

»Es geht schon. Aber trotzdem vielen Dank.«

»Und es war wirklich sehr lustig, was Sie von dieser Psychologin erzählt haben – obwohl die ja grauenhaft gewesen sein muß.«

»Ich kann es nicht beurteilen, aber sie ist im Augenblick jedenfalls nicht die passende Therapeutin für mich. Ich glaube, man muß psychisch in hervorragender Verfassung sein, um mit Dr. Prescott zurechtzukommen.«

»Sie scheinen ziemlich viel auszuhalten, Jane. Sie brauchen nur jemanden, bei dem Sie sich aussprechen können. Hören Sie, Sie kennen mich kaum, und ich bitte Sie, meinen Vorschlag zu ignorieren, falls er Sie ärgert. Aber wir kennen einen wirklich wundervollen Therapeuten. Vielleicht wäre er der Richtige für Sie.«

Offenbar sah man mir meine Zweifel an, denn Claire sprach schnell weiter: »Alex ist kein Guru oder so etwas in der Art, Jane. Er arbeitet nicht mit Kristallen. Er ist Arzt mit den entsprechenden Qualifikationen. Und außerdem ein toller Typ, wirklich nett. Ich gebe Ihnen seine Nummer. Ach je, ich habe sie natürlich nicht bei mir. Crisp, mein Schatz, hast du Alex Dermot-Browns Nummer da?«

Da Crispin sich gerade mit Paul unterhielt, hörte er die Frage erst, als Claire sie wiederholte.

»Wofür brauchst du sie?«

»Meinst du nicht, er ist vielleicht der Richtige, mit dem Jane mal reden könnte?«

Crispin überlegte eine Weile, dann lächelte er.

»O ja, gut möglich. Aber seien Sie nett zu ihm. Er ist ein alter Freund.« Sein Filofax lag offen vor ihm auf dem Tisch, und er blätterte, bis er die Nummer fand.

»Hier.« Er schob mir einen Zettel zu. »Falls es schiefgeht, Jane, werden wir natürlich leugnen, daß wir Sie kennen.«

6. KAPITEL

Am folgenden Morgen schrieb ich einen Brief an Rebecca Prescott. Ich legte einen Scheck für die Sitzung bei und erklärte ihr, daß ich mich entschlossen hätte, nicht weiterzumachen. Ich kam mir idiotisch vor, als ich anschließend die Nummer wählte, die Crispin mir gegeben hatte. Am anderen Ende der Leitung ertönte unverständliches Geplapper.

»Hallo, kann ich bitte Dr. Alexander Dermot-Brown sprechen?«

Noch mehr Gebrabbel.

»Hallo, ist deine Mama oder dein Dad da?«

Daraufhin verwandelte sich das Gebrabbel immerhin zu einem verständlichen »Dad, Dad«. Dann wurde meinem Gesprächspartner offenbar der Hörer entwunden, denn er brach in ein schrilles Geschrei aus.

»Sei still, Jack. Ja, wer ist dort bitte?«

»Ich möchte Dr. Alexander Dermot-Brown sprechen.«

»Am Apparat.«

»Sie sind Therapeut?«

»Ja, ich weiß.« Im Hintergrund klapperte es, und Dermot-Brown rief etwas. »Entschuldigung, Sie haben uns mitten im Frühstück erwischt.«

»Tut mir leid. Ich versuch's kurz zu machen. Ich habe Ihre Nummer von Crispin Pitt und Claire ... äh ...«

»Claire Swenson.«

»Kann ich mit Ihnen reden?«

»Ja.« Er machte eine Pause. »Wie wär's gegen zwölf?«

»Sie meinen heute?«

»Ja. Einer meiner Patienten ist in Urlaub gefahren. Aber wenn Ihnen das nicht paßt, geht's auch nächste Woche oder die Woche danach.«

»Nein, zwölf ist gut.«

Er gab mir seine Adresse in Camden Town, in der Nähe des Marktes.

Lieber Himmel, eine weitere Unterbrechung im Büro! Obwohl, so schlimm war es auch nicht. »Arbeit« bedeutete für mich das CFM-Büro im obersten Stockwerk eines alten Lagerhauses mit Blick auf das Hafenbecken von Islington. Das C, nämlich Lewis Carew, war 1989 an Aids gestorben. Übriggeblieben waren ich und das F, Duncan Fowler. Nach Jahren der Rezession waren allmählich wieder bessere Zeiten in Sicht, in denen es genug Arbeit für uns beide gab. Solange ich zu allen Besprechungen ging, die »mein« Wohnheim betrafen, mit dem Papierkram auf dem laufenden blieb und mich regelmäßig im Büro blicken ließ, konnte nicht viel schiefgehen.

Ich fuhr mit dem Fahrrad ins Büro. Dort sah ich die Post durch und wechselte ein paar Worte mit Gina, unserer Assistentin (eigentlich ist sie unsere Sekretärin, aber sie trägt die Bezeichnung Assistentin als Entschädigung für ihr niedriges Gehalt). Um elf tauchte Duncan im Büro auf, gutgelaunt wie immer. Duncan ist rundlich, ziemlich klein und bis auf einen rötlichen Lockenkranz völlig kahl. Dafür hat er einen überaus dichten Bart. Ich erzählte ihm von ein paar neuen Schwierigkeiten mit dem Wohnheim, er mir von einem Auftrag für einen Mehrfamilienblock, der uns aber auch nicht viel Geld einbringen würde.

Als ich Duncan sagte, daß ich innerhalb von zwei Tagen bereits den zweiten Therapeuten aufsuchte, lachte er schallend und nahm mich in den Arm. Dann schwang ich mich auf mein Fahrrad. Alexander Dermot-Brown hatte bei mir bereits einen Stein im Brett, weil ich nahezu den ganzen Weg vom Büro bis zu seinem Haus mit dem Fahrrad am Kanal entlangfahren konnte. Ich brauchte nur die Upper Street zu überqueren und die Gasometerwüste und die Schienenidylle hinter dem Lagerhaus des Postamts zu durchqueren, bis zum

Camden Lock, wo ich den Treidelpfad verlassen mußte. Von dort waren es nur noch ein paar hundert Meter. Ich kettete mein Fahrrad an eines der Geländer, die es an den Häusern im Norden Londons überall gibt.

Alexander Dermot-Brown trug Turnschuhe, Jeans und einen dünnen, verschlissenen Pullover, der an den Ellbogen Löcher hatte, durch die ein kariertes Hemd lugte. Er hatte ein schroffes Kinn, fast wie Superman in dem alten Comic, braune, wellige Haare mit grauen Strähnen und sehr dunkle Augen.

»Sie sind Dr. Dermot-Brown?«

Er lächelte und streckte mir die Hand entgegen.

»Jane Martello?«

Er bat mich herein, und wir gingen eine Treppe hinunter zur Küche im Untergeschoß.

«Möchten Sie einen Kaffee?«

»Gern, aber sollte ich nicht eigentlich in Ihr Sprechzimmer gehen und mich auf eine Couch legen?«

»Tja, wir finden bestimmt irgendwo im Haus eine Couch, wenn Sie das unbedingt möchten. Aber ich dachte, wir sollten uns erst mal ein bißchen unterhalten und uns kennenlernen.«

Die Küche mit dem gefliesten Boden hätte durchaus elegant gewirkt, wenn sie leer gewesen wäre. Aber überall lagen Spielsachen herum, die Wände waren tapeziert mit Plakaten, Postkarten und Kinderzeichnungen, befestigt mit Stecknadeln, Klebestreifen und blauen Reißzwecken. Die Korktafel über den Arbeitsflächen stand den Wänden in nichts nach und quoll über von übereinandergehefteten Handzetteln mit Heimserviceangeboten verschiedener Restaurants, Einladungen, Schulinformationen und Schnappschüssen. Dermot-Brown sah meinen verblüfften Blick.

»Entschuldigung, ich hätte aufräumen sollen.«

»Macht doch nichts. Aber ich dachte immer, Psychoanalytiker müßten in neutraler Umgebung arbeiten.«

»Verglichen mit meinem Büro *ist* das hier eine neutrale Umgebung.«

Er nahm Kaffeebohnen aus dem Kühlschrank, mahlte sie, schüttete sie in eine Kaffeekanne und goß kochendes Wasser drüber. Dann kramte er in einem Schrank.

»Ich müßte Ihnen eigentlich ein paar Kekse anbieten, aber ich sehe hier bloß Dauerbrezen. Ein Stück pro Kind, bleibt noch eine übrig. Möchten Sie sie?«

»Nein, danke. Ich nehme nur Kaffee. Schwarz, bitte.«

Er goß Kaffee in zwei Becher, und wir setzten uns an den Küchentisch aus Kiefernholz. Ein Lächeln lag auf Dermot-Browns Gesicht, als amüsierte ihn die ganze Situation und als gäbe er nur vor, erwachsen zu sein.

»Also, Jane – darf ich Sie Jane nennen? Ich bin Alex –, weshalb glauben Sie, daß Sie eine Therapie brauchen?« Mit dem ersten Schluck Kaffee stellte sich prompt das übliche überwältigende Verlangen nach einer Zigarette ein.

»Darf ich rauchen?«

Alex lächelte wieder.

»Tja, Jane, ich betrachte die Therapie als eine Art Spiel, das nur funktioniert, wenn wir uns auf ein paar Grundregeln einigen. Eine davon ist, daß Sie nicht rauchen. Hier im Haus wohnen Kinder. Außerdem haben die Sitzungen dann wenigstens in dieser Hinsicht einen Nutzen, sollten sie ansonsten ineffektiv bleiben. Und es hat noch einen Vorteil: Ich kann ohne weiteres an dieser Regel festhalten, weil ich selbst nicht rauche. Damit besteht eine reelle Chance, daß ich entspannt bin, während Sie nervös unter dem Nikotinentzug leiden – und das ist mindestens ebensogut. Wenigstens für mich.«

»In Ordnung, dann also keine Zigarette.«

»Gut, dann erzählen Sie doch mal was von sich.«

Ich holte tief Luft und legte ihm meine Situation in groben Zügen dar; dabei trank ich eine zweite Tasse Kaffee, die Ellbogen auf den Tisch gestützt. Ich erzählte ihm von meiner

Trennung und wie ich Natalies Überreste entdeckt hatte. Dann sprach ich kurz über die Familie Martello, diese wunderbaren, großherzigen Menschen, die einem den Eindruck vermittelten, es sei ein Privileg, wenn man in ihren Kreis aufgenommen wurde. Ich beschrieb mein Singledasein hier in London und seine Nachteile, ohne allerdings mein sexuelles Abenteuer zu erwähnen. Ich redete ziemlich lange. Alex wartete eine Weile, bevor er antwortete, und bot mir dann noch eine Tasse Kaffee an. Ich war ein wenig enttäuscht.

»Nein danke. Wenn ich zuviel trinke, fange ich an zu zittern.«

Nervös ließ er den Finger am Becherrand entlangwandern.

»Jane, Sie haben meine Frage nicht beantwortet.«

»Doch. Ich habe gesagt, ich möchte keinen Kaffee mehr.«

Alex lachte. »Nein, ich meine, weshalb haben Sie das Gefühl, eine Therapie zu brauchen?«

»Liegt das nicht auf der Hand?«

»Nicht für mich. Sie müssen nach – wie vielen? – fünfundzwanzig Jahren Ehe plötzlich allein mit Ihrem Leben fertig werden. Haben Sie früher jemals allein gelebt?«

Ich schüttelte den Kopf.

»Willkommen in der Welt der Singles«, sagte Alex mit einem ironischen Unterton. »Wissen Sie, manchmal gebe ich mich Phantasien hin, wie es wohl wäre, nicht verheiratet zu sein und keine Kinder zu haben. Dann könnte ich mich ganz spontan entschließen, ins Kino oder auf ein Bier in die Kneipe zu gehen. Wenn ich gelegentlich auf einer Party eine Frau kennenlerne, dann stelle ich mir vor, daß ich mit ihr eine aufregende Affäre haben könnte, wenn ich frei wäre. Aber wäre ich tatsächlich ungebunden, sähen die Dinge garantiert anders aus. Anfangs wäre ich vielleicht euphorisch und hätte möglicherweise sogar das eine oder andere sexuelle Abenteuer. Aber ich bezweifle, daß es so viel Spaß machen würde wie ursprünglich angenommen. Außerdem wäre Schluß mit all dem, woran ich mich gewöhnt habe. Und auch die Gewohnheit, nach Hause zu kommen und jemanden anzutreffen, der mir vertraut ist, wäre dahin. Das käme mich hart an.«

»Ich dachte, *ich* sollte reden.«

Alex lachte wieder.

»Wer sagt das? Sie haben wahrscheinlich zuviel Freud gelesen. Ich an Ihrer Stelle würde nicht zuviel auf einen Mann geben, der sich selbst und seine Tochter analysiert hat. Erstens haben Sie sowieso schon genug um die Ohren, und zweitens haben Sie eine nicht unerhebliche Familientragödie zu verarbeiten. Sie haben unbestreitbar das Recht, eine Zeitlang unglücklich zu sein. Soll ich einen Zauberstab nehmen und Sie von allen Problemen erlösen?«

»Das klingt verlockend.«

»Ich möchte Ihnen eine oberflächliche Diagnose anbieten, Jane, und zwar auf meine Kosten. Ich glaube, Sie sind eine starke Frau, die nicht das Gefühl haben möchte, sie könnte etwas nicht bewältigen, und die es auch nicht mag, wenn Leute sie bemitleiden. Darin liegt Ihr Problem. Mein Kommentar dazu lautet: Das Leben ist schmerzhaft. Akzeptieren Sie das. Sie können natürlich mit mir reden, aber Sie können Ihr Geld ebensogut anders ausgeben. Zum Beispiel für eine Massage pro Woche oder für ein schönes Abendessen in einem Restaurant. Oder für eine Ferienreise in wärmere Gefilde.«

Jetzt mußte ich lachen.

»Das klingt noch verlockender.«

Wir lächelten beide, und es folgte ein recht peinliches Schweigen, das ich unter anderen Umständen vielleicht gebrochen hätte, indem ich Alex geküßt hätte.

»Alex, ich sage höchst ungern ›im Ernst‹,... aber im Ernst, ich habe mich gestern abend mit meinem Bruder unterhalten, der zufällig die verrückte Idee hat, einen Film über die Familie zu drehen. Also werden Sie auf BBC 2 wahrscheinlich bald alles über meine Probleme erfahren können. Paul – so heißt mein Bruder – hat von unserer goldenen Kindheit gesprochen. Bisher hatte ich stets dieses Bild der unbeschwerten Jahre vor Augen, aber als er so nostalgisch davon schwärmte, wehrte sich etwas in mir und schrie ›nein, nein, nein‹. Die ganzen letzten Tage ließ mich eine Sache nicht los. Sicher hat das alles mit der Entdeckung von Natalie zu tun. Aber ich habe mir meine himmlische Kindheit vorgestellt, und sie hatte in der Mitte ein schwarzes Loch. Doch ich kann's nicht richtig sehen und weiß nicht, was es ist. Es liegt immer am Rand meines Blickfelds, und sobald ich mich umdrehe, um es direkt anzusehen, ist es wieder an den Rand gerutscht. Es tut mir leid, das klingt wahrscheinlich alles unsinnig. Ich verstehe es selbst nicht recht. Vielleicht können Sie sich das vorstellen: Ich höre mich sprechen und versuche gleichzeitig, mich zu verstehen. Ich bitte Sie, meinem Gefühl zu trauen, daß sich hinter all dem etwas verbirgt, was man sich unbedingt ansehen sollte.«

Während dieser ganzen langen, zusammenhanglosen Rede starrte ich auf den Tisch und blickte erst auf, als ich fertig war. Fast fürchtete ich Alex' Blick. Er runzelte die Stirn und sah so konzentriert aus, wie ich es wohl noch nie bei einem Menschen erlebt hatte.

»Vielleicht haben Sie recht«, murmelte er.

Dann nahm er unsere beiden Becher und stellte sie ins Spülbecken, doch anstatt sich wieder hinzusetzen, begann er auf und ab zu gehen. Da ich nicht wußte, ob ich etwas sagen sollte, schwieg ich. Schließlich setzte er sich wieder.

»Wahrscheinlich haben Sie die falschen Vorstellungen von einer Therapie. Vielleicht haben Sie Filme gesehen, in denen die Probleme eines Menschen auf dramatische Weise gelöst wurden. Oder Sie haben Freunde, die von der Analyse abhängig sind und Ihnen erzählen, wie herrlich es ist, die eigenen Schwierigkeiten besser zu verstehen, und um wieviel glücklicher sie dadurch sind. Nicht auszuschließen, aber wenn man fünf Jahre lang drei Stunden pro Woche auf der Couch verbringt und zwanzig Riesen dafür hinblättert, hat man ein verständliches Interesse daran, Erfolge zu sehen.«

»Aber warum …«

Alex hob die Hand.

»Ich interessiere mich für Sie, Jane. Ich denke, wir können etwas erreichen. Aber zunächst müssen wir uns über ein paar Dinge klarwerden. Eine Therapie ist etwas ganz anderes als ein Besuch beim Arzt, den man konsultiert, wenn man eine Infektion oder ein gebrochenes Bein hat. Sie könnten mich fragen, ob ich Ihren Zustand verbessern werde, und wir könnten dann eine langweilige philosophische Diskussion darüber beginnen, ob ich überhaupt etwas für Sie tun kann und was jeder von uns beiden mit ›den Zustand verbessern‹ meint.«

»Ich suche keine einfache Lösung.«

»So schätze ich Sie auch nicht ein. Deshalb möchte ich Ihnen klipp und klar sagen, was passieren kann oder auch nicht. Zunächst ein paar Warnungen: Vielleicht meinen Sie wie viele andere Menschen, es gebe nichts Angenehmeres, als zwei, drei Stunden in der Woche mit einem Plausch über die eigenen Probleme zu verbringen und sich alles von der Seele zu reden. Meiner Erfahrung nach ist das die Ausnahme. Manchmal ist der therapeutische Prozeß an sich schon unangenehm. Wie kann ich das am besten beschreiben?« Alex sah sich in der Küche um und grinste. »Sie sind wahrscheinlich über das Chaos hier entsetzt. Mich macht es jedenfalls trübsinnig und meine Frau wütend. Also, warum räumen wir nicht einfach auf? Na ja, es sieht zwar scheußlich aus, aber wir haben uns daran gewöhnt und finden das, was wir brauchen, ziemlich rasch. Wenn ich anfinge aufzuräumen, wäre es zunächst einmal noch chaotischer, da ich auch noch alle Schränke ausräumen müßte. Es gäbe eine Phase, in der alles noch schlimmer wäre als zuvor. Gleichzeitig würden wir Gefahr laufen, die Nerven zu verlieren und schließlich alles in diesem katastrophalen Zustand zu belassen. Die verschlimmerte Situation würde andauern, bis wir das Aufräumen beendet haben. Und selbst dann wäre es bei weitem nicht so gemütlich wie zuvor. Und obwohl die neue Ordnung sinnvoller wäre, weil sie mit Verstand geschaffen worden ist, würden wir im täglichen Leben wahrscheinlich unsere Sachen gar nicht schneller finden, denn wir sind immer noch an das ehemalige Irrationale gewöhnt. Sie sehen, ich mache Werbung dafür, die Dinge so zu belassen, wie sie sind.

Möglicherweise erreichen Sie auch gar nichts. Ich behaupte keinesfalls, daß Sie nach – sagen wir mal – sechs Monaten oder einem Jahr glücklicher sind oder mit Ihren Alltagsproblemen besser fertig werden. Sie leben ja nach wie vor in einer Welt, in der Menschen sterben und unversöhnliche Konflikte mit sich herumschleppen. Aber eines kann ich Ihnen zumindest in die Hand versprechen: Im Augenblick erscheint Ihnen Ihr Leben wie eine Sammlung bruchstückhafter Notizen und Eindrücke. Vielleicht kann ich Ihnen dazu verhelfen, diese zu einer fortlaufenden Erzählung zu formen, die für Sie einen Sinn macht. Dann gelingt es Ihnen vielleicht, Verantwortung für Ihr Leben zu übernehmen, womöglich sogar, es besser zu bewältigen.

Das ist doch schon etwas, und das zumindest sollten wir anstreben. Aber es gibt auch andere Möglichkeiten. Lassen Sie mich spekulieren. Ihre Wortwahl in bezug auf Ihre Freundin, die man mitten in der Landschaft Ihrer Kindheit vergraben hat, hat mein Interesse geweckt. Das ist ein eindrucksvolles Bild. Vielleicht trägt manch einer von uns sozusagen in Gedanken eine Leiche mit sich herum, die darauf wartet, entdeckt zu werden.«

»Was meinen Sie damit?«

»Machen Sie sich darüber keine Gedanken, es ist nur eine Idee, ein Bild.«

»Und wie soll das nun praktisch aussehen? Wie sollen wir vorgehen?«

»Gut, machen wir Nägel mit Köpfen: Ich möchte Sie zweimal die Woche sehen, jeweils eine Stunde, die allerdings nur fünfzig Minuten dauert. Ich nehme achtunddreißig Pfund pro Sitzung, zahlbar im voraus zu Wochenbeginn. Wie gesagt, es wäre absolut verständlich, wenn Sie sich gegen eine Therapie entscheiden. Ich kann Ihnen fast hundertprozentig versichern, daß Sie sich mit oder ohne Behandlung in ungefähr einem Jahr erheblich besser fühlen. Der Schmerz über den Tod Ihrer Freundin wird bis dahin deutlich nachlassen, und Sie werden sich an Ihr neues Leben gewöhnt haben. Wenn Sie sich aber entscheiden, eine Therapie zu machen – was ich hoffe –, müssen Sie eine Verpflichtung eingehen. Das heißt, die Sitzungen sind heilig und dürfen nicht aufgrund beruflicher Verpflichtungen, Krankheit, Sex, Enttäuschung, Müdigkeit oder sonst etwas versäumt werden. Natürlich dürfen Sie die Therapie jederzeit abbrechen, ich meine aber, Sie sollten sich selbst dazu verpflichten, mindestens vier oder fünf Monate dabeizubleiben. Und sich außerdem einschärfen, der Sache wirklich eine Chance zu geben. Ich meine, emotional und rational. Ich weiß, daß Sie klug sind und wahrscheinlich im Gegensatz zu mir erst vor kurzem Freud gelesen haben. Wenn Sie hier aber über den Vorgang der Übertragung diskutieren wollen, woran ich ohnehin nicht glaube, verschwenden wir beide unsere Zeit und Sie darüber hinaus Ihr Geld. So. Noch Fragen?«

»Wird es so sein wie heute?« fragte ich. »In der Küche sitzen und plaudern, bei einer Tasse Kaffee?«

»Nein. Das hier ist, wie Sie gerade gesagt haben, nur eine Plauderei, bei der wir die Regeln festlegen. Wenn wir einsteigen, müssen wir raus aufs Spielfeld und richtig loslegen. Meiner Ansicht nach geht das nur, indem wir den ganzen Vorgang ritualisieren, mit anderen Worten, er muß sich von

Ihrem normalen Leben abheben. Also, wenn Sie wirklich einsteigen wollen, dann ist es das nächste Mal ganz anders. Die nächste Sitzung wird in einem Therapieraum stattfinden.« Er gebrauchte das Wort »Therapie«, als wäre es etwas unhandlich und er es gerne vermeiden würde. »Es hat nichts mit einem gesellschaftlichen Ereignis zu tun. Wir werden keinen Kaffee trinken und auch nicht plaudern. Sie liegen auf einer Couch, nicht weil das ein psychoanalytisches Requisit ist, sondern weil es eben nicht so sein soll wie heute – gemütlich, anregend, von Angesicht zu Angesicht. So, und jetzt möchte ich, daß Sie nachdenken, was Sie wollen, und mich dann anrufen.«

»Ich weiß es bereits. Ich möchte beginnen. Und wenn ich mit dem Verlauf nicht zufrieden bin, höre ich auf, garantiert.«

Alex lächelte und streckte mir die Hand hin.

»Ich gehe sicher recht in der Annahme, daß ich von Ihnen keine noch deutlichere Verpflichtungserklärung bekomme. In Ordnung, abgemacht.«

7. KAPITEL

Nachdem ich das Scheidungsgesuch unterschrieben und eine Eheberatung abgelehnt hatte, radelte ich an jenem klaren, kalten Tag Richtung Londoner Norden zur Baustelle meines Wohnheimprojekts, das mir, wenn ich nur daran dachte, schon Bauchschmerzen verursachte. Ursprünglich hatte ein neues Gebäude errichtet werden sollen mit fünfzehn Wohneinheiten für aus dem Krankenhaus entlassene geistesgestörte Patienten. Diese bedurften jedoch der Aufsicht, auch wenn es nur darum ging sicherzustellen, daß sie regelmäßig ihre Medikamente einnahmen. Ich legte einen ansprechenden, funktionalen und kostengünstigen Entwurf vor, der auf der Stelle abgelehnt wurde, was mich nicht sonderlich erstaunte.

Plan B sah den Umbau eines besetzten Hauses vor, das seit zwei Jahren ohne Dach war.

An der Baustelle wurde ich bereits von zwei Männern und einer Frau erwartet. Meine Freundin Jenny vom Sozialdienst sah – wie immer – erschöpft aus. Sie stellte mich Mr. Whittaker vom Gesundheitsamt und Mr. Brady vom Wohnungsamt vor.

»Wieviel Zeit haben Sie?« fragte ich.

»Ungefähr minus zehn Minuten«, erwiderte Jenny.

»In Ordnung, dann also der kurze Rundgang. Übrigens wäre alles etwas einfacher, wenn ich nicht bei jeder Besprechung mit neuen Gesichtern konfrontiert würde.«

Ich führte sie bis unters Dach – hätte es denn eins gegeben. Nun arbeiteten wir uns von oben nach unten vor, umrissen die wichtigsten Renovierungsarbeiten, die wesentlichen Reparaturen, sprachen über den Notausgang an der Gebäuderückseite und die raffinierten Angleichungen, die ich in den Gemeinschaftsbereichen und Korridoren vorgenommen und durch die das Haus zusätzlich an Raum gewonnen hatte.

»So, das ist es«, sagte ich, als wir wieder an der Eingangstür angekommen waren. »Es ist nicht nur eine geniale und praktische Lösung, sondern auch eine, die sich finanziell rentiert.«

Mr. Brady lächelte beklommen.

»Da mag etwas dran sein, und ich kann nur hoffen, daß die Rechnungsprüfer bei der Kalkulation Ihre Argumente berücksichtigt haben.«

»Keine Sorge, Mr. Brady«, sagte ich. »Am Tag des Jüngsten Gerichts bekommen wir alle die Rechnung präsentiert.«

Mr. Brady und Mr. Whittaker wechselten einen Blick. Ich fand es etwas irritierend, daß immer mehr Verwaltungsbeamte jünger waren als ich.

»Jane, ein genialer Entwurf, wirklich. Wir sind sehr zufrieden. Die Sache hat nur einen Haken: Wir müssen mit einer fünfzehnprozentigen Kürzung des Gesamtetats unserer Behörde rechnen, und davon sind natürlich alle Projekte gleichermaßen betroffen. Wir hoffen, daß Sie das einarbeiten können. Abgesehen davon entspricht alles unseren Vorstellungen.«

»Was soll das heißen, ›abgesehen davon‹? Ihnen liegt bereits ein Mindestkostenvoranschlag vor, und Sie haben unser Angebot angenommen.«

»Änderungen vorbehalten ... und so weiter und so fort, Sie kennen das ja.«

Ich schlug meinen offiziellen Ton an.

»Mr. Whittaker, Sie stimmen mir gewiß zu, daß dieses Wohnheim von dem Moment an eine Reinersparnis darstellt, an dem fünfzehn Patienten nicht mehr gleichzeitig in Frühstückspensionen unterzubringen sind beziehungsweise langfristig Betten belegen.«

»Sie wissen so gut wie ich, Jane, daß das theoretisch stimmt, aber für unsere Berechnung irrelevant ist.«

»Oh, ich könnte für die Dauer des nächsten Finanzjahres ja das Dach weglassen! Schließlich steht der Frühling schon vor der Tür. Andererseits, weshalb sich überhaupt mit einem Haus abmühen? Vielleicht gelingt es mir, einen Container zu besorgen, den man draußen auf die Straße stellt. Sollte irgendwo noch Geld übrig sein, ließe sich seitlich das neue Logo Ihres Amtes anbringen. Die Verrückten könnten darin untergebracht werden und ihre Medikamente per Post erhalten. Jenny, was sagst *du* dazu?«

Jenny sah mich besorgt an. Ich merkte, daß ich anfing, mich wie einer ihrer Pflegefälle zu benehmen.

»Jane, das bringt uns nicht weiter«, meinte Mr. Brady. »Es ist sinnlos, *uns* anzugreifen. Wir sitzen in einem Boot. Tatsache ist, daß wir nicht zwischen einem geänderten Entwurf und der ursprünglichen Idee entscheiden müssen, sondern zwischen Ihrem Kompromißentwurf und der Nullösung, und selbst das wird ein harter Kampf werden. Sie sollten mal sehen, was sich in anderen Abteilungen abspielt. Die Tressell-Grundschule am Ende der Straße wird nächstes Quartal möglicherweise nur noch an vier Tagen in der Woche geöffnet sein.«

»In Ordnung, ich nehme Änderungen vor und stelle außerdem sicher, daß ich – sollte ich in der Zwischenzeit einen Zusammenbruch erleiden – außerhalb des Stadtteils in Gewahrsam genommen werde. Also, wann sollen wir vier, oder eventuelle Vertreter, wieder zusammenkommen?«

»Ich rufe Ihre Sekretärin an, Jane«, erklärte Mr. Brady. »Vielen Dank, daß Sie vergleichsweise einsichtig sind.«

Ich stieg auf mein Fahrrad und trat in die Pedale, was das Zeug hielt, bis meine Beinmuskeln schmerzten. Im Geiste nahm ich Abschied von den ausgeklügelten Einzelheiten und kleinen Raffinessen meines Entwurfs. Die nächste unangenehme Pflicht an diesem Tag war der Besuch bei meinem Vater, der mir Pläne zeigen wollte. Ich würde nicht allein zu ihm fahren. Als ich meinem Bruder von dem Besuch erzählt hatte, hatte er darauf bestanden mitzukommen. Angeblich um zu sehen, wie es Vater ging. Ich vermutete, daß es eher mit seinem Film zu tun hatte, aber so kam ich wenigstens zu einer Mitfahrgelegenheit. Ich stellte mein Fahrrad ab und wartete auf Paul – eine gute Entschuldigung, um zwei Zigaretten zu rauchen. Auf unserer Fahrt nach Stockwell lamentierte mein Bruder ununterbrochen, daß dies mit Abstand die ungünstigste Tageszeit sei, um Richtung Süden zu fahren, und daß wir auf der Nordumfahrung sicherlich schneller vorangekommen wären. Als ich erwiderte, daß das nicht stimme, redeten wir bis Blackfriars Bridge kein Wort mehr miteinader.

Mein Vater, Jahrgang 1925, ist neunundsechzig. Ein alter Mann. Natürlich ist mir das klar, aber ich empfinde es normalerweise nicht so. Doch als er Paul und mir die Tür öffnete, wirkte er sehr grau und eingefallen. Die Altersflecken auf seinen Händen traten plötzlich erschreckend deutlich hervor. Aber als ich ihn umarmte und eingehender betrachtete, bemerkte ich, daß er immer noch recht gut aussah. So hatte er zum Beispiel dichteres Haar als sein Sohn. Ich glättete es mit der Hand, was er, so hoffte ich, als Zärtlichkeit verstand.

»Tee für euch beide?« fragte er.

»Du setzt dich jetzt hin, und ich kümmere mich darum«, antwortete ich. »Ich habe Zitronengelee mitgebracht. Falls du Toast hast, könnten wir etwas davon essen.«

Dad und Paul gingen ins Wohnzimmer, einen mit Büchern und Papier vollgestopftem Raum, dessen Wände dunkelrot gestrichen waren. Dagegen erinnerte die Küche mit den weißgetünchten Wänden und den unbequemen Holzbänken eher an einen Gemeinderaum der Quäker. Die Deckenstrahler, die man normalerweise nur für Verkaufsflächen verwendet, tauchten den Raum zudem in ein unangenehm grelles Licht. Solange ich denken konnte, hatte Dad die elektrischen Leitungen neu verlegen lassen wollen, sich aber immer vor dem Umbau gefürchtet. Statt dessen vergrößerte er das Chaos noch. Wohin man blickte, überall Verlängerungskabel. Als ich das Tablett mit Tee und Toast ins Wohnzimmer trug, hatte Dad es sich im Lehnstuhl bequem gemacht, und Paul hockte auf einem Schemel und beugte sich verschwörerisch zu ihm hin. Die Düsternis, die sie umgab, war ein weiteres Ergebnis der Beleuchtungsstrategie meines Vaters und stammte aus der Mitte der siebziger Jahre, als es Mode war, nicht Räume, sondern »Bereiche« auszuleuchten. Folglich wurden in jedem Zimmer die Kabel von den Deckenrosetten entfernt und schauerliche Chromlampen in den Ecken installiert. Das Haus teilte sich nun in helle und dunkle Bereiche. Dad und Paul saßen im letzteren. Als ich nahe genug an sie herangetreten war, um etwas erkennen zu können, bemerkte ich in Pauls Augen wilde Entschlossenheit. Kein Zweifel, er recherchierte. Sogar ein Notizbuch lugte aus seiner Jackentasche.

»Hat Paul dir erzählt, daß er eine Fernsehdokumentation über unsere Familie drehen will, Dad?« fragte ich betont heiter und stellte das Tablett lauter als gewohnt auf den Tisch.

Paul fuhr auf und blickte mich finster an. »Ich wollte es ihm gerade erzählen«, sagte er.

Etwas Gelbes lief an Vaters Kinn herunter. »Weshalb?« wollte er wissen. »Was ist denn so interessant an uns?«

Paul holte tief Luft und legte seinen Toast zurück.

»Das ist eine sehr gute Frage«, meinte er, woraufhin Dad ihn verwundert ansah. »Wenn ich über meine Familie berichte – die mich natürlich interessiert –, ermuntere ich damit auch die Zuschauer, sich aus einer neuen Perspektive mit ihrer Familie und ihrer Kindheit auseinanderzusetzen. Jede Familie ist anders und doch gleich.«

»Ist das ein Zitat?« murmelte ich. Paul ignorierte meine Bemerkung.

»Wenn ich über unsere Familie erzähle – über dich, über Mum, Jane und mich, und über die Martellos, die ich natürlich nicht übergehen kann –, was greife ich auf?« Da seine Frage rein rhetorisch war, nahm ich mir eine Scheibe Toast und biß hungrig hinein. Ich hatte kein Mittagessen gehabt. »Nostalgie. Nähe und Entfremdung. Besitzgier und Eifersucht. Kindheitsidylle. Schmerzliches Erwachsenwerden. Die Hoffnungen der Eltern für ihre Kinder, der Groll der Kinder auf ihre Eltern. Dies und noch mehr anhand der Erlebnisse einer Familie. Ich hoffe, du hilfst mir dabei.«

»Schluß mit diesem Unsinn«, sagte Dad. »Trink deinen Tee, Paul, ich möchte Jane etwas zeigen.«

Er führte mich zum Schreibtisch in der Ecke, auf dem Zeichnungen und alte Bücher lagen.

»Wie kommt dein Projekt voran?« fragte er.

»Welches?«

»Ich spreche nicht von dem auf Stead. Ich meine das Wohnheim.«

»Es wird allmählich zur Qual.«

»Das tut mir leid, Jane. Kann ich dir irgendwie helfen?«

»Ja, jeden im Wohnungsamt umbringen.«

»Gut, gut«, sagte Dad geistesabwesend. Was führte er im Schilde? Er war in Gedanken mit etwas anderem beschäftigt. »Ich habe dich nicht ohne Grund hergebeten. »Ich dachte, vielleicht magst du einen Blick auf das hier werfen.«

»Was ist das?«

»Das wird mein Altersprojekt. Ich möchte das Innere des Hauses renovieren.«

»Weshalb?«

»Ich möchte die ursprüngliche Form und Ausstattung wiederherstellen. Das Haus soll wieder so aussehen, wie es in der Mitte der achtziger Jahre des vergangenen Jahrhunderts gewesen war. Ich habe bereits Skizzen angefertigt. Die Grundsubstanz bleibt unangetastet. Die Hauptarbeit wird sein, in diesem Zimmer und im oberen Stockwerk Trennwände einzuziehen.«

Paul hatte sich hinter uns gestellt und sah mir über die Schulter.

»Das heißt, du mauerst das wieder zu, was du in den sechziger Jahren eingerissen hast?« meinte er höhnisch.

Ich trat Paul gegen das Schienbein, doch mein Vater fuhr fort, als hätte er die Bemerkung nicht gehört.

»Die Gesimse und die Rosetten müssen natürlich instand gesetzt werden. Glücklicherweise können wir Abdrücke aus den noch vorhandenen erstellen.«

»Ich bin sprachlos«, sagte ich. »Aber wird das nicht ziemlich teuer werden?«

»Ich werde selbst Hand anlegen.«

»Das wirst du nicht.«

»Doch. Pat Wheeler hat mir seine Hilfe zugesagt.«

Ich wußte nicht, was ich sagen sollte. Das machte aber nichts, denn mein Vater fuhr lebhaft mit seinen Erläuterungen fort. Er blätterte seine Entwürfe und Beschreibungen durch, sprach von Schiebefenstern, Einlaßmitteln und Kaminschutz, Dekorationen am Fensterrahmen und Türbeschlägen. Paul fragte ihn scherzhaft, ob er auch die Gasbeleuchtung wieder einführen wolle. Meine Gefühle waren gemischt, nicht nur wegen der Undurchführbarkeit seines Plans, sondern weil ich das Gefühl hatte, mein Vater manövriere sich durch den Umbau systematisch aus seinem eigenen Haus. Wenn die Renovierungsarbeiten abgeschlossen wären – sollte es je dazu kommen –, wären sämtliche Neuerungen und Ideale, die meinem Vater Kraft zum Leben gegeben hatten, zerstört. Als ich etwas über Achtung vor der Vergangenheit murmelte, erntete ich ein sarkastisches Lachen.

»Jeder geht anders mit seiner Vergangenheit um. Ich hoffe, ich kann sie wiedererstehen lassen und erhalten. Ist das nicht besser, als eine Fernsehdokumentation darüber zu drehen?«

Sein scharfer Blick trieb Paul die Röte ins Gesicht.

»Ich bin erstaunt, daß du so naiv bist, was die Renovierung betrifft«, wehrte sich Paul. »Stets hast du über Gebäude im Rahmen ihres sozialen Umfelds geschrieben. Was hat es für einen Sinn, Ende des zwanzigsten Jahrhunderts ein viktorianisches Wohnhaus zu rekonstruieren? Wirst du dann auch auf einem Pferd durch die Gegend reiten? Ich meine, daß man die Vergangenheit unter heutigen Gesichtspunkten überdenken muß.«

»Natalie«, sagte mein Vater ohne Umschweife.

»Was?« fragte Paul.

»Jetzt sag ich dir mal was«, erklärte Dad. »Man hat Natalie ausgegraben, und du willst das in einem Fernsehfilm verarbeiten und möchtest, daß wir über unsere Gefühle reden, richtig? Vermutlich bittest du mich auch, über Mutters Tod zu sprechen. Wer wird sonst noch was dazu beitragen? Deine beiden Frauen? Der arme verlassene Claud?« Jetzt war ich diejenige, der das Blut in den Kopf stieg. »Und was ist mit Alan und Martha? Martha wird nicht viel dazu sagen. Sie hat ihre Kümmernisse nie preisgegeben, im Gegensatz zu Alan. Ich sehe ihn schon vor mir. Der zornige alte Mann läßt sein Leben Revue passieren. Er wird sein Geld wert sein. Ist es das, was dir vorschwebt, Paul, eine Familie von Fernsehberühmtheiten?«

Paul sah ebenso erschrocken wie erregt aus. Ihm war gerade eine vage Idee gekommen, wie sein Film aussehen könnte, und er antwortete in typischer Manier eines Regisseurs: »Der Film wird unter dem größten Fingerspitzengefühl und ohne jede Sensationsmache gedreht.«

Vater wandte sich von Paul ab und fing an, von einem stuckverzierten Ziegelkamin zu sprechen. Ich warf die Frage auf, ob ein Kamin aus Ton nicht besser sei, aber er wischte diesen Einwand sofort vom Tisch.

»Ich gebe nicht auf, bloß weil ein alter Mann sich in Positur wirft. Ist dir jemals so was Albernes untergekommen wie diese dämliche Renovierung? Leidet Dad an Altersschwachsinn?«

Wir waren im Pub. Paul spielte mit seinem Glas und gab sich recht kämpferisch, aber ich wußte, daß ihn Schuldgefühle plagten.

»Blas mir doch nicht dauernd Rauchschwaden ins Gesicht, Jane. Meiner Ansicht nach ist es absolut legitim, daß ich für meine Arbeit auf eigene Erfahrungen zurückgreife, und die beruht nun mal auf zwei Familien. Nur weil *Surplus Value* ein Hit ist, heißt das nicht, daß ich nichts anderes zuwege bringe als Spielshows.«

Ich schwieg.

»Oder?«

Ich zuckte die Achseln.

»Es ist doch völlig egal, was ich davon halte. Ich muß ja nicht das Geld für den Film aufbringen.«

»Es ist wichtig für mich. Seit jenem Wochenende geht Natalie mir nicht aus dem Kopf. Einen Film über sie und über uns zu drehen wäre für uns alle gut. Es wäre eine Möglichkeit, das Geschehene zu bewältigen.«

»Therapie via Fernsehen.«

»Na ja, bestimmt nicht schlecher als das, was du gerade machst. Wir versuchen doch beide nur, uns selbst zu helfen. Was ist denn daran so falsch?«

Ich legte die Hand auf seinen Arm. Er schüttelte sie gereizt ab.

»Paul«, sagte ich. »Du möchtest, daß Menschen mit dir über ihr Leben sprechen, aber die meisten von uns kennen ihr eigenes Leben gar nicht. Was du vorhast, ist riskant. Du brichst zu einem Zeitpunkt in die Erinnerungen und Träume der Menschen ein, in dem sie äußerst verletzlich sind. Und es sind die Menschen, mit denen du weiterleben mußt. Ich will nicht, daß Claud in die Welt hinausposaunt, wie er über mich denkt. Fernsehen ist verführerisch. Die Menschen erzählen Dinge vor der Kamera, die sie niemals im Leben ihren besten Freunden anvertrauen würden.«

Ich drückte meine Zigarette aus und nahm meinen Mantel.

»Mir geht es um ein ehrliches Filmdokument. Ich verspreche dir, ich werde nichts tun, was das Andenken Natalies beschädigen könnte.«

»Spar dir das für *Radio Times* auf, Paul«, zischte ich und bereute es sogleich. Aber dann stand ich dazu. Wir trennten uns, ohne uns voneinander zu verabschieden.

8. KAPITEL

Meine erste Sitzung – die erste *richtige* – bei Alex löste bei mir die gleichen Gefühle aus wie der erste Tag an einer neuen Schule. Ich war aufgeregt. Ich hatte meine Kleidung mit ungewöhnlicher Sorgfalt ausgewählt und fühlte mich dann nicht wohl darin. Selbst Alex' Haus wirkte auf mich verändert. Er führte mich diesmal nicht in die dunkle, warme, beruhigend unordentliche Küche, sondern in ein kleines Hinterzimmer im Obergeschoß. Während Alex eine Treppe höher stieg, um ein Notizbuch zu holen, ging ich hinein, trat ans Fenster und legte die Hände an die kalte Scheibe. Von dort blickte man auf einen langen schmalen Garten, der an einen entsprechenden Garten des gegenüberliegenden Hauses grenzte – eine spiegelverkehrte Situation. Die Pflanzen waren für den Frühling alle stark zurückgeschnitten, was ich als tadelnden Hinweis auf mein eigenes vernachlässigtes Stückchen Grund empfand. Als sich die Tür hinter mir schloß, zuckte ich zusammen. Ich drehte mich um und sah Alex vor mir stehen.

»Bitte«, sagte er, »legen Sie sich hin.«

Ich hatte mir das Zimmer nicht genau angesehen, weder die Einrichtung noch den Teppich. Für mich gab es nur den Lehnsessel und daneben die Couch. Ich legte mich hin. Als Alex sich hinter mich setzte, außerhalb meines Blickfeldes, hörte ich die Sprungfedern quietschen.

»Ich weiß nicht, wo ich anfangen soll«, sagte ich ängstlich.

»Weshalb sind Sie hier? Nehmen Sie das als Ausgangspunkt und erzählen Sie dazu einfach weiter«, sagte Alex.

»Gut. Anfang September eröffnete ich Claud, meinem Mann, ich wäre der Meinung, wir sollten uns scheiden lassen. Meine Ankündigung kam aus heiterem Himmel, und die ganze Familie war furchtbar entsetzt.«

»Wen meinen Sie mit ›ganze Familie‹?«

»Die Familie mitsamt Anhang. Wenn ich von ›meiner‹ Familie spreche, dann meine ich nicht die kleine Familie Crane, sondern die wunderbaren, beneidenswerten Martellos.«

»Das klingt ein wenig ironisch.«

»Aber wirklich nur ein bißchen. Ich habe möglicherweise ein paar Vorbehalte, aber diese Familie ist wirklich einmalig! Wir haben allesamt großes Glück. So hat mein Vater es immer ausgedrückt. Als der Krieg zu Ende war und er aus der Armee ausschied, ist er sofort nach Oxford gegangen. Dort lernte er gleich am ersten Tag Alan kennen. Klar, mittlerweile kennen wir alle *The Town Drain*, deshalb kann man sich heute kaum noch vorstellen, was mein Vater – ein gescheiter und schüchterner Stipendiat – empfunden haben muß, als er völlig beklommen und ehrfurchtsvoll in Oxford ankam und sofort dem Prototyp eines Billy Belton in die Arme lief. Und wenn man bedenkt, wie Billy Belton als Held des Buches den Leser in seinen Bann zieht, dann stelle man ihn sich leibhaftig vor: ein unerhört geistreicher Mensch, der sich allem gegenüber geringschätzig verhielt, vor dem man eigentlich Respekt haben sollte. Ich glaube, die beiden waren damals nahezu ineinander verliebt.

Einige Jahre später heirateten Alan und mein Vater, und beide Familien wurden fast so etwas wie eine große Familie. Als *The Town Drain* zum Bestseller und später auch noch verfilmt wurde, kam Alan zu Geld, kaufte das Haus und das Stück Land in Shropshire, wo wir unsere Ferien verbrachten. Es war einfach phantastisch dort, und die Leute, die wir mitbrachten, waren fasziniert von dieser unglaublichen Familie mit den vier gutaussehenden Söhnen – und natürlich von der schönen Tochter. Sie waren der Mittelpunkt meines Lebens. Natalie war sowohl meine Schwester als auch meine beste Freundin. Und Theo war meine erste Liebe. Und es schien nur natürlich, sozusagen unumgänglich, daß ich Claud heiratete.«

»War Theo der ältere Bruder?«

»Claud ist der Älteste, dann kommt Theo, dann Natalie. Jonah und Alfred sind die jüngsten, sie sind Zwillinge.«

»Wie haben sie reagiert, als Sie mit Claud brachen?«

»Schwer zu sagen. Eines wollten sie mir an dem Wochenende, als Natalie gefunden wurde, zeigen: Ich gehöre immer noch zur Familie.«

»War es wichtig für Sie, daß die anderen Ihre Entscheidung billigten?«

»Nicht unbedingt, daß sie sie billigten, aber ich wollte nicht als jemand dastehen, der einen Keil in die Familie treibt.«

»Hat man Sie nach Ihren Gründen gefragt?«

»Eigentlich nicht.«

»Und weshalb haben Sie sich zu diesem Schritt entschlossen?«

»Genau darüber habe ich mir auf dem Weg hierher Gedanken gemacht. Ich wußte, daß ich irgendeine Antwort parat haben muß, aber ich habe keine. Ist das nicht seltsam? Da sitze ich nun hier, bin zweiundvierzig Jahre alt und habe Claud als Zwanzigjährige, als ich noch zur Universität ging, geheiratet. Und das alles habe ich über Bord geworfen. Natürlich hat man mich nach dem Grund gefragt. Claud war am Boden zerstört, und meine Söhne waren schrecklich verwirrt und zornig. Sie verlangten eine Erklärung, vermutlich um einen Halt zu haben, aber ich konnte ihnen keine geben. Nicht etwa, weil ich ihnen etwas verschweigen wollte. Ich konnte ihnen lediglich sagen, daß ich damals blindlings in diese Heirat hineingeschlittert war und nun das Gefühl hatte, aus einem langen Schlaf erwacht zu sein. Als ich mich umsah, waren Jerome und Robert erwachsen und lebten nicht mehr zu Hause. Da entschloß ich mich zu gehen. Es tut mir leid, das war jetzt sehr ausführlich und wahrscheinlich wenig plausibel.«

Eine Zeitlang herrschte Stille, bis ich zu weinen anfing. Ich war wütend über mich, konnte aber die Tränen nicht zurückhalten, die mir über die Wangen strömten. Verwundert spürte ich Alex' Hand auf meiner Schulter.

»Entschuldigung«, schniefte ich. »Ich schäme mich nur so für das, was ich angerichtet habe. Und jetzt benehme ich mich auch noch albern und lasse mich gehen. Tut mir leid.«

Alex durchquerte das Zimmer und kam mit einer Handvoll Papiertaschentücher zurück.

»Hier«, sagte er.

Ich putzte mir die Nase und wischte mir das Gesicht ab. Anstatt sich auf seinen Stuhl zu setzen, hockte sich Alex zu meinem Erstaunen vor mich hin. Als meine Tränen versiegt waren, bemerkte ich seinen prüfenden Blick auf mir.

»Ich werde Ihnen jetzt ein paar Dinge sagen«, erklärte er. »Sie wissen bereits, daß es nichts macht, wenn Sie in diesem Zimmer weinen. Sie können hier tun, wonach Ihnen der Sinn steht, solange das Sofa keine Flecken bekommt. Aber etwas ist noch viel wichtiger. Während dieser Zeit, in der Sie zu mir kommen und wir miteinander reden, bemühe ich mich, Ihnen gegenüber so offen und geradeheraus wie möglich zu sein. Ich möchte gleich damit anfangen und Ihnen sagen, daß ich Sie nicht für schwach halte und Sie nicht zerknirscht darüber sein sollten, weil Sie kein griffiges Motiv dafür finden, weshalb Sie Ihren Mann verlassen haben. Ein solcher Schritt erfordert Mut. Im Gegenteil, wenn Sie mir einen oberflächlichen Grund dafür nennen würden, müßten wir uns erst mal darum bemühen, ihn beiseite zu schieben, und nachschauen, was sich eigentlich dahinter verbirgt. Sie fordern sich, das ist schon mal gut! Und, fühlen Sie sich jetzt besser?«

Ich setzte mich auf, schneuzte mir die Nase und knüllte unsicher das Papiertaschentuch zusammen, bevor ich es in die Tasche steckte. Ich nickte. Alex klopfte mir beruhigend auf die Schulter und ging dann im Zimmer auf und ab. Das machte er anscheinend immer, wenn er intensiv nachdachte.

Nachdem er offensichtlich zu einem Entschluß gekommen war, setzte er sich wieder in den Sessel.

»Ich werde Ihnen natürlich keine Antworten liefern. Das ist Ihre Aufgabe. Meine ist es, die Richtung nicht aus den Augen zu verlieren, die wir verfolgen sollten. Wenn Sie sich dort nicht wohl fühlen, wo ich Sie hindirigiere, müssen Sie es sagen, aber ich bitte Sie, mir zu vertrauen. Zu dem, was Sie mir gerade erzählt haben, fällt mir sofort ein, daß Sie nicht nur Ihre Ehe beendet haben, sondern auch Abschied genommen haben von einem wichtigen Teil Ihrer Vergangenheit und Kindheit. Viele Menschen in einer Situation wie der Ihren wären vor der Familie geflüchtet. Daher würde ich gerne wissen, weshalb Sie intuitiv in die Familie zurückgekehrt sind, um sich zu vergewissern, ob Sie noch akzeptiert werden. Mir scheint, wir sollten uns weniger mit den Beweggründen für Ihre Scheidung befassen, sondern uns mit dieser Familie beschäftigen. Sind Sie damit einverstanden?«

Ich schniefte. Ich hatte meine Fassung zurückgewonnen und konnte reden. »Wenn Sie meinen.«

»Und zwar deshalb, Jane, weil es eine meiner Aufgaben ist, dafür zu sorgen, daß Sie die verschiedenen Ereignisse, von denen Sie überwältigt sind, wieder unter Kontrolle bekommen. Wir könnten uns zu diesem Zweck verborgene Muster ansehen und prüfen, ob wir sie wiedererkennen. Sie sind zu mir gekommen, Jane, um über Ihre Scheidung zu sprechen. Das ist wichtig, und wir werden uns auch damit befassen. Doch eine ganz wesentliche Aufgabe ist es herauszufinden, was Sie tatsächlich möchten, und dazu möchte ich Ihnen etwas zu überlegen geben. Ich glaube, es ist kein Zufall, daß Ihre beste Freundin, fast schon Ihr Zwilling, im Erdreich verscharrt gefunden wurde und Sie zur gleichen Zeit zum erstenmal in Ihrem Leben um Hilfe nachsuchen, um Ihre eigene Vergangenheit auszugraben, um Ihrem eigenen Geheimnis nachzuspüren. Leuchtet Ihnen das ein, Jane?«

Ich war verblüfft und zunächst etwas beunruhigt.

»Ich weiß nicht. Es war für uns alle natürlich ein maßloser Schock. Aber es ist und bleibt ein tragischer Unglücksfall. Ich verstehe nicht, was es darüber zu reden gibt.«

Alex ließ sich nicht abbringen.

»Mich macht Ihre Wortwahl stutzig. Ein Schock für *uns alle*. Dabei war es ein *tragischer Unglücksfall*. War er das wirklich? Wissen Sie, zuweilen denke ich, daß die Bereiche, über die Menschen nicht sprechen wollen, oftmals genau die sind, mit denen man sich näher befassen sollte. Ihre Scheidung hat etwas mit Überzeugung, Gefühl, Ihrer Einstellung zu tun. Natalies Tod dagegen ist ein Faktum, ebenso wie die Entdeckung der Knochen Fakten sind. Ich denke, hier sollten wir ansetzen.«

Ich hatte dem therapeutischen Gerede von Gefühlen und dem Argwohn gegenüber tatsächlichen Ereignissen immer ablehnend gegenübergestanden, so daß mich Alex' Worte tief beeindruckten.

»Ja, einverstanden. Ich glaube, Sie haben recht.«

»Gut, Jane. Erzählen Sie mir, wie es war, als Natalie verschwand.«

Ich legte mich wieder auf die Couch und überlegte, womit ich beginnen sollte.

»Ich finde es schrecklich, aber vieles bleibt für mich schemenhaft wie etwas längst Vergangenes, obwohl es so tragisch war und jede Einzelheit in der Erinnerung lebendig sein sollte. Andererseits ist es bereits ein Vierteljahrhundert her, es war im Sommer 1969. Natalie verschwand unmittelbar nach einer großen Party auf Stead, die anläßlich Alans und Marthas zwanzigstem Hochzeitstag gefeiert wurde. Es geschah nichts, was besonders erwähnenswert wäre und sich in mein Gedächtnis eingegraben hätte. Nur an eines erinnere ich mich noch ganz genau: Natalie wurde nach der Party von einem Mann aus dem Dorf zum letztenmal gesehen.« Ich hielt inne. »Das Seltsame daran ist, daß ich mich in der Nähe aufhielt.«

»Wie meinen Sie das?«

»Na ja, ich war natürlich nicht genau *dort*, aber nicht weit entfernt. Offenbar befand ich mich in ihrer unmittelbaren Nähe – abgesehen von dem Mann, der sie gesehen hat, und vielleicht der Person, die ... na ja, Sie wissen schon.«

»Die Person, die Natalie umgebracht hat.«

»Ja. Vielleicht sollte ich Ihnen den Platz beschreiben. Möchten Sie?«

»Okay, gut.«

»Natalie wurde zum letztenmal am Col gesehen. Der Col ist der breite Bach oder das Flüßchen, der an der Grenze des Grundstücks der Martellos vorbeifließt. Von Westbury, dem nächsten Dorf, führt ein schmaler Pfad über den Col und durch Alans und Marthas Grundstück hindurch und am Haus vorbei. Der Mann war auf dem Weg dorthin, um etwas zu liefern oder abzuholen, das weiß ich nicht mehr. Er sah Natalie auf dem Pfad, der am Wasser entlangführt, am Fuß des Cree's Top. Er hat ihr sogar zugewinkt, aber sie hat ihn nicht bemerkt. Danach hat niemand mehr sie lebend gesehen.«

»Wo waren *Sie*?«

»Auf der anderen Seite vom Cree's Top. Der Name klingt, als handle es sich um einen hohen Berggipfel, aber eigentlich ist es nur eine Erhebung, die durch den Bach zerschnitten wird.«

Ich schloß die Augen.

»Ich bin seit damals nicht mehr dort gewesen und habe auch jeden Gedanken daran verbannt. Ich bin nicht mal mehr in dem Teil des Grundstücks spazierengegangen, aber ich kann mich an jede Einzelheit erinnern. Wenn Natalie die Brücke hinter sich gelassen hätte und den Pfad entlanggegangen wäre, der auf der südlichen Seite des Col vorbeiführt, also auf Alans und Marthas Grundstück, hätte sie auf dem Kiesweg nach ein paar Bäumen die Anhöhe erreicht. Von dort hätte sie auf mich herabblicken können. Wir waren nur zwei, drei Gehminuten voneinander entfernt.«

»Was haben Sie dort gemacht?«

»Das weiß ich noch wie heute. Ich war eine launische Sechzehnjährige. Ich glaube nicht, daß ich Ihnen gefallen hätte. Ich war ein bißchen verliebt, ein bißchen verzweifelt und in jenem Sommer entweder mit Natalie zusammen, allerdings – aus verschiedenen Gründen – nicht so oft wie sonst, oder mit Theo. Oder ich war allein. An diesem Spätnachmittag war ich richtig in Weltuntergangsstimmung. Ich schnappte mir das einzige Exemplar der Liebesgedichte, die ich den Sommer über geschrieben hatte, und legte mich ans Ufer des Col, am Fuß des Cree's Top. Dort saß ich mehrere Stunden und las immer wieder in meinen Gedichten. Einem Impuls folgend riß ich eine Seite nach der anderen aus dem Heft, zerknüllte sie so, daß sie wie kleine weiße Nelken aussahen, und warf sie in den Bach. Ich schaute zu, wie die Strömung sie von mir wegtrieb, bis alle verschwunden waren. Ich glaube, es ist sinnlos, wenn ich weitererzähle.«

»Doch, Jane, tun Sie mir den Gefallen.«

»Wenn Sie wollen. Ich habe ein Problem mit der Vorgehensweise. Ich mißtraue ihr, denn mir scheint, ich werde dadurch ermutigt, in nicht besonders wichtigen oder eindeutigen Gefühlen zu wühlen und sie vielleicht dadurch noch zu verstärken.«

»Welche Gefühle?«

»Ich meine keine bestimmten Gefühle. Aber ich will noch bei der Situation bleiben, die ich gerade beschrieben habe. Jahrelang habe ich unter diesem starken Schuldgefühl gelitten, ich hätte etwas tun können, um das Unglück zu verhindern. Ich war doch ganz in ihrer Nähe, und wenn die Umstände nur ein kleines bißchen anders gewesen wären, wenn ich mich entschlossen hätte, über den Cree's Top zu gehen, hätte sich all das womöglich nie ereignet und ich hätte Natalie retten können. Mir ist natürlich auch klar, daß die Überlegung lächerlich ist und man sich über vieles und jedes den Kopf zerbrechen kann.«

»Ihr Schuldgefühl war enorm groß.«

»Ja.«

»Gut, ich denke, wir sollten hier abbrechen.«

Alex half mir von der Couch herunter.

»Ich finde, Sie haben das sehr gut gemacht.«

Ich spürte, wie ich errötete, so wie damals, als ich in der Schule vortreten mußte, um eine Auszeichnung entgegenzunehmen. Ich war regelrecht ein bißchen verärgert über mich und mein zartbesaitetes Gemüt.

9. KAPITEL

Zwischen den Knochen fanden sich noch andere Knochen. Natalie war schwanger gewesen, als sie erwürgt wurde. Die Polizei teilte es Alan und Martha mit, Alan rief seine Söhne an und Claud mich – einen Tag vor dem Begräbnis. Anfangs konnte ich nichts von dem glauben, was er mir mit seiner sanften Stimme erzählte. Wie immer, wenn Claud seine berufsmäßige Gelassenheit an den Tag legte, begann ich unsinniges Zeug zu plappern. Ein Wust von Fragen schwirrte mir durch den Kopf.

»Wie ist es möglich, daß sie schwanger war?«

»Es ist für uns alle unbegreiflich, Jane.«

»Wer könnte denn der Vater gewesen sein?«

Claud klang müde und ungeduldig. »Jane, ich habe es eben erst erfahren. Mehr weiß ich auch nicht.«

»Dann wird die Beerdigung wohl gar nicht stattfinden, oder?«

»Doch. Die Polizei hat die Überreste freigegeben.«

»Aber werden sie denn keine Untersuchungen machen? Können sie nicht mit DNS-Tests oder so herausfinden, wer der Vater ist? Du bist Arzt, du mußt das doch wissen.«

Das war für Claud ein Signal, seinen schulmeisterlichen Ton anzuschlagen. »Sicher haben die Gerichtsmediziner Proben entnommen, Jane. Aber soviel ich weiß, braucht man für den Nachweis von DNS Blut oder andere Körperflüssigkeiten.«

»Und was ist mit den Knochen?«

»Ist das wirklich der richtige Zeitpunkt für solche Fragen, Jane? Knochenzellen haben Zellkerne, die natürlich DNS enthalten. Aber sie nimmt in Skeletten ab, soviel ich weiß. Wenn die Knochen in der Erde gelegen haben, zerfallen die DNS-Spiralen nicht nur, sondern werden auch verunreinigt. Aber das gehört nicht zu meinem Fachgebiet. Da mußt du die Sachverständigen fragen.«

»Scheint ziemlich hoffnungslos«, sagte ich.

»Ja, es sieht nicht gut aus.«

Schwanger. Mir wurde übel, und eine Vorahnung, die nach und nach von mir Besitz ergriffen hatte, legte sich jetzt wie eine Klammer um mein pochendes Herz.

»Lieber Gott, Claud, Claud... was sollen wir denn nur tun?« Ich ließ mich in den alten grünen Sessel neben dem Telefon fallen und schaukelte vor und zurück.

»Tun?« fragte er. »Wir werden wie immer als Familie zusammenhalten und die Situation gemeinsam meistern. Es ist für uns alle nicht leicht, aber wir müssen uns einfach gegenseitig helfen. Alan und Martha trifft es am schwersten. Es ist ihnen sehr wichtig, daß du morgen dabei bist.« Seine Stimme wurde weich. »Laß uns nicht im Stich, Jane. Es betrifft uns alle. Du kommst doch, nicht wahr?«

»Ja.«

Ich wählte Helen Austers Nummer, aber sie war zu beschäftigt, um viel zu sagen. Sie meinte nur, sie sei in ein paar Tagen wieder in London, dann könnten wir uns treffen. Was hätte ich sie überhaupt fragen sollen?

Der Himmel über dem schmalen Sarg war grau. Die Bäume trugen kein Laub mehr, dafür lagen bunte Blumen auf den schimmernden neuen Grabsteinen, die von Kunstrasen umsäumt waren und kitschige Inschriften trugen. Die schönen verwitterten Steine hingegen waren nicht geschmückt. Ich blickte an der Kirchenfassade hoch. Romanisch, flüsterte mir jemand ins Ohr. Natürlich Claud. Falls ich anschließend noch Zeit hätte, müßte ich mir das normannische Taufbecken ansehen. Seine Stimme ging gottlob im Glockengeläut unter. Ihr Grab erinnerte an eine offene Wunde im Erdboden. Gleich würde man das Bündel Knochen hinabsenken und Erde darüber werfen. In einem Jahr wäre Gras über die Narbe gewachsen. Man würde dem Ort gelegentlich einen Besuch abstatten und Blumen hinlegen. An Weihnachten Stechpalmenzweige, im Frühjahr Narzissen. Irgendwann wäre das Grab nicht mehr neu und grau-schwarz. Es würde mit der düsteren Umgebung verschmelzen. Die kleine Schar der sonntäglichen Kirchgänger würde achtlos daran vorbeispazieren. Und dann käme der Tag, an dem niemand mehr den Ort besuchen würde, an dem Natalie begraben lag. Fremde würden neben dem Grabstein stehenbleiben, mit den Fingern die gemeißelten Lettern nachziehen und sagen: Sie ist aber jung gestorben.

Marthas Anblick brach mir fast das Herz. Binnen weniger Wochen schien sie um Jahre gealtert zu sein. Ihr Gesicht war von Kummer gezeichnet, ihr Haar schlohweiß. Trotz des eisigen Windes hielt sie sich kerzengerade und weinte nicht. Ob sie überhaupt noch Tränen hatte? Ich wußte, daß sie jede Woche am Grab ihrer Tochter sitzen würde, obwohl sie nicht an Gott glaubte. Zum erstenmal fragte ich mich, wie viele Jahre ihr noch bleiben mochten. Sie hatte immer unsterblich auf mich gewirkt, doch nun schien sie gebrechlich und todmüde. Auch bei Alan hatten die Ereignisse Spuren hinterlassen. Sein weiter Mantel und der Stock, den er umklammert hielt, ließen ihn plötzlich kleiner und gebeugter wirken. Neben ihm die vier Söhne, groß und nach wie vor attraktiv in ihren dunklen Anzügen. Wir anderen – Ehefrauen, Ex-Ehefrauen, Enkel und Freunde – standen hinter ihnen. Jerome (»ich hab Unterricht«) und Robert (»nee, ich mag keine Beerdigungen«) waren nicht erschienen, dafür war unerwartet Hana morgens um sieben bei mir aufgetaucht – in einem mauvefarbenen langen Rock, mit einem Schinkensandwich, einer Thermoskanne und einem Strauß Anemonen, die an Edelsteine erinnerten.

»Sag mir einfach, wenn du mich nicht dabeihaben möchtest«, hatte sie gemeint. Aber ich wollte. Ich war froh, daß sie neben mir stand und meine Hand hielt, während die Luft ihre Nase rot färbte und ihre albernen Kleider im Wind flatterten. Einige Meter von uns entfernt schneuzte sich ein Mann mittleren Alters laut in sein großes Taschentuch. Sein feines, konzentriertes Gesicht kam mir irgendwie bekannt vor. Das war das einzige Geräusch. Selbst die Vögel sangen nicht.

Unbeholfen sprach der Vikar seine Worte über Tod und Auferstehung in die kalte Luft. Der Sarg wurde in die Gruft hinabgelassen. Martha trat langsam vor und warf eine einzelne gelbe Rose auf den Sarg. Hinter mir hörte ich unterdrücktes Schluchzen. Niemand sonst gab einen Laut von sich. Martha trat wieder zurück und ergriff Alans Hand. Sie sahen einander nicht an, sondern blickten starr auf das ausgehobene Loch im Erdreich, das sogleich zugeschüttet wurde. Claud trat mit einem Blumenstrauß an das Grab. Wir folgten ihm, einer nach dem anderen. Wenig später war die bloße Erde über und über mit Blumen bedeckt.

Meine müden, verweinten Augen sahen Stead jetzt in einem anderen Licht. In meinen Kindertagen war es der verlockendste Ort der Welt gewesen, an den man nach langen Spaziergängen in der Dämmerung zurückkehrte, wenn das Abendlicht auf dem Mauerwerk schimmerte, die Fenster golden leuchteten und kleine Rauchwolken aus dem Kamin aufstiegen, Zeichen verheißungsvoller Wärme im Inneren des Hauses. Jetzt wirkte es auf mich verödet. Alle Fenster waren dunkel. Unkraut wucherte rund um die Eingangstür. Die Trauerweide, die sich über die Einfahrt neigte, sah ungepflegt aus.

Jane Martellos fliegender Imbißservice hatte Baisers, Scones mit ungesalzener Butter, selbstgemachte Marmelade aus dem Vorjahr und einen Kuchen geliefert. In der Nacht vor der Beerdigung hatte ich bis in die frühen Morgenstunden gebacken. Die Küche hatte nach Vanille und Zitronenschale geduftet. Als der Kuchen im Ofen gewesen war, hatte ich Claud noch einmal angerufen.

»Wer kommt?« hatte ich gefragt.

»Ich weiß nicht genau«, hatte er geantwortet und dann ein paar Namen genannt.

»Luke! Luke kommt?«

»Warum denn nicht, Jane?« hatte Claud etwas gereizt geantwortet. Ein Blick auf die Küchenuhr zeigte mir, daß es bereits weit nach Mitternacht war. Wahrscheinlich hatte ich ihn geweckt.

»Aber Luke war doch ihr Freund. Natalie erwartete ein Kind, und Luke war ihr Freund.«

»Gute Nacht, Sherlock, bis morgen.«

Während ich eine Decke über den langen Eichentisch in der Küche von Stead breitete, wurde mir klar, daß Luke der Mann gewesen war, der sich die Nase geputzt hatte. In wenigen Minuten würde er mit den anderen hier erscheinen, und wir würden uns höflich miteinander unterhalten. Der tiefe

Schmerz am Grab würde sich in stumpfsinnigen Gesprächen bei belegten Brötchen verflüchtigen. Jeder hätte nach der Beerdigung besser seiner Wege gehen sollen, um eine Weile mit dem Verlust und der Trauer allein zu sein. Ich schob gerade die Brötchen in den Ofen, um sie aufzubacken, als Hana mit den Baisers in die Küche kam. Wir sprachen nicht. Sie hatte stets zu schweigen verstanden.

»Jane, meine Liebe. Hana.« Es war Alan, aber nicht der bombastische Alan. »Martha ist nach oben gegangen, wird aber in einer Minute hier sein. Kann ich euch helfen?«

»Nein, Alan, das ist nicht nötig.«

»Wenn das so ist, werde ich …« Er machte eine vage Handbewegung und schlurfte hinaus.

Ich überließ Hana das Aufdecken und ging in den Garten. Noch bevor ich mir eine Zigarette angezündet hatte, sah ich Menschen grüppchenweise die Einfahrt heraufkommen. Da ich noch niemanden sehen wollte, machte ich mich in entgegengesetzter Richtung davon. Mein Essen konnte mich eine Weile ersetzen.

»Und was machst du?«

Genau das hatte ich befürchtet. Vor mir stand ein Mann in einem schlecht gebügelten und nicht sonderlich sauberen dunklen Anzug. Aber dahinter sah ich einen schlanken, langhaarigen Jungen mit rundlicher Nickelbrille, der Natalie küßte, sie nahezu verschlingen wollte und ihren Nacken sanft streichelte. Natalies Hauch von Wildheit. Die Frage schien ihn merkwürdigerweise völlig aus der Fassung zu bringen.

»Ich bin Lehrer«, sagte er. »In Sparkhill, an einer höheren Schule.«

Luke, groß und dünn, beugte sich über mich, als er sprach; er erinnerte mich, dank seiner langen Nase, an einen traurigen Vogel, aber sein Blick war stechend. Mechanisch sagte ich, was ich immer zu Lehrern sagte, daß das der wertvollste Beruf überhaupt sei und so weiter und so fort. Blablabla.

»Ich geb dir die Adresse«, sagte er. »Dann kannst du unseren Prospekt anfordern.« Da klang etwas von dem gereizten Luke von einst durch, nur war das Herz nicht dabei. »Jane, können wir miteinander reden?«

Er faßte mich am Ellbogen und steuerte zwischen den Gästen durch auf die Tür zu.

»Das ist besser«, flüsterte er gehetzt, als wäre er in Eile und könnte womöglich belauscht werden. Während er sich mit mir unterhielt, sah er über meine Schulter hinweg, so wie man auf Partys nach jemandem Ausschau hält, der einen weit mehr interessiert. »Ich habe gehört – Theo hat es mir erzählt –, daß Natalie ermordet worden ist. Tja, was für eine Überraschung. Dann sagte er noch, sie sei schwanger gewesen. Da hab ich kapiert, warum ich nach all den Jahren nicht gerade mit offenen Armen empfangen wurde. Martha hat mich nicht einmal begrüßt. Theo und alle meinen, ich sei es gewesen.«

»Was sollst du gewesen sein?«

Ich kam mir hart und grausam vor. Lukes Gesicht verzerrte sich, und er zog erneut ein Taschentuch hervor. Das Bild des kleinen, schluchzenden Jungen von einst tauchte blitzartig vor mir auf und verschwand ebenso schnell wieder. Mir fiel auf, daß er von all den Männern in Natalies Leben der erste war, den ich um sie weinen sah.

»Ich habe sie geliebt. Sicher, ich war nur ein unreifer Teenager, aber ich habe sie geliebt. Sie war so süß und so… so… grausam.«

»Wie kannst du dir so sicher sein, daß du sie nicht geschwängert hast?« fragte ich und wollte mir die Eigenschaftswörter, die er benutzt hatte, für später merken.

Er weinte nicht mehr, sondern blickte mir kühl in die Augen. »Weil wir es nie getan haben«, sagte er. »Sie wollte nicht. Es muß jemand anderer gewesen sein.«

»Wer? Wann?«

»Wie soll ich das wissen? Ich habe wirklich versucht, mir jedes Detail ins Gedächtnis zurückzurufen. Einmal, weiß der Himmel, wo das gewesen ist, haben wir uns geküßt. Ich habe sie geküßt. Auf ihren Wangen lag ein goldener Flaum, obwohl sie so ein dunkler Typ war. Ich spüre ihn noch heute auf den Lippen. Als ich sie streicheln wollte, schob sie mich weg und sagte: ›Du bist noch ein Kind.‹ Dabei war ich ein ganzes Jahr älter als sie. Ich war fassungslos, aber so war sie eben. Du weißt es doch. Du kanntest sie besser als jeder andere.«

Ich wollte dieses Gespräch beenden.

»Gut, warum erzählst du es mir dann?«

»Glaubst du mir jetzt?«

»Wen interessiert, was ich glaube?«

»Mich«, sagte Luke und murmelte etwas Unverständliches. Er rang um seine Fassung. »Aha, jetzt komme ich langsam dahinter. Ihr haltet zusammen. Klar, das ist für euch bequem.«

Ich drehte mich um und ging.

»Ihr macht es euch wirklich ganz schön leicht«, hörte ich ihn hinter mir sagen.

10. KAPITEL

Hier, das sind alles deine.«

Ich fing an, die Schallplatten in Kartons zu verstauen. Als Claud und ich uns kennenlernten, besaß er bereits eine riesige Sammlung Langspielplatten, die er nach Alphabet und verschiedenen Kategorien geordnet hatte. Meine fünf – zwei von Miles Davis und drei von Neil Young – waren viel zu verkratzt für Clauds Anlage, außerdem hatte er sie selbst. Während unserer Ehe kaufte er immer wieder welche dazu. Klassische Musik, Jazz, Soul und Punk – seine Begeisterung und seine Aufgeschlossenheit kannten keine Grenzen. Aus purem Widerspruchsgeist schleppten Jerome und Robert das neueste Gedröhn an: House, Techno, Grunge – nie lernte ich, das eine vom andern zu unterscheiden, stets reagierte ich mit Ignoranz und Entsetzen, wie es von mir erwartet wurde. Claud hingegen fand nach und nach Gefallen an dieser Musik und hörte Rap-Songs über ermordete Polizisten, die sogar Robert schockierten. Er erklärte, es sei einer der wichtigsten Aspekte der freien Meinungsäußerung, daß auch jemand wie Iced Tea, oder wie immer er heißen mochte, seine Ansicht kundtun dürfe. Genußvoll spielte Claud mir Guns'n Roses vor, während seine Söhne ihn schmollend ansahen und ich nachdenklich das Cover betrachtete, auf dem allem Anschein nach gerade eine Frau von einem Roboter vergewaltigt wurde. Wenn seine Brüder zu Besuch kamen, stürzten sie sich auf seine Sammlung, zogen diese oder jene Platte vergangener Tage heraus, beispielsweise ein entsetzliches fünfzehnminütiges Schlagzeugsolo, das eine Flut von Erinnerungen an eine längst vergessen geglaubte Party oder ein betrogenes Mädchen weckte.

»Und diese hier auch.« Ich legte die CDs ordentlich gestapelt neben die Kartons. Claud sah mich mit feuchten Augen an. Ich reagierte nicht. »Den größten Teil der Bücher habe ich durchgesehen, aber du solltest sicherheitshalber noch mal einen Blick drauf werfen. Bei manchen fällt mir die Entscheidung schwer. Ich habe sie alle hier aufs Regal gelegt.«

»James Morris' *Venedig*.« Clauds Stimme klang wehmütig. »Weißt du noch, wie wir dort waren?«

Ich erinnerte mich. Es war Februar gewesen, feucht, neblig und fast menschenleer. Wir machten lange Spaziergänge, achteten nicht auf den süßlichen Gestank des Wassers, bestaunten die bröckelnden Fassaden alter Palazzi und besichtigten Kirchen. Wir liebten uns auf harten Holzbetten mit Keilkissen zum Geräusch der klappernden Jalousien.

Die Pilze Europas, Aufstieg und Fall des Römischen Reichs,

Auden, Gedichte von Hardy, *Die Vögel Großbritanniens.* Clauds Finger glitt das Regal entlang. »*One is fun* sollte ich wohl nehmen. Und das hier sieht aus, als wäre es meins.« Er zog einen schmalen Führer über Englands ländliche Kirchen heraus und legte ihn in seinen Karton. »Wir können die Bücher, die uns beiden gehören, den Jungen geben. Das scheint mir angemessen. Kann ich jetzt einen Drink bekommen?«

»Sie lesen keine Bücher. Wir haben noch nicht über die Bilder und das Porzellan gesprochen. Außerdem gehören dir auch eine Menge Möbel.«

»Jane, kann ich bitte einen Drink haben? Du kannst ja gar nicht schnell genug die letzten Spuren von mir tilgen.«

Wir setzten uns an den Küchentisch, und ich füllte unsere Gläser mit einem roten, billigen Wein. Dann zündete ich mir eine Zigarette an und inhalierte den Rauch krebserregend tief. Wir plauderten zunächst über die Jungen, dann, erstaunlich entspannt, über Natalie. Ich hatte genug nostalgische Schwärmerei gehört. Claud sprach darüber, wie übermütig Natalie sein konnte, über die Streiche, die sie ausgeheckt hatte, über ihr Geschick, Geheimnisse zu lüften und Bündnisse zu schließen. Er sprach über die lebendige Natalie, nicht über das tote Mädchen, das man jetzt idealisierte. *Diese* Natalie hatte ich vergessen. Nun lebte meine Erinnerung an sie wieder auf. Claud und ich riefen uns besondere Augenblicke ins Gedächtnis zurück und füllten die Weingläser nach. Es war schwierig, den Ablauf der Ereignisse zu rekonstruieren, aber Natalie war in den Wochen vor ihrem Tod nicht so häufig mit Luke zusammengewesen. Sie war seiner überdrüssig geworden und hielt ihn auf Abstand, was ihn ärgerte und verwirrte. Er versuchte sie anzurufen und fragte überall nach ihr, bis er schließlich bei mir oder Martha landete.

Wir redeten über die berüchtigte Party, meine verschwommene Erinnerung an den darauffolgenden Tag und auch über Clauds und Alecs Flug mit Air India nach Bombay, der ihm haargenau im Gedächtnis geblieben war. Mit sage und schreibe zwanzig Pfund hatten sich die beiden dort drei Monate lang herumgetrieben. Dreck, Dope und Durchfall. Ich hatte immer die Absicht gehabt, nach Indien zu fahren. Mir fiel ein, daß Claud und ich uns vorgenommen hatten, diese Reise eines Tages etwas stilvoller zu wiederholen, und hoffte, er würde nicht darauf zu sprechen kommen. Ich spielte mit einem antiken Schälchen, das auf dem Tisch stand. Es stammte von einem berühmten Künstler und war sehr teuer gewesen. Ich hatte vergessen, ob Claud es mir oder ich es ihm geschenkt hatte.

Daran hätte ich jetzt besser nicht denken sollen. Als Claud das Glas hob und mich mit einem bitteren Lächeln ansah, empfand ich ein hoffnungsloses, wehmütiges Verlangen nach diesem Mann. Als wir verheiratet waren, kamen wir in Gesellschaft anderer Leute oft am besten miteinander aus. Ich beobachtete sein charmantes Verhalten oder sah, wie eine attraktive Frau seinen Arm umklammert hielt und über eine Bemerkung lachte, die ich nicht hören konnte. Dann erkannte ich, wie glücklich ich mich schätzen durfte. Fast alle meine Freundinnen beteten Claud an und beneideten mich, weil er so gut aussah, sich mir gegenüber so aufmerksam verhielt, so treu war. Daß er nie merkte, wenn Frauen mit ihm flirteten oder sogar versuchten, ihn anzumachen, machte ihn um so begehrenswerter. Plötzlich waren wir gefangen in verhängnisvollem Schweigen. Ich ahnte, was jetzt kommen mußte.

»Ich weiß, ich sollte das nicht sagen«, begann Claud, und ich begriff, daß er eine Rede vorbereitet hatte. »Aber all das hier«, er deutete auf das Chaos um uns herum, »erscheint mir unsinnig. Erst sagst du, wir haben Probleme, und als nächstes finde ich mich irgendwo in einem möblierten Zimmer wieder. Ich meine, wir sollten es noch mal versuchen.« Seine Stimme klang schrecklich aufgekratzt. »Es fällt mir schwer, das zu sagen, aber vielleicht könnten wir zu einer Beratungsstelle gehen.«

Ob ich wollte oder nicht, ich war gerührt: Claud hatte bisher für jede Art von Therapie immer nur Verachtung übriggehabt.

»Nein, Claud.« Ich verkniff mir eine Erklärung, gegen die er Einwände erheben konnte.

»Aber du bist nicht glücklich«, beharrte er. »Sieh dich doch an: Du rauchst ununterbrochen, du bist dünn und blaß. Du weißt, daß du einen Fehler begangen hast.«

»Ich habe nie behauptet, daß ich glücklich bin«, sagte ich. »Aber ich muß mit dem leben, was ich mir ausgesucht habe.«

»Was habe ich falsch gemacht? Was habe ich dir getan, daß du *das hier* möchtest?« Er deutete auf das Zimmer, auf mich.

»Nichts. Ich will nicht darüber reden. Es ist sinnlos.«

»Steckt etwas dahinter, über das du nicht reden willst?« fragte er verzweifelt. »Ist es Theo? Da, jetzt hab ich es ausgesprochen. Entspreche ich nicht dem idealisierten Bild, das du dir von ihm machst?«

»Hör auf, Claud, das ist lächerlich.«

»Ich könnte dir eine Menge über Theo erzählen, was er so alles getan hat ...«

»Das glaube ich dir nicht, Claud. Außerdem hat es nichts mit uns zu tun.«

Plötzlich sank er förmlich in sich zusammen.

»Es tut mir leid«, sagte er. »Es tut mir leid, aber du fehlst mir furchtbar.« Er schlug die Hände vors Gesicht und spähte zwischen seinen Fingern hindurch wie durch das Gestänge eines Käfigs.

Hier saß ich also mit Claud am Küchentisch, wie so viele Jahre zuvor, sah seine Tränen, ohne ihn trösten zu wollen, und wußte nicht mehr, weshalb ich ihn verlassen hatte. Die Wut, die heillose Frustration, die Panik, das Gefühl, daß die Zeit davonlief – all das war so weit weg. Was ich wollte, war Frieden, Freundschaft, ein geregeltes Leben, eine Heimat. Ich hatte mein Leben Stück für Stück aufgebaut, um es dann eines schönen Tages im vergangenen September über mir zusammenstürzen zu lassen. Ich fühlte mich alt, müde und am Ende. Einen Augenblick meinte ich, ich müßte neben Clauds Stuhl niederknien, ihn in die Arme nehmen, bis seine Tränen versiegt waren, meinen Kopf in seinen Schoß betten und spüren, wie seine Hände mein Haar streichelten, in dem sicheren Bewußtsein, daß er mir vergeben hatte. Aber ich unternahm nichts, und der Augenblick verstrich. Nach ein, zwei Minuten erhob er sich.

»Ich hole die Sachen später.«

Ich spielte immer noch mit dem Schälchen. »Was ist hiermit?«

Ich reichte es Claud.

»Das hier? Es gehört uns beiden.« Er nahm es in beide Hände, zerbrach es ohne sichtbare Gefühlsregung in zwei Teile und reichte mir die Hälfte. Ich war sprachlos. Ich sah nur, daß er sich am Finger verletzt hatte.

»Ich nehme nur dieses hier.«

Er legte die Scherbe in einen CD-Karton. Als ich ihm die Tür öffnete, trieb der Wind den Regen ins Haus.

»Ich bin enttäuscht von dir, Jane«, sagte er. Ich zuckte nur die Achseln.

Im Schlafzimmer zog ich meine Jeans und meine graue Jacke aus, nahm die Ohrringe ab, bürstete mir das Haar und zog einen Morgenmantel an. Dann ging ich ins Bad und rieb meinen Finger mit Seife ein. Ich zog kräftig, und schon glitt der Ring über den Knöchel. Nachdem ich den schmalen Reif abgespült hatte, nahm ich ihn mit in mein Arbeitszimmer, Jeromes ehemaliges Schlafzimmer, in dem jetzt Flip-Charts standen und sich Millimeterpapier und unbeantwortete Briefe türmten. Dort öffnete ich die Schreibtischschublade, in der ich verschiedene Souvenirs aufbewahrte: die Namensbänder der Jungen, die man ihnen nach der Geburt ums Handgelenk gebunden hatte, den Korken der Champagnerflasche anläßlich der Abschlußprüfung, den letzten Brief meiner Mutter, den sie mir mit zittriger Hand und unter Schmerzen geschrieben hatte, die Fotos von Natalie, die ich vor kurzem bekommen hatte. Ich legte den Ring dazu und schloß die Schublade. Dann ging ich zu Bett und mußte lange auf den Schlaf warten.

11. KAPITEL

Schockiert es Sie?«

»Mehr als das«, antwortete ich. »Ich könnte Ihnen nicht mal richtig beschreiben, was ich empfinde.«

»Erzählen Sie«, forderte Alex mich auf.

Ich seufzte. »Ich werd's versuchen. Nun, ich fühle mich hinters Licht geführt, und das ist noch untertrieben, denn offensichtlich hatte Natalie noch ein anderes Gesicht, eines, das ich nicht kannte. Um es etwas genauer auszudrücken: Zwischen Natalie und mir bestand eine Kinderfreundschaft, und wir versicherten uns gegenseitig, die besten Freundinnen und Schwestern zu sein. Schließlich waren wir die einzigen Mädchen unter vielen Jungen. Alles haben wir beredet, besonders nachts, in ihrem Zimmer. Im Sommer 1969 aber wandelte sich unsere Freundschaft. Wir hatten schon davor mit Jungs zu tun gehabt, aber zu ihrer Beziehung mit Luke fand ich keinen Zugang, das war irgendwie anders. Ich selbst war in der gleichen Zeit über beide Ohren in Theo verliebt.«

»Erzählen Sie mir von Theo.«

»Wie meinen Sie das? Damals oder heute?«

»Egal.«

»Theo ist immer noch ein toller Typ. Ich liebe ihn. Wenn Sie ihm begegnen würden, würde er Ihnen bestimmt auch gefallen. Er ist groß, attraktiv und hat mittlerweile eine Glatze, aber so wie ein Künstler, nicht wie ein Bankmanager, der sich die Strähnen quer über den Schädel kämmt.«

»Klingt interessant«, meinte Alex lachend. »Wir müssen Ihre Abneigung gegenüber Bankmanagern untersuchen.«

»Ich mag meinen Bankmanager«, beteuerte ich. »Obwohl ich ihn so oft provoziert habe, war er immer sehr nett zu mir.«

Trotz der schlechten Neuigkeiten verlief diese Sitzung mit Alex entspannter. Die Atmosphäre war freundlich, sogar ein bißchen erotisch. Ich fühlte mich sicherer, ich wußte, daß ich sagen durfte, was ich sagen wollte.

»Wie auch immer, Theo ist weder Bankmanager noch Künstler. Er ist irgendwas dazwischen, und es ist sehr schwierig, genau zu sagen, was er tatsächlich tut. Er ist Spezialist in Fragen des Informationsmanagements und arbeitet für eine Firma, die ihren Sitz in Zürich hat. Außerdem liest er als Gastprofessor mal hier, mal dort. Eine etwas postmoderne Aufgabenstellung, sehr gut bezahlt und ein bißchen abstrakt und philosophisch. Er reist ständig. Mal ist er auf einem Kongreß in Toronto, mal überwacht er eine Firmenfusion auf einem Schloß irgendwo in Bayern. Dagegen scheinen Leute wie ich, die an einem Ort wohnen und in der Nähe arbeiten, unvorstellbar altmodisch. Er war und ist faszinierend.

Vor diesem Sommer im Jahr 1969 hatte ich Theo mehrere Jahre lang etwas aus den Augen verloren. Er ging in einer anderen Stadt zur Schule, und ich hatte einen jungen Mann als Freund, der nicht nur ein Motorrad besaß, sondern es auch zerlegen und wieder zusammenbauen konnte, ohne daß eine Schraube übrigblieb. Auf seine Art ganz schön imponierend. Als wir uns Ende Juli auf Stead zu der Party für Alan und Martha trafen, habe ich mich Hals über Kopf in Theo verknallt. Er war über einsachtzig und hatte lange Haare, besuchte die sechste Klasse und machte in ungefähr zwölf Fächern die Abschlußprüfung. Außerdem las er Rimbaud und Baudelaire im Original und konnte Gitarre spielen. Ich meine, richtig, nicht nur klimpern, sondern Melodien, die ein bißchen an Leonard Cohen erinnerten. Ich war ihm voll und ganz verfallen. Hauptsächlich im geistigen Sinne.

Entschuldigung, ich schweife ab. Ich wollte eigentlich nur klarmachen, daß das der Sommer war, in dem Natalie und ich sozusagen erwachsen wurden. Die gegenseitige Entfremdung, die dabei stattfand, war ein Zeichen dafür, daß jede von uns selbständig wurde und anfing, ein eigenes Leben zu leben. Wie soll ich das beschreiben? Ich erinnere mich an ein Ereignis ungefähr eine Woche vor ihrem Verschwinden. Ich war in Kirklow. Eine Gruppe junger Leute saß vor einem Pub beieinander, trank und rauchte. Natalie war auch mit von der Partie. Sie hatte das Haar aus der Stirn gestrichen und lachte über irgendeine Bemerkung. Dabei sah sie auf, und unsere Blicke trafen sich. Sie lächelte mich an und schaute dann schnell weg. Mir war klar, daß ich nicht hinübergehen und mich dazusetzen durfte. Ich glaube, der Schmerz, den ich empfinde, wenn ich an diesen Sommer zurückdenke, hat nicht nur mit Natalies Tod zu tun, sondern auch damit, daß ich plötzlich kein Kind mehr sein durfte und mich der Erwachsenenwelt stellen mußte.«

Nachdem ich geendet hatte, entstand ein langes Schweigen, das ich nicht brechen wollte. Ich hatte keine Angst mehr vor Gesprächspausen.

»Aha, damit ist ja alles geklärt«, sagte Alex in einem sarkastischen Ton, der mich empörte.

»Wie meinen Sie das – ›alles geklärt‹?« fragte ich.

»Das klingt doch wunderbar, Jane. Sie haben alles miteinander in Verbindung gebracht. Sie haben es geschafft, sich mit Natalies Tod abzufinden und ihn mit einer positiven Entwicklung in Ihrem eigenen Leben zu verknüpfen. Natalie ist gestorben. Sie sind erwachsen und Architektin geworden. So weit, so gut. Analyse beendet. Herzlichen Glückwunsch.«

Ich war wie erschlagen. »Warum sind Sie so sarkastisch, Alex? Das ist gräßlich.«

»Lesen Sie gern, Jane?«

»Wozu wollen Sie das wissen?«

»Ich wette, Sie lesen gern Romane. Im Urlaub bestimmt jeden Tag einen.«

»Nein, ich lese ziemlich langsam.«

»Wollten Sie schon mal selbst einen Roman schreiben?«

»Machen Sie sich über mich lustig, Alex?«

»Nein, ehrlich, Jane, ich denke, Sie sollten es in Erwägung ziehen. Ich bin überzeugt, Sie können das. Aber tun Sie's nicht hier bei mir. Sie sind eine intelligente Frau, und das, was Sie mir gerade erzählt haben, ist durchaus keine unglaubwürdige Aneinanderreihung Ihrer Erfahrungen. Darin liegt ja Ihre Begabung. Ich bin sicher, Sie könnten morgen in meine Praxis kommen und mir eine zweite Version Ihres Lebens präsentieren, eine andere Interpretation, die genauso überzeugend klingt. Wenn Sie über Ihr Leben absolut glücklich wären und alles zu Ihrer Zufriedenheit laufen würde, könnten Sie es damit eigentlich bewenden lassen. Wir erzählen alle gern Geschichten, nur beherrschen es die meisten von uns nicht so gut wie Sie. Man schafft sich makellose Lebensinterpretationen, denen man folgen kann wie der Tintenwolke eines Tintenfisches. Bin ich unfair, Jane?«

Ich fühlte mich, als hätte ich plötzlich jede Orientierung verloren.

»Ich weiß nicht. Ich weiß nicht, was ich sagen soll.«

Alex tauchte in meinem Blickfeld auf und kniete sich neben mich. »Wissen Sie, was ich vermute, Jane? Sie haben die Taschenbuchausgabe der Freudschen Werke zu Hause. Zwar haben Sie sich früher vorgenommen, sie zu lesen, sind aber nie dazu gekommen, sondern haben nur darin geblättert und hier und dort ein wenig geschmökert. Außerdem kennen Sie ein, zwei Bücher über Psychotherapie und sind unter anderem darauf gestoßen, daß eine Analyse aus Gesprächen und Interpretationen besteht. Fakten und Dinge spielen keine Rolle, es zählt allein der Wert, den man ihnen beimißt. Stimmt das in etwa?«

»Ich habe keine Ahnung von dem ganzen Zeug«, wandte ich ein. Ich wollte nicht klein beigeben. Er war sich seiner Sache so sicher.

»Ich möchte, daß Sie das alles vergessen«, fuhr Alex fort. »Ich will Sie – zumindest für eine Weile – von Ihrer Begabung abbringen, Ihr Leben in ein Schema zu pressen. Ich möchte, daß Sie die Dinge in Ihrem Leben erkennen, die sich tatsächlich ereignet haben. Wir heben uns die Deutung für später auf, einverstanden?«

»Ich bin überrascht, daß Sie glauben, es gäbe neben der Interpretation noch Tatsachen.«

»Mir ist klar, daß Sie mir das nicht abnehmen. Wenn Sie wollen, können wir wochenlang hier sitzen, Spielchen machen und über den Sinn des Sinns philosophieren. Möchten Sie das?«

»Nein.«

»Bisher haben Sie mir die übliche Geschichte über das Erwachsenwerden und den Sommer der ersten Liebe erzählt.« Er stand auf und ging zurück zu seinem Stuhl. »Sagen Sie etwas über die peinlichen, unangenehmen Situationen.«

»Reicht es nicht, daß Natalie schwanger war und ermordet wurde? Brauchen Sie noch mehr Unangenehmes?«

»Aber Jane, Sie berichten über diesen herrlich idyllischen Sommer mit der Familie, die von jedermann bewundert wurde. Wo ist die Verbindung zu dem Mord?«

»Wieso soll es denn eine geben? Natalie kann doch von jemandem ermordet worden sein, der nichts mit der Familie zu tun hatte, von jemandem, den wir noch nie gesehen hatten.«

»Was denken Sie darüber, Jane?«

»Wollen Sie meine *Gefühle* wissen?«

»Nein, Ihre Gedanken, Überlegungen.«

Ich schwieg ziemlich lange.

»Mir fällt eigentlich nur eines dazu ein. Vielleicht bin ich dumm – das hat wahrscheinlich die Polizistin gedacht, mit der ich gesprochen habe –, aber ich muß immer an den Ort denken, an dem man Natalie gefunden hat. Das Versteck war fast perfekt, schließlich blieb ihre Leiche fünfundzwanzig Jahre unentdeckt und ist nur durch einen Zufall gefunden worden. Aber es ist wirklich sonderbar. Ich weiß nicht viel über Mörder, aber ich stelle mir vor, daß sie ihre Opfer in abgelegenen Wäldern vergraben oder sie im Moor oder in Gräben liegenlassen. Natalie wurde zuletzt am Flüßchen gesehen. Man hätte sie doch einfach ins Wasser werfen können. Aber sie wurde am Tag nach einer großen Party unter unserer Nase begraben, als jede Menge Leute in der Nähe waren. Ich verstehe das Ganze zwar nicht, aber über eins bin ich mir sicher: Es war nicht irgendein Vagabund auf der Durchreise, der sie angegriffen und dann sozusagen vor unserer Haustür begraben hat.«

»So? Was wollen Sie mir außerdem sagen? Da muß doch noch was sein.« Alex ließ nicht locker.

»Ich weiß nicht. Es liegt so lange zurück. Ich habe das Gefühl, daß Sie meinen Worten mehr Bedeutung beimessen, als sie wirklich verdienen.«

»Stellen Sie mich auf die Probe.«

Ich klammerte mich an der Couch fest.

»Es gab Probleme, wie sie in allen Familien vorkommen. Unsere traten vielleicht stärker hervor, weil wir uns so nahestanden und so oft sahen.«

»Lassen Sie die Entschuldigungen, erzählen Sie einfach.«

»Es ging immer nur um Kleinigkeiten. Man darf nicht vergessen, daß wir in einem Alter waren, in dem kleine Streitereien große Bedeutung haben. Natalie war gerade sechzehn geworden. Paul war achtzehn, er war auf dem Sprung nach Cambridge und absolut verrückt nach ihr.«

»Hatten sie eine Beziehung?«

»Natalie hat ihn abblitzen lassen. Heute kann man sich das nicht vorstellen, aber Paul war damals ein sehr schüchterner Teenager, aber einer von der aggressiv-schüchternen Sorte, der bis dahin keine Freundin gehabt hatte. Es war ihm anzusehen, wie er seinen Mut zusammennahm und sich an Natalie heranmachte. Ein-, zweimal hat er spätabends versucht, sie zu umarmen, aber sie hat ihn ziemlich brutal abgefertigt.«

»Unnötigerweise brutal?«

»Weiß ich nicht. So was kann man doch nicht einschätzen. Ich erinnere mich – falls Sie gestatten, daß ich ein bißchen interpretiere –, daß es manchmal so wirkte, als ob Luke sich zum Teil deshalb zu Natalie hingezogen fühlte, weil er damit Paul weh tun konnte. Und als sie sich von Luke abwandte, spielte sie mit Paul, um Luke zu quälen.«

»Und was haben *Sie* dabei empfunden?«

»Sie meinen, als mein älterer Bruder von meiner besten Freundin gedemütigt wurde? Es hat mich geärgert. Vielleicht nicht genug. Hauptsächlich war es mir peinlich. Möglicherweise war ich auch ein wenig eifersüchtig. Natalie erregte überall Aufsehen – zumindest bei den Jungs. Sie tat, als würde sie das nicht interessieren, aber das stimmte natürlich nicht. Sie wirkte oft sehr arrogant. Paul hatte sich schließlich damit abgefunden. Aber, sehen Sie, das Erwachsenwerden ist eine spannungsreiche Zeit. Ich mache alles viel wichtiger, als es in Wirklichkeit war.«

»Wie war das für Paul?«

»Darüber hat er nie gesprochen, außer in Zusammenhang mit seiner goldenen Jugend, über die er jetzt eine Fernsehdokumentation machen will.«

»Glauben Sie, daß er diese Zeit wirklich so empfunden hat?«

»Heute vielleicht. Aber ich nehme ihm nicht ab, daß es ihm damals gefallen hat, zumindest nicht in jenem Sommer.«

»Wirklich nicht?«

»Nein.«

Hinter mir hörte ich ungeduldiges Seufzen.

»Jane, Sie haben mir einen Knochen hingeworfen. Aber das ist nicht das, was Sie mir erzählen wollten.«

Mir war, als stünde ich auf einem sehr hohen Sprungturm und würde den Sprung nur wagen, wenn ich mich ohne nachzudenken hinunterstürzte.

»Das Schwierige an diesem Sommer war Alans Untreue – das war immer ein Problem, aber in diesem Sommer ganz besonders.«

»Ja?«

Na ja, was machte es jetzt noch aus?

»Alans Untreue war ein offenes Geheimnis. Die alte Leier: Alan liebt Martha und ist total abhängig von ihr, aber er hatte eine Unzahl von Affären, praktisch während ihrer gesamten Ehe, soweit ich das beurteilen kann. Er hätte sein Verhalten ohnehin nicht geändert, aber als *The Town Drain* veröffentlicht und Alan berühmt wurde, waren die jungen, noch nicht anderweitig vergebenen Literatinnen nicht mehr zu bremsen.«

»Wußte Martha von diesen Affären?«

»Ich denke ja. Alans Bettgeschichten waren nichts Weltbewegendes, sie plätscherten einfach dahin, man sprach nicht darüber. Sie waren bedeutungslos. Ich glaube, das war der springende Punkt.«

»Haben sie Martha gestört?«

»So was stört einen doch immer, oder nicht? Martha ist eine kluge Frau, und ich nehme an, sie hat Alan von Anfang an durchschaut und erkannt, daß man ihn so nehmen muß, wie er ist. Aber vielleicht hatte sie kein ausreichend dickes Fell. Ich bin sicher, sie hat immer sehr gelitten.«

»Wußten alle darüber Bescheid?«

»Nein. Manche Dinge haben sich erst rückblickend geklärt, nachdem wir sie uns zusammenreimen konnten. Ihnen mag das schwer verständlich scheinen, aber manchmal weiß man etwas und weiß es doch wieder nicht. Verstehen Sie, was ich meine?«

»Absolut.«

»Jedenfalls ließ sich in jenem Sommer Alans Verhalten nicht länger vertuschen. Um die lange schmutzige Geschichte auf den Punkt zu bringen: Wenige Tage vor der großen Party kamen wir dahinter, daß Alan mit einer Freundin von Natalie und mir im Bett gewesen war. Sie war sechzehn, genau wie wir. Sie hieß Chrissie Pilkington und war die Tochter von guten Freunden. Sie besuchte dieselbe Schule wie Natalie. Es war schrecklich.«

»Wie haben Sie das herausgefunden?«

»Sie hat es Natalie erzählt und Natalie wiederum mir. Es war eigentlich seltsam – wir haben uns den ganzen Nachmittag ausführlich darüber unterhalten. Ich glaube, mich hat es mehr mitgenommen als Natalie. Sie wirkte nicht überrascht, sondern eher angewidert. Sie ließ kein gutes Haar an ihrem Vater und machte sich über seine Bierfahne und seinen Wanst lustig. Ich weiß noch, wie sie ihn als Betrunkenen nachgeahmt hat. Doch später hat sie die Sache nie wieder erwähnt, und ich auch nicht. Wahrscheinlich wußte ich, daß ich lieber den Mund halten sollte.«

»Haben Sie Alan darauf angesprochen? Oder Martha?«

»Nein, es schien mir nicht der richtige Zeitpunkt. Aber ich habe Theo davon erzählt. Ich nehme an, die meisten von uns jungen Leuten haben es gewußt.«

»Was ist dann passiert? Was haben Sie bei all dem empfunden?«

»Was passiert ist? Das weiß ich nicht, ehrlich. Irgendwie ging es in dem Tumult wegen Natalies Verschwinden unter. Solche Sachen beschäftigten Alan nie besonders lange, und er nutzte Natalies Verschwinden als Möglichkeit, um Gras über die Sache wachsen zu lassen.«

»Und wie waren Ihre Gefühle?«

»Unterschiedlich. Immer schon, was Alan angeht. Manchmal glaube ich, er ist nur ein gemeines Arschloch, das zu allem fähig ist, wenn ihm gerade der Sinn danach steht. Und manchmal finde ich ihn nur bemitleidenswert und schwach und habe das Gefühl, man muß sich um ihn kümmern oder sich mit ihm abfinden. Und hin und wieder sehe ich ihn auch mit den Augen der Leute, die ihn nicht so gut kennen: der alte, unverbesserliche Alan, ein bißchen ausgeflippt und extravagant, aber originell – welch ein Glück, daß wir ihn haben. Wenn ich mich Martha besonders nahe fühle, hasse ich ihn, aber sie nimmt das alles ziemlich gelassen.«

Ich konnte nicht weitersprechen. Mein Kopf war leer. Ich fühlte mich ausgelaugt. Auch Alex schwieg nachdenklich.

»Entschuldigen Sie, daß ich so grob war, Jane«, sagte er schließlich.

»Das waren Sie wirklich.«

Alex erhob sich und drehte seinen Stuhl so, daß ich ihn sehen konnte. »Jane, die Zeit ist fast um, und bestimmt sind Sie erschöpft, aber ich möchte trotzdem noch etwas ausprobieren. Ich wollte es für spätere Sitzungen aufheben, aber es ist einen Versuch wert.«

»Was?«

»Immer mit der Ruhe, Jane. Ich möchte, daß Sie jetzt die Führung übernehmen. Ich will der Fährte folgen, die Sie mir weisen. Wir reden hoffentlich noch über viele Dinge, aber ich habe den Eindruck, daß sich die Erinnerungslücke um den Tag zentriert, an dem Natalie verschwunden ist, und zwar was Ihr Zusammentreffen oder Beinahezusammentreffen mit Natalie betrifft.«

»Und?«

»Ich möchte das noch einmal aufgreifen.«

»Ich bin nicht sicher, ob es da noch etwas aufzugreifen gibt. Es ist so lange her.«

»Ja, ich weiß. Lassen Sie uns eine Entspannungsübung machen. Sie tut Ihnen bestimmt gut. Legen Sie sich zurück, schließen Sie die Augen und entspannen Sie Ihren Körper vollständig, beginnend bei Füßen und Beinen, dann den Rumpf, die Arme, schließlich das Gesicht und den Kopf. Ist das ein gutes Gefühl?«

»Mmh.«

Alex' Stimme ähnelte jetzt einem Summen im Hintergrund, ähnlich dem der Bienen vor dem Fenster.

»Jetzt, Jane, möchte ich Sie bitten, sich mit geschlossenen Augen noch einmal die Szene am Fluß ins Gedächtnis zurückzurufen, an dem Tag, an dem Natalie verschwand. Ich möchte nicht, daß Sie sie beschreiben, und auch nicht, daß Sie sie sich anschauen. Sie sollen sich nur noch einmal erinnern, wie es war, als Sie am Fluß saßen. Gehen Sie noch einmal dorthin zurück. Können Sie das?«

»Ja.«

»Sie sitzen mit dem Rücken zum Hügel, richtig?«

»Ja.«

»Beschreiben Sie es mir.«

»Ich spüre den Felsen des Cree's Top hinter mir. Zu meiner Rechten ist der Wald, der zwischen dem Fluß und Stead liegt. Links fließt der Col, von mir weg. Das weiß ich, weil die Papierstückchen, die ich zerknülle und hineinwerfe, wegschwimmen. An der Biegung hüpfen sie über die kleinen Stromschnellen, na ja, eigentlich ist es ja bloß seichtes Wasser, das über Steine fließt. Dann sind sie außer Sichtweite.«

»Wie ist das Wetter?«

»Warm, sehr warm. Früher Nachmittag. Ich sitze im Schatten einer Gruppe von Ulmen, die rechts von mir den Waldrand säumen. Der Felsen in meinem Rücken ist kühl.«

»Tun Sie irgend etwas?«

Plötzlich konnte ich keinen klaren Gedanken mehr fassen und fing an zu stottern.

»Ist gut, Jane, öffnen Sie die Augen. Das reicht für heute.«
Ich richtete mich langsam auf.
»Übrigens«, sagte er, »weshalb heißt Alan Martellos Roman *The Town Drain*? Ist es ein Zitat oder etwas in der Art?«
»Haben Sie das Buch nicht gelesen?«
»Nein, aber ich habe es fest vor.«
»Ich dachte, jeder hätte das Buch gelesen. Der Titel geht auf einen Satz des Oxforder Geschichtsprofessors William Spooner zurück, in dem – ähnlich wie bei Schüttelreimen – die im Satz auftauchenden Konsonanten vertauscht werden, so daß sich der Sinn verdreht. Man nennt das ›Spoonerismus‹. ›Town drain‹ steht für ›down train‹; gemeint ist damit der Zug von Oxford nach London.«
»Vermutlich wirkt der Witz erst, wenn man das Buch gelesen hat.«
»Es ist eigentlich gar kein Witz. Eher eine Metapher für ein ernüchterndes Aufwachen aus einem verzauberten Zustand.«
»Danke für den erhellenden Vortrag, Jane. Vielleicht sollte ich *Ihnen* etwas zahlen.«
Ich zog eine Braue hoch.
»Das sollte jetzt wirklich ein Witz sein«, fügte Alex hastig hinzu.

12. KAPITEL

Als wir klein waren – acht oder neun Jahre alt –, malten Natalie und ich uns abends vor dem Einschlafen immer aus, was wir werden wollten, wenn wir einmal groß waren. Ich sehe sie noch vor mir, wie sie im Nachthemd auf dem Bett kauerte, die Arme um die Knie geschlungen. Wir würden beide schön und beliebt sein und viele Kinder kriegen. Wir würden für alle Zeiten Freundinnen bleiben und uns gegenseitig in unseren großen Landhäusern besuchen. Alles war möglich. Als ich verkündete, ich wollte Sängerin werden, kam mir überhaupt nicht in den Sinn, daß meine Stimme wie die eines Ochsenfroschs klang, sobald ich den Mund aufsperrte. Ein unmelodisches Krächzen. Immer wieder spielte mir meine Mutter auf unserem ramponierten Klavier, das Dad verkaufte, als sie starb, Töne vor, und ich versuchte dann, sie nachzusingen. Wenn dann der ermutigende Ausdruck einfach nicht aus ihrem schmalen Gesicht verschwinden wollte, sondern dort sichtbar blieb wie eine Flagge, die unendliche Geduld signalisierte, wußte ich, daß es mir nicht gelungen war. Also ließ ich die Idee mit der Sängerin fallen und wandte mich von nun an lieber den Dingen zu, die mir leichtfielen: Zeichnen, Schreiben, Rechnen. Was konnte man alles mit Zahlen anfangen? Ich war noch keine zehn Jahre alt, da wußte ich schon, daß ich Architektin werden wollte, wie mein Vater. Aus Kartons bastelte ich Modelle, auf Millimeterpapier, das ich aus seinem Schreibtisch geklaut hatte, zeichnete ich utopische Baupläne, und aus leeren Streichholzschachteln baute ich futuristische Apartmentblocks. So schuf ich mir mein eigenes Territorium, eine Welt, zu der niemand sonst Zutritt hatte.

Anfangs verkündete Natalie, sie wolle Ballettänzerin werden, dann war ihr größter Wunsch eine Karriere als Schauspielerin, und schließlich entschied sie sich für Fernsehansagerin. Auf jeden Fall wollte sie im Rampenlicht stehen. Als sie älter wurde, verbrachte sie endlose Stunden vor dem Spiegel, starrte in ihr blasses Gesicht und war sozusagen ihr eigenes Publikum. Dabei wirkte sie jedoch nicht eitel, sondern so kühl und objektiv in ihrer Selbsteinschätzung, daß es mir schon auf die Nerven ging. Für mich waren Spiegel eine Instanz, bei der ich mir regelmäßig einen Rüffel abholte und nur ganz selten eine angenehme Überraschung erlebte.

Während ich mir überlegte, was ich anziehen sollte, dachte ich an Natalie. Detective Sergeant Helen Auster wollte mich in meinem Büro aufsuchen. Anschließend war ich mit Paul zum Lunch verabredet. Würde es mich stören, hatte er sich ganz beiläufig erkundigt, wenn seine Assistentin auch dabei war? Sein Projekt war angenommen worden, die Produktion der Fernsehdokumentation war im Gang, der Programmdirektor hatte bereits einen Sendetermin im Frühjahr festgelegt. Ich wählte eine schwarze Weste zu meiner burgunderroten Seidenbluse und der engen schwarzen Hose; dann fahndete ich nach meinen schwarzen Stiefeln. Doch, es machte mir etwas aus. Seit ich wußte, daß Natalie schwanger gewesen war, erfaßte mich immer wieder die nackte Panik. Und als ich nun mit dem Fahrrad durch die Straßen Londons fuhr, dachte ich: Niemand, der mich so sieht, merkt, daß ich am Abgrund des Schreckens lebe.

Vor ein paar Tagen hatte ich Kim von Natalies Schwangerschaft erzählt. »Die Arme«, hatte sie nur gesagt, aber in ihren Augen standen Tränen, und ihr Mitgefühl erschreckte und beschämte mich. Ich hatte versucht, ein technisches Problem zu lösen. Hatte ich dabei wirklich an meine Freundin gedacht? Hatte ich überhaupt versucht, mir vorzustellen, was sie durchgemacht haben mußte? Kim unterbrach meine Grübelei.

»Es gab eine Zeit, da wollte ich unbedingt schwanger werden. Als ich mit Francis zusammen war.«

»Das wußte ich gar nicht.«

»Damals schien mir das eine gute Idee zu sein. Aber es hat nicht geklappt. Wir haben alles mögliche probiert und uns sogar beide untersuchen lassen, aber es kam nichts dabei heraus. Na ja, jetzt ist Francis verheiratet und hat zwei Töchter. Eigentlich zum Lachen, findest du nicht auch?«

»Warum hast du mir nie davon erzählt, Kim?«

»Jetzt erzähle ich es dir ja. Es ist wichtig für mich, dir das zu erzählen. Und ich hoffe, du weißt, daß du auf meine Hilfe zählen kannst, genau wie ich auf deine zähle.«

»Aber du hast sie nie in Anspruch genommen.«

»Sei nicht albern, Jane, ich war immer auf dich angewiesen.«

Zum Abschied umarmten wir uns, und ich ließ Kim mit ihrem verlegenen Lächeln in der Tür stehen. Aber irgendwie war ich unzufrieden mit dem Gespräch. Ich rief mir unsere frühere Freundschaft ins Gedächtnis, die Wochenendausflüge, unsere gemeinsamen Mahlzeiten, Tee in irgendwelchen billigen Imbißstuben, ausgiebige Spaziergänge. Hatte Kim recht? Ich fragte mich, ob meine Beziehung zu ihr wirklich darin bestanden hatte, daß ich sie um Unterstützung bat und sie mir diese gewährte. Selbst das, was sie mir jetzt offenbart hatte, kam mir vor wie ein Köder, der mich ermutigen sollte, weiterhin auf diese Weise von ihr abhängig zu sein. Während ich am Kanal entlangradelte, entwarf ich ein Bild unserer Freundschaft, in dem ich stets die Fehlbare, die Bedürftige war und Kim der vitale Freigeist. Beruhten selbst die engsten Freundschaften auf diesem Verhaltensmuster? Daß der eine gab und der andere nahm?

Diesmal war Helen Auster allein. Bedauernswert abgekämpft kam sie die Treppe zum Büro emporgestapft, unter der Last ihrer dicken Umhängetasche keuchend. Wir schüttelten uns die Hände, und ich führte sie zu meinem Schreibtisch. Helen war tief beeindruckt von der Aussicht, die ich an meinem Arbeitsplatz genoß; ich zeigte ihr den Kai unten beim Kanal, den Weg, auf dem ich immer nach Hause radelte. Dann traten wir ans gegenüberliegende Fenster, von dem man den Turm auf der Isle of Dogs sah, der es ganz nebenbei geschafft hatte, der gesamten Skyline von London ein frivoles Flair zu verleihen.

»Das gefällt mir«, meinte sie.

Ich schenkte uns Kaffee ein, und wir setzten uns an den Tisch.

»Worüber möchten Sie sprechen?« fragte ich. »Bei Unterhaltungen mit der Polizei bekomme ich immer gleich ein schlechtes Gewissen.«

»Ich glaube nicht, daß unser Gespräch so verlaufen wird«, entgegnete Helen.

»Es ist bestimmt schwierig, nach fünfundzwanzig Jahren die Ermittlungen in einem Mordfall wiederaufzunehmen.«

»Unter uns gesagt – eigentlich fangen wir bei Null an«, erwiderte Helen. »Damals hielt die Kriminalpolizei stur daran fest, daß Natalie ausgerissen war. Und deshalb« – Helen klopfte auf ihre Aktentasche – »müssen wir die Arbeit jetzt erledigen.«

Damit öffnete sie den Reißverschluß, zog einen schmalen Ordner heraus und reichte mir zwei Blätter, an die jeweils ein paar weitere geheftet waren.

»Hier sind zwei Namenlisten«, erklärte sie. »Auf der einen sind die Gäste der Party, die Alan und Martha Martello am 26. Juli 1969 gegeben haben. Auf der zweiten stehen alle diejenigen, die am darauffolgenden Tag, also dem Sonntag, an dem Natalie zum letztenmal gesehen wurde, anwesend waren: Leute, die entweder im Haus der Martellos oder bei einem der Nachbarn wohnten oder nur für den einen Tag auf Besuch gekommen waren.«

Rasch überflog ich die Namen. Die Listen umfaßten jeweils mehrere Seiten.

»Interessant«, sagte ich. »Woher haben Sie all die Namen? Gab es denn eine Gästeliste?«

»Nein, aber wir haben uns mit mehreren Familienmitgliedern unterhalten. Am hilfreichsten war Theodore Martello. Ich habe mich jetzt schon einige Male mit ihm getroffen, und er hat ein ganz erstaunliches Gedächtnis.« Wurde sie jetzt etwa rot?

»Da haben Sie wohl recht. Aber ich entdecke hier Namen von Leuten, an die ich mich überhaupt nicht mehr erinnere. Ich glaube, William Fagles habe ich seit der Party nicht mehr gesehen. Hier steht, die Courtneys wohnen jetzt in Toronto. Ihre Tochter war eine von Natalies besten Freundinnen. Könnte ich Kopien von den Listen bekommen?«

»Das hier sind Ihre Exemplare. Vielleicht hilft es Ihrem Gedächtnis ein wenig auf die Sprünge, wenn Sie sich die Namen einfach durchlesen. Wie Sie sehen, haben wir von manchen Gästen nur die Vornamen, vielleicht können Sie die Nachnamen hinzufügen. Möglicherweise fallen Ihnen auch noch andere Leute ein, die dabei waren.«

»Na ja, beispielsweise dieser Gordon hier – das müßte Gordon Brooks sein. Er war ein Freund der Zwillinge.«

»Mit den Zwillingen bin ich die Liste noch nicht durchgegangen. Aber schreiben Sie den Nachnamen doch bitte dazu.«

»Klingt nach einem ziemlich mühsamen Verfahren.«

»Ganz bestimmt interessanter als so manches, was andere Kollegen machen müssen.«

»Haben Sie schon mit Alan gesprochen?«

»Ja, selbstverständlich«, antwortete Helen. »Hier, sehen Sie, welches Buch ich gerade lese.«

Sie wühlte in ihrer Tasche und zog ein nagelneues Exemplar von *The Town Drain* hervor.

»Gefällt es Ihnen?«

»Es ist toll. Zwar bin ich in Literatur nicht sonderlich gut bewandert, aber ich finde das Buch höchst amüsant. Alan Mortello wirkt immer so vornehm, man kann sich gar nicht vorstellen, daß er etwas so … na ja, etwas so Respektloses verfaßt.«

»Ich finde Alan gar nicht so wahnsinnig vornehm.«

»Jedenfalls hat er ziemlich scharf reagiert, als ich ihn fragte, was er momentan schreibe. Ihre Familie ist wirklich bemerkenswert.«

»Anscheinend sind sehr viele Leute dieser Ansicht. Wenn Sie alle Bücher lesen würden, die von Mitgliedern unserer Familie verfaßt worden sind, müßten Sie sich ein Jahr freinehmen. Angefangen mit den ganzen Kinderbüchern, die Martha illustriert hat. Manche davon sind wirklich wunderbar, und während Alan lautstark und theatralisch mit seiner Schreibhemmung kämpfte, hat Martha in aller Stille fleißig weitergearbeitet.«

»Ich denke, fürs erste halte ich mich weiter an Alan Martello. Sind seine anderen Bücher auch so gut?«

»Es gibt nur noch einen Roman und ein paar Anthologien. Nichts, was qualitätsmäßig auch nur ansatzweise an den *Town Drain* heranreicht. Aber erzählen Sie Alan bloß nicht, daß ich das gesagt habe.«

Eine Weile plauderten wir über andere Dinge. Helen fragte mich über Architektur aus, und ich erkundigte mich, weshalb sie zur Polizei gegangen war. Sie erzählte mir, daß sie Physik studiert hatte, bei der Aussicht an ein Leben im Labor aber plötzlich panisch geworden war und alles über den Haufen geschmissen hatte – was mir äußerst sympathisch war. Schließlich trank sie ihren Kaffee aus.

»Ich glaube, ich gehe jetzt lieber«, sagte sie. »Wenn Sie die Liste durchgesehen haben, können wir uns ja noch mal verabreden, falls Sie möchten. Zur Zeit bin ich sehr oft in London.«

»Stört das Ihren Mann nicht?«

»Er arbeitet noch mehr als ich.«

Ich brachte sie zur Treppe, denn ich mußte unbedingt noch etwas loswerden.

»Helen, fünfundzwanzig Jahre sind eine lange Zeit. Hat diese neue Ermittlung denn wirklich einen Sinn?«

»Aber sicher.«

»Ich dachte, man könnte vielleicht einen DNS-Test vornehmen, an dem ... na ja, Sie wissen schon, an dem Baby. Aber Claud meint, das kann man nicht, nicht nach so langer Zeit.«

Helen lächelte.

»Stimmt.«

»Es gibt also keinen forensischen Nachweis.«

»Wir können noch das eine oder andere versuchen. Allerdings nichts, was die gute altmodische Polizeiarbeit ersetzen könnte. Das predigt uns unser Chef unablässig. Auf Wiedersehen, Jane, bis bald.«

Mein Vater erklärte kategorisch, er wolle nichts mit Pauls Fernsehsendung zu tun haben. Paul hatte gebettelt und getobt und ihm sogar Erica auf den Hals gehetzt – mit Blumenzwiebeln für Dads Garten als Vorwand –, damit sie sich für ihn verwendete. Doch mir kam es überhaupt nicht in den Sinn, Paul abzuweisen.

Ich radelte durch den leichten Nieselregen zu dem Restaurant in Soho, das Paul ausgesucht hatte. Seine Assistentin war eine junge Frau namens Bella – sehr groß und schlank, mit einer roten Mähne und großen, kajalumrandeten Augen, die sie voller Verehrung auf Paul gerichtet hielt. Außerdem war sie offenbar Kettenraucherin, denn sie steckte sich eine penetrant riechende Zigarette nach der anderen an. Dazu trank sie Mineralwasser und stocherte in ihrem Salatteller herum.

Während ich meine pochierten Eier verzehrte, fragte ich Paul, mit wem er sich sonst noch zu einem Gespräch verabredet hatte.

»Weißt du eigentlich, daß Dad nicht mit mir sprechen will?« Ich nickte. »Aber Alan war großartig. Ich hatte schon zwei Termine mit ihm. Meine Güte, er ist wirklich wortgewaltig. Übrigens hat er sich den Bart und die Haare etwas länger wachsen lassen, so daß er jetzt hager und richtig wild aussieht. Dauernd hat er aus irgendwelchen Gedichten zitiert und davon geredet, daß die Schwächsten sich als die Stärksten erweisen werden und solches Zeug. Von unseren gemeinsamen Sommern sprach er, als würde er aus einem Roman vorlesen.«

Ich verzog das Gesicht. »Er hat die letzten beiden Jahrzehnte in Pubs und Restaurants wie diesem hier verbracht und seinen nächsten Roman ausgeplaudert.«

Ohne auf meine Bemerkung einzugehen, tunkte Paul ein Stück Brot in seine Artischockensuppe und nahm einen großen Schluck Rotwein.

»Über Natalie hat er eigentlich nicht viel gesagt, aber er hat mir ein paar Fotos gegeben. Martha hat sich zwar nicht direkt geweigert, mit mir zu sprechen, aber als ich das Tonband eingeschaltet hatte und ihr ein paar Fragen stellte, hat sie mich bloß angelächelt – ein sehr trauriges, dünnes Lächeln – und den Kopf geschüttelt. Sie wirkt nicht gerade glücklich, Jane.«

»Sie ist krank«, erwiderte ich und fragte dann: »Was ist mit den anderen?«

»Sie werden allesamt auspacken. Schließlich will jeder mal ins Fernsehen. Theo beispielsweise glaubt, das Zeug zu einem echten Teleguru zu haben. Mit Alfred und Jonah kann ich wohl auch rechnen, und Claud ist ausgesprochen hilfsbereit.« Er warf mir einen raschen Seitenblick zu, und auch Bella musterte mich neugierig. »Es wird hochinteressant, Jane. Und eine große Sache, denke ich. Wahrscheinlich werden wir eine Art Waltons.«

»Ich glaube, ich möchte doch ein bißchen Wein«, meinte ich. »Was wollt ihr von mir wissen?«

Bella beugte sich vor und stellte das Tonbandgerät ein. »Ist das in Ordnung«, erkundigte sie sich, aber am Ende des Satzes war kein Fragezeichen zu hören. Schließlich ging es doch ums Fernsehen. Was konnte ich dagegen einzuwenden haben?

Es ist seltsam, ja eigentlich erschreckend, daß man vor einem Tonbandgerät und einem Publikum von Millionen anonymer Zuhörer Dinge sagen kann, die man einem Freund oder Liebhaber nie anvertrauen könnte oder wollte. Oder einem Bruder. Paul fragte mich nach meinen Erinnerungen an

Stead (»erzähl einfach, was dir gerade einfällt«), und während sich die Spulen im Aufnahmegerät drehten und Bellas Stift emsig über die Seiten ihres Notizbuchs glitt, kramte ich Erinnerungen hervor, von denen ich nicht einmal gewußt hatte, daß sie in meinem Gedächtnis haftengeblieben waren. Krocket auf dem Rasen, wildes Fangenspielen, Expeditionen durch den Wald unter Clauds Führung, geheime Mitternachtsgelage, für die wir das Essen aus der stets üppig gefüllten Speisekammer von Stead stibitzten, der sabbernde Retriever mit den herabhängenden Lefzen, den die Martellos früher hatten (hieß er nicht Candy?) und der unbeholfen in den Bach sprang, um Stöckchen zu apportieren. Ich erinnerte mich an die unter grünen Schutznetzen verborgenen Himbeeren, die wir an heißen Nachmittagen pflückten, an die Tage, die wir mit Marmeladeeinkochen verbrachten (Stachelbeeren, Brombeeren, Erdbeeren, Pflaumen), an Sonnenbrand, der kribbelte, wenn wir einander Creme auf die Schultern schmierten, lärmende Picknicks, bei denen wir uns alle nach Herzenslust produzierten und Alan uns mächtig anstachelte. Ich erinnerte mich an frühe Morgenstunden, in denen noch der Tau auf dem Gras lag, an lange Abende, an denen die Erwachsenen spät zu Abend aßen und wir das Geklapper von Tellern und Messern hörten und das leise Gemurmel ihrer Unterhaltung. Ich erinnerte mich daran, wie wir mit bloßen Füßen in unsere Gummistiefel schlüpften, den Garten zu der großen Blutbuche hinunterrannten und uns auf der Schaukel über den Bach schwangen. In meinen Erinnerungen tauchten wir Kinder stets als Gruppe auf, während die Erwachsenen brav im Hintergrund blieben, und immer schien die Sonne. Doch das war anscheinend nicht das, was Paul von mir wollte.

»Es ist interessant«, sagte er, »daß du dich nur an die Zeit als kleines Mädchen erinnerst. Was ist mit später, als du ein Teenager warst?«

Plötzlich schmeckte der Wein in meinem Mund schal. Warum hatte ich mich auf dieses Spielchen eingelassen? Ich wollte aussteigen, und zwar sofort.

»Möchtest du über den Sommer reden, in dem Natalie verschwunden ist? Ist es das, worum es dir geht?«

»Erzähl darüber, wenn du magst.«

»Ich erinnere mich daran, wie du gelitten hast, Paul. Ich habe beobachtet, wie Natalie dich gedemütigt hat, und ich habe mir den Kopf zerbrochen, was ich dagegen unternehmen könnte...«

»Was soll der Quatsch?« unterbrach Paul mit scharfer Stimme. Sofort schaltete Bella das Gerät ab und legte den Stift aus der Hand. »Wofür hältst du dich eigentlich, Jane?«

»Was meinst du damit?«

»Tu nicht so unschuldig. Du weißt genau, was ich meine. Du zerstörst absichtlich die Erinnerung an jenen Sommer, stimmt's? Na los, hab ich nicht recht?«

»Nein, du irrst dich«, widersprach ich. Entschlossen schob ich meinen Teller weg, trank noch einen Schluck Wein und zündete mir eine Zigarette an. Inzwischen fühlte ich mich nicht mehr so ausgeliefert, nicht mehr so verführerisch angezogen vom sanften goldenen Licht meiner Phantasievergangenheit. »Willst du die Tatsache einfach ignorieren, daß du in Natalie verliebt warst und sie dich gnadenlos zurückgewiesen hat? Es war eine komplizierte Geschichte, stimmt's? Da warst du und Natalie, aber da waren auch Natalie und Luke, ich und Theo und später dann ich und Claud – und die Zwillinge, die sich wirklich etwas seltsam benahmen und alberne Streiche ausheckten, und außerdem gab es noch Alan, der mit allen verfügbaren Mädchen rumbumste, während Martha für uns das Essen kochte und unsere Knie verpflasterte, und Mum, die unglücklich war, und Dad, bei dem keiner weiß, was er von alledem hielt.

»Und noch etwas fällt mir ein.« Jetzt war ich so in Fahrt,

daß die Worte nur so aus mir heraussprudelten und ich sie nicht aufhalten konnte. »Ich erinnere mich, daß Natalie verschwunden ist, damals, als ich sechzehn war und du achtzehn. Für dich symbolisiert dieses Ereignis das Ende unserer Unschuld. Das macht sich im Fernsehen vielleicht gut, aber glaubst du wirklich, daß es den Tatsachen entspricht?«

Irgendwann im Lauf meiner Rede hatte Paul das Tonband wieder angestellt. Ich sah ihm an, daß er hin- und hergerissen war zwischen persönlicher Verwirrung und professionellem Interesse. Ich lieferte ihm reichhaltiges Material, so weit, so gut. Doch dann sagte ich etwas Schreckliches. Ehe ich sie in Gedanken fassen konnte, waren die Worte schon aus meinem Mund und lagen zwischen uns wie ein Schwert: »Wann hast *du* Natalie zum letztenmal gesehen, Paul?«

Zu meiner Überraschung reagierte Paul nicht wütend. Er musterte mich ein paar Sekunden eindringlich. Dann rollte er nachdenklich ein Brotkügelchen zwischen den Fingern, beugte sich über den Recorder und sprach direkt ins Mikrofon: »Ich weiß es nicht mehr. Es ist so lange her.«

Später tranken wir Kaffee, und Bella und ich rauchten noch eine Zigarette. Zwischen unseren beiden bläulichen Rauchwolken saß Paul und stellte mir noch ein paar Fragen, aber das eigentliche Interview war gelaufen. Wenig später schlüpfte ich in meine Lederjacke, küßte Paul auf die Wange, nickte Bella zu und ging. London war grau und schäbig im feuchten Wind, überall auf den Gehwegen lagen Papierfetzen. Eine Frau mit einem kleinen Kind im Schlepptau bettelte mich an. Als ich ihr fünf Pfund in die Hand drückte, wollte sie zehn haben. Was für eine trostlose Welt!

13. KAPITEL

Irgendwie genießt Alan doch die ganze Geschichte.«

Ich kochte Abendessen für Kim, die gerade erschöpft aus der Chirurgie gekommen war, mit zwei Flaschen Wein unter dem Arm. Das Kartoffelpüree war fertig, ein grüner Salat vorbereitet, auf dem Tisch standen frische Blumen: Endlich konnte ich mal wieder jemanden bekochen. Kim hatte die Schuhe abgestreift und tappte gedankenverloren in der Küche herum, lüftete hier und dort einen Topfdeckel und spähte in den Kühlschrank. Auf dem Heimweg vom Büro war ich im Supermarkt gewesen, und nun war der Kühlschrank reichlich gefüllt: verdächtig rote Tomaten, Fenchelknollen, ein Salat mit einem merkwürdigen Namen, ein großes Stück Parmesan, jede Menge Joghurt, italienische Nudeln, eine Packung Räucherlachs. Ich hatte beschlossen, gesund zu leben. Kein Essen mehr, das nur angezündet und inhaliert zu werden brauchte. Morgens auf dem Weg zur Arbeit ging ich jetzt meistens kurz schwimmen, und ich bemühte mich, mir abends regelmäßig ein ordentliches Abendessen zu kochen.

»Wie meinst du das?«

Kim entkorkte eine Weinflasche und schenkte uns beiden ein Glas voll. Ich nahm einen Schluck, dann warf ich die kleingeschnittenen Zwiebeln in die Pfanne und begann, mit dem Finger den Schleim aus dem Tintenfisch zu entfernen.

»Na ja, ich vermute, er ist am Boden zerstört. Aber hast du eigentlich das Interview im *Guardian* gelesen? Also ehrlich! Paul hat mich angerufen und behauptet, er wäre einfach nur für eine Frauenzeitschrift fotografiert worden. Dabei machen die ein großes Feature über Prominente, denen ein Kind gestorben ist.«

»Es gibt eben keine Probleme«, meinte Kim sarkastisch. »Nur Chancen.«

»Das erzählst du deinen Patienten, stimmt's? Dann ist die größte aller Chancen wahrscheinlich die Veranstaltung morgen abend in der Kunstakademie. Sie gehört zu ihrer Reihe über ›zornige alte Männer‹. Alan Martello im Gespräch mit Lizzie Judd. Weißt du, das ist die Frau, die sich mit dem Buch *Sitting Uncomfortably* einen Namen gemacht hat, einer Attakke auf C. S. Lewis und Roald Dahl und andere Kinderbuchautoren. Damit hat sie das Interesse der Presse auf sich gezogen. Sie hat Haare auf den Zähnen. Und in diesem Fall springt der Fisch von allein ins Netz, um sich erschießen zu lassen.«

»Gehst du auch hin?«

»Selbstverständlich. Es ist wie ein Stierkampf, stimmt's? Man sagt, so was sollte man mindestens einmal im Leben gesehen haben. Ich weiß nicht, ob Alan als ritterlicher Gentleman auftritt oder als unerschrockener Verfechter unliebsamer Wahrheiten, aber egal, welche Maske er aufsetzt, es wird garantiert eine Katastrophe.«

»Mach dir keine Sorgen, Jane, die Leute werden sich auf alle Fälle gut amüsieren. Eine Art neuzeitliche Bärenhatz. Genau das, was Alan liebt.«

»Für die Schwiegertochter des Bären wird es wahrscheinlich nicht sonderlich lustig.«

Während ich den Tintenfisch zubereitete, erfuhr ich, daß Kim einen Mann kennengelernt hatte. Er hieß Andreas, war Musiker, sechs Jahre jünger als sie, klein, gut aussehend und sentimental. Ihre erste Verabredung hatte sich über ein ganzes Wochenende erstreckt und nur deshalb ein Ende gefunden, weil Kim ihre Hausbesuche nicht länger aufschieben konnte und deshalb aus dem Bett steigen mußte. Ich hatte Kim schon immer um ihr Sexualleben beneidet; es war so abwechslungsreich und aufregend – schon allein die Anzahl ihrer ständig wechselnden Partner! Eine ihrer bemerkenswertesten Qualitäten als Freundin bestand darin, daß sie stets bereit war, über das zu reden, was sie mit diesen Männern im Bett machte. Leider hatte ich sehr wenig dagegenzuhalten. Jetzt wagte ich die vorsichtige Frage, ob es denn etwas Ernstes werden könnte, aber Kim winkte nur ab – wie immer.

»Vermißt du Claud?« fragte sie, während wir uns an Käse gütlich taten.

Was sollte ich darauf antworten? Zum Glück wußte ich, daß Kim mir meine Verwirrung nicht vorwerfen würde.

»Ich vermisse einen Teil meines Lebens, aber das ist alles passé. Ich möchte mich aus dieser alten Vertrautheit lösen. Manchmal erschrecke ich über das, was ich getan habe, aber irgendwie finde ich es auch spannend.« Einen Augenblick mußte ich innehalten, um meine Gedanken zu ordnen. »Ich spüre, daß sich in meinem Leben etwas Großes ereignen wird, aber momentan ist meine Umgebung noch nicht die richtige dafür. Hin und wieder wünsche ich mir beinahe, ich könnte mich der Polizei an die Fersen heften und bei den Ermittlungen mitmachen. Als müßte ich meinen Beitrag leisten bei der Suche nach der Wahrheit über Natalies Tod. Ich muß unbedingt wissen, wie sie gestorben ist.«

»Aber es war doch bestimmt ihr ehemaliger Freund, oder nicht?«

»Du meinst Luke?«

»Ja, und die Polizei hat ihn sich auch vorgenommen.«

»Man hat ihm ein paar Fragen gestellt.«

»Na bitte. Luke hat Natalie geschwängert, die beiden haben sich gestritten, und er hat sie umgebracht, vielleicht aus Versehen. Und sie dann vergraben.«

»Im Garten von Alan und Martha. Direkt neben dem Haus.«

»Wenn man jemanden ermordet hat, handelt man nicht unbedingt logisch. Hab ich dir noch nie von meinem Patienten erzählt, der seine Frau umgebracht hat? Er hat die Leiche zerstückelt und in Einzelteilen an alle möglichen Filialen der Barclays Bank verschickt, überall auf der ganzen Welt.«

»Das klingt ziemlich gerissen.«

»Wenn man davon absieht, daß er seine Adresse auf die Zollerklärung geschrieben hat.«

»Warum hat er das getan?«

»Sein Psychiater meint, er wollte erwischt werden.«

»Ist das eine wahre Geschichte?«

»Na klar. Jedenfalls leuchtet mir nicht ein, weshalb das Argument, daß er unvernünftig gehandelt hat, Luke als Täter weniger verdächtig machen sollte als andere. Irgend jemand hat die Leiche schließlich dort begraben.«

»Ja«, räumte ich ein. »Deswegen sind wir ja alle auch mehr oder weniger verdächtig.«

Es wird gern behauptet, wenn man öffentliche Hinrichtungen wieder einführte, würde das Heerscharen von Schaulustigen auf den Plan rufen. Der Saal in der Kunstakademie war bis auf den letzten Platz gefüllt, größtenteils mit jüngeren Leuten. Vorn wurden Fernsehkameras aufgebaut, und ein großer Mann mit einer runden Nickelbrille à la Bert Brecht wanderte mit einem Klemmbrett unter dem Arm auf der Bühne herum. Ich quetschte mich durch die Reihe zu zwei leeren Plätzen in der Mitte. Theo war noch nicht da. Neben mir saß ein Mann, der in seinem weiten Tweedmantel beinahe versank. Zuerst trat ich ihm auf den Fuß, dann stolperte ich über seinen Plastikbeutel.

»Entschuldigung«, sagte ich etwas gereizt, aber er nickte nur kurz, bevor er wieder an die Decke starrte.

Theo erschien. Mit schwarzem Anzug und Aktentasche wirkte er förmlich und fehl am Platz. Er küßte mich auf die Wange und flüsterte: »Ich war eben bei Alan. Er ist betrunken.«

»Betrunken?« wiederholte ich entsetzt.

»Ja, ich glaube, er hat Schiß.«

»Wie meinst du das, er ist *betrunken*? In ungefähr einer Minute soll er auf der Bühne stehen.«

»Na ja, er kann noch reden«, erklärte Theo. »Vermutlich wird es Mrs. Judd schwerfallen, ihn zu unterbrechen.«

Ich stöhnte. Warum war ich nur hierhergekommen?

Kurz nach acht betrat Lizzie Judd entschlossenen Schrittes die Bühne: eine strenge, schöne Frau in einem figurbetonenden grauen Kostüm. Ihre blonden Haare waren straff aus dem Gesicht gekämmt; sie trug keinerlei Schmuck oder Make-up und hatte auch keine schriftlichen Notizen bei sich. Sie nahm auf einem der beiden Stühle Platz und schenkte sich ein Glas Wasser ein. Dann kam Alan – beschwingt und lässig wie zu einer Talk-Show.

»Was hat er denn bloß an, Theo?« fragte ich voller Entsetzen.

Natürlich kannte ich die Antwort: Alan war in dem Samtjackett erschienen, das er manchmal abends zu Hause trug. Auf seiner grauen Haarmähne thronte ein schwarzer Filzhut. Unwillkürlich muße ich an das Toulouse-Lautrec-Poster denken, das ich früher einmal in einer meiner Studentenbuden an der Wand hängen hatte. Dieser trotzige Mann, der so wenig Wert auf ein würdevolles Äußeres legte, rührte mich zutiefst. Zögernder Applaus ertönte; der Mann neben mir gehörte zu den wenigen, die klatschten. Alan ließ sich schwer auf den Stuhl neben Lizzie Judd sinken. In der Hand hielt er ein großes Glas, dreiviertelvoll mit einer whiskyfarbenen Flüssigkeit. In aller Ruhe nahm er einen Schluck und ließ dabei seine Augen über das Publikum schweifen.

Elizabeth drückte ihm ihr Mitgefühl aus (»und sicher auch das aller Zuhörer«), da der Fund von Natalies Überresten nun ihren Tod endgültig bestätigt hatte. Dann beschrieb sie in knappen Worten *The Town Drain* (»antiromantisch … ganz in der Tradition des satirischen Realismus … untere Mittelschicht … aus rein männlicher Perspektive«). Mit einem Satz ging sie noch auf die weit weniger bekannten Nachfolger des Romans ein und schloß mit der Bemerkung, daß die lange

Veröffentlichungspause ein Thema war, auf das man sicher später noch zu sprechen kommen würde.

»Mr. Martello«, wandte sich Lizzie Judd dann an Alan.

»Bitte nennen Sie mich Alan«, unterbrach er sie.

»In Ordnung, Alan. John Updike hat einmal gesagt, es gibt keinen Grund, humoristische Romane zu schreiben. Was sagen Sie dazu?«

»Wer ist John Updike?« erwiderte Alan.

Lizzie Judd machte ein erschrockenes Gesicht.

»Wie bitte?«

»Ist er Amerikaner?«

»Ja.«

»Na dann.«

»Ist das Ihre Antwort auf meine Frage?«

Während dieses Wortwechsels lümmelte sich Alan auf seinem Stuhl (mir fiel auf, daß er verschiedenfarbige Socken trug). Doch nun setzte er sich langsam aufrecht, nahm noch einen Schluck Whisky und beugte sich zu Lizzie hinüber.

»Sehen Sie, Lizzie, ich habe einen guten Roman geschrieben. Einen *verdammt* guten Roman. Haben Sie vielleicht zufällig ein Exemplar davon mitgebracht? Nein?« Er wandte sich ans Publikum. »Hat jemand mein Buch dabei?« Keine Reaktion. »Öffnen Sie doch bitte *The Town Drain* auf der Seite mit dem Impressum, dann werden Sie sehen, daß der Roman Jahr für Jahr neu aufgelegt wird. Offensichtlich bringt er die Leute zum Lachen. Warum sollte ich mich darum kümmern, was irgendein verklemmter Amerikaner labert?«

Von Lizzie Judd ging eine eisige Ruhe aus.

»Vielleicht sollten wir zum nächsten Punkt übergehen«, meinte sie. »Ihre Romane sind in letzter Zeit ins Kreuzfeuer feministischer Kritik geraten.«

Alan schnaubte verächtlich.

»Wie bitte?« fragte Lizzie.

»Schon gut, fahren Sie fort.«

»Man hat gesagt, daß Frauen in Ihren Büchern entweder als Schreckschrauben oder aber als großbusige Sexobjekte für die jeweiligen männlichen Hauptpersonen dargestellt werden. Sogar einige Ihrer Bewunderer haben bemängelt, daß selbst jetzt, nach vierzig Jahren, der Sexismus Ihrer Romane problematisch bleibt.«

Wieder nahm Alan einen großen Schluck Whisky, der ihn erstaunlich lange am Sprechen hinderte.

»Warum sollte das ein Problem sein?« fragte er schließlich. »Ich freue mich, daß meine Bücher immer noch sexy wirken. Was ist dagegen einzuwenden, daß man großbusige Frauen sexy findet? Ist doch herrlich!« Ich schlug die Hände vors Gesicht. Neben mir hörte ich unterdrücktes Kichern. Es kam nicht von Theo, sondern von dem Mann auf meiner anderen Seite. Alan hielt inne; offenbar genoß er die peinliche Stille. Auch Elizabeth Judd schwieg erwartungsvoll. »Ich mache nur Spaß, Lizzie. Ich sollte lieber nicht über Busen sprechen, stimmt's? Das ist ein unpassendes Thema und hier nicht erwünscht. Wollen Sie andeuten, ich mag keine Frauen, liebe Lizzie?«

»Was veranlaßt Sie zu der Annahme, daß ich so etwas denke?«

»Das sagen Leute wie Sie doch immer. Reden wir über mich oder reden wir über meine Bücher, Lizzie? Ich liebe die Frauen. Ich mag Sex. Jedenfalls habe ich ihn früher gemocht, als ich noch in der Lage war, ihn auch zu praktizieren. Ist es das, was Sie hören möchten? Also, sollen wir uns nun über mein Buch unterhalten?« Inzwischen lag mein Kopf schon fast zwischen meinen Knien, und ich überlegte, ob ich mir nicht auch noch die Ohren zuhalten sollte. Da hörte ich ein schlurfendes Geräusch. Stand Alan etwa auf? »Ich habe diesen Roman mit meinem Herzblut geschrieben.« Dumpf schlug die Faust gegen seine Brust. Durch das Mikrofon, das er trug, klang der Schlag um ein Vielfaches lauter – wie ein

Rammbock, der gegen ein Schloßtor geschmettert wurde. »Ich habe ihn geschrieben, als ich noch sehr jung war, und die Leute, die das Buch benutzen, um zu zeigen, was Alan Martello über Frauen denkt, sind mir scheißegal. Ich hab die Nase voll, gestrichen voll von diesen ganzen Diskussionen, in denen behauptet wird, das eine Buch ist besser als das andere, nur weil es irgendwie *hübscher* ist.«

Im Publikum erhob sich nervöses Gemurmel. Ich blickte auf und sah mich inmitten eines Walds emporgestreckter Arme. Lizzie Judd deutete auf eine junge Frau.

»Würden Sie sagen, daß Moral nichts mit der literarischen Qualität zu tun hat?« lautete ihre Frage.

»Ach, lecken Sie mich doch«, sagte Alan. »Wir sind hier doch nicht bei der moralischen Aufrüstung, oder? Ich dachte, wir wollten über meine Bücher sprechen. Oder wollen wir uns doch lieber über Sex unterhalten? Lizzie, möchten Sie uns vielleicht erzählen, was Sie im Bett machen und mit wem – falls Sie überhaupt mit jemandem ins Bett gehen?«

Jetzt ertönten Zwischenrufe aus verschiedenen Ecken des Zuschauerraums. Lizzie Judd jedoch blieb gelassen und bat mit ruhiger Stimme um Ruhe, wie ein Schiedsrichter beim Tennis.

»Mr. Martello, möchten Sie mit der Diskussion fortfahren?«

Alan hob sein Glas, als wollte er gänzlich unpassenderweise einen Toast ausbringen.

»*Ich* hab nichts dagegen«, sagte er.

Wieder hoben mehrere Zuschauer die Hand. Ein blasser, schlanker junger Mann stand auf. Sein Schal war so oft um den Hals gewickelt, daß ich kaum etwas von seinem Gesicht erkennen konnte.

»Ich bin auch ein Mann, Mr. Martello«, verkündete er.

»Ach wirklich?« meinte Alan mit unüberhörbarem Zweifel.

»Aber ich gehöre nicht zu Ihrer Generation«, fuhr der junge Mann mit bebender Stimme fort. »Ich glaube, die Art von Zuneigung, die Sie dem weiblichen Geschlecht angeblich entgegenbringen, hat den Frauen in der Vergangenheit oft genug geschadet – diese ganze animalische Sexualität, die Sie so positiv darstellen. Wird sich die Welt jemals ändern, solange Menschen wie Sie, Menschen, auf die andere hören, stur ihren Chauvinismus beibehalten, der sich als schriftstellerische Freiheit ausgibt?«

Zustimmendes Gemurmel wogte durch den Saal. Heiß brannten die Fernsehscheinwerfer auf die Bühne herab. Alan schwitzte, während Elizabeth Judd weiterhin makellos kühl wirkte.

»Du aufgeblasener Lackaffe«, konterte Alan, inzwischen mit hörbar schwerer Zunge. »Wenn Frauen zu ihrer Verteidigung auf Typen wie dich angewiesen sind, sind sie echt verraten und verkauft. Du ermutigst sie doch bloß, sich in alle Ewigkeit als Opfer zu betrachten. Bei jedem Kinkerlitzchen gleich Belästigung und Vergewaltigung zu schreien. Verdammte Scheiße.«

»Arschloch!« rief eine weibliche Stimme aus den hinteren Reihen. Lizzie Judd ließ sich nicht aus der Ruhe bringen.

»Ist dies Ihre Einstellung zum Thema Vergewaltigung, Mr. Martello?«

Alan trank seinen Whisky aus und wollte das Glas wegstellen. Leider verpaßte er den Tisch um einige Millimeter, so daß das Glas klirrend zu Boden fiel.

»Ach, ist doch egal«, sagte er wegwerfend. »Alles Scheiße! Frauen mögen starke Männer und ein bißchen Gewalt. Erst hinterher beklagen sie sich, weil sie sich gut fühlen – wenn sie sich beklagen. Sie wollen nicht zugeben, daß sie es mögen, wenn man sie bespringt wie läufige Hündinnen. Bei mir hat sich übrigens noch nie eine beschwert. Aber das darf man ja auch nicht laut sagen, stimmt's? Das ist politisch unkorrekt, hab ich recht?«

»So lautet also Ihre Einstellung, die Sie als angesehener Schriftsteller hier vertreten?« fragte Lizzie Judd, der angesichts dessen, was sie da heraufbeschwor, mittlerweile zumindest ein Anflug von Beunruhigung anzumerken war.

»Ich bin kein beschissener angesehener Schriftsteller!« rief Alan mit heiserer Stimme. »Seit dreißig Jahren hab ich keinen einzigen beschissenen Roman mehr geschrieben. Aber ja, wir Schriftsteller sind doch keine Sozialarbeiter. Wir leben in einer Welt, in der ganz normale Männer zu Mördern werden, in der Frauen gefickt oder vergewaltigt werden wollen und nicht mal den Unterschied bemerken. Es ist eine beschissene Phantasiewelt.«

»Manche Leute meinen, es gibt einen fließenden Übergang zwischen Mißbrauchsphantasien, wie sie in Romanen wie Ihrem dargestellt werden, und der realen Gewalt, unter der Frauen zu leiden haben. Was meinen Sie dazu?«

Etwas wackelig erhob sich Alan.

»Sie möchten gern einen fließenden Übergang sehen? Dann will ich Ihnen mal einen zeigen.«

Wie ein gefällter Baum stürzte er sich auf die verblüffte Lizzie Judd, preßte eine Hand auf ihre Brust und küßte sie schmatzend auf den Mund. Offenbar war das Mikrofon dicht an ihrem Gesicht, denn der Kuß hallte laut durch den Saal. Mehrere Eindrücke stürmten gleichzeitig auf mich ein. Die Kameras surrten, Schreie erklangen aus der Menge, mehrere Zuhörer sprangen auf und drängten nach vorn, jemand trennte Alan von Lizzie Judd. Er befreite sich und fing an herumzubrüllen:

»Ihr glaubt also, ich hätte keine Ahnung, was eine Vergewaltigung ist? Meine Tochter ist vergewaltigt und ermordet worden, und man hat den Mann, der es getan hat, auf freien Fuß gesetzt! Er hat sich auf sein beschissenes Schweigerecht berufen, hat keine einzige Frage beantwortet, und daraufhin hat die Polizei ihn freigelassen, einen Vergewaltiger und Mörder! Und jetzt könnt ihr mich meinetwegen kreuzigen!«

Noch eine Weile krakeelte er weiter, größtenteils unverständliches Zeug, und ruderte dabei wie ein Wilder mit den Armen. Schließlich gelang es ein paar Leuten aus dem Publikum, die inzwischen die Bühne gestürmt hatten, ihn zu bändigen. Theo bahnte sich durch die Menge einen Weg zu seinem Vater. Auch Lizzie Judd wurde wieder auf die Beine geholfen, allerdings war ihre Frisur zerzaust, ihr Lippenstift verschmiert, und sie hielt eine Hand schützend ans Auge gedrückt. Nur ich saß noch auf meinem Platz, unfähig, mich zu rühren.

»Herr des Himmels«, sagte ich laut. »Was für eine absolute Scheißkatastrophe.«

»Es war doch gar nicht so schlimm.«

Erschrocken sah ich mich um. Die Worte kamen von dem Mann neben mir.

»Moment mal. Ich habe gerade mit angesehen, wie mein Schwiegervater sich zum Verteidiger von Vergewaltigungen aufgeworfen und eine namhafte Feministin tätlich angegriffen hat, und das vor einem zahlenden Publikum. Für mich ist das schlimm genug.«

»Ich wollte nur sagen …«

»Verschwinden Sie.«

Tatsächlich erhob sich der Mann und ging. Ich war allein.

14. KAPITEL

Die Neville Chamberlain School in Sparkhill war ein einziges Desaster aus grauem Beton. Wahrscheinlich höchstens zwanzig Jahre alt und schon von Feuchtigkeit durchsetzt wie von Achselschweiß.

Ich war noch in der Dunkelheit von zu Hause weggefahren, und als ich jetzt den Wagen vor der Schule parkte, war es noch nicht mal acht Uhr. Weit und breit keine Menschenseele. Die beschlagenen Scheiben und das rasch abkühlende Wageninnere waren nicht weniger deprimierend. Da ich außer dem Stadtplan von London nichts zu lesen dabeihatte, stieg ich aus und ging über die Straße in ein winziges Café gegenüber vom Haupttor der Schule. Dort bestellte ich einen großen Becher Tee und dazu Spiegeleier, Speck und gegrillte Tomaten. An fast allen Tischen saßen Männer in dicken Arbeitsjacken, die Luft war verraucht und dampfig. Unauffällig schielte ich auf die Titelseite der *Sun*, die der Mann mir gegenüber las. Ob heute etwas über Alans Fiasko in den Tageszeitungen stand?

Etwa zwanzig nach acht war ich wieder draußen und marschierte den Bürgersteig auf und ab, um mich einigermaßen warm zu halten. Zehn Minuten später entdeckte ich ihn, auf dem Fahrrad. Trotz des weiten Mantels, der dicken Handschuhe und des Helms war Lukes schmales Gesicht unverkennbar. Als er sich dem Tor näherte, schwang er das rechte Bein flott über den Sattel und legte die letzten Meter auf dem linken Pedal stehend zurück, schlängelte sich elegant zwischen den Schülergruppen hindurch, und als ich seinen Namen rief, drehte er sofort den Kopf nach mir um. Anscheinend war er nicht überrascht; er grinste nur spöttisch. Dann nahm er den Helm ab und fuhr sich mit der behandschuhten Hand durch die langen Haare, die, wie ich jetzt sehen konnte, von grauen Strähnen durchzogen waren.

»Hast du heute nichts zu tun?«

Während der Fahrt waren mir alle möglichen Dinge durch den Kopf geschwirrt, die ich unbedingt von Luke wissen wollte. Jetzt, da ich vor ihm stand, fiel mir plötzlich keine vernünftige Frage mehr ein.

»Können wir uns unterhalten?«

»Was machst du denn hier? Was willst du?«

»Ich meine, können wir uns irgendwo ungestört unterhalten?«

An Lukes Schläfe trat eine Ader hervor, die sichtbar pochte. Er wurde knallrot, und ich dachte schon, er würde mich anschreien. Doch dann sah er sich um, und ich merkte, wie er sich mühsam zusammenriß.

»Komm mit«, sagte er. »Fünf Minuten genehmige ich dir.«

Damit kettete Luke sein Rad an den Fahrradständer, und wir betraten das Gebäude durch eine schwere Schwingtür. Mit schnellen Schritten gingen wir einen Schulkorridor hinunter, dessen graue Trostlosigkeit durch die Zeichnungen an den Wänden etwas gemildert wurde.

»Hast du heute schon Zeitung gelesen?« fragte er, ohne mich anzusehen.

»Nein.«

»Ich sollte Alan vor Gericht bringen, ehrlich.«

»Dabei könntest du aber auch den kürzeren ziehen.«

Ein zynisches Lachen war die einzige Antwort. Luke führte mich in ein Zimmer, das so klein war, daß wir uns im Sitzen fast berührten. Um uns herum Regale voller neuer Schulbücher.

»Also?« sagte Luke.

»Hast du der Polizei gesagt, was du weißt?«

Wieder lachte Luke nur, anscheinend erleichtert.

»Mehr nicht?« fragte er. »Du hast überhaupt nichts in der Hand, stimmt's?«

»Ist das ein Ja oder ein Nein?«

»Die Polizei hat mich verhört, mein Name war in den Zeitungen. Mir liegt nicht besonders viel daran, mich mit dir darüber zu unterhalten. Also, ich weiß wirklich nicht, was du gern rausfinden willst, aber falls du für etwas Beweise suchst, was lediglich deiner kindischen Phantasievorstellung von Nat entspringt, dann vergiß es lieber.«

»Wenn das Baby nicht von dir war, von wem könnte es sonst gewesen sein?«

Luke schien mir nicht mal richtig zuzuhören.

»Ich habe dich immer gemocht, Jane. Die anderen, Nats Brüder, haben mich immer von oben herab behandelt. In meiner Naivität habe ich geglaubt, du wärst anders.«

»Ich hatte Angst vor dir«, erwiderte ich. »Du hast so einen erfahrenen Eindruck gemacht.«

»Ich war ja auch ein Jahr älter.«

»Luke, kannst du mir irgend etwas sagen, was mich davon überzeugen könnte, daß du es nicht warst?«

»Warum sollte ich?« Er sah auf seine Armbanduhr. »Die fünf Minuten sind vorbei. Hoffentlich habe ich dir nicht geholfen. Du findest es bestimmt selbst raus.«

Ich blieb ein paar Minuten im Wagen sitzen, dann fuhr ich langsam in Richtung Autobahn. Als ich unterwegs eine Telefonzelle entdeckte, machte ich halt, rief Helen Auster in Kirklow an und fragte, ob ich mich mit ihr treffen könnte, wenn möglich sofort. Zwar klang sie etwas überrascht, aber sie sagte zu. Während ich von Birmingham nach Westen fuhr, hellte sich der Himmel auf, und als ich Shropshire erreichte und über die Hügel tuckerte, hob sich auch meine Stimmung ein wenig. Das Polizeirevier von Kirklow befand sich in einem großen modernen Gebäude am Marktplatz. Helen wartete bereits am Empfang; sie hatte schon den Mantel übergezogen und schlug mir vor, ein Stück spazierenzugehen. So schlenderten wir zwischen den wunderschönen Steinhäusern herum und unterhielten uns. Allerdings war es sehr kalt, und ich wußte auf einmal nicht mehr genau, warum ich eigentlich hergekommen war.

»Alles in Ordnung mit Ihnen?« erkundigte sich Helen.

»Ich war gerade bei Luke McCann«, sagte ich statt einer direkten Antwort.

»Wo?«

»In seiner Schule in Sparkhill.«

»Warum sind Sie zu ihm gegangen?«

»Haben Sie die Zeitungen gesehen? Haben Sie gelesen, was Alan sich bei der Veranstaltung in der Kunstakademie geleistet hat?«

Helen lächelte dünn. Ihre blasse Haut war von der Kälte gerötet, ihre Wangen glühten. »Ja, ich hab es gelesen.«

»Es war grauenhaft, aber ich glaube, Alan hat recht, und das macht mich ganz verzweifelt.«

»Sie meinen, wegen Luke.«

»Ja«, antwortete ich. »Deshalb bin ich ja zu ihm gefahren. Ich wußte eigentlich gar nicht, was ich ihm sagen sollte, aber er machte einen ziemlich aufgewühlten Eindruck.«

»Ist das nicht verständlich?«

»Sehen Sie, Helen, ich weiß, es gibt keine wissenschaftliche Methode, mit der man nachweisen könnte, daß Luke der Vater von Natalies Baby war, und ich habe mir schon das Gehirn zermartert, was ich tun könnte, um diese Verbindung herzustellen. Ich hab mir überlegt, ob ich die Gästeliste der Party durchgehen und alle diejenigen raussuchen soll, die Luke gekannt haben. Vielleicht hat er ja gegenüber einem von ihnen irgendeine Bemerkung fallen lassen. Haben Sie eigentlich schon mit seinen Eltern gesprochen? Vielleicht wissen die ja etwas.«

Helen blickte sich um.

»Gehen wir hier rein«, schlug sie vor und führte mich in einen Tea Room, wo wir beide einen Kaffee bestellten. Als er gebracht wurde, legten wir unsere kalten Hände um die heißen Tassen und tranken eine Weile schweigend. Dann sah mich Helen fragend an.

»Wer hat Ihnen eigentlich erzählt, daß es nicht möglich ist, eine Verbindung zwischen Luke und dem Fötus nachzuweisen?«

»Ich weiß nicht, aber ich habe gehört, daß man keine DNS-Analyse machen kann, weil die DNS-Stränge schon zerfallen und verunreinigt sind.«

Wieder erschien das dünne Lächeln auf Helens Gesicht. »Ja, da haben Sie recht. Einer der Grundstoffe der DNS oxidiert, und die Stränge zerfallen. Und die DNS, die aus den Knochen gewonnen wurde, war zu neunundneunzig Prozent verunreinigt.«

»Ich verstehe nur Bahnhof.«

»Macht nichts. DNS-Analysen bringen uns in einem Fall wie diesem nicht weiter, aber es gibt noch eine andere Methode. Man nennt sie Polymerase-Kettenreaktion.«

»Und was ist das, wenn es fertig ist?«

»Eine Methode, mit der sich kleinste Mengen menschlicher Überreste vervielfachen lassen. Natürlich sind die DNS-Stränge immer noch zerstört, aber es gibt eine Menge Wiederholungen in der DNS-Sequenz. Und diese kleinen Wiederholungen sind charakteristisch und erblich.«

»Was bedeutet das?«

»Es bedeutet, daß Luke McCann nicht der Vater von Natalies Baby war.«

Ich spürte, wie mir das Blut in die Wangen stieg.

»Es tut mir furchtbar leid, Helen. Ich habe mich ziemlich blöd benommen.«

»Nein, Jane, das war mehr als verständlich. Mr. McCann ist nie verhaftet worden, man hat ihn nicht mal verhört. Also hat man ihn auch nie offiziell freigesprochen, und deshalb wurden auch die Testergebnisse nie bekanntgegeben. Angesichts der jüngsten Ereignisse haben wir jedoch beschlossen, heute nachmittag eine Erklärung zu veröffentlichen.«

»Ist dieser Test zuverlässig?«

»Ja.«

»Gott, Luke hätte es mir doch einfach sagen können. Aber es war meine Schuld.«

Wir tranken unseren Kaffee aus. Helen bestand darauf, selbst zu bezahlen. Dann überquerten wir den Platz zum Polizeirevier. Vor der Tür wollte ich mich verabschieden. Doch Helen druckste herum und fragte schließlich zögernd:

»Sie und Theodore Martello sind in jenem Sommer zusammen gegangen, richtig?«

»So könnte man es nennen.«

»Warum ist es ... ich meine, wie hat es aufgehört?«

»Traurig.«

»Er spricht oft von Ihnen, Jane.«

»Woher wollen Sie das denn wissen?«

»Oh, ich habe Ihnen doch schon erzählt, daß ich mich mit ihm unterhalten habe. Ziemlich oft sogar.«

Man sah Helen an, daß ihr die Sache etwas peinlich, aber auch sehr wichtig war, und mir schoß ein äußerst unangenehmer Gedanke durch den Kopf. Unter meinem prüfenden Blick wurde sie puterrot. Aber sie sah nicht weg. Jetzt wußte ich Bescheid, und sie wußte, daß ich es wußte; ich wollte etwas sagen, wollte sie warnen, keine Dummheiten zu machen. Doch da wandte sie sich linkisch ab, verzog das Gesicht und verschwand durch die Tür ins Polizeirevier. Da ich noch eine halbe Stunde auf meinem Parkschein guthatte, spazierte ich eine Weile in Kirklow herum, allerdings ohne etwas von meiner Umgebung wahrzunehmen.

15. KAPITEL

Nach und nach kehrte in mein Leben eine gewisse Routine ein, die mir nicht einmal unangenehm war. Die Termine bei Alex Dermot-Brown bildeten einen festen Rahmen, um den sich meine sonstigen Termine und Verpflichtungen gruppierten. Inzwischen gehörten die Therapiestunden so selbstverständlich und regelmäßig zu meinem Leben wie Schlafen und

Essen. Die morgendliche Fahrradfahrt am Kanal entlang, der kurvige Weg über den Markt zu Alex' Haus waren vertraut und alltäglich geworden. In meinem Gedächtnis vermischten sich die einzelnen Therapiestunden, so daß ich sie irgendwann nicht mehr voneinander unterscheiden konnte – auch ein beruhigendes Gefühl.

Eine Sitzung nach der anderen verstrich, und ein Aspekt meines Lebens nach dem anderen kam zur Sprache. Ich erzählte über meine Kindheit, über Paul und über meine Eltern, aber natürlich landete ich immer wieder bei den Martellos, als wären sie der eigentliche Angelpunkt meiner Geschichte. Ich schilderte Alex, was wir als Kinder im Sommer gespielt hatten. Sicher gab es manche Menschen, die nostalgische, geschönte Kindheitserinnerungen hatten, aber unsere gemeinsame Vergangenheit war wirklich golden gewesen. Ich redete ausführlich über mein enges Verhältnis zu Natalie und Theo und auch viel über Claud, als wollte ich in Gedanken unsere Beziehung neu erschaffen, vielleicht als Rechtfertigung dafür, daß ich ihn verlassen hatte.

Mir fiel es schwer, über unsere Ehe zu erzählen, denn sie war eigentlich nicht zerbrochen, sondern hatte sich eher allmählich in nichts aufgelöst. Ich konnte keine handfesten Gründe für ihr Scheitern nennen. Keine Untreue, keine körperliche Gewalt, nicht einmal eine eindeutige Form von Vernachlässigung. Das alles wäre nicht Clauds Stil gewesen. In vielerlei Hinsicht bewunderte ich ihn jetzt noch mehr als früher. Während ich in Alex' Zimmer versuchte, ihn mit Worten zu beschreiben, spürte ich immer wieder, daß ich Gefahr lief, ihn als absolut unwiderstehlich darzustellen. Und daß ich womöglich den Eindruck vermittelte, als wollte ich mir etwas ausreden, was ich bereits getan hatte.

Als Claud seine Zulassung im St. David's Hospital bekam, war er Mitte Dreißig, und er meisterte seine neuen Aufgaben hervorragend, vor allem die ganze Arbeit in den Ausschüssen. Neben der Chirurgie ist die Gynäkologie die stärkste Männerdomäne, was ich stets anprangerte und ihn zum Handeln aufforderte. Das Argument, daß er als Assistenzarzt im Grunde nichts ausrichten konnte, benutzte er kein einziges Mal, obwohl darauf kaum etwas zu entgegnen gewesen wäre. Junge Ärzte, die Ärger machten, wurden auffallend selten befördert. Als Claud dann Facharzt wurde, änderte sich das alles. Doch wie immer bei ihm, war es ein mühseliger, unspektakulärer und zeitraubender Prozeß, und es dauerte lange, bis seine Gegner merkten, was tatsächlich im Gange war. Claud bildete nämlich einen Ausschuß, der sich mit der Rolle der Ärztinnen in der Gynäkologie befaßte. Als die Kollegen schließlich begriffen, brach ein Sturm der Entrüstung los. Es gab einen Prozeß, einen Leitartikel im *Daily Telegraph* oder einer vergleichbaren Tageszeitung, aber Claud ließ sich nicht einschüchtern.

Als wir klein waren, war Claud immer derjenige, der wußte, welches Kabel in der Steckdose wohin führte oder um welche Uhrzeit der letzte Zug fuhr – lauter Dinge, um die sich sonst keiner kümmerte. Die gleiche Begabung kam nun im Krankenhaus zum Tragen. Andere Leute plusterten sich auf, während Claud sich stets im Hintergrund hielt. Im entscheidenden Moment jedoch hatte er immer schon mit den entscheidenden Leuten im Ausschuß gesprochen oder bereits die Tagesordnung unveränderbar festgelegt – nach geheimnisvollen Regeln, von denen niemand gehört hatte. Und das führte dazu, daß in den letzten sieben Jahren jede einzelne Gynäkologenstelle im St. David's Hospital mit einer Frau besetzt wurde. Claud war ein Held, und nicht nur das – mit seiner cleveren Idee hatte er eine Entwicklung vorweggenommen, die sich erst viel später durchsetzen sollte. Er war dem Zeitgeist voraus.

Bemerkenswerterweise kam Claud nie triumphierend zu mir, um zu sagen: »Siehst du wohl!« Er erwähnte nie, daß er die ganzen Jahre auf die passende Gelegenheit gewartet hatte, um wirkungsvoll handeln zu können. Ich wünschte mir, er hätte es getan, aber er argumentierte immer nur ganz sachlich und vernünftig: In der Gynäkologie habe man bisher die Ressourcen maßlos verschwendet, und er sorge lediglich für etwas mehr Effizienz. Dank des neuen Vertragssystems waren die neuen Ärztinnen außerdem wesentlich kooperativer und flexibler. Vielleicht gehört Claud zu den Leuten, die große Reformen durchsetzen – ein Mensch mit grundsätzlich konservativer Gesinnung, der bestimmte notwendige Veränderungen akzeptiert, um von der althergebrachten Ordnung soviel wie möglich zu retten. Möglicherweise stimmt das. Aber ich empfand seine Fähigkeit, kühl und rational zu argumentieren, irgendwann nur noch als abstoßend.

Clauds Triumphe trugen maßgeblich dazu bei, mir über meine Gefühle für ihn klarzuwerden. Wenn ich trotz all dessen, was er erreicht hatte, nichts für ihn empfand, mußte unsere Ehe wirklich in einer Krise stecken. Aber wie geht eine Ehe eigentlich kaputt? Manchmal wünschte ich mir beinahe, ich hätte Claud mit seiner Sekretärin im Bett erwischt oder mit einer der Krankenschwestern, die ihn allesamt anbeteten. Doch er wäre nie auf die Idee gekommen, mich zu betrügen, ich wußte, er würde mir treu bleiben, bis einer von uns starb – wenn vielleicht auch nur aus dem einfachen Grund, daß es Zeugen gab, die gesehen hatten, wie er am 28. Mai 1973 auf dem Standesamt ein Dokument unterzeichnete, das ihn zur Treue verpflichtete. Es waren lauter Kleinigkeiten, die mich störten – und andere Kleinigkeiten, die ich vermißte.

Natürlich auch Sex. Gehört in die Kategorie »Kleinigkeiten, die ich vermißte«. Als wir frisch verheiratet waren, hatten wir ein leidenschaftliches Liebesleben, und Claud war auf eine elegant-lässige Art im Bett ziemlich gut. Damit meine ich nicht irgendwelche raffinierten Praktiken – es funktionierte einfach. Für Claud war Sex nicht nur ein körperliches Bedürfnis, sondern Teil von Zuneigung, Freundschaft, Humor, Zärtlichkeit und Rücksicht, und das in einem viel größeren Ausmaß, als ich es je bei einem Mann erlebt habe. Natürlich ist meine Erfahrung auf diesem Gebiet nicht sehr umfassend, denn die Männer, mit denen ich geschlafen habe, kann man an den Fingern zweier Hände abzählen.

Den größten Teil meiner Teenagerzeit empfand ich Claud als einen Vertreter der Sorte Mensch, die Jerome und Robert in ihrer Teenagerzeit als Blödmann bezeichneten. Im Alter von ungefähr drei Jahren bekam Claud eine Brille, und er war immer furchtbar ernst, ihm fehlte das Charisma, das Theo und später auch die Zwillinge so selbstverständlich ausstrahlten. Er war hartnäckig, ausdauernd, aber nie der strahlende Mittelpunkt. In dem schrecklichen Jahr nach Natalies Verschwinden, als es fast so aussah, als würde die Familie Martello an ihrem Kummer zerbrechen, kamen wir uns näher. Auch das war ein Beispiel hartnäckiger Entschlossenheit. Claud hatte es offensichtlich darauf angelegt, mich zu betören, und er tat das so, daß jeder es merkte. Aber es funktionierte. Dem anderen seine Zuneigung unverhohlen zu zeigen ist durchaus eine Möglichkeit, in ihm ebenfalls Sympathie zu erwecken, es kann aber auch leicht das Gegenteil bewirken. Claud jedoch hatte Erfolg. Sexuell lief lange Zeit gar nichts: Damals ging ich mit einer ganzen Reihe von Jungen aus, und Claud wurde einfach ein guter Freund. Wenn er im Internat war, schrieben wir uns lange, interessante Briefe, und zu meiner Überraschung erwischte ich mich dabei, wie ich ihm Dinge anvertraute, über die ich mit keinem anderen Menschen sprach. Wir stellten keine Ansprüche aneinander, wir produzierten uns nicht, aber während meines ersten Studienjahres merkte ich plötzlich zu meinem Schrecken, daß Claud mein bester Freund geworden war. Er hatte gerade angefangen, mit Carol Arnott auszugehen; sie war seine erste richtige Freundin, wie er mir unter vier Augen gestand, und ich staunte, daß ich tatsächlich eifersüchtig war.

Das war 1971, Jimi Hendrix war gerade gestorben (oder irre ich mich?). Am besten erinnere ich mich noch an die Klamotten, die man damals trug: Pannesamt, Schlaghosen, dünne Baumwollhemden mit weit herabwallenden Ärmeln – wie mittelalterliche Minnesänger –, Lilatöne, die ich erst Anfang der Neunziger wieder zu tragen wagte. Ich war neunzehn und Claud einundzwanzig. Kaltblütig machte ich mich daran, ihn der armen Carol auszuspannen, was mir mühelos gelang. Unsere erste gemeinsame Nacht verbrachten wir auf einem furchtbar schmalen Bett in einer Wohnung am Finsbury Park, die Claud mit zwei anderen Medizinstudenten teilte. Von da an entwickelte sich unsere Beziehung so glatt weiter, daß der Entschluß zu heiraten irgendwie unvermeidlich schien. Am Ende meines zweiten Studienjahres setzten wir den Plan in die Tat um. Manchmal frage ich mich, ob wir damit den Zusammenhalt in der Familie festigen wollten. Bis 1975 hatte ich Jerome und Robert geboren, und obgleich wir selbst im Grunde noch Kinder waren, mußten wir so tun, als wären wir erwachsen, während wir verzweifelt versuchten, die Betreuung unseres Nachwuchses irgendwie mit unserer Ausbildung und unserer beruflichen Laufbahn unter einen Hut zu kriegen. Rückblickend waren es zwei Jahrzehnte voll quälender Hektik, die an jenem Herbstnachmittag, als ich Robert zum erstenmal ins College fuhr, ihren Höhepunkt fanden. Plötzlich hatte ich einen Moment Zeit zum Nachdenken, und das, was mir in den Kopf kam, war die felsenfeste Überzeugung, daß ich Claud verlassen mußte. Keine Diskussion, keine Eheberatung, keine Trennung auf Probe, sondern ein endgültiger Schlußstrich unter diesen Lebensabschnitt.

Tja, und das alles breitete ich nun vor Alex aus. An diesem Punkt stand ich jetzt: vollkommen verwirrt, stets den Tränen nahe, ohne jeden Halt. Wie würde Alex damit umgehen? Obwohl ich mich heftig dagegen sträubte, merkte ich, daß es mir längst nicht mehr gleichgültig war, wie er mich beurteilte. Vielleicht versuchte ich ja sogar, ihn zu beeindrucken. Plötzlich begann ich mich für sein Leben zu interessieren. Ich registrierte, was er anhatte, die Veränderungen von einer Sitzung zur nächsten. Mir gefiel seine Nickelbrille, die er manchmal trug, und zwar immer so lässig, als hätte er sie ganz zufällig auf der Nase. Die langen Haare, die er sich dauernd aus der Stirn strich. Hin und wieder war er sehr streng mit mir. Zu meiner großen Überraschung billigte er beispielsweise meine Detektivarbeit überhaupt nicht.

»Ich dachte, ich sollte mich mit den Tatsachen auseinandersetzen«, protestierte ich ein bißchen beleidigt.

»Stimmt«, entgegnete Alex, »aber die Tatsachen, die uns momentan interessieren, sind diejenigen in Ihrem Kopf. Da haben wir noch genug Arbeit vor uns, harte Arbeit. Bei dem, was Sie mir erzählen, müssen wir unterscheiden zwischen den Dingen, die wahr sind, und denen, die nicht wahr sind. Außerdem gibt es noch die Dinge – wahre und unwahre –, die Sie mir nicht erzählen. Da wird die Sache sogar noch komplizierter.«

»Ich lüge Sie doch nicht an. Was genau meinen Sie denn damit?«

»Ich meine dieses ganze Zeug mit Ihrer wunderschönen, harmonischen Kindheit. Sehen Sie, Jane, ich habe Ihnen gleich zu Anfang versprochen, daß ich versuchen will, Ihnen ganz offen zu erzählen, was mir durch den Kopf geht, also sollte ich Ihnen jetzt vielleicht sagen, welchen Eindruck ich habe.« Nachdenklich hielt er inne. Er schien immer äußerst gründlich zu überlegen, ehe er etwas sagte – ganz im Gegensatz zu mir, die immer gleich losplapperte. »Sie haben mir zwei widersprüchliche Dinge erzählt, Jane. Einerseits klammern Sie sich an diese glückliche Kindheit, als wäre sie ein Talisman, der Sie vor irgend etwas schützen soll. Gleichzeitig haben Sie aber von der Leiche berichtet, die irgendwo mitten in dieser angeblich so wunderbaren Zeit vergraben liegt. Also, *ich* könnte jetzt ja einfach behaupten, das sind zwei voneinander unabhängige Dinge. Warum sollte nicht jemand von außen ein Mitglied dieser glücklichen Familie ermorden? Solche grausamen Schicksalsschläge passieren ständig. Aber das ist nicht das, was *Sie* sagen. Sie beharren darauf, daß das ausgeschlossen ist.«

»Was wollen Sie damit sagen, Alex? Was soll ich denn Ihrer Meinung nach tun?«

»Sie versuchen, zwei fürchterlich schwere Lasten im Gleichgewicht zu halten, aber das wird Ihnen nicht gelingen. Irgendwann müssen Sie eine Seite loslassen, Jane, und sich den Konsequenzen stellen. Sie müssen über Ihre Familie nachdenken.«

Dies war einer jener Momente während der Therapie, in denen ich mich wie ein gehetztes Tier fühlte. Gerade wenn ich meinte, ein sicheres Plätzchen gefunden zu haben, an dem ich mich eine Weile ausruhen konnte, stöberte Alex mich auf und trieb mich wieder hinaus aufs offene Feld. Als ich ihm von diesem Bild erzählte, schüttelte er sich vor Lachen.

»Ich weiß nicht, ob mir die Vorstellung behagt, daß Sie ein schöner Fuchs sind und ich der brutale rotgesichtige Gutsherr hoch zu Roß. Aber wenn es bedeutet, daß ich Sie so dazu bringen kann, nicht mehr in irgendeinem trügerischen Paradies den Drückeberger zu spielen, soll's mir recht sein. Aber zurück zu Ihnen. Auch wenn es erst mal nur ein Experiment ist, Jane – ich möchte, daß Sie die Bilderbuchgeschichte über Ihre Familie nach und nach korrigieren. Stellen Sie sich dem Gedanken, daß es eine Familie ist, in der ein Mord passieren kann. Mal sehen, wohin uns das führt.«

»Was reden Sie denn da? Wie meinen Sie das, ›eine Familie, in der ein Mord passieren kann‹?«

Als Alex antwortete, klang seine Stimme scharf wie noch

nie zuvor. »Ich habe Ihnen bloß zugehört, Jane. Sie müssen selbst die Verantwortung für das übernehmen, was Sie sagen.«

»Ich habe aber nie behauptet, daß es in unserer Familie einen Mörder gibt.«

An meinem Gaumen spürte ich einen sauren, ekligen Geschmack. Alex ließ nicht locker.

»Nicht ich, sondern Sie haben darauf hingewiesen, wie seltsam es ist, daß man Natalie ausgerechnet in der Nähe des Hauses gefunden hat.«

»Ja, aber das ist doch auch wirklich seltsam, oder etwa nicht?«

»Was haben Sie denn damit gemeint, wenn Sie nicht andeuten wollten, daß Ihre Familie irgendwas damit zu tun hat?«

»So etwas habe ich nie angedeutet.«

»Schon gut, beruhigen Sie sich.«

»Ich bin vollkommen ruhig.«

»Ich wollte eigentlich nur sagen, Sie sollten sich auf das Experiment einlassen, selbst wenn die Vorstellung an sich schon ein Schock ist.«

»Was für ein Experiment?«

»Ganz einfach, Jane. Manchmal können solche Ideen in der Therapie als eine Art Hypothese behandelt werden. Stellen Sie sich vor – wenn Sie das können –, daß Sie nicht aus einer perfekten Familie stammen, die alle bewundern und zu der alle gehören wollen. Stellen Sie sich vor, es wäre eine bedrohliche Familie.«

Hatte ich mir gewünscht, daß Alex das zu mir sagen würde – daß er es für mich sagen würde? Ich unternahm einen halbherzigen Versuch zu protestieren, aber Alex unterbrach mich und fuhr fort: »Ich verlange nicht von Ihnen, daß Sie jemandem die Schuld geben oder sich unloyal verhalten. Es soll nur eine Chance für Sie sein, Ihre Sichtweise zu ändern, sich selbst einen freieren Zugang zu den Dingen zu ermöglichen.«

Das war einer jener Momente, in denen ich mich brennend nach einer Zigarette sehnte, um klar denken zu können. Statt dessen erzählte ich Alex von dem Abend in der Kunstakademie und davon, wie unmöglich, wie beschämend, wie entsetzlich Alan sich aufgeführt hatte. Als Schwiegertochter von Alan Martello ist man in gewisser Weise schon abgestempelt. Mit dreißig war Alan bereits berühmt und galt – ganz unabhängig von seinen eigenen Bemühungen – immer als Symbolfigur für irgendeine Denkrichtung. Früher galt er als jugendlicher Radikaler, inzwischen ist er als anarchischer Konservativer verschrien, was ebenso seltsam ist. In verschiedenen Phasen wurden ihm die unterschiedlichsten Etiketten angehängt, oft sogar mehrere gleichzeitig: Gegner der imperialistischen Politik Englands, Satiriker, Klassenkämpfer, Freiheitskämpfer, Reaktionär, professioneller Bilderstürmer, Konformist, Rebell, Langweiler, Macho. Manchmal überlege ich, was ich von ihm halten würde, wenn ich ihn jetzt kennenlernte, aber ich habe ihn immer bewundert, oft ohne selbst genau zu wissen, warum. Ich habe mit angesehen, wie er sich in die unmöglichsten Zwangslagen manövrierte, ich wurde Augenzeuge, wie er Dinge tat, die ich zutiefst verabscheue – gelegentlich wurden mir auch entsprechende Berichte zugetragen –, er hat andere Menschen skrupellos verletzt, vor allem Martha, die ich sehr gern habe, und dennoch stand ich stets auf seiner Seite. Schließlich war er das Oberhaupt der wundervollen Familie Martello, seine Vitalität hielt sie in Schwung, er war ihr Zentrum. Konnte ich ihm nur deshalb nichts übelnehmen? Sogar in der Kunstakademie, im Angesicht des Scherbenhaufens, den er hinterlassen hatte, empfand ich ihm gegenüber eine unerschütterliche Loyalität. Doch es war wirklich ein perverses Gefühl.

Ich hatte erwartet, daß Alex all diese Dinge höchst interessant finden würde, aber er ging kaum darauf ein. Manchmal schien mir das eine Frage des Stolzes, so, als müßte er mir seine Unabhängigkeit demonstrieren. Zwar lauschte er meinen Ausführungen über meine zwiespältigen Gefühle gegenüber Alan durchaus konzentriert, kehrte dann aber sofort zurück zu meinen Erinnerungen – beziehungsweise meinen fehlenden Erinnerungen – an jenen Nachmittag am Flußufer, als Natalie zum letztenmal gesehen worden war. Diesmal wurde ich tatsächlich ein bißchen ungeduldig. Doch er blieb hartnäckig.

»Ich höre Ihnen zu, egal, was Sie mir erzählen«, sagte er. »Aber es wäre mir recht, wenn Sie meine Beharrlichkeit verstehen könnten. Ganz am Anfang haben Sie etwas gesagt, was ich sehr interessant finde. Sie haben nämlich gesagt: ›Ich war dort.‹«

»Ich erinnere mich nicht, ob ich genau diese Worte benutzt habe, aber das ist ja auch nicht so wichtig. Ich habe damit nur gemeint, daß ich am Flußufer war, in der Nähe der Stelle, an der Natalie zum letztenmal gesehen wurde. Sie dürfen nicht so viel hineininterpretieren.«

»Ich interpretiere nichts hinein, ich höre Ihnen nur zu. Dafür bezahlen Sie mich schließlich. ›Ich war da. Ich war da.‹ Eine interessante Wortwahl, finden Sie nicht auch?«

»Eigentlich nicht.«

»Ich finde das sehr interessant.«

Alex stand auf und begann, im Zimmer auf und ab zu gehen, wie immer, wenn er sich echauffierte. Hinter mir zu sitzen und für mich unsichtbar zu sein war in solchen Augenblicken nicht genug. Er wollte größer sein als ich, mich beherrschen.

»Nur weil es um Worte und Emotionen geht, wollen Sie sich nicht festlegen. Bei Ihrer Arbeit würden Sie das nicht tun, stimmt's? Wenn Sie einen Plan für das Haus hätten, das zwanzig Meter breit werden soll, und einen Bauplatz von nur fünfzehn Metern, dann würden Sie das Gebäude sicher nicht einfach hochziehen und hoffen, daß sich das Problem irgendwie von selbst löst. Nein, Sie würden einen neuen Plan entwerfen, der den Gegebenheiten des Bauplatzes gerecht wird.

Vielleicht müssen wir die Ungereimtheiten in dem, was Sie mir gesagt haben, einfach ausbügeln. Sie haben gesagt, daß Sie aus einer perfekten Familie kommen, aber in dieser Familie ist ein Mord geschehen, und Sie behaupten, es kann keiner von außen gewesen sein. Wie können wir diese beiden Behauptungen unter einen Hut bringen? Sie sagen mir, daß Sie da waren, andererseits waren Sie aber nicht da. Wie soll das einen Sinn ergeben? Waren Sie tatsächlich nicht da, oder müssen wir Sie hinbringen?«

»Wie meinen Sie das – mich hinbringen?«

»Sie kommen zu mir und erzählen mir eine Geschichte voller schwarzer Löcher. Machen wir einen Handel, Jane. Ich verspreche, daß ich aufhöre, Sie zu drängen. Wir reden über die Dinge, über die Sie reden möchten, jedenfalls vorerst. Aber« – er hob den Zeigefinger – »es gibt eine Ausnahme. Ich möchte, daß wir bei der Szene am Fluß bleiben, ich möchte, daß Sie sich dorthin zurückversetzen, daß Sie in die Szene hineingehen und sie erforschen.«

»Alex, ich habe Ihnen alles über diesen Nachmittag erzählt, woran ich mich erinnere.«

»Ja, ich weiß. Und Sie machen Ihre Sache auch sehr gut, vielleicht besser, als Sie wissen. Aber ich möchte, daß Sie jetzt nicht mehr versuchen, sich zu erinnern. Machen Sie sich frei davon. Ich würde gern die Übung von neulich wiederholen.«

Also gingen wir erneut die einzelnen Schritte durch. Ich schloß die Augen, entspannte mich, und während Alex mit sanfter Stimme auf mich einredete, versuchte ich mich an den Fluß zurückzuversetzen, wie ich damals, an jenem Sommernachmittag, dort gesessen hatte, den Rücken an den Felsen gelehnt. Inzwischen gelang es mir schon wesentlich besser. Beim erstenmal war ich mir vorgekommen wie auf einer von diesen angeblich dreidimensionalen Postkarten: Sie vermitteln einem den Eindruck von Tiefe, aber man kann nicht die Hand hineinstecken. Diesmal war es anders. Ich konnte mich darauf einlassen, ich war in einem Raum, den ich durchqueren, in einer Welt, in der ich mich verlieren konnte. Alex' Stimme schien von weither zu kommen. Ich beschrieb ihm, wo ich war, ich setzte mich und lehnte mich mit dem Rücken an die trockenen, bemoosten Felsen am Fuß von Cree's Top; links von mir schlängelte sich der Fluß in die Ferne, die letzten zerknüllten Papierschnipsel trieben um die Biegung vor mir. Rechts von mir sah ich die Ulmen am Waldrand.

Von weit weg fragte mich Alex' Stimme, ob ich aufstehen könne, und es gelang mir mühelos. Konnte ich mich umdrehen? Ja, auch das war nicht schwer. Ich erklärte Alex, daß der Fluß jetzt rechts von mir war, also auf mich zuströmte und hinter mir um die Biegung weiterfloß; die Ulmen am Waldrand standen nun zu meiner Linken. Ich blickte den Abhang von Cree's Top empor. Alex' Stimme bat mich, ich solle mich nicht bewegen und erst einmal warten. Konnte ich den Weg sehen? Selbstverständlich. Der Pfad schlängelte sich den Hügel empor, gesäumt von dichtem Buschwerk; an einigen Stellen verschwand er aus meiner Sicht, doch den größten Teil konnte ich bequem überblicken. Sehr gut, lobte mich Alex. Alles, was er nun von mir wollte, war, daß ich mich noch einmal umdrehte und mich wieder in meine ursprüngliche Position hinsetzte. Kein Problem. Sehr gut, sagte er. Sehr gut.

16. KAPITEL

Es gab gute und schlechte Tage, aber zu meiner eigenen Überraschung ging es mir recht gut. Beispielsweise an jenem sonnigen Montagmorgen Anfang Dezember. Es war einer jener von der Schule organisierten Tage, an denen berufstätige Frauen ein Schulkind zu ihrer Arbeitsstelle mitnehmen sollen, angeblich, um dem jungen Mädchen die Angst vor der Arbeitswelt zu nehmen. Zwar wurde ich das Gefühl nicht los, daß jede Frau, die meine Arbeit in Augenschein nahm, sich sofort unwiderstehlich zu Küche und Kinderzimmer hingezogen fühlen würde, aber ich entschied, daß ich wenigstens guten Willen zeigen mußte. Deshalb rief ich Peggy an, da ich ohnehin immer das Gefühl hatte, ich würde mich zu selten bei ihr melden. Offenbar fiel Emily, der mittleren, knapp sechzehnjährigen Tochter von Pauls erster Frau, als letzter eine plausible Ausrede ein, und so wurde sie mir als Opfer angeboten.

Kurz nach neun kam sie den Gartenweg entlanggeschlurft, ohne die zum Abschied winkende Peggy hinter sich zu beachten. Sie war ganz in Schwarz gekleidet, wie eine griechische Witwe, obwohl man sie dank ihrer Nasenringe nicht mit einer solchen hätte verwechseln können.

Nachdem sie es sich auf dem Beifahrersitz bequem gemacht hatte, stellte sie erst mal *Start the Week* ab, und wir verließen Kentish Town in östlicher Richtung. Ich erkundigte mich nach Peggy, und Emily brummte etwas und erkundigte sich nach Robert. Ich murmelte eine unverbindlich freundliche Floskel und setzte hinzu, daß er sich mit seiner neuen Freundin allem Anschein nach gut verstand. Ich habe meinen Nichten gegenüber einen starken Beschützerinstinkt, wenn es um meinen jüngsten Sohn geht, und ich habe mit Robert ebenso wie mit Jerome schon mehrmals darüber gesprochen, daß sie die Pflicht haben, sich um ihre jüngeren Kusinen zu kümmern. Ich war reichlich nervös, hauptsächlich weil ich normalerweise eine Zigarette geraucht hätte. Weil Emily dann auch eine gewollt hätte, hatte ich mich schon im voraus zu dem Entschluß durchgerungen, für diesen einen Morgen auf das Rauchen zu verzichten.

Ich liebe meine Söhne, aber in ihrer Teenagerzeit hatte man in unserem Haus manchmal das Gefühl, man befände sich in einem Umkleideraum für Sportler. Vielleicht habe ich deshalb eine besondere Zuneigung für die drei aufsässigen Crane-Mädchen. Hin und wieder machte ich mir Sorgen, daß ich mich womöglich zu sehr um sie bemühte und dadurch erst recht vergraulte, aber als wir anhielten und den York Way entlangspazierten, plauderte Emily mit einer für sie bemerkenswerten Offenherzigkeit. Ich fragte sie, ob sie etwas von Pauls Dokumentarfilm gehört hatte. Wie bei fast allem, was mit ihrem Vater zu tun hat, verdrehte Emily entnervt die Augen.

»Er ist echt so albern«, stöhnte sie.

Sofort fühlte ich mich verpflichtet, ihn in Schutz zu nehmen. »Aber nein, Emily, es wird bestimmt hochinteressant.«

»Du willst also auch ins Fernsehen, genau wie alle, die etwas über deine Familie wissen?«

»Nein, eigentlich nicht.«

»Wir weigern uns alle mitzumachen. Dad ist stocksauer geworden. Cath hat ihn einen Voyeur genannt.«

»Na ja, bestimmt hat sich Paul zumindest darüber gefreut, daß sie ein französisches Wort benutzt. Jetzt braucht sie ihn nur noch einen *auteur* zu nennen!«

Wir kicherten beide. Wie immer kamen wir zu spät zum Wohnheim, wo bereits zwei Angestellte der Stadtverwaltung auf uns warteten, die ich allerdings beide nicht kannte. Pandora Webb, zuständig für den Bereich psychologische Nachsorge, und Carolyn Salkin, Fachkraft für Behindertenarbeit – im Rollstuhl. Am Fuß der steilen Betontreppe, die zur Eingangstür führte. Carolyn hatte extrem kurzgeschnittene Haare, was ihr das Aussehen eines wütenden Kobolds verlieh. Wenn ich sie unter anderen Umständen kennengelernt hätte als ausgerechnet hier, vor meinem kostbaren Projekt, wäre sie mir sicher auf Anhieb sympathisch gewesen. Ohne Umschweife kam sie zur Sache.

»Hier gibt es offensichtlich keinen Zugang für Rollstuhlfahrer, Ms. Martello.«

»Bitte nennen Sie mich doch Jane«, keuchte ich, noch ganz atemlos, weil wir uns so beeilt hatten. »Und das ist meine Nichte Emily.«

»Wie ich feststellen muß, gibt es hier keinen Zugang für Rollstuhlfahrer, Jane.«

»Das Thema ist nie richtig angesprochen worden«, antwortete ich schwach, denn es war Montagmorgen, und ich fühlte mich etwas gehemmt durch die Anwesenheit meiner Nichte.

»Ich spreche es jetzt an.«

Am liebsten hätte ich mich so schnell wie möglich in ein stilles Eckchen zurückgezogen und über das Problem nachgedacht. Leider war das nicht möglich.

»Ich wurde lediglich informiert, daß dies ein Wohnheim für selbständige, als geheilt entlassene Patienten ist, die hier für eine gewisse Zeit unter lockerer Supervision unterkommen können. Natürlich gebe ich Ihnen recht, Carolyn – es wäre wünschenswert, daß jedes Gebäude behindertengerecht konzipiert wird, aber trotz meiner baulichen Veränderungen bleibt das Gebäude hier ein schmales, vierstöckiges Haus. Sicher wäre es besser, wenn Patienten und auch Angestellte, die im Rollstuhl sitzen, an besser ausgerüstete Häuser verwiesen werden.«

Die beiden Frauen wechselten vielsagende Blicke, ironisch, ein wenig verächtlich. Ganz offensichtlich stand auch Pandora nicht auf meiner Seite, aber sie überließ das Reden anscheinend gern Carolyn.

»Jane«, meinte Carolyn, »ich bin nicht hergekommen, um auf dem Gehweg über Behindertenpolitik zu diskutieren. Und ich will auch nicht feilschen. Ich bin einfach nur gekommen, um sicherzustellen, daß Sie sich über Vorstellungen der Stadtverwaltung zum Thema Gebäudezugang im klaren sind. Eigentlich hätte man Sie darüber längst in Kenntnis setzen müssen.«

»Und was sollen wir nun machen?« fragte ich matt. »Ich meine, in diesem spezifischen Fall.«

»Ich würde es Ihnen gern selbst zeigen, wenn ich in das Haus hineinkäme«, antwortete Carolyn eisig. »Aber Sie müssen wohl einen Termin mit einem anderen Kollegen aus meiner Abteilung vereinbaren.«

»Wer finanziert die zusätzlichen Baumaßnahmen?«

»Wer finanziert den Notausgang, Jane?« fragte Carolyn sarkastisch. »Wer finanziert die Doppelglasfenster?«

Ich spürte, wie die Wut in mir hochstieg, ganz egal, wie ungerecht das auch sein mochte.

»Wenn ich Mies van der Rohe wäre, würden Sie mich nicht zwingen, an jeder Ecke Rampen anzubringen.«

»Das würde ich sehr wohl, wenn Mies van der Rohe Gebäude in diesem Bezirk entwerfen würde«, entgegnete Carolyn ungerührt.

»Wer ist denn dieser Mies Dingsbums?« fragte Emily, als wir wieder im Wagen saßen.

»Wahrscheinlich einer der Hauptgründe, weshalb ich Architektin werden wollte. Seine Bauwerke basieren auf absoluter mathematischer Klarheit, auf geraden Linien, Metall und Glas. Sein tollster Bau war ein Ausstellungsgebäude in Barcelona, in den zwanziger Jahren. Er war in der Form so rein, daß Mies nicht einmal eine Wand zum Aufhängen von Bildern freigeben wollte, weil das die Ausgewogenheit zerstört hätte.«

»Nicht gerade das Richtige für eine Ausstellung«, meinte Emily.

»Nein«, räumte ich ein. »Und mit diesem Wohnheim hätte er vermutlich auch nicht viel mehr Erfolg als ich. Als ich anfing mit der Architektur, haben wir noch daran geglaubt, daß man durch sie das Leben der Menschen verändern könnte. Im Augenblick scheint diese Idee aber nicht sehr viele Anhänger zu finden.«

»Was willst du jetzt machen?«

»Ich glaube, ich bin zu alt, um noch auf Anwältin mit Spezialgebiet Bürgerrecht umzuschulen.«

»Nein, ich meine mit dem Wohnheim.«

»Ach, das übliche. Ein paar Sachen kommen rein, ein paar andere raus. Ein bißchen von meiner ursprünglichen Inspiration geht verloren. Aber ich hab die Hoffnung noch nicht ganz aufgegeben. Solange sie mein Budget kürzen, kann ich fest davon ausgehen, daß man das Wohnheim unbedingt bauen will.«

Wir fuhren zurück zu meinem Büro. Dort machte ich Emily mit Duncan bekannt, und er zeigte ihr, wie sich sein Zeichenbrett verstellen ließ. Ich diktierte ein paar Briefe, die ich schneller selbst getippt hätte. Dann kochten wir Kaffee, und ich erzählte Emily ein bißchen über meinen Beruf und über die Ausbildung, soweit ich mich an sie überhaupt noch erinnerte. Nachdem wir eine Weile über alle möglichen anderen Themen geplaudert und etwas gegessen hatten, brachte ich sie nach Kentish Town zurück. Ich kam mit ins Haus und trank eine Tasse Kaffee mit Peggy. Wie üblich machte sie sich Sorgen – diesmal in erster Linie wegen Pauls Film, mit dem sie nichts zu tun haben wollte. Außerdem machte sie sich Sorgen um Martha, wozu mir leider nicht viel einfiel. Und sie machte sich Sorgen, daß Alan womöglich durchdrehte. Ich sagte ihr, meiner Meinung nach brauchte man sich darüber bestimmt nicht den Kopf zu zerbrechen. Aber sie sorgte sich sogar ein wenig um *mich*. Paul hatte ihr von meiner Therapie berichtet, und darüber wollte sie jetzt unbedingt mit mir sprechen.

»Du weißt ja, daß ich auch jahrelang zur Therapie gegangen bin, nachdem Paul mich verlassen hatte«, begann sie. »Aber nach ungefähr zwei Jahren habe ich endlich all meinen Mut zusammengenommen, mich auf der Couch aufgerichtet und mich umgesehen. Mein Analytiker hat fest geschlafen.«

»Ja, das hast du mir schon erzählt, Peggy«, entgegnete ich. »Ich glaube, das passiert ziemlich häufig.«

»Trotzdem, die ganze Sache war eine fürchterliche Geldverschwendung. Ich bin zu dem Schluß gekommen, daß Pillen billiger sind und auch wesentlich bequemer. Mein Arzt hat mir was verschrieben, ich hab meine Krise überwunden, und weißt du noch, als ich letzten Sommer mit den Mädchen nach Kos gefahren bin? Ich hab rausgefunden, daß der Urlaub billiger war als drei Monate Therapie. Zugegeben, dort hatte ich das Gefühl, ich brauche mindestens drei Jahre Therapie, um mich zu erholen. Wie sich die Mädchen benommen haben! Und diese Kellner sind ständig um sie herumgeschwirrt wie Bienen um den Honigtopf!«

»Was willst du damit sagen, Peggy? Meinst du, ich verschwende meine Zeit?«

»Nein, vermutlich bin ich einfach nur überrascht. Du warst immer so stark. Außerdem – sei jetzt bitte nicht beleidigt –, außerdem verstehe ich einfach nicht recht, was du vorhast. Du warst doch diejenige, die sich plötzlich von Claud trennen wollte. Für ihn war es ein schrecklicher Schlag, er ist verzweifelt. Und jetzt kriegst du ein schlechtes Gewissen und suchst Hilfe. Und nicht nur das: Paul hat mir erzählt, daß du immer wieder mit der Geschichte von Natalie anfängst. Ich verstehe nicht, was das alles soll, ehrlich, Jane.«

Auf einmal spürte ich eine entsetzliche Wut im Bauch. Am liebsten hätte ich Peggy angeschrien oder ihr eine Ohrfeige verpaßt, aber sosehr ich südländische Emotionsausbrüche immer bewundert habe, ich selbst war leider nie dazu fähig. Außerdem spürte ich, daß Peggy in gewisser Hinsicht gar nicht so unrecht hatte. Also antwortete ich möglichst kühl und gelassen: »Vielleicht verstehe ich selbst nicht, was mich dazu treibt, Peggy. Vielleicht möchte ich ja genau das herausfinden.«

Am Abend dieses anstrengenden Tages zupfte ich die Plastikfolie von einem frischen Zigarettenpäckchen, wusch den Aschenbecher im Spülbecken aus, öffnete eine Dose schwarze Oliven und leerte sie in eine kleine Schüssel. Zum Glück waren sie entkernt, denn ich wollte mich auf nichts konzentrieren müssen. Zusammen mit einem trockenen Martini, der so kalt war, daß er wie ein Hexengebräu dampfte, trug ich alles ins Wohnzimmer und ließ mich vor dem Fernseher nieder. Nach dem Zufallsprinzip wählte ich einen Kanal und glotzte auf den Bildschirm, ohne etwas zu sehen.

Fast vom ersten Schluck an tat der Drink seine Wirkung, und eine angenehme Benommenheit breitete sich in mir aus. Ich kann am besten nachdenken, wenn ich bei einem Orchesterkonzert im Publikum sitze oder wenn ich in einer Galerie umherwandere und so tue, als würde ich mir die Gemälde anschauen, oder wenn ich – wie heute – halb betrunken fernsehe. Was Peggy gesagt hatte, brachte mich ziemlich durcheinander. Ich gehöre zu den Leuten, die sich gern unanfechtbar im Recht wähnen, ich halte mir zugute, daß ich immer das Richtige tun will. Und jetzt begriff ich plötzlich, daß es – für Peggy und bestimmt für viele andere auch – so aussah, als ließe ich mich einfach gehen und täte genau das Falsche. Ich verließ mich auf Duncans Gutmütigkeit, wenn ich gerade mal keine Lust hatte zu arbeiten. Ich verließ mich auf meine Therapiesitzungen bei Alex, um nicht die Verantwortung für meine Entscheidungen tragen zu müssen. Ich führte irgendwelche halbgaren Ermittlungen über die Familie Martello durch … und warum? Aus Rache? Nein, ich mußte etwas Unerledigtes zu Ende bringen, ich suchte etwas. Aber ich wußte nicht, was. War es vielleicht besser, wenn ich das alles sausen ließ und mich der Gegenwart widmete, meinem jetzigen Leben – mit dem Gleichmut, auf den ich immer so stolz gewesen bin?

Ich ging zum Kühlschrank und goß den Rest Martini in

mein Glas. Ich hörte auf nachzudenken, und auf einmal nahm die Fernsehsendung vor mir Gestalt an, wie ein Bild, das allmählich scharf gestellt wurde. Eine Frau – sehr attraktiv, abgesehen davon, daß ihre Augenbrauen zu dünn waren – sprach über die Familie als Keimzelle der Gesellschaft.

»Ebenso wie ein Haus, in das es reinregnet, immer noch besser ist als gar kein Haus«, sagte sie, »ist eine unvollkommene Ehe besser als gar keine. Der schlimmste soziale Notstand unserer Zeit ist das rücksichtslose und egoistische Verhalten mancher Eltern, denen ihre eigene Bequemlichkeit wichtiger ist als die Zukunft ihrer Kinder.«

Lauter Beifall ertönte.

»Halt's Maul!« schrie ich den Bildschirm an.

»Sir Giles«, sagte der Moderator der Sendung.

Sir Giles war ein Mann im grauen Anzug.

»Jill Cavendish hat vollkommen recht«, meinte er, »und wir alle sollten uns nicht schämen, ganz kategorisch festzustellen, daß es hier um eine Frage der Moral geht. Und wenn die Oberhäupter unserer Kirchen nicht gewillt sind, zu diesem Thema klar Stellung zu beziehen, dann ist es an der Zeit, daß wir, die Politiker, endlich aktiv werden. Wie wir alle wissen, gibt es junge Mädchen, die absichtlich schwanger werden, weil sie dadurch schnell und leicht an eine Sozialwohnung kommen. Ganz bewußt wählen sie die Arbeitslosigkeit, auf Kosten der übrigen Gesellschaft. Mit dem Ergebnis, daß ganze Generationen von Kindern ohne moralische Führung aufwachsen, ohne einen Vater, der ihnen ein Vorbild ist. Kein Wunder, daß diese Kinder kriminell werden.

Ich glaube, meine Damen und Herren, daß die Zeit gekommen ist, in der die Durchschnittsbürger sich erheben und den Sozialisten zurufen sollten: ›Dorthin habt ihr uns gebracht. Das ist die logische Folge eurer Politik, eurer Mißachtung von Moral und Familie, wie wir sie alle in den sechziger Jahren erlebt haben.‹ Diese Leute meinen, wir sollen Verständnis zeigen für die Zwangslage dieser armen hilflosen Frauen. Wenn Sie mich fragen, sollten wir ein bißchen weniger verstehen und ein bißchen mehr bestrafen. Als ich jung war, landete ein Mädchen, das schwanger wurde, auf der Straße, als Ausgestoßene. Vielleicht haben wir aus jener Zeit etwas zu lernen. Ich sage Ihnen: Wenn junge Mädchen wissen, daß es für sie keine Wohnungen und kein Arbeitslosengeld gibt, dann wird es bald auch wesentlich weniger alleinstehende Mütter geben.«

»Wichser«, knurrte ich und warf die Zigarettenschachtel in Richtung Bildschirm. Sie landete ziemlich weit daneben.

Jetzt ertönte noch heftigerer Applaus als vorhin, und der Gesprächsleiter hatte größte Mühe, sich wieder Gehör zu verschaffen.

»Außerdem ist heute Dr. Caspar Holt bei uns, der nicht nur Philosoph, sondern zufällig auch alleinerziehender Vater einer kleinen Tochter ist. Dr. Holt, wie lautet Ihre Meinung zu den Ausführungen von Sir Giles?«

Die Kamera schwenkte auf das nervöse Gesicht eines Mannes mittleren Alters, der mir irgenwie bekannt vorkam.

»Ich bin nicht sicher, ob ich darauf eine Antwort parat habe«, sagte er. »Doch ich mißtraue zutiefst allen simplen Lösungen für soziale Probleme. Aber ich kann mir nicht helfen – ich glaube, wenn Sir Giles Whittell wirklich meint, daß junge Mädchen aus finanziellen Erwägungen heraus schwanger werden, sollte er sich einmal fragen, wer denn diese individualistische Kultur geschaffen hat, in der nichts zählt außer dem eigennützigen Kampf um größtmöglichen finanziellen Vorteil. Daß sich politisch nur etwas verbessern läßt, indem man den Reichen immer mehr Geld gibt, während man den Armen das wenige, was sie besitzen, auch noch wegnimmt – diese Meinung finde ich, na ja, irgendwie amüsant.«

Ich klatschte in die Hände. »Hört, hört!«

Außer mir klatschte diesmal allerdings niemand Beifall, im

Gegenteil: Der Sprecher wurde von allen Seiten ausgebuht. Plötzlich fiel mir ein, wer dieser Mann war – er hatte bei Alans denkwürdigem Auftritt in der Kunstakademie neben mir gesessen! Soweit ich mich erinnerte, hatte ich mich ihm gegenüber ziemlich schlecht benommen, und jetzt bereute ich es. Schnell ging ich zu meinem Schreibtisch in der Ecke und wühlte in einem Stapel Postkarten. Ein grotesker Akt von George Grosz. Zu freizügig. Eine Verkündigung von Fra Angelico. Zu streng. Aquarelle der *British Mice*. Zu affektiert. *Die Schindung des Marsyas* von Tizian. Meinen eigenen Empfindungen zu nah verwandt. Reverend Robert Walker beim Schlittschuhfahren auf Duddingston Loch. Das war vielleicht nicht schlecht. Ich drehte die Karte um und entfernte ein angetrocknetes Klebepad, eine Erinnerung daran, daß das Bild einmal an der Wand über meinem Schreibtisch gehangen hatte. »Lieber Caspar Holt.« Schon kam ich nicht mehr weiter und sah wieder zum Bildschirm, wo Caspar Holt jetzt etwas über Kindererziehung murmelte und niedergebrüllt wurde. »Ich bin die Frau, die in der Kunstakademie so unhöflich zu Ihnen war. Ich sitze vor dem Fernseher, während ich dies schreibe, und sehe mir an, wie vernünftig und mutig Sie auftreten. Es tut mir leid, daß ich mich so danebenbenommen habe. Zwar ist das alles etwas unzusammenhängend, aber Sie sagen Dinge, die ich gern selbst sagen möchte, die mir aber im richtigen Moment nie einfallen. Mit freundlichen Grüßen, Jane Martello.« Plötzlich fiel mir ein, daß ich Caspar Holts Adresse gar nicht kannte. So schrieb ich kurzerhand die des Fernsehsenders auf die Karte; die Leute dort würden sie bestimmt weiterleiten. In meiner Handtasche fand ich eine Briefmarke. Kurz entschlossen ging ich zum nächsten Briefkasten und warf die Karte ein. Ich brauchte ein bißchen frische Luft. Soweit ich es noch beurteilen konnte, fühlte sich die Abendkühle sehr wohltuend an.

17. KAPITEL

Weißt du noch, wie ihr hier immer gespielt habt?«

Obgleich es bitterkalt war, hatte Martha darauf bestanden, daß wir zusammen eine Runde durch den Garten machten. Jetzt standen wir neben der riesigen Eiche, in deren dickem hohlen Stamm wir uns als Kinder so oft versteckt hatten. Ich strich mit der Hand über die moosbewachsene Rinde.

»Hier haben Claud und Theo und Paul ihre Initialen eingeritzt. Wir dachten, die Initialen würden mitwachsen, und jetzt sind sie schon fast verschwunden.«

Schweigend gingen wir weiter. Ich spürte, daß ich den Wegen meiner Kindheit folgte. Die Scheunen, die umgestürzten Baumstämme, der Kräutergarten, die flache Stelle, wo die Schaukel gehangen hatte, die kahlen Zweige und ausgedörrten Büsche. Der Wind drückte Marthas Jacke eng an ihren Körper, und mir fiel auf, wie dünn sie geworden war.

»Alles in Ordnung, Martha?«

Sie bückte sich, um ein Unkraut auszurupfen. »Ich habe Krebs, Jane.« Ich wollte etwas sagen, doch sie hob die Hand. »Ich weiß es schon lange. Anfangs war es nur Brustkrebs, aber jetzt hat er sich ausgebreitet.«

Vorsichtig nahm ich ihre kalte Hand und streichelte sie. Vom Hügel her blies der Wind über uns hinweg.

»Was meinen die Ärzte? Was unternehmen sie dagegen?«

»Nicht viel. Ich meine, sie sagen nicht viel, sie überlassen es mir, meine eigenen Schlüsse zu ziehen. Und ich werde keine Chemotherapie machen, ich werde mich nicht bestrahlen lassen oder sonstwas. Na ja, Schmerzmittel nehme ich natürlich schon. Aber ich bin siebenundsechzig, Jane, kein schlechtes Alter, um Krebs zu kriegen: Er wächst sehr langsam.« Sie lachte leise. »Wahrscheinlich sterbe ich mit dreiundneunzig an einem Herzinfarkt.« Etwas ernster fügte sie hinzu: »Jedenfalls hoffe ich das. Ich kann mir nicht vorstellen, daß Alan allein zurechtkommt.«

»Es tut mir leid. Es tut mir wirklich leid, Martha. Ich wollte, ich könnte etwas tun.« Hand in Hand gingen wir zum Haus zurück.

»Martha, wünschst du dir manchmal, man hätte Natalie nicht gefunden?« fragte ich plötzlich.

Martha warf mir einen seltsamen Blick zu. »Es ist sinnlos, diese Frage zu stellen«, antwortete sie schließlich. »Wir haben Natalie gefunden, und damit basta. Wenn du wissen willst, ob ich früher glücklicher war, dann lautet die Antwort ja. Selbstverständlich war ich glücklicher. Manchmal war ich sogar richtig glücklich. Als Natalie gefunden wurde, mußte ich noch einmal zu trauern beginnen. Der ganze Kummer war plötzlich wieder wie neu.«

Sie öffnete die Hintertür. »Komm, ich koche dir einen Tee.«

»Nein, laß mich ihn machen«, widersprach ich.

»Ich bin noch nicht todkrank, Jane. Setz dich.«

Also nahm ich am Küchentisch Platz. Überall lagen Stapel von Kinderbüchern, die Martha im Lauf der Jahre illustriert hatte. Natürlich kannte ich die Bilder, schließlich waren meine Kinder mit ihnen aufgewachsen, aber sie beeindruckten mich wieder von neuem: lustige, vielfältige und farbenfrohe Zeichnungen. Martha zeichnete gern große Familien: energische Omas, gehetzt wirkende Eltern und Horden kleiner Kinder mit aufgeschürften Knien und zerzausten Haaren. Auf ihren Illustrationen gab es eine Menge zu essen – Sachen, die Kinder mögen, wie klebrige Schokoladenkuchen, purpurroter Wackelpudding mit knallgelber Vanillesoße, Teller mit Spaghettibergen. Und sie malte ausgelassene Kinder: eine ganze Doppelseite mit pummeligen Kleinkindern, die in roten Gummistiefeln hintereinander hermarschierten, eine andere, auf der fröhliche Kindergesichter durch die Äste eines

Baumes spähten. Bei dem Bild eines kleinen Mädchens mit einem Gänseblümchenkranz vor einem leuchtendorangen Sonnenuntergang hielt ich inne. Selten hat Martha ein einzelnes Kind gezeichnet – meist waren sie immer in großen Gruppen dargestellt, eine Übermacht gegen die Erwachsenen.

»Bevor wir Natalie gefunden haben, Martha, gab es da je einen Tag, an dem du nicht an sie gedacht hast?«

Mir war klar, daß ich die falsche Frage gestellt hatte, und ich kannte auch die Antwort. Dennoch wußte ich, daß wir über Natalie reden mußten. Martha goß kochendes Wasser über die Teeblätter und holte eine große Kuchendose vom Regal.

»Was glaubst du?«

Sie stellte einen Ingwerkuchen auf den Tisch.

»Lange Zeit hatte ich Schuldgefühle. Nicht nur weil sie weggelaufen oder umgekommen war – oder was auch immer. Natürlich auch deswegen, aber hauptsächlich wegen unserer Beziehung.«

Ich wartete. Martha goß zwei Tassen Tee ein und setzte sich dann zu mir an den Tisch.

»Meine letzte Erinnerung an Nathalie ist, daß sie mich anschreit.«

Nachdenklich starrte sie eine Weile in ihre Teetasse, dann fuhr sie fort: »Nein, das ist nicht das, was ich sagen wollte. Meine letzte Erinnerung ist, daß ich sie anschreie. Natürlich hatten wir eine Menge belangloser Kräche, zum Beispiel, wenn ich merkte, daß sie geraucht hatte oder so was. Dann lächelte sie mich mit diesem etwas distanzierten Lächeln an, ihre typische Miene, wenn man ihr die Meinung sagte, und das machte mich immer schrecklich wütend. Mit solchen Streitereien muß man wohl als Eltern leben, aber nach dieser letzten Auseinandersetzung haben wir uns nicht mehr versöhnt. Manchmal frage ich mich, ob sie mich gehaßt hat, als sie gestorben ist.« Sie lächelte traurig. »Als Alan und ich nach dieser schrecklichen Kreuzfahrt zur Party kamen, wollte ich mit Natalie sprechen, aber es waren zu viele Leute da, so daß ich es wieder verschob. Und dann war es zu spät.«

»Natürlich machst du dir Vorwürfe und hast Schuldgefühle, Martha«, meinte ich, »und natürlich solltest du genau das nicht tun.«

Ich weiß noch, daß ich beim Tod meiner Mutter ganz ähnlich empfunden hatte. In den Wochen nach dem Begräbnis hatte ich entsetzlich unter dem Verlust gelitten, und mir waren lauter Situationen eingefallen, in denen ich meine Mutter kritisiert oder von oben herab behandelt hatte, in denen ich ihre Qualitäten nicht zu schätzen wußte, mich nicht genug bei ihr bedankt hatte. Auch das letzte klärende Gespräch, in dem wir uns mit all den Ecken und Kanten unserer Beziehung hätten versöhnen können, hatte ich nie geführt.

»Du mußt das ganze Leben betrachten, Martha, nicht nur die letzten Wochen oder Tage«, sagte ich lahm.

»Das tue ich auch. Aber dieser letzte Streit hat irgendwie alles auf den Punkt gebracht, was bei uns nicht stimmte.« Martha blickte mir fest in die Augen. »Ich habe das noch nie jemandem erzählt, Jane.«

»Was hast du noch nie jemandem erzählt?«

»Von diesem Streit mit Natalie.«

Martha nahm das Messer und schnitt zwei Stücke Kuchen ab. Bestimmt hatte sie ihn eigens für mich gebacken, als sie erfuhr, daß ich kommen würde.

»Trink deinen Tee, er wird sonst kalt.«

Gehorsam nippte ich an meiner Tasse.

»Es ging um deinen Vater und mich, Jane. Um unsere Beziehung.«

Ich nippte weiter, aber meine Hände fühlten sich plötzlich riesig und unbeholfen an. Vorsichtig stellte ich die Tasse auf den Tisch zurück, ganz langsam, damit ich nichts verschüttete.

»Ach du meine Güte.«

»Im Sommer vor Natalies Tod hatte ich eine kurze Affäre mit deinem Vater. Er und deine Mutter kamen nicht besonders gut miteinander aus, und du kennst ja Alan. Den ganzen Sommer über war er weg, in Amerika. Ich war einsam, die Kinder waren groß, und ich hatte das Gefühl, daß mir mein Leben durch die Finger glitt.«

Sie hielt inne und machte eine wegwerfende Handbewegung. »Aber genug davon, ich will mich gar nicht dafür rechtfertigen. Ich bin alles andere als stolz darauf, und es hat auch nicht lang gedauert. Wir haben niemandem etwas davon erzählt. Christopher hat es deiner Mutter verschwiegen, und Alan hat auch nichts erfahren. Wir waren sehr vorsichtig. Schließlich wollten wir niemanden verletzen.«

Wieder hielt sie inne und nahm einen kleinen Bissen von ihrem Kuchen.

»Aber Natalie fand einen Brief, den Christopher mir geschrieben hatte. Allem Anschein nach hatte sie meine Schubladen durchwühlt, jedenfalls hielt sie ihn mir eines Tages unter die Nase. Komischerweise wirkte sie eigentlich nicht wütend, sondern eher triumphierend. Sie warf mir vor, ich würde immer so tun, als wäre ich etwas Besseres als Alan, und dabei sei ich doch genauso. Sie wollte deiner Mutter und Alan Bescheid sagen. Sie meinte«, Marthas Stimme klang belegt, »sie meinte, das sei ihre Pflicht.«

Martha schwieg. Es war ganz still in der Küche, während sie darauf wartete, daß ich etwas sagte.

»Hat sie es jemandem erzählt?«

»Ich glaube nicht. Nicht daß ich wüßte.«

»Vielleicht hat sie es Alan gesagt.«

»Das weiß ich nicht.«

»Warum erzählst du mir das jetzt, nach all den Jahren?«

Müde zuckte Martha die Achseln. »Vielleicht weil jetzt ein guter Zeitpunkt ist, um alte Familiengeheimnisse zu lüften.

Vielleicht weil ich bald sterbe und beichten will. Und weil ich dachte, du verstehst mich. Vielleicht weil du diejenige bist, die nach der Wahrheit sucht.«

Ich sagte nichts. Ich hätte auch nicht gewußt, was ich erwidern sollte. Ich wußte nicht mal, was ich dachte. Ohne Erfolg versuchte ich mir meinen Vater mit Martha vorzustellen; es gelang mir lediglich, sie zu sehen, wie sie jetzt waren: alt, mit papierdünner Haut und starren Angewohnheiten. Martha blätterte zurück bis zur Seite mit dem Mädchen und dem Sonnenuntergang.

»Das ist Natalie«, erklärte sie. »Ich weiß, das Mädchen sieht ihr nicht ähnlich, außer der Mund vielleicht. Aber so stelle ich mir sie immer vor, wenn ich an sie denke. Sie war eine Einzelgängerin, weißt du. Sie hat sich zwar für das Leben anderer Menschen interessiert, sie hatte Freunde und ging auf Partys, aber sie war immer allein. Ich war ihre Mutter, und trotzdem habe ich manchmal das Gefühl, sie war eine Fremde. Meine Söhne taten immer furchtbar erwachsen und unabhängig, sie haben mich mit einem Achselzucken links liegenlassen, wenn ihre Freunde in der Nähe waren, aber sie haben mich *gebraucht*, und sie waren immer so leicht zu durchschauen. Aber von Natalie fühlte ich mich oft zurückgestoßen. Dabei habe ich immer gedacht, wir würden ein besonders enges Verhältnis haben – zwei Frauen in einem Männerhaushalt.«

Sie stand auf und räumte die Teller ab. »Jetzt mußt du aber die Telefonate erledigen, die du vorhin erwähnt hast, und ich hole dir die Ableger für deinen Garten.« Damit schlüpfte sie in ihre Jacke, nahm eine Gartenschere und verschwand durch die Hintertür.

Mechanisch folgte ich ihrer Anweisung und blätterte in meinem Adreßbuch, bis ich den Namen Judith Parsons gefunden hatte (geborene Gill, eine meiner besten Freundinnen in der High-School). Sie war überrascht und erfreut, daß ich mich bei ihr meldete: Wie ging es mir in London, was machten meine Söhne, war es nicht schrecklich, wie die Zeit verflog, ja es wäre wunderbar, wenn wir uns mal treffen könnten – Brendon und sie fuhren gelegentlich nach London, da würde sie mich mal anrufen. Als wir uns verabschiedeten, fragte ich sie, ganz nebenbei und mit schlechtem Gewissen, ob sie zufällig Chrissie Pilkingtons Nummer hätte. Ich erklärte ihr, daß ich einen Auftrag in der Gegend von Chrissies Haus hätte und dächte, es wäre nett, auch mit ihr wieder Kontakt aufzunehmen. Judiths Begeisterung flaute etwas ab. Ja, sie habe die Nummer, aber Chrissie heiße jetzt Colvin; dankbar notierte ich die Nummer in mein Buch und wählte erneut.

Christine Pilkington, verheiratete Colvin, freute sich allerdings nicht sonderlich, von mir zu hören, was ich gut verstehen konnte. Fünfundzwanzig Jahre waren seit unserer letzten Begegnung verstrichen, und mein Anruf weckte Erinnerungen, die sie sicher lieber verdrängt hätte. Schließlich erklärte sie sich zögernd bereit, am Spätnachmittag eine Tasse Tee mit mir zu trinken. Ich notierte mir die Wegbeschreibung. Kurz bevor ich auflegte, sagte Chrissie plötzlich: »Mein Mann wird auch da sein, Jane.«

Martha packte die Ableger in meinen Kofferraum, dann deutete sie auf die Stapel mit Kinderbüchern auf dem Tisch.

»Die sind für deine Enkelkinder, Jane. Irgendwann mal.« Und dann umarmten wir uns endlich.

Die Colvins wohnten am Stadtrand von Oxford in einem protzigen Haus mit Swimmingpool und einem Meer von Rhododendron. Ich habe diese Pflanzen schon immer gehaßt: leuchtende Blüten und glänzende Blätter und darunter keine Spur von Leben.

Chrissie hätte ich nicht wiedererkannt. Als ich sie das letztemal gesehen hatte, war sie schlank und groß gewesen, mit auffallenden blonden Haaren, die sie stets zu einer Hochfrisur auftürmte. Jetzt schien sie irgendwie kleiner – vielleicht nur deshalb, weil sie soviel breiter geworden war. Ihr rundlicher Körper war in eine enge weiße Hose und eine grüne Bluse gezwängt, dazu trug sie hohe Absätze. Keine Spur mehr von der wilden Schönheit des mageren Mädchens. Ihr dick aufgetragenes Make-up konnte ihre Nervosität nicht verbergen.

Wir schüttelten einander die Hände, und während wir noch zögerten, ob wir uns auf die Wange küssen sollten oder nicht, trat ein untersetzter Mann in einem grauen Anzug aus dem Haus, schloß mich freundlich in die Arme und übertönte Chrissies halbherziges Bemühen, uns bekannt zu machen, mit den Worten: »Wie schön für Chrissie, nach so langer Zeit eine alte Schulfreundin wiederzusehen. Ich habe schon so viel von Ihnen gehört, Jane.« Was ich bezweifelte. »Tee? Oder hätten Sie lieber etwas Hochprozentiges?«

»Tee wäre wunderbar, danke.«

»Gut. Dann lasse ich euch zwei Hübschen jetzt allein, damit ihr euch in Ruhe unterhalten könnt. Ihr habt euch bestimmt viel zu erzählen.«

»Ian ist Geschäftsführer in einer Firma«, sagte Chrissie, als würde das irgend etwas erklären. Wir gingen ins Haus. Von oben hörte man brave Klavierübungen. »Meine Tochter, Chloe. Leonore ist bei einer Freundin.«

Wir ließen uns im Wohnzimmer nieder, zwischen prall aufgeschüttelten Kissen und Kunstdrucken mit Blumen und Landschaften. Allerdings bot mir Chrissie nicht den versprochenen Tee an.

»Warum bist du wirklich hier?«

»Hast du von der Sache mit Natalie gehört?«

Sie nickte.

»Deshalb.«

Chrissie sah sich nervös um, als erwartete sie, daß ihr Ehemann unter der Tür erschien und lauschte.

»Ich hab dazu nichts zu sagen, Jane. Das ist mehr als zwanzig Jahre her, und ich will nicht mehr daran denken, geschweige denn, darüber reden.«

»Fünfundzwanzig Jahre.«

»Dann eben fünfundzwanzig. Bitte, Jane.«

»Wann hast du Alan zum letztenmal gesehen?«

»Ich hab doch gesagt, ich will nicht darüber reden. Ich will nicht mehr daran denken.«

»Weiß dein Mann, daß du eine sexuelle Beziehung mit Alan Martello hattest, als du fünfzehn warst? Hat er Verständnis für so was?«

Chrissie zuckte sichtbar zusammen und starrte mich an. Ein bißchen tat sie mir leid, aber innerlich triumphierte ich, weil ich sah, daß sie trotz aller Proteste mit mir sprechen würde. Sie zuckte die Achseln.

»Ich habe Alan seit Natalies Verschwinden nicht mehr gesehen. Ich erwarte ja nicht, daß du es verstehst, aber er war damals für mich so ... so faszinierend, wenn du das begreifen kannst. Ich war bloß ein Kind, und er war berühmt, er hat mir Geschenke gemacht und mir gesagt, ich wäre schön.« Sie lachte bitter: »Das kommt einem jetzt komisch vor, was? Als er mit mir ins Bett wollte, hatte ich keine Chance, nein zu sagen.« Sie blickte auf ihre makellosen, rotlackierten Fingernägel und fügte, fast ein wenig selbstgefällig, hinzu: »Beinahe hätte er mein Leben ruiniert. Warum machst du nicht Alan Vorwürfe?«

»Komm schon, Chrissie, übertreib nicht. Es ging nur um Sex. Hast du es nicht auch genossen?«

»Ich weiß nicht. Ich denke nicht darüber nach.«

»Wie hat Martha es erfahren? Alan gibt sonst nicht mit seinen Seitensprüngen an.«

Chrissie musterte mich erstaunt. »Von Natalie natürlich. Hast du das nicht gewußt? Sie ist uns einmal in den Wald gefolgt. Und hat uns tatsächlich erwischt.«

Auf ihrem Gesicht lag ein selbstzufriedener Triumph.

»Und was ist dann passiert? Habt ihr gesehen, daß sie euch beobachtet?«

»Ja.«

»Und?«

»Was erwartest du? Alan fing an zu jammern, ist zu Natalie gekrochen, hat an ihrem Rock rumgezupft und ihr gesagt, sie sei doch sein liebes kleines Mädchen, sie solle ihrem alten Vater seine kleinen Eskapaden nachsehen, sie wisse doch, wie die Männer sind und wie furchtbar weh es Martha tun würde. Es war ganz schön peinlich.«

»Was hat Natalie gemacht?«

»Sie ist einfach weggegangen.«

»Und Alan?«

Sie sah mir direkt ins Gesicht. Zum erstenmal erkannte ich den herausfordernden, furchtlosen Blick der heranwachsenden Chrissie. »Er hat mich wieder auf den Boden geschubst und mich gefickt. Ich glaube, die ganze Sache hat ihn erregt. Aber es war das letztemal.« Eine eisige Stille folgte. »Jetzt kannst du alles meinem Mann erzählen.«

»Danach bist du mit Theo gegangen, stimmt's?«

»Frag ihn doch.«

»Und was ist mit Natalie? Du weißt, daß sie schwanger war, oder?«

»Ich hab die Zeitung gelesen.«

»Wer, glaubst du, war der Vater?«

»Das weiß ich nicht. Dieser Dingsbums, Luke McCann vermutlich.«

Als ich wegfuhr, winkte mir Chrissies erfolgreicher Ehemann fröhlich nach.

»Kommen Sie bald wieder, Jane. Es freut mich immer, Chrissies alte Freundinnen bei uns zu begrüßen.«

Aus dem Auto sah ich Chrissie, eine Frau mittleren Alters mit zu dick aufgetragenem Lippenstift, und am oberen Fenster ein Mädchen, vermutlich Chloe, die klavierspielende Tochter. Sie sah genauso aus wie Chrissie vor fünfundzwanzig Jahren. Bestimmt schwer zu verkraften für ihre Mutter.

18. KAPITEL

Entgegen allen Erwartungen merkte ich, daß durch die Therapie mein Bedürfnis, andere zu verurteilen, abnahm. Statt mir über Martha und Chrissie stundenlang das Hirn zu zermartern oder in Gedanken eine fruchtlose Debatte über sie zu führen, konnte ich jetzt mit Alex darüber sprechen. Weder schockierte ihn, was ich erzählte, noch machte es ihn an, und obgleich er mich manchmal kritisierte – gelegentlich sogar ziemlich heftig –, mußte ich mich nie bei ihm entschuldigen. Wenn es darauf ankäme, wäre er auf meiner Seite, davon war ich fest überzeugt. Ich vertraute ihm. Na ja, wem sollte ich sonst vertrauen?

Am Tag nach meiner Rückkehr nach London erschien ich mit einer Menge Weihnachtspäckchen bei ihm, als wäre ich auf der Durchreise. Ich lehnte meine Taschen und Beutel gegen die Couch. Während ich redete, ließ ich die Finger hin und wieder über das zerknitterte Plastik gleiten – das gab mir das beruhigende Gefühl, daß noch normale Dinge existierten. Als ich von Martha und meinem Vater erzählte, befürchtete ich schon, Alex würde lachen, weil sich die Geschichte so ungeheuer banal und jämmerlich anhörte. Aber er lachte nicht und äußerte auch kein albernes Mitgefühl. Dann beschrieb ich meine Begegnung mit Chrissie, etwas besorgt, er würde sich vielleicht ärgern über meinen neuerlichen Versuch, die Amateurdetektivin zu spielen. Etwas kleinlaut wiederholte ich das, was Chrissie mir über Alan und Natalie offenbart hatte, und zu meiner Überraschung nickte Alex interessiert.

»Ich kann Sie nicht von Ihrer Schnüffelei abbringen, was?«

Er klang ein bißchen verzweifelt, mehr nicht.

»Ich schnüffle nicht, Alex. Ich stöbere nur ein bißchen herum. Ich habe ständig das Gefühl, ich müßte etwas suchen. Ich weiß nur nicht genau, was.«

»Ja.« Alex klang sehr nachdenklich. »Ich frage mich nur, ob Sie vielleicht am falschen Ort suchen.«

»Wie meinen Sie das?«

»Sie sind wirklich faszinierend, Jane. Sie beherrschen irgendeinen ganz raffinierten Zaubertrick. Wenn Sie in die eine Richtung deuten, habe ich sofort das Gefühl, das Wichtige passiert irgendwo ganz anders.«

»Das ist mir zu hoch.«

»Natürlich führen Sie sich selbst auch an der Nase herum. Etwas Bedrohliches liegt vor Ihnen, und Sie wollen es finden und ihm gleichzeitig um jeden Preis aus dem Weg gehen.«

»Was wollen Sie denn damit sagen, Alex? Glauben Sie, ich bin auf der richtigen Spur?«

Wieder kehrte eine von Alex' langen Pausen ein. Ich spürte meinen Atem und mein Herz, das wie ein Gummiball in meiner Brust hüpfte. Gleich würde etwas passieren, etwas Wichtiges.

»Mir scheint, Jane, Sie sind auf dem richtigen Weg – insofern, als ich glaube, daß es mit Sicherheit etwas zu finden gibt. Aber Sie suchen an der falschen Stelle. Sie unterhalten sich mit Leuten, die Ihre Probleme unmöglich lösen können. Wo Sie wirklich suchen sollten, ist hier drin.«

Als ich Alex' kühle Hand auf meiner Stirn spürte, wäre ich fast von der Couch gesprungen. Es war nicht das erste Mal, daß er mich berührte, aber es fühlte sich erschreckend vertraut an. Ganz bestimmt hatte er mich irgendwie mißverstanden.

»Alex, ich bestreite nicht, daß Ihre Therapie wichtig ist und mir hilft. Aber wenn ich mit anderen Leuten spreche, dann habe ich das Gefühl, daß ich auf meine verwirrte und übertriebene Art etwas Bestimmtes suche. Ich suche etwas da draußen, die Wahrheit über etwas, das wirklich passiert ist.«

»Glauben Sie, ich rede von etwas anderem?«

»Was meinen Sie damit? Wollen Sie behaupten, daß ich die Antwort bereits kenne? Daß ich weiß, wer Natalie getötet hat?«

»*Wissen* ist ein sehr kompliziertes Wort.«

Plötzlich kribbelte etwas auf meiner Haut.

»Sagen Sie, Jane, Sie haben sich doch an die Stelle zurückversetzt, an der Natalie zum letztenmal gesehen wurde. Ihr Engagement dabei hat mich sehr beeindruckt. Aber ich würde ganz gerne noch von Ihnen wissen, welche Gefühle dieser Ort in Ihnen weckt. Macht er Ihnen angst? Meinen Sie, dort erwartet Sie irgend etwas? Ein Geheimnis?«

Auf einmal wurde mir eiskalt, was mir allerdings immer passierte, wenn ich längere Zeit auf der Couch lag, obwohl Alex' Haus gut geheizt war.

»Ja, er macht mir angst. Warum interessiert Sie das, Alex?«

»Ich habe immer versucht, Ihnen zu folgen, Jane. Ich habe Sie gefragt, wo der Kernpunkt von Natalies Verschwinden liegt, und Sie haben mir eine Landschaftsbeschreibung gegeben. Ich möchte Sie dorthin schicken und sehen, was Sie vorfinden. Meinen Sie, das wäre einen Versuch wert?«

»Ja, in Ordnung.«

Also spielten wir unser inzwischen vertrautes Ritual durch. Alex' Lob freute mich, ich kam mir beinahe vor, als wäre ich seine Musterschülerin. Er sprach leise auf mich ein. Mein Körper entspannte sich, ich schloß die Augen und versetzte mich wieder an den Col. Mit jeder Sitzung fiel mir das leichter. Ich saß wieder am Fuß von Cree's Top, den Rücken an den trockenen bemoosten Felsen gelehnt, links von mir strömte das Flüßchen, die letzten zusammengeknüllten Papierfetzen verschwanden um die Biegung. Rechts lag der Waldrand mit den großen Ulmen.

Es gelang mir, ohne weitere Anweisung aufzustehen und mich umzusehen. Jetzt war der Fluß rechts; er strömte auf mich zu und verschwand hinter mir. Die Ulmen und der Wald lagen zu meiner Linken. Ich blickte zu dem Pfad, der sich Cree's Top hinaufschlängelte, gesäumt von dichten Büschen, hin und wieder zwischen ihnen verborgen. Dennoch konnte ich ihn fast vollständig überblicken. Heute wirkte alles viel lebendiger. Das Grün der Blätter war satter; sie hoben sich im Sonnenlicht deutlicher voneinander ab. Wenn ich den Kopf drehte, konnte ich mich auf jeden beliebigen Teil meiner Umgebung konzentrieren und ihn näher betrachten, sogar die kleinen Kiesel auf dem Weg, welche von vorübergehenden Füßen zur Seite gestoßen worden waren, von Füßen, die den Weg ausgetreten hatten, so daß auch größere Steine und Baumwurzeln zum Vorschein kamen. Fast ohne eigenes Zutun schickte ich mich an, den Pfad entlangzugehen. Als ich zu Boden blickte, sah ich, daß ich weiße Tennisschuhe anhatte, die Sorte, die ich seit dem Ende der Schulzeit nicht mehr getragen hatte. Jetzt war ich schon ein ganzes Stück den Hügel hinaufgestiegen und hatte mich ziemlich weit von der Stelle entfernt, an der ich zuvor gesessen hatte. Wandte ich mich nach rechts, blickte ich den Abhang hinab zum Fluß, schaute ich nach links, sah ich den Wald, wo er sich Richtung Stead hinzog. Doch plötzlich verdunkelte sich alles. Ich blickte auf – eine dicke schwarze Wolke zog am Himmel über mich hinweg. Die Luft wurde kalt, ich schauderte. Blitzschnell drehte ich mich um und lief den Hügel hinunter. Sorgfältig nahm ich meine vorherige Position wieder ein und spürte wieder den harten Felsen an meinem Rücken.

Wenig später beschrieb ich Alex, was geschehen war.

»Warum sind Sie nicht weitergegangen?«

»Ich hatte Angst.«

»Große Mädchen brauchen keine Angst zu haben.«

19. KAPITEL

Hallo?«

»Kann ich bitte mit Jane Martello sprechen?«

»Ja, was ist denn los?«

Ich war schlecht gelaunt. Zum viertenmal an diesem Vormittag rief mich jemand von der Stadtverwaltung an, um über neue Veränderungen am Wohnheim zu sprechen. Morgen sollte der Ausschuß zusammentreten und die Genehmigung für das neue Budget geben – oder auch nicht. Die Gelder waren schon jetzt so zusammengestrichen und an so viele Bedingungen geknüpft, daß ich meinen Namen dafür eigentlich gar nicht mehr hergeben wollte.

»Jane, hier spricht Caspar. Caspar Holt.«

»Wie bitte?«

»Es war nicht notwendig, aber trotzdem vielen Dank für Ihre Postkarte.«

Der Philosoph! Ich setzte mich hin und mußte erst einmal tief Luft holen.

»Oh, ja klar. Sie haben die Karte also erhalten. Ich wollte mich nur für mein Benehmen neulich abends entschuldigen.«

»Unter den gegebenen Umständen haben Sie sich sehr selbstbewußt verhalten. Ich würde zu gerne wissen, ob Sie vielleicht Lust hätten, sich mit mir zu treffen?«

O Gott, eine Verabredung.

»Hm, gern. Ich meine, wann hatten Sie denn gedacht?«

»Wie wäre es mit sofort?«

»Jetzt gleich?«

»Na ja, vielleicht in einer halben Stunde.«

Ich hatte noch die letzten Einzelheiten für das Ausschußtreffen zu klären und mußte mir unbedingt die Haare waschen. Kein guter Tag, eher einer, an dem Hektik und schlechte Laune vorprogrammiert waren.

»Geben Sie mir eine Stunde. Wo wollen wir uns treffen?«

»Lincoln's Inn Fields Nummer dreizehn. Ich warte draußen auf Sie.«

Die Details für den Ausschuß herauszusuchen schaffte ich nicht mehr. Aber immerhin wusch ich mir die Haare.

Er stand vor dem Gebäude und trug denselben unförmigen Tweedmantel, den er in der Kunstakademie angehabt hatte. Da er in die Lektüre eines Taschenbuchs vertieft war, konnte ich ihn mir genauer ansehen, ehe er mich entdeckte. Er hatte die langen, aschblonden Locken aus der Stirn gekämmt und trug eine runde Nickelbrille.

»Das Museum von Sir John Sloane«, sagte ich. »Kommen Sie immer hierher, wenn Sie sich zum erstenmal mit einer Frau verabreden?«

Überrascht blickte er auf. »Ja, das erklärt wahrscheinlich meinen Erfolg bei Frauen. Aber es kostet nichts, und irgendwie fühle ich mich da drin, als würde ich im Gehirn eines Mannes umherwandern.«

»Ist das ein angenehmes Gefühl?«

Als wir durch die Tür ins Innere des seltsamen Hauses gingen, berührte er mit der Hand ganz leicht meine Schulter. Eine Treppe führte zu den oberen Etagen, eine andere ins Untergeschoß. Caspar dirigierte mich zuerst in ein dunkel rostrot gestrichenes Zimmer. Überall standen merkwürdige Gegenstände, architektonische Fragmente, archaische Werkzeuge, exzentrische Kunstwerke.

»Sehen Sie sich das an«, sagte Caspar und deutete auf eine formlose Masse. »Das ist ein Pilz aus Sumatra.«

»Ein was?«

»Na ja, eigentlich ist es eine Art Schwamm.«

Wir durchquerten unvorstellbar schmale Korridore, die sich zu noch unvorstellbareren Ausblicken öffneten, hinauf und hinunter, gesäumt von sonderbaren Objekten.

»Jedes Zimmer ist wie ein separater Teil des Gehirns, das alles hier entworfen hat«, meinte er. Ich bemerkte, daß seine Fingerknöchel rote Farbflecke hatten und sein Hemdkragen verschlissen war.

»Wie ein männliches Gehirn vielleicht«, entgegnete ich etwas süffisant.

Er grinste. »Ordentlich eingeteilt, meinen Sie. Mit irgendwelchem Zeug vollgestopft. Vielleicht. Vielleicht haben Sie recht. Man merkt, daß es nicht einer Frau gehört hat, oder? Manchmal komme ich in der Mittagspause hierher und staune, wie ein ganzes Menschenleben in ein Haus gepackt sein kann. Es ist so nach innen gerichtet, finden Sie nicht? Aber gleichzeitig auch nach außen.«

»Ist das Ihr Standardvortrag?« fragte ich.

»Tut mir leid, gehe ich Ihnen auf die Nerven?«

»Ich hab nur Spaß gemacht.«

Wir gingen ins obere Stockwerk, in den großen Gemäldesaal, der in einem tiefen Safrangelb gehalten war. Die Strahlen der Wintersonne, die durch die Bogenfenster hereinschien, ließen die gedeckten, vielfältigen Farben aufleuchten; der Raum war kühl und ernst wie eine Kirche. Zusammen gingen wir an Hogarths *Rake's Progress* entlang – ein wildes, zorniges Werk. Vor *The Madhouse* blieb Caspar stehen.

»Sehen Sie«, sagte er. »Zelle fünfundfünfzig, der Mann da mit dem Zepter und dem Topf auf dem Kopf, er uriniert gerade. Schauen Sie sich den Gesichtsausdruck der beiden eleganten Damen an.«

Ich betrachtete die groteske Szene mit ihren dunklen Figuren in verzerrten Haltungen und schauderte.

»Das ist Bethlehem's Hospital, das berüchtigte Bedlam. Es stand in Moorfields, direkt vor der Stadtmauer. Hogarths Vater war wegen seiner Schulden im Gefängnis, und das hat ihn stark beschäftigt. Sehen Sie sich das Gesicht dieser knienden alten Frau an, Jane, sie wirkt kaum noch wie ein Mensch.«

Ich sah ihn an. Seltsam, wie er meinen Namen sagte. Plötzlich merkte ich, daß es lange her war, seit ich mich das letztemal glücklich gefühlt hatte. Neben Caspar, in einem Haus, das dem Gehirn eines Mannes glich, war es, als lichte sich der dunkle Nebel, in dem ich so lange gelebt hatte, als öffne sich ein Fenster in eine neue, eine hellere Zukunft. Ich sah die Welt, ich sah den Himmel. Eine Weile stand ich ganz still, fühlte Hoffnung in mir aufsteigen. Unsere Blicke trafen sich.

»Kommen Sie«, sagte Caspar. »Ich möchte Ihnen etwas zeigen.«

Wir stiegen die Treppe wieder hinunter und durchquerten zwei Räume.

»Sehen Sie mal hier durch.«

Es war eine Art Totempfahl, der aus Einzelteilen verschiedener Säulen zusammengesetzt war. In ihn war der Name »Fanny« eingeritzt. Ich wandte mich zu Caspar um.

»Und?« fragte ich.

»Das ist das Grab des Hundes, der John Sloanes Frau gehört hat. Aber seine Tochter hieß auch so.«

»Ich dachte, Fanny wäre ein Name, den man wegen seiner anrüchigen Nebenbedeutungen nicht mehr benutzen darf.«

»Ich habe versucht, ihn wiederzubeleben.«

»Sind Sie verheiratet?«

»Nein. Ich lebe allein.«

»Tut mir leid.«

»Das muß es nicht.«

Draußen blinzelten wir im kühlen Winterlicht und grinsten uns etwas dümmlich an. Dann warf Caspar einen Blick auf seine Armbanduhr.

»Mittagessen?«

»Geht eigentlich nicht.«

»Bitte.«

»Na gut.«

Wir spazierten nach Soho, an den Delis und Sexshops

vorbei, zu einem italienischen Café-Restaurant. Dort bestellten wir Toast mit Ziegenkäse, halb geschmolzen, und grünen Salat. Obwohl ich tagsüber eigentlich keinen Alkohol trinke, genehmigten wir uns beide ein Glas Weißwein. Nach einem Blick auf meine unberingte Hand erkundigte sich Caspar, ob ich verheiratet sei. Früher mal, antwortete ich. Und ich fragte ihn, wie alt seine Tochter war. Fünf. Viele Leute meinten, er wäre eine Art Superman, weil er das tat, was Hunderttausende Frauen tun, ohne daß jemand davon Notiz nimmt.

»Bevor es Fanny gab, wußte ich nicht, was Liebe ist – so albern dieses Mädchen manchmal auch sein kann«, sagte er.

Ich erzählte ihm von Robert und Jerome, wie groß und erwachsen sie waren, wie sie mich beschützten, mir stets hilfreich zur Seite standen, und er erwiderte, er würde sie gern irgendwann mal kennenlernen. Eine Hoffnung erwachte in mir – möglicherweise gab es ja eine Zukunft, ein »irgendwann mal«. Mir wurde schwindlig, ich bekam Angst. Also zündete ich mir eine Zigarette an und sagte dann, ich müsse gehen. Er versuchte nicht, mich aufzuhalten, brachte mich nur zu meinem Fahrrad, sah mir zu, wie ich fahrig mit meinem Schloß und dem Helm herumhantierte und schließlich unsicher davonradelte.

Ich kam mir vor wie ein Teenager, schwindlig vor Aufregung, und gleichzeitig fühlte ich mich wie eine alte Frau, die mit Hunderten kleiner, einschneidender Fesseln in ihr Gefängnis zurückgezerrt wird. Ich konnte eine Affäre mit Caspar anfangen – nein, als ich daran dachte, wie er mir die Hand so sanft auf die Schulter gelegt und mich mit seinen grauen Augen angesehen hatte, wußte ich, daß eine *Beziehung* mit Caspar möglich war. Wir konnten nicht einfach eines Abends nach einer Flasche Wein miteinander ins Bett steigen, nein, wir würden uns in der Vergangenheit des anderen vertiefen, alte Wunden aufdecken, dem berauschenden Schmerz der Liebe verfallen. Das Problem lag nicht darin, daß ich für so etwas nicht bereit gewesen wäre – das sagen einem die Therapeuten immer: Man soll warten, bis man wieder stark ist, bis man gelernt hat, mit der Einsamkeit zu leben. Ha, ich war mehr als bereit. Ich hatte mich vor langer Zeit zum letztenmal der Liebe geöffnet. Es konnte losgehen, aber ich hatte Angst. Ich war müde. In meinen Schläfen pochten leichte Kopfschmerzen. Das hatte ich nun davon – Weißwein zum Mittagessen.

Ich radelte die mit Weihnachtslichtern geschmückte Oxford Street entlang. Gott, wie ich die penetranten Disney-Figuren hasse, die heutzutage alles andere verdrängen. Ich hatte meine Weihnachtseinkäufe noch nicht ganz erledigt, nur für Dad hatte ich ein Fernglas erstanden und ansonsten eine Menge lächerlicher Kleinigkeiten für den Nikolausstrumpf. Diese Sitte hatten wir beibehalten, nachdem die Kinder längst entdeckt hatten, daß ich der Weihnachtsmann war. Den frühen Weihnachtsmorgen hatte ich schon immer am liebsten gemocht. Dann drängelten sich alle in meinem Schlafzimmer, setzten sich aufs Bett und zogen Unterhosen, Seife oder Korkenzieher aus den zweckentfremdeten Kissenbezügen.

Auf einmal fiel mir ein, daß ich dieses Jahr an Weihnachten vielleicht allein sein würde; natürlich kamen die Jungs zum Essen, und auch mein Vater. Ich spielte sogar mit dem Gedanken, Claud einzuladen, weil ich die Vorstellung nicht ertragen konnte, wie er ein ordentlich abgepacktes TV-Dinner zu sich nahm. Andererseits besuchte er wahrscheinlich Martha und Alan. Es konnte aber genausogut sein, daß ich am Weihnachtsmorgen in einem leeren Haus aufwachte.

Einen Augenblick lang zog ich in Erwägung, mich in den heißen, parfümduftenden Rachen eines der Warenhäuser zu stürzen und wahllos ein paar Hemden, Krawatten und Unterhosen für meine Söhne zu ergattern. Aber sie haßten Hemden und Krawatten aus Warenhäusern, und es war auch lange her, daß ich zum letztenmal etwas zum Anziehen für sie ausgesucht hatte. Einem plötzlichen Impuls folgend, radelte ich zu einem meiner Lieblingsläden in London – dem Hutladen in der Jermyn Street – und erstand dort drei wunderschöne und furchtbar teure Filzhüte: einen braunen für Jerome, einen schwarzen für Robert und einen flaschengrünen für Kim. Ich hängte die Tüte an den Lenker und fuhr nach Camden, wo ich kleine Förmchen für die Schokoladentrüffel kaufte, die ich für alle machen wollte, und dazu noch ein paar hübsche grüne Glasbehälter. In einem Laden entdeckte ich Ohrringe in Form von zwei kleinen silbernen Schachteln. Obwohl sie viel zu teuer waren, kaufte ich sie für Hana und bekam dazu eine süße, bänderverzierte Verpackung.

Abends legte ich meine drei Neil-Young-Platten auf, während ich Tomaten-Chutney kochte, in die grünen Gläser füllte und mich danach den Schokoladentrüffeln aus dunkler Bitterschokolade zuwandte. Zum Schluß wälzte ich die Kugeln in Kakao und legte sie in die kleinen Förmchen. Morgen würde ich sie in Schachteln verpacken. Die ganze Küche roch nach einem Gemisch von Essig und bitterer Schokolade. Da ich nach getaner Arbeit immer noch aufgeputscht und energiegeladen war, goß ich mir ein großes Glas Rotwein ein und zündete mir eine Zigarette an.

Ausgerüstet mit einem gerade richtig angespitzten Bleistift und meinem Lieblingslineal machte ich mich daran, einen Grundriß meines Hauses zu zeichnen; auf die klaren Linien des Daches setzte ich ein fettes kitschiges Engelchen. Später wollte ich die Zeichnung im Büro auf weißen Karton kopieren und als Weihnachtskarte verschicken.

Ich schenkte mir noch ein Glas Wein ein – die Kopfschmerzen hatten sich glücklicherweise gelegt – und rauchte eine weitere Zigarette. Vielleicht würde ich im neuen Jahr das Rauchen aufgeben. Durchs Fenster sah ich, daß der Mond beinahe voll war, und ohne lange nachzudenken, schlüpfte ich in einen dicken Mantel, der Robert gehörte, und ging hinaus in den Garten. Die Nacht war wunderschön, klar und eiskalt. Die Sterne wirkten groß und nah, die Zweige der Birn- und Kirschbäume hoben sich dunkel vom Nachthimmel ab.

An einem Ende des Gartens, unter dem verwilderten Lorbeerbaum, lag der Friedhof der zahlreichen Haustiere meiner Söhne: Hamster, Meerschweinchen, zwei Kaninchen, ein Wellensittich. Auf dem Rasen hatten die Jungs Fußball gespielt und sich im Schlamm gewälzt. Im Frühling und im Herbst verbrachten wir ganze Wochenenden im Garten, und in deren Verlauf setzten wir alle möglichen Samen. Leider buddelten die Katzen aus der Nachbarschaft die meisten wieder aus. Im April blühten die Obstbäume, die zarten Blüten der Birnen und Kirschen, die wachsigen Kerzen der Magnolie, und für ein paar Wochen verwandelte sich der Garten in einen Ort erstaunlicher Schönheit und Anmut.

Bei sonnigem Wetter saßen Claud und ich hier draußen und schlürften unsere Drinks. Wir gaben Sommerpartys mit Keksen und Erdbeeren; und die Jungs verteilten Unmengen von Chips. Es gab Grillfeste ohne Ende, manche mit Hotdogs und Limonade, manche mit Makrelen nach einem alten Südstaatenrezept und Pilzen in einer würzigen Marinade. Hier setzte mein Gedächtnis wieder aus: Da war etwas, woran ich mich nicht erinnern konnte. Was hatte Alex mir geraten? Ich sollte meine Erinnerungen *kommen* lassen.

Mein Weinglas in der einen, die Zigarette in der anderen Hand, faßte ich einen frühzeitigen Neujahrsvorsatz: Ich wollte die Landschaft meiner Erinnerung erforschen, bis ich zu ihrem Herzstück vorgedrungen war. Danach würde ich mir gestatten, glücklich zu sein.

Mir kam nicht einmal in den Sinn, daß ich das zweite Vorhaben schon vor dem ersten in die Tat umsetzen konnte.

20. KAPITEL

Was will er?«

»Er möchte ein Fernsehteam zum Weihnachtsessen mitbringen.«

»Aber das ist doch lächerlich. Zuerst mal – welches Fernsehteam würde sich schon bereit erklären, an Weihnachten zu arbeiten?«

»Ich glaube, das ließe sich einrichten. Es wäre so was ähnliches wie die alljährliche Commonwealth-Botschaft der Queen.«

»Jane, du hast doch nicht etwa zugesagt?« Eigentlich kreischte Kim nie, aber jetzt hörte es sich eindeutig so an.

»Na ja, es war alles so kompliziert. Ich meine, Paul bedeutet es offensichtlich sehr viel, und er hat schon eine Menge Arbeit reingesteckt. Vermutlich spielt auch die Überlegung mit, daß ich jetzt schon so weit gegangen bin und den Rest auch noch überstehen werde.«

»Du schlägst also allen Ernstes vor, daß Paul und Erica und natürlich auch Rosie am ersten Weihnachtstag hier mit laufenden Kameras antanzen und dich beim Truthahnbraten filmen? Himmel, Jane, dein Vater wird hier sein. Und Robert und Jerome. Und *ich* mit Andreas.«

»Sie werden ja nicht den ganzen Tag bleiben. Sie wollen bloß einen kurzen Eindruck von der Familie an Weihnachten bekommen. Bis zum Essen sind sie längst wieder weg.«

Am anderen Ende der Leitung erklang ein Gurgeln, und ich erkannte zu meiner großen Erleichterung und Freude, daß Kim kicherte.

»Hilfst du mir dabei, Kim? Das durchzustehen, meine ich.«

»Keine Sorge, aber was soll ich anziehen? Ich war noch nie im Fernsehen. Waren es Streifen oder Punkte, die verboten sind?«

»Bitte schön, einen trockenen Sherry und dazu einen Mince Pie.«

Der Sherry war blaßgelb, der Mince Pie heiß und würzig. Vorsichtig ließ ich mich auf dem Sofa nieder, das aussah, als wäre es soeben mit aufgeschüttelten Kissen vom Kaufhaus angeliefert worden. Ich kam mir vor wie eine Fremde, wie ein höflicher Gast.

»Es ist sehr schön hier.«

Das Zimmer sah tadellos aus, fast, als sollte es für einen farbigen Werbeprospekt fotografiert werden. An den elfenbeinfarbenen Wänden hingen sechs kleine Drucke. Ein quadratischer Teppich lag genau in der Mitte des Parkettfußbodens. Zu beiden Seiten des Sofas standen neue Sessel, ein Buch über normannische Kirchen und ein zusammengefaltetes Exemplar des *Guardian* zierten den kleinen Couchtisch. Auf dem alten, frisch polierten Klavier blühte ein hübscher Kaktus, und auf einem Ständer in der Ecke prangte ein kleiner Weihnachtsbaum mit einer weißen Lichterkette. Von meinem Platz aus – noch immer hielt ich anmutig meinen Sherry und meinen Mince Pie – konnte ich eine Küche sehen, die so blitzsauber war, daß ich mich fragte, ob Claud überhaupt jemals dort kochte.

»Ja, mir gefällt es auch. Ich hab es genau so eingerichtet, wie ich es mir immer gewünscht habe.«

Über den akkurat aufgeräumten Raum hinweg lächelten wir uns nervös an. Ich dachte unwillkürlich an das Chaos in meiner Küche: riesige Schalen mit Saftorangen, stapelweise Rechnungen und unbeantwortete Briefe, Listen, die ich geschrieben und danach nie wieder angeschaut hatte, zerbrochene Teller, die ich schon ewig hatte kleben wollen, Weihnachtskarten, die ich an einer Schnur aufhängen wollte, wozu ich aber leider noch nicht gekommen war, zwischen den Tassen auf dem Geschirrschrank ein Mistelzweig, an den sich traurige Erinnerungen knüpften, den ich aber trotzdem nicht weggeworfen hatte, Vasen mit Narzissen, überall im Zimmer verteilt, in unordentlichen gelben Bündeln, Zettel mit Architekturzeichnungen, die ich angefangen, aber nicht vollendet hatte, Fotos, die noch nicht ins Album eingeklebt worden waren, Dutzende von Büchern, aus Zeitschriften ausgeschnittene und nicht eingeordnete Rezepte, eine halbvolle Flasche Wein. Und natürlich eine nadelnde Fichte, deren chaotische Dekoration das Werk der Jungs war; Weihnachtsbäume, so behaupteten sie, müssen farbenfroh und frech aussehen. Also hatten sie die herrlichen rosaroten und türkisfarbenen Kugeln ausgegraben, die Glitzersterne, die ganzen Klunker, die sich im Lauf der Jahre angesammelt hatten, und hatten den Baum damit behängt. Ich schlug Claud vor, wir könnten doch ein wenig Musik hören.

»Ich habe keine«, antwortete Claud.

»Wo sind denn alle deine CDs?«

»Die gehörten zu einem anderen Leben.«

»Wenn du sie nicht wolltest, warum hast du sie dann mitgenommen?«

»Weil sie nicht dir gehörten.«

Ich war entsetzt. »Willst du mir allen Ernstes erzählen, daß du alles an Musik, was du im Lauf der Zeit gesammelt hattest, einfach mir nichts, dir nichts in den Müll hast wandern lassen?«

»Ja.«

Ich blickte mich im Zimmer um. Jetzt erst begriff ich, daß Claud mit chirurgischer Präzision jeden Hinweis auf unser gemeinsames Leben, auf unsere Familie entfernt hatte. Hier herrschte keine Ordnung. Hier herrschte gähnende Leere.

»Claud«, platzte ich heraus, »wie erinnerst du dich an Natalie?« Im selben Augenblick, als ich die Frage stellte, wußte ich, daß sie sonderbar und mysteriös klang.

»*Wie* ich mich an sie erinnere?«

»Ich meine, ich habe mit vielen Leuten über Natalie gesprochen, und es erschien mir seltsam, daß ausgerechnet wir beide uns nie über sie unterhalten haben.«

Claud ließ sich in einem Sessel nieder und musterte mich mit jener professionellen Miene, die mich an ihm schon immer geärgert hatte.

»Findest du nicht, daß dein Engagement allmählich ein wenig zu weit geht, Jane? Ich meine, wir alle – Natalies *richtige* Familie, um es mal ganz deutlich zu sagen –, wir alle versuchen, unser Leben weiterzuleben. Ich weiß nicht recht, ob es da sonderlich hilfreich ist, daß du, aus welchen privaten psychischen Beweggründen auch immer, in unserer Vergangenheit herumwühlst. Ermutigt dich dein Analytiker dazu?«

Sein Benehmen war freundlich und korrekt, und ich kam mir vor wie ein Schulkind, zerzaust und zappelig auf Clauds makellosem Sofa.

»Okay, Claud, das war die Moralpredigt – also, wie erinnerst du dich an sie?«

»Sie war süß, klug und liebevoll.«

Ich musterte ihn.

»Sieh mich nicht so an, Jane. Nur weil du eine Therapie machst, ist dir alles verdächtig, was normal aussieht. Natalie war meine kleine Schwester, sie war ein nettes Mädchen, schon fast eine Frau, als sie tragischerweise gestorben ist. Basta. So erinnere ich mich an sie, und das will ich auch nicht ändern. Ich möchte nicht, daß du sie in den Schmutz ziehst, auch wenn sie schon fünfundzwanzig Jahre tot ist. Okay?«

Ich goß noch etwas Sherry in mein winziges Glas und trank einen Schluck.

»In Ordnung, was ist deine letzte Erinnerung an sie?«

Diesmal schien Claud einen Moment nachzudenken, ehe er antwortete – vielleicht überlegte er auch, ob er überhaupt antworten sollte. Dann nickte er, mit einem fast mitleidigen Gesichtsausdruck.

»Ich weiß wirklich nicht, was das soll, aber wenn du darauf bestehst – wir waren alle auf Stead und bereiteten die Party für Martha und Alan vor, die von der Kreuzfahrt zurückkamen. Am nächsten Morgen wollte ich nach Bombay fliegen. Wie die meisten von uns hat auch Natalie geholfen. Am Tag der Party sind wir alle – du und Natalie und ich – hin und her gerannt und haben alles mögliche erledigt. Weißt du noch?«

»Es ist schrecklich lange her«, entgegnete ich.

»Ich erinnere mich genau, daß ich Natalie im Auto mitgenommen habe, um Alans und Marthas Geschenk abzuholen. Wir haben uns, glaube ich, darüber unterhalten, was sie anziehen wollte. Danach weiß ich nur noch, daß ich mit dem Grill beschäftigt war und mich kaum mehr vom Fleck gerührt habe bis in die frühen Morgenstunden.« Er sah mich an. »Aber das weißt du nicht mehr, stimmt's? Du warst ja mit Theo zugange. Vor der Morgendämmerung bin ich dann mit Alec weggefahren. Als ich zwei Monate später zurückkam, hörte ich zum erstenmal von Natalies Verschwinden.«

Mit dem Zeigefinger tupfte ich sorgfältig die Krümel von meinem Teller.

»Hast du Natalie morgens noch gesehen?«

»Natürlich nicht. Ich habe überhaupt niemanden gesehen, außer Mutter, die Alec und mich ungefähr um halb vier zum Bahnhof gefahren hat. Bitte, Jane, das ist doch alles schon ein alter Hut. Und ich bin dir keine große Hilfe – ich war nicht da an jenem Tag, als dieser Mann Natalie gesehen hat.«

Er strich sich mit der Hand über die Stirn, und ich bemerkte zum erstenmal, wie müde er aussah. Dann lächelte er mir zu, ein seltsames vertrautes kleines Halblächeln. Auf einmal war die Feindseligkeit verschwunden; etwas anderes, ebenso Beunruhigendes war an ihre Stelle getreten.

»Weißt du eigentlich«, meinte er gedankenverloren, »weißt du eigentlich, wie sehr ich es bedaure, nicht dagewesen zu sein? Lange Zeit habe ich gedacht, wenn ich nicht weggefahren wäre,

wäre alles nicht passiert. Ich glaubte wohl, daß ich es hätte verhindern können oder so was Lächerliches. Und ich habe bis heute das Gefühl, daß ich irgendwie vom Rest der Familie getrennt bin, weil sie alle da waren, nur ich nicht.« Er lächelte, aber sein Lächeln erreichte nicht seine Augen. »Du hast mich immer den Bürokraten der Familie genannt, stimmt's, Jane? Vielleicht kommt das daher, daß ich nur auf diese Weise ein echtes Zugehörigkeitsgefühl entwickeln kann.«

»Claud, es tut mir wirklich leid, wenn ich etwas Blödes gesagt habe.«

Ohne nachzudenken nahm ich seine Hände, und er zog sie nicht weg, sondern sah hinab auf unsere ineinander verschlungenen Finger. Ein paar Sekunden saßen wir schweigend da, dann wurde es mir plötzlich unangenehm, und ich rückte von ihm ab.

»Was machst du an Weihnachten?« Meine Stimme klang viel zu fröhlich.

Jetzt machte er ein verlegenes Gesicht. »Weißt du das nicht? Ich wollte eigentlich zu Martha und Alan, aber Paul hat mich eingeladen, den Tag mit ihm und Erica zu verbringen.«

»Aber sie kommen zu mir!« Ein paar unfreundliche Gedanken schossen mir durch den Kopf.

»Paul meinte, es macht dir sicher nichts aus.«

»Aber das ist vollkommen unmöglich, Claud. Nein, das geht nicht. Dad wird da sein, Kim und ihr neuer Freund, die Jungs und Hana. O Scheiße, außerdem natürlich noch ein Fernsehteam, das einen Film über uns dreht. Was sollen wir deiner Meinung nach alle tun? Die glückliche Familie spielen oder was?«

»Du hast doch selbst gesagt, wir können Freunde bleiben.«

Das hatte ich wirklich gesagt. Es war ein blödes Klischee, ein falscher Trost und obendrein eine glatte Lüge, aber ich hatte es trotzdem gesagt.

»Und ich möchte Weihnachten gern mit meinen Söhnen verbringen.«

Ich wußte, es war ein schrecklicher Fehler. Was würde Kim sagen?

»In Ordnung.«

21. KAPITEL

Ich saß da, und das trockene Moos drückte sich gegen meine Wirbelsäule. Ich wußte, daß Cree's Top hinter mir war. Links floß der Col; er war schiefergrau wie die Wolken, die die Sonne verdeckten. Plötzlich war mir kalt in meinem ärmellosen Kleid, und ich schlang meine von einer prickelnden Gänsehaut bedeckten Arme eng um mich. Die zerknüllten Papierfetzen waren auf dem dunklen Wasser kaum zu erkennen; sie trieben weg von mir und verschwanden im Gefunkel des reflektierenden Lichts, lange vor der Flußbiegung. Die Zweige der Ulme zu meiner Rechten raschelten und wogten im plötzlich aufkommenden Wind, der Regen ankündigte.

Ich stand auf und drehte mich um. Nun blickte ich auf Cree's Top und den Weg, der sich seinen Abhang emporschlängelte. An manchen Stellen verbarg er sich hinter dichtem Buschwerk, bis er schließlich ganz vom Halbdunkel verschluckt war. Jedesmal, wenn ich zu diesem Fluß und diesem Hügel zurückkehrte, die mich von Natalie trennten, erschien mir meine Umgebung wieder etwas lebensechter. Das Gras war grüner, der Fluß viel deutlicher mit all seinen kleinen Wellen und Wirbeln. Diesmal wirkten die Dinge nicht nur prägnanter, sondern irgendwie auch härter. Das Wasser erschien schwerer und träger, der Weg unter meinen Füßen starrer, sogar die Blätter sahen aus, als könnte man sich in den Finger schneiden, wenn man sie berührte.

Eine feindselige unzugängliche Landschaft, die ihre Geheimnisse nicht freiwillig offenbaren wollte. Jetzt näherte ich mich dem Gipfel von Cree's Top und war mir fast ganz sicher, daß mich auf der anderen Seite etwas Böses erwartete. Deshalb war alles so dunkel geworden. Mein Körper, mein ganzes Inneres, alles versank in Hoffnungslosigkeit. Wollte ich wirklich, was ich da tat? Ein Augenblick der Schwäche genügte. Ich machte kehrt und rannte den Abhang hinunter, weg von dem, was auch immer mich dort erwartete. Konnte ich in dieser geliebten Landschaft meiner Erinnerung nicht woanders hingehen? Ich erreichte den Fuß von Cree's Top und rannte am Col entlang. Instinktiv wußte ich, daß der Weg vom Ufer wegführte und mich zu Stead zurückbringen würde, wo ich die Familie vorfinden würde, wie sie einst war: Theo, groß und finster, Martha, dunkelhaarig und wunderschön, lachend und stark, mein Vater, gutaussehend und noch voller Hoffnung auf ein erfülltes Leben. Die Überbleibsel jener goldenen Sommerparty.

Doch rasch wurde mir der Weg fremd, als hätte ich die Grenze zu einem verbotenen Land überschritten. Der Wald wurde dichter, der Himmel verschwand, dann kam ich auf Alex' Couch zu mir. Tränen strömten über mein Gesicht. Es war absurd, aber ich mußte mich aufsetzen, um mir Hals und Ohren abzuwischen. Mit besorgtem Blick beobachtete mich Alex. Ich erklärte ihm, was ich versucht hatte, aber er schüttelte tadelnd den Kopf.

»Jane, Sie sind nicht in Narnia oder in Oz oder in irgendeinem Märchenwald, in dem Sie mal hierhin und mal dorthin gehen können. Sie erforschen Ihr eigenes Gedächtnis. Sie müssen sich von ihm führen lassen. Haben Sie nicht das Gefühl, daß Sie beinahe am Ziel sind?«

Alex Dermot-Brown war kein Mann, den ich normalerweise als meinen Typ betrachtet hätte. Er war ein etwas schmuddeliger Mensch und lebte in einem ebensolchen Haus. Seine Jeans waren an den Knien blankgescheuert, sein dunkelblauer Pullover hatte Flecken und war voller Fusseln, seine langen, lockigen Haare hatten keine Form, sondern wurden während jeder angeregten Konversation ununterbrochen von seinen Fingern durchpflügt. Dennoch fühlte ich mich zu ihm hingezogen, sicher auch deshalb, weil er der Mensch war, dem ich mich geöffnet hatte, der Mann, von dem ich gelobt werden wollte. Das alles war mir sonnenklar. Aber nun erkannte ich mit einiger Erregung, daß ihn meine Forschungsreise ebenso faszinierte wie mich und daß er ihren Fortschritten ebenso gespannt und erwartungsvoll entgegensah. Tief im Bauch spürte ich gleichzeitig ein seltsames Ziehen. Es erinnerte mich an die Vorwehen, die ich vor Jeromes Geburt gehabt hatte, diese kaum wahrnehmbaren Kontraktionen, die mich warnten, daß ich demnächst wirklich und wahrhaftig ein Kind zur Welt bringen mußte. Auch jetzt stand etwas bevor, dem ich mich stellen mußte. Das wußte ich. Aber was mochte es nur sein?

Ein Mann mit schütterem Haar und einem grauen Anzug stand auf. Er sah aus, als wäre er direkt aus dem Büro zur Versammlung gekommen.

»Also, *ich* habe etwas zu sagen.«

Man kennt ja die öffentlichen Versammlungen oder Diskussionen, bei denen der oder die Vorsitzende das Publikum auffordert, Fragen zu stellen. Wenn dann eine endlose Stille einkehrt und niemand sich traut, den Mund aufzumachen – ist das nicht immer entsetzlich peinlich? Diesmal war es ganz anders. Jeder wollte etwas sagen, und die meisten versuchten es gleichzeitig.

Gleich zu Anfang war uns klargeworden, daß man beim Bau des Wohnheims die Anwohner einbeziehen mußte, zumindest auf einer informellen Basis. Man hatte sich mit der Bürgervereinigung der Grandison Road getroffen, um das Thema zu erörtern, und die Leute hatten eine öffentliche Versammlung gefordert, in Anwesenheit der für das Wohnheim verantwortlichen Behördenvertreter. Es war nicht ganz klar, was diese Forderung bedeutete und ob man sie überhaupt zur Kenntnis nehmen mußte, aber man beschloß darauf einzugehen, allein schon aus Gefälligkeit. Chris Miller von der Planungsabteilung des Stadtrats hatte die Verantwortung für das Projekt und sollte den Vorsitz übernehmen, Dr. Chohan, ein Psychiater der offenen Abteilung von St. Christopher, würde dasein, außerdem Nadine Tindall vom Sozialamt. Unmittelbar vor der Veranstaltung hatte Chris angerufen und mich gebeten, ebenfalls zu erscheinen.

Widerwillig erklärte ich mich bereit zu kommen, wenn auch nur, um ein Auge auf eventuelle vorschnelle Zugeständnisse zu haben, die Chris möglicherweise machen würde. Das Geld für so etwas wurde gewöhnlich von meinem Budget abgezwackt. Ausgerechnet an diesem Abend hatte ich es geschafft, mich mit Caspar zu einem Drink zu verabreden. Jetzt mußte ich ihn anrufen, um abzusagen und mich zu entschuldigen. Doch als er hörte, worum es ging, spitzte er sofort interessiert die Ohren und fragte, ob er kommen und sich ins Publikum setzen dürfte. Er wollte mich bei der Arbeit sehen. Ich entgegnete, es handle sich lediglich um eine Formalität, es lohne sich für ihn wirklich nicht zu kommen.

»Es wird keine Formalität«, beharrte er. »Schließlich geht es um den Lebensraum dieser Leute. Ihr wollt Verrückte in diese Gegend einschleusen. Ich möchte das keinesfalls verpassen. Solche Versammlungen erfüllen heutzutage die Funktion einer Bärenhatz oder einer öffentlichen Hinrichtung.«

»Jetzt machen Sie mal halblang, Caspar, niemand hat etwas gegen dieses Projekt.«

»Wir werden ja sehen. Übrigens müssen Sie mich unbedingt daran erinnern, daß ich Ihnen gelegentlich mal eine hochinteressante Untersuchung zeige, die vor ein paar Jahren in Yale durchgeführt worden ist. Sie scheint die Annahme zu bestätigen, daß Leute, die sich öffentlich zu einer bestimmten Position bekannt haben, diese noch hartnäckiger verfechten, wenn begründete Gegenargumente auftauchen – mögen diese auch noch so zwingend sein.«

»Was wollen Sie damit sagen?«

»Erwarten Sie nicht, jemanden mit vernünftigen Argumenten zu überzeugen.«

»Ich brauche keine Untersuchung aus Yale, um das zu wissen. Aber vielleicht sehen wir uns ja bei der Versammlung.«

»Ich gehe wahrscheinlich in der Menge unter, werde *Sie* aber mit Sicherheit sehen.«

Genau fünf Minuten vor Beginn der Versammlung kettete ich mein Fahrrad an die Parkuhr vor dem Bürgerzentrum. Als ich hineinging, dachte ich zuerst, ich hätte mich verirrt. Ich hatte ein paar alte Damen erwartet, die hier vor dem Regen Zuflucht suchen würden. Aber was mich hier empfing, erinnerte eher an eine Demonstration gegen die Kopfsteuer. Auf der Bühne waren Chris und seine Leute. Doch nicht nur jeder Sitzplatz war besetzt, auch auf den Gängen drängten sich die Menschen, und ich mußte mir – Entschuldigungen murmelnd – einen Weg zur Bühne bahnen, wo Chris mich mit rotem, nervösem Gesicht empfing. Er hustete und füllte dauernd sein Glas aus der Wasserkaraffe nach. Als ich mich auf dem städtischen Plastikstuhl niederließ, beugte er sich zu mir herüber und flüsterte heiser: »So ein Menschenauflauf.«

»Und warum?« flüsterte ich fragend zurück.

»Die Leute aus der Grandison Road sind gekommen«, erklärte er. »Aber auch jede Menge aus der Clarissa Road, der Pamela Road und der Lovelace Avenue.«

»Warum interessieren die sich alle für ein kleines Wohnheim?«

Chris zuckte die Achseln. Dann warf er einen Blick auf seine Armbanduhr, nickte Chohan und Tindall zu, stand auf und bat um Ruhe. Das Gebrodel ebbte ein wenig ab. Chris stellte uns alle vor und erläuterte in knappen Worten, dieses Projekt sei beispielhaft für die Bemühungen der Stadtverwaltung, die Krankenpflege effektiv zu gestalten. Man hoffe, das Wohnheim werde das erste einer ganzen Reihe solcher Einrichtungen im Bezirk, denn es handle sich hierbei um ein humanes, praktisches und kostendeckendes Therapiemodell für genesende psychiatrische Patienten. Gab es zu diesem Punkt irgendwelche Fragen? Eine Unzahl Hände schossen in die Höhe, aber der kahlköpfige Mann im grauen Anzug setzte sich durch.

»Bevor ich eine Frage stelle«, sagte er, »möchte ich erst einmal das zum Ausdruck bringen, was meiner Meinung nach die Stimmung dieser Versammlung beherrscht. Nämlich, daß wir Anwohner entsetzt sind, weil wir nicht nach unserer Meinung gefragt wurden, als man beschlossen hat, diese Einrichtung hier bei uns zu bauen. Das ist ein schändliches, hinterhältiges Vorgehen.«

Chris setzte zu einem Protest an, aber der Mann im grauen Anzug ließ ihn nicht zu Wort kommen.

»Bitte lassen Sie mich ausreden, Mr. Miller. Sie hatten bereits Gelegenheit, Ihre Meinung zu äußern. Jetzt sind wir an der Reihe.«

Was folgte, war eher ein Vortrag als eine Frage, aber die zentrale These war, daß eine psychiatrische Einrichtung nicht in ein Wohngebiet gehörte. Als der Mann fertig war, wandte sich Chris zu meiner Überraschung und meinem blanken Entsetzen an mich und bat um einen Kommentar. Ich stotterte etwas davon, daß das Wohnheim keine psychiatrische Einrichtung im engeren Sinne sei. Soweit ich informiert war, sollte das Gebäude entlassenen Patienten dienen, die keine stationäre Betreuung benötigten. Die einzige Supervision würde darin bestehen, sich in bestimmten Fällen zu vergewissern, daß die Medikamente ordnungsgemäß eingenommen wurden. Deshalb war das Wohnheim weiter nichts als ein ganz normales Haus in einem Wohngebiet.

Jetzt stand eine Frau auf und sagte, sie habe vier Kinder im Alter von sieben, sechs, vier und knapp zwei Jahren, und es sei ja gut und schön, daß man über soziale Verantwortung rede, aber sie müsse in erster Linie an ihre Kinder denken. Die Schule in der Richardson Road sei nur zwei Straßen entfernt. Könnten die Ärzte denn hundertprozentig garantieren, daß die Patienten im Wohnheim keinerlei Gefahr für die Kinder darstellten?

Dr. Chohan versuchte zu erklären, daß es sich gar nicht um Patienten handelte, sondern um Personen, die entlassen worden waren, genauso wie man jemanden mit einem gebrochenen Bein aus dem Krankenhaus entläßt, wenn er wieder gesund ist. Und ebenso wie dieser Mensch vielleicht noch ein paar Wochen beim Laufen eine Krücke brauche, so brauchten manche psychiatrische Patienten eine Unterbringung, in der sie ein gewisses Maß an Betreuung erhielten. Patienten, nein, *Menschen*, korrigierte er sich, Menschen, die möglicherweise eine Gefahr darstellten, würden nicht in solchen Wohnheimen untergebracht.

Aber was war mit den Medikamenten? Wie wollten die Ärzte sicherstellen, daß die Patienten ihre Medikamente richtig einnahmen? Pauline erklärte, genau das sei das Entscheidende bei dem Modell, nach dem diese Wohnheime funktionierten. Sie habe Verständnis für die Sorgen der Anwohner, aber sie seien doch schon im frühesten Stadium der Planung informiert worden. Potentiell gefährliche Personen (von denen es ohnehin nur sehr wenige gab) und solche, die sich weigerten, ihre Medikamente regelmäßig einzunehmen, kamen für ein Wohnhein von vornherein nicht in Frage. Dann machte Pauline einen Fehler, einen fatalen Fehler, wie ich später dachte. Sie sprach von Vorurteilen gegen psychisch gestörte Menschen, die auf falschen Informationen basierten, und schloß ihre Ausführungen mit der Bemerkung, man dürfe nicht zulassen, daß solche Vorurteile politische Entscheidungen beeinflußten. Falls das eine Einschüchterungstaktik sein sollte, mit der sie das Publikum dazu bringen wollte, unseren Standpunkt zu akzeptieren, so ging der Schuß eindeutig nach hinten los.

Ein Mann erhob sich und meinte, diese ganzen medizinischen Argumente seien ja vielleicht richtig, aber es gehe hier doch auch um Eigentumswerte. Im Publikum befänden sich eine Menge Leute, die ihr ganzes Leben für ihr Haus gespart hatten. Warum sollten all diese Leute ihr Heim einem neumodischen Dogma opfern, das sich irgendwelche Soziologen ausgedacht hatten, die wahrscheinlich ruhig und gemütlich irgendwo in Hampstead wohnten?

Chris' Antwort hörte sich an, als würde er beim Sprechen seine Zunge verschlucken. Er meinte, er hätte gehofft, daß die medizinischen Erläuterungen alle Ängste in dieser Richtung ausräumen würden. Aber der Mann erhob sich erneut. Diese ganzen medizinischen Erläuterungen seien reine Zeitverschwendung, verkündete er. Für Nichtbetroffene sei es leicht, sich über irgendwelche sogenannten Vorurteile auszulassen. Ob an ihnen nun was dran sei oder nicht, potentielle Hauskäufer würden jedenfalls in Zukunft wegbleiben.

Törichterweise stellte Chris darauf die Frage, wie er denn solche Bedenken ein für allemal zerstreuen könne, worauf ihn der Mann anbrüllte, die Anwohner hätten keinerlei Interesse daran, ihre Bedenken zerstreuen zu lassen. Sie wollten, daß das Wohnheimprojekt abgeblasen würde, Schluß, aus. Jetzt erhob sich ein gutaussehender Mann in einem Tweedjackett und einem Hemd mit offenem Kragen. O Gott! Es was Caspar.

»Ich möchte eigentlich nicht direkt eine Frage stellen, sondern eher einen Kommentar abgeben«, sagte er und blinzelte durch seine Nickelbrille. »Ich überlege die ganze Zeit, ob es vielleicht am besten wäre, wenn sich die Leute hier, sozusagen als Gedankenexperiment, vorstellen würden, dieses Wohnheim sollte in einer anderen englischen Stadt gebaut werden. Würden wir das Projekt gutheißen, wenn wir damit kein persönliches Risiko eingingen?«

»Das ist doch alles Scheiße!« schrie der Mann, der die Eigentumswerte ins Spiel gebracht hatte, den erschrockenen Caspar an. »Was glauben Sie denn, warum wir heute hierhergekommen sind? Wenn irgendwo etwas für diese Leute gebaut wird, die keiner haben will, warum nimmt man dann nicht ein Industriegelände oder eine stillgelegte Fabrik?«

»Wir könnten vielleicht auch zu den guten alten viktorianischen Irrenanstalten zurückkehren«, meinte Caspar.

»Heißt es nicht immer, man soll ein Stück rohes Fleisch drauflegen?« fragte Caspar. »Autsch!« Er zuckte zusammen, während ich sein Auge mit Watte abtupfte.

»Ich muß erst mal die Wunde säubern. Und rohes Fleisch habe ich sowieso nicht. Höchstens ein paar Würstchen in der Gefriertruhe.«

»Die könnten wir ja essen«, schlug Caspar hoffnungsvoll vor, dann zuckte er wieder zusammen. »Glaubst du, es sind Glassplitter drin?«

»Nein, wohl kaum. Das Glas ist in ein paar große Scherben zerbrochen, und der Schnitt kommt vom Gestell. Und von der Faust dieses Mannes natürlich. Ich kann nur wiederholen, daß es mir wirklich furchtbar leid tut, was da passiert ist. Es ist alles meine Schuld.«

»Na ja, nicht ganz.«

Wir befanden uns in meinem Haus. Paul Stephen Avery aus der Grandison Road war von zwei stämmigen Polizisten abgeführt worden, die Versammlung hatte sich im Chaos aufgelöst. Caspar hatte jede medizinische Behandlung abgelehnt, konnte aber nicht selbst nach Hause fahren, weil seine Brille ja kaputt war. Deshalb hatte ich mein Fahrrad hinten in seinen Wagen verstaut und war mit ihm zu mir gefahren, wo ich darauf bestand, daß er sein Auge wenigstens von mir verarzten ließ. Die so entstandene Nähe war mir nicht unangenehm.

»Ich dachte, du hältst nichts von intellektuellen Debatten«, sagte ich, während er schon wieder zuckte. »Tut mir leid, ich bin schon so vorsichtig wie möglich.«

»Theoretisch halte ich nichts davon. Ich hatte eigentlich nur vorgehabt, mir anzusehen, wie du in Aktion trittst. Aber als der Mann anfing, solches Zeug zu faseln, mußte ich mich einfach einmischen. Vielleicht war es in gewisser Hinsicht ganz heilsam. Weißt du, ich habe doch diese Phantasievorstellung, die Welt wäre besser, wenn an bestimmten Wendepunkten der Weltgeschichte ein britischer Linguist und ein Philosoph greifbar gewesen wären und dafür gesorgt hätten, daß die Terminologie konsequent durchgehalten wird. Wahrscheinlich ist es ganz gut, wenn man gelegentlich einen Faustschlag ins Gesicht bekommt. Glaubst du, ich kriege ein blaues Auge?«

»Ganz bestimmt.«

»Hast du einen Spiegel?«

Ich überreichte Caspar einen Spiegel aus dem Medizinschränkchen. Er begutachtete sich voller Ehrfurcht.

»Erstaunlich. Schade, daß ich erst am Dienstag wieder ins College muß. Die wären tödlich beeindruckt.«

»Keine Sorge. Ein Veilchen muß reifen wie ein guter Wein. Nächste Woche ist es sicher noch imposanter.«

»Solange es nur Fanny keine Angst einjagt. Wobei mir einfällt...«

»Ich fahr dich hin. Mit deinem Wagen. Keine Sorge. Mein Fahrrad ist ja noch drin.«

22. KAPITEL

Was möchtest du, Jane?« fragte Alan und musterte mich über die halben Gläser seiner Lesebrille hinweg.

Wie üblich wußte ich es nicht. »Ich hab mich noch nicht entschieden. Paul soll als erster bestellen.«

»Dann mal los, Paul.«

»Weißt du, ich habe bei einer Speisekarte immer dieses existentielle Problem. Ich kann mich nicht entschließen, was ich bestellen soll.«

»Ach, um Himmels willen«, explodierte Alan. »Wir fangen mit dem Räucherlachs an. Hat jemand was dagegen? Gut. Dann möchte ich ein Steak und Kidney Pudding. Für alle, die gutes altmodisches Essen mögen, kann ich das nur empfehlen.«

»In Ordnung«, sagte Paul, ziemlich nervös.

»Jane?«

»Ich hab eigentlich gar keinen Hunger. Ich nehme nur einen Salat.«

Alan wandte sich an den Kellner. »Haben Sie das notiert? Und Kaninchen für die Lady neben mir. Und sagen Sie Grimley, daß wir eine Flasche von meinem Weißwein und eine Flasche Roten möchten, und ich trinke zunächst mal eine Bloody Mary. Die anderen hätten wahrscheinlich gerne überteuertes Mineralwasser mit einem ausländischen Namen.«

»Ich hätte auch gern eine Bloody Mary«, warf ich unvermittelt ein.

»Gut, Jane.«

Alan gab dem Kellner die Speisekarte, nahm die Brille ab und lehnte sich zurück.

»Salat«, wiederholte er schaudernd. »Salat gehört auch zu den Gründen, weshalb man Frauen so lange nicht hier reingelassen hat.«

Dieses schäbig-pompös ausgestattete Restaurant südlich von Piccadilly Circus mit seinen drittklassigen alten Meistern, seiner abgewetzten Clubeinrichtung, den ausgeblichenen Vorhängen, dem Rauch, dem Männertratsch war Alans zweites Zuhause. Blades, der Club, dem er nun schon seit über dreißig Jahren angehörte. Heute schien er sich irgendwie unwohl zu fühlen, er wirkte gereizt und bedrückt, und ich hatte nicht den Eindruck, als wäre die Gesellschaft von Paul und mir geeignet, ihn aufzuheitern. Paul war voll und ganz mit seiner Fernsehsendung beschäftigt. Während wir zusammen die Lower Regent Street hinunterspaziert waren, hatte er mir erklärt, daß Alan die Schlüsselfigur des Projekts sei. Dieser Teil des Films müsse unbedingt stimmen. Doch er sei sich nicht sicher, wie er mit Alan umgehen solle. Als ich jetzt am Tisch saß und mir eine Zigarette nach der anderen am Stummel der vorhergehenden anzündete, hatte ich den Eindruck, daß vor mir ein unerfahrener Angler saß, der eine Fliege vor der Nase eines altehrwürdigen Lachses tanzen ließ. Und ich? Was nutzte ich Paul im Augenblick? Inzwischen waren die Bloody Marys und das Mineralwasser gekommen. Alan nahm einen großen Schluck.

»Wie war das Essen mit der neuen Verlagslektorin?« erkundigte ich mich.

»Reine Zeitverschwendung«, antwortete Alan. »Kannst du dir vorstellen, daß das Mittagessen mal meine liebste Tageszeit war? Als Frank Mason noch mein Lektor war, haben wir drei, vier Stunden beim Essen verbracht. Einmal haben wir so lange getagt, daß wir gleich noch zum Abendessen im selben Restaurant blieben. Gestern habe ich dann diese neue Lektorin kennengelernt, Amy heißt sie. Hatte ein Kostüm an und trank nur Wasser. Hat eine Vorspeise runtergewürgt und ein Glas Mineralwasser getrunken. Eigentlich wollte ich ihr zeigen, wo's langgeht: Gin Tonic als Aperitif, drei Gänge, ein paar Flaschen Wein, Brandy, Zigarre, alles.«

»Und was ist daraus geworden?« fragte Paul.

»Ich hab's nicht getan«, antwortete Alan achselzuckend. »Und wißt ihr, warum? Sie fand mich langweilig. Alan Martello, der reaktionäre alte Säufer, der seit den siebziger Jahren kein Buch mehr zustande gebracht hat. Vor fünfundzwanzig Jahren wollten Mädchen wie sie mit mir schlafen. Sie standen Schlange, um mit mir ins Bett zu steigen. Heute versuchen sie, ein Essen mit mir so schnell wie möglich hinter sich zu bringen. Viertel nach zwei war sie wieder in ihrem Büro.«

Ich trank einen Schluck.

»Wie fand Martha eigentlich diese Schlangen von schwärmerischen jungen Mädchen?« wollte ich wissen.

»Die gute alte Jane – immer interessiert sie sich dafür, was andere Leute empfinden. Immer soll alles glatt und perfekt sein. Die Antwort lautet, daß wir uns irgendwie durchgewurschtelt haben, wie andere Menschen auch.«

»Es hat ihr also nichts ausgemacht?«

Alan zuckte die Achseln. »Sie hatte Verständnis für mich.«

»Wie geht es Martha eigentlich, Alan?«

»Oh, ganz gut«, erwiderte Alan zerstreut. »Die Behandlung nimmt sie ein wenig mit, so ist das eben. Wenn sie das erst mal hinter sich hat, wird es sicher besser. Sie macht sich hauptsächlich Sorgen wegen dieser verdammten Ärzte.«

Wieder einmal rührte mich dieser Mann mit dem struppigen Bart und den roten Wangen, der hier herumschwadronierte, sich selbst an der Nase herumführte und immer noch am selben Roman schrieb, den er angefangen hatte, als wir alle noch Kinder waren. Dieser Mann, der den Gedanken verdrängte, daß seine Frau sterbenskrank war, der nicht bei ihr sein wollte. Aber was empfand ich eigentlich für ihn?

»Ich hab in letzter Zeit viel über Natalie nachgedacht«, sagte ich.

Alan winkte den Kellner heran und bestellte noch zwei

Bloody Marys. Ich machte mir nicht die Mühe, Protest einzulegen.

»Ich weiß«, antwortete Alan, nachdem der Kellner wieder gegangen war. »Und ich hab auch gehört, daß du zu einem von diesen Seelenklempnern gehst. War alles ein bißchen viel für dich, was?«

»Ja, ich glaube schon. In gewisser Weise.«

»Und du schnüffelst herum. Was suchst du eigentlich? Willst du vielleicht rausfinden, wer meine Tochter umgebracht hat?«

»Ich weiß nicht. Eigentlich versuche ich hauptsächlich, all die Dinge in meinem Kopf zu ordnen.«

»Und dann du, Paul, du und deine Fernsehsendung! Habt ihr beide keine eigene Familie, mit der ihr euch beschäftigen könnt?«

Jetzt zeigte der Wodka bei Alan deutlich seine Wirkung. Ich kannte diesen Zustand. Er würde spöttische Bemerkungen machen, nach wunden Punkten suchen und uns so lange provozieren, bis wir die Beherrschung verloren. Ich wechselte einen raschen Blick mit Paul, der mir zulächelte. Gemeinsam waren wir der Situation gewachsen, und vor uns saß ja ohnehin nicht mehr derselbe dominierende, mitreißende Alan von früher. Im Räucherlachs stocherte er nur ein bißchen herum; erst als das Steak mit Kidney Pudding kam und der Kellner das große Weinglas mit dem schweren, dunklen Bordeaux füllte, besserte sich seine Laune zusehends.

»Salat – daß ich nicht lache«, sagte er, während er versuchte, sich die Serviette wie ein Lätzchen um den Hals zu binden.

Ich habe alte Fotos von Alan gesehen, dem »zornigen jungen Mann«. In den frühen fünfziger Jahren war er schlank, fast asketisch gewesen. Jetzt hatte er Übergewicht und rote Flecken im Gesicht. Seine von geplatzten Äderchen durchzogene Nase zeugte von jahrelanger Schlemmerei. Aber die lebhaften blauen Augen glitzerten immer noch genauso kokett und gebieterisch. Vor allem für Frauen war es schwer, sich ihrer Faszination zu entziehen. Selbst jetzt noch konnte ich mir vorstellen, daß eine Frau, die diesen Blick auf sich spürte, Lust hatte, mit ihm ins Bett zu gehen.

»Mit wie vielen Frauen hast du geschlafen, Alan?«

Ich konnte selbst nicht glauben, daß ich das gefragt hatte, und wartete beinahe panisch auf seine Antwort. Zu meiner Überraschung lachte Alan laut auf.

»Mit wie vielen Männern hast du geschlafen, Jane?«

»Wenn du es sagst, sag ich es auch.«

»In Ordnung. Dann mal los.«

Himmel, das hatte ich mir selbst eingebrockt.

»Es sind leider nicht besonders viele. Sieben, vielleicht acht.«

»Und ein Viertel davon sind meine Söhne.«

Das Blut stieg mir ins Gesicht.

»Und was ist mit *dir*?«

»Möchte Paul uns seine Erfahrungen nicht vielleicht auch mitteilen?«

Erschrocken blickte Paul auf.

»Ich hab nichts versprochen«, beteuerte er und schluckte schwer.

»Ach, komm schon, nicht so schüchtern. Du erwartest doch schließlich auch, daß alle anderen in deiner lächerlichen Fernsehsendung ihre Intimitäten herausposaunen.«

»Herrgott, Alan, das ist doch pubertäres Theater. Aber wenn du es unbedingt wissen willst – ich hatte wahrscheinlich mit etwa dreizehn Frauen Sex, vielleicht auch mit fünfzehn.«

»Dann hab ich gewonnen«, stellte Alan zufrieden fest. »Ich schätze, daß ich mit gut hundert Frauen geschlafen habe, vermutlich ungefähr hundertfünfundzwanzig.«

»Oh, bravo, Alan«, sagte ich, so sachlich ich konnte. »Vor allem wenn man bedenkt, daß du ja ein Handikap hattest – als verheirateter Mann mit Kindern.«

Inzwischen hatte Alan bereits ein ordentliches Pensum Bordeaux intus.

»Oh, der wahre errötende Musenquell«, sagte er, nahm einen großen Schluck Wein und wischte sich den Mund mit der Serviette ab. »Das war kein Handikap. Wißt ihr, was das Gute am literarischen Erfolg ist?«

Paul und ich blickten ihn erwartungsvoll an, denn wir wußten beide, daß die Frage rein rhetorisch war.

»Das Gute sind die Frauen«, verkündete Alan. »Wenn man einen erfolgreichen Roman verfaßt und – egal, ob zu Recht oder Unrecht – als Vertreter der jüngeren Generation gehandelt wird, heimst man natürlich ordentlich Geld und Ruhm ein, aber man kriegt auch eine Menge Frauen, die man sonst nicht gekriegt hätte. Wenn ich eine Frau kennenlerne, irgendeine Frau, dann versuche ich mir vorzustellen, wie sie im Bett ist. Das tun alle Männer, nur trauen sich die meisten nicht, danach zu handeln. Ich hab's getan. Wenn ich eine Frau kennenlernte, die ich attraktiv fand, habe ich sie gefragt, ob sie mit mir ins Bett geht. Und sehr oft hat eine ja gesagt.« Er schob sich einen Löffel Kidney Pudding in den Mund und kaute inbrünstig. »So was sollte man nicht sagen, stimmt's?«

»Hast du das bei jeder Frau gemacht?« fragte ich.

»Jawohl.«

»Zum Beispiel bei Chrissie Pilkington?«

»Bei wem?«

Auf halbem Weg zwischen Teller und Mund machte der Löffel halt. Alan runzelte die Stirn und dachte angestrengt nach.

»Du erinnerst dich wohl nicht mehr an alle Namen?«

»Selbstverständlich nicht.«

»Sie war eine Schulfreundin von Natalie. Lange blonde Locken, wie ein Modell für ein präraffaelitisches Gemälde. Sommersprossen. Kleine Brüste. Groß. Fünfzehn Jahre alt.«

»O ja, jetzt fällt's mir wieder ein«, sagte Alan wehmütig.

»Sie war, glaube ich, sechzehn, oder nicht?« fügte er mit vorsichtiger Stimme hinzu.

»Mädchen in diesem Alter sind wunderschön, nicht wahr?« fragte ich.

»Ja, das sind sie«, bestätigte Alan. Er wollte immer gern bestimmen, welche Richtung das Gespräch nahm, aber jetzt wußte er nicht recht, worauf das alles hinauslief.

»Ihre Haut ist makellos. Der Körper fest, vor allem die Brüste.«

»Genau.«

»Und sie besitzen eine ganz besondere sexuelle Anziehungskraft. Ich konnte sie sogar bei den Mädchen sehen, die Jerome und Robert mit nach Hause gebracht haben. Sie sind zwar noch ein bißchen wie Kinder, aber haben den Körper einer erwachsenen Frau. Und ich wette, sie unterwerfen sich sexuell den Wünschen des Mannes, und sie sind scharf auf Sex. Ich wette, sie sind zu fast allem bereit, was man von ihnen verlangt. Ja, sie sind sogar noch dankbar dafür. Hab ich recht?«

»Manchmal«, antwortete Alan mit einem unbehaglichen Lachen. »Das ist alles schon so lange her.«

Auch Paul sah aus, als wäre ihm das alles nicht ganz geheuer. Wahrscheinlich fragte er sich, in was für einen Privatkrieg er da hineingeraten war und wie er sich am besten verhalten sollte.

»Es war alles so perfekt, nicht wahr? Man schrieb das Jahr 1969, die kleinen Mädchen nahmen die Pille, es war die Zeit der sexuellen Befreiung. Leider hat es nicht immer funktioniert. Wie mit Chrissie beispielsweise. Natalie hat euch erwischt. Und sie hat es Martha erzählt. Und diesmal wurde Martha nicht wütend, hat es aber auch nicht einfach hingenommen. Sie hat dir erzählt, daß sie eine Affäre mit meinem Vater hatte. Wie fandest du das?«

»Wie bitte?« Paul war sichtlich schockiert.

Alan hatte das Steak und den Kidney Pudding aufgegessen. Geräuschvoll kratzte er das letzte bißchen Soße aus dem Teller und leckte gründlich den Löffel ab. Er behauptete immer, es sei eine Angewohnheit aus dem Krieg, daß er seinen Teller bis zum letzten Rest leer aß. Er sah sehr müde aus.

»Ich fand das irgendwie übertrieben«, sagte er. »Wenn Martha gern mit jemandem bumsen wollte...« Zwar brüllte er nicht, aber er sprach laut genug, daß an den Nebentischen zwei Gäste in Nadelstreifen die Köpfe umwandten. Ach, es war dieser Schriftsteller, der sich mal wieder danebenbenahm. »Wenn sie mit jemandem bumsen wollte, hätte sie es einfach tun sollen, sie hätte es bestimmt genossen. Statt dessen wollte sie etwas demonstrieren und verführte deinen armen Vater. Ich glaube, das hat deine Mutter nie überwunden. Ich finde, Martha hat sich niederträchtig benommen.« Paul hatte die Hände vors Gesicht geschlagen.

»Nicht nur das«, fügte ich hinzu, »außerdem hat Martha die Familie bedroht, diese schöne, heile Welt, die du zwischen den Martellos und den Cranes aufgebaut hattest, und das alles nur, weil sie ein Exempel statuieren wollte. An deiner Stelle wäre ich stinksauer gewesen.«

Alan leerte sein Glas in einem Schluck. Er wirkte nicht mehr wie ein Mann, der ein vierstündiges Festmahl übersteht.

»Ich war auch stinksauer«, antwortete er, jetzt mit gedämpfter Stimme.

»Und was hast du gemacht, Alan?«

Vorsichtig legte er den Löffel in den Teller. »Ich finde, wir haben genug über Sex geredet«, murmelte er.

»Du hast damit angefangen«, bemerkte ich, aber Alan hörte mir nicht zu.

»Unsere Familie – und damit meine ich auch dich – war wunderbar«, sagte er. »Es war schändlich, das alles aufs Spiel zu setzen, nur um mir eins auszuwischen. Das war unverzeihlich. Und letzten Endes hatte nur Felicity darunter zu leiden. Hast du dir das jemals klargemacht, Jane? Die liebe, süße Martha und Natalie, deine Schwester im Geiste, die haben deiner Mutter das angetan.«

»Natalie war auch verletzt.«

Alans Reaktionen waren deutlich verlangsamt. Er sah aus wie ein verwirrter alter Mann, den man gerade aus dem Schlaf gerissen hat.

»Natalie? Es war Martha, nicht Natalie.«

»In jenem Sommer hat sich alles zugespitzt, stimmt's? Chrissie und du, die Enthüllung über Martha und meinen Vater, dann Natalie. Eine ganze Menge für einen Sechzig-Minuten-Film. Paul, solltest du nicht lieber eine Serie daraus machen?«

Paul schob seinen Teller von sich. Er war noch halb voll. »Was willst du, Jane?« fragte er leise.

»Und was willst *du*, Paul?« warf Alan ein, wie immer erpicht darauf, Öl in die Flammen zu gießen.

»Alan, ich liebe dich, ich liebe euch alle. Das will ich in meinem Film einfangen.«

»Wir werden ja sehen«, meinte Alan matt. »Beeil dich, Jane, wir wollen unseren Nachtisch.«

Ich spießte ein matschiges Viertel Tomate auf die Gabel. Schon beim Gedanken an etwas Eßbares in meinem Mund wurde mir speiübel.

23. KAPITEL

Das Wasser im Spülbecken war schaumig von dem ganzen Gänsefett (»Warum essen wir Gans«, hatte Robert mit der Stimme eines Elfjährigen gequengelt, »sonst gab es doch *immer* Truthahn«). Ich zog den Stöpsel heraus, hob die fettigen Teller aus dem Becken und stapelte sie ordentlich auf die Seite. Rotkohlreste und ein paar Zigarettenstummel – vermutlich meine – lagen zusammen mit dem Besteck auf dem Grund des Beckens. Ich spülte alles grob ab, steckte den Stöpsel wieder in den Abfluß und ließ heißes Wasser einlaufen – mit viel Spülmittel. Dann ging ich ins Eßzimmer, um das Schlachtfeld in Augenschein zu nehmen.

Ein Stuhl lag noch immer umgekippt auf der Seite, dort, wo Jerry ihn hingeschmissen hatte, ehe er hinausgestürmt war (»diesmal bist du wirklich zu weit gegangen, *Mutter*!«), mit Hana im Schlepptau, die auf ihren dünnen schwarzen Absätzen versuchte, graziös hinter ihm herzutrippeln. Ich hob den Stuhl auf und ließ mich darauf niedersinken. In der Mitte des Tisches tropften die Kerzen vor sich hin und warfen ihr flackerndes Licht auf den Trümmerhaufen. Ein umgekippter, halb zermatschter Plumpudding lag – ungefähr so appetitanregend wie ein aufgeschlitzter Fußball – zwischen einer Ansammlung verschmierter Weingläser, Becher, Portweingläser, leerer Flaschen. Wieviel hatten wir getrunken? Nicht genug – jedenfalls nicht genug, um die Erinnerungen auszublenden, die sowieso unbarmherzig von dem Fernsehteam festgehalten worden waren.

Ich hob eine grüne Papierkrone auf, setzte sie mir auf den Kopf und zündete eine Zigarette an. Es war schön, wieder allein zu sein. Während ich langsam den Rauch einsog, fegte ich die leeren Knallbonbonhüllen zusammen und warf sie ins Kaminfeuer, das kurz aufflammte, dann aber rasch wieder zu einer goldgefleckten Glut zusammensank. Mein Blick fiel auf einen der beigelegten Witzzettel, und ich mußte daran denken, wie Kim – in einem knallgelben Kleid – und Erica – in Feuerrot – über all die Kalauer gekichert hatten. Eigentlich den ganzen Abend – unerwartete Verbündete, zwei verrückte Tussis in absurden Flitterfähnchen. Über die üblichen Knallbonbonwitze wollten sie sich ausschütten, aber auch über Andreas, der alles andere als begeistert war von Erica und dieser ihm noch unbekannten Kim. Sie lachten über Pauls feierlichen Regisseurernst und über die Kameras. Sie hatten sich rechts und links von Dad niedergelassen (der auf Zeitlupe umzuschalten schien, während alle anderen immer aufgedrehter wurden) und so unerhört mit ihm geflirtet, daß er sie trotz allem anlächelte, wehrlos gegen ihr kindisches Getue.

Ich drückte die Zigarette aus und trug die Gläser in die Küche. Dann spülte ich das Besteck und ließ klares Wasser darüberlaufen. Wie wundervoll diese Stille war. Es war ziemlich laut zugegangen: Paul hatte Erica angeschrien (»Versuchst du etwa, meinen Film zu ruinieren?«), Andreas hatte Kim angebrüllt (»Du hast wirklich genug getrunken!«), Kim hatte zurückgekeift (»Verpiß dich, alter Blödmann, es ist Weihnachten, und ich hab keinen Bereitschaftsdienst!«), Jerry war auf Robert losgegangen (»Wenn du Hana nicht höflich behandeln kannst, dann hau ab!«), Robert hatte mich angeschrien (»Willst du immer noch alle zu einer glücklichen Familie machen?«). Dad war nicht laut geworden, genaugenommen hatte er fast gar nichts gesagt. Zwar hatte auch Claud sich beherrscht, er war mir jedoch in die Küche gefolgt und hatte mich dort angezischt: »Wer ist dieser Caspar, Jane?«

Die Teller waren fertig und standen glänzend weiß in Reih und Glied. Ich hob ein Tablett mit verschiedenen Gegenständen hoch (Streichhölzer, Schlüsselbund, Büroklammer, Stift, Fingerhut, Brieföffner, Ohrring, Ansteckblume, Schraubenzieher, schwarzer Bauer vom Schachspiel) und zuckte bei der Erinnerung innerlich zusammen. O Gott, wir hatten tatsächlich das Gedächtnisspiel gespielt. Natürlich hatte Claud es organisiert und den halbbeschwipsten Gästen die Regeln erklärt (»Merkt euch, was auf dem Tablett ist, dann decke ich alles zu, und ihr müßt alles aufschreiben, woran ihr euch erinnert. Wenn ihr fertig seid, nehme ich das Tuch weg, dann sehen wir mal, wer das beste Gedächtnis hat«). Als Kinder hatten wir dieses Spiel oft gespielt. Einer der Gegenstände auf dem Tablett war ein uraltes Foto von Claud, mir und den Jungs gewesen (Wer hatte es gemacht? Ich wußte es nicht mehr), auf dem wir uns anlächelten und uns festhielten. Schlagartig schienen alle nüchtern zu werden. Das war der Moment gewesen, als Jerry den Stuhl umgeschmissen hatte.

Ich füllte mir Portwein in ein dickes kleines Glas und steckte mir eine letzte Zigarette an. Der Rest der Unordnung mußte bis morgen warten. Dann zog ich meine Schuhe aus und nahm die Ohrringe ab. Ich gähnte und mußte plötzlich kichern, weil mir Kim und Erica einfielen. In diesem Moment klingelte das Telefon.

»Hallo!« Wer rief denn um diese nachtschlafende Zeit an?

»Mum.« Es war Jerry, und er klang immer noch wütend. »Tu so was nie wieder.«

»Willst du damit sagen, du hast dich nicht amüsiert? Wie schade – ich hatte schon geplant, daß wir uns alle zu Silvester wieder treffen.«

»Genau das habe ich gebraucht.«

Ich lag in einem dicken Frotteebademantel am grünen Wasser, umgeben von Palmen und dichtem Gebüsch. Wir tranken Mangosaft, und ich fühlte mich so entspannt wir schon seit ewigen Zeiten nicht mehr. Meine Muskeln hatten sich entkrampft, meine Knochen waren geschmeidig, meine Haut war glatt und weich, grünes Licht tanzte vor meinen Augen. Die Wintersonne, die durch die großen Fenster hereinfiel, liebkoste meine nackten Beine. Der Raum war erfüllt vom Echo weiblicher Stimmen, wie in einem Harem. Ich spürte meinen Herzschlag, gleichmäßig und beruhigend. Bald würde ich ein paar Runden schwimmen und danach zur Massage gehen. Dann würde ich mich wieder hinlegen, in den Frauenzeitschriften blättern und die Anzeigen für Sonnencreme und Lippenstift studieren.

Am Abend zuvor hatte Kim angerufen. Sie hatte zwei Tageskarten für The Nunnery gekauft, ein Fitneßcenter nur für

Frauen, und sie fragte mich nicht, ob ich mitkommen wollte, sie bestand einfach darauf. Zwar protestierte ich schwach, aber beim Klang von Kims sachlicher, vertrauter Stimme füllten sich meine Augen plötzlich mit Tränen. Ich hatte das Gefühl, als könnte ich mich endlich gehenlassen, als würden sich alle Schleusen gleichzeitig öffnen.

Ich hatte kaum aufgelegt, als das Telefon schon wieder klingelte. Diesmal war es Catherine, sie rief von einer Telefonzelle aus an. Paul sei gekommen, berichtete sie, und jetzt streite er sich mit Peggy, und die beiden versuchten nicht mal, leise zu sein. Es sei scheußlich, so scheußlich wie damals, bevor Paul endgültig gegangen sei. Sie schrien sich an, und alles habe irgendwie mit Natalie zu tun – könnte ich ihr nicht bitte, bitte verraten, was eigentlich los sei? Leider konnte ich das nicht, denn ich wußte es selbst nicht. Also faselte ich banales Zeug darüber, daß Paul und Peggy sie sehr liebhatten, was sie niemals vergessen dürfe. An diesem Punkt merkte ich, daß ich mit ihr wie mit einem sechsjährigen Kind redete, und hielt inne. Aber statt sauer zu werden und aufzulegen, fing Catherine an, laut zu schluchzen. Ich stellte mir vor, wie sie sich mit ihrem schönen schlanken Körper an die schmuddelige Zellenwand lehnte und Rotz und Wasser heulte; wie sie sich mit ihrem schwarzen T-Shirt die Tränen abwischte und ihre knochigen Ellbogen eiskalt wurden. Ich murmelte irgend etwas, und sie schluchzte weiter. Und während sie noch schniefte, war plötzlich das Geld alle.

Als Robert und Jerome klein gewesen waren, hatten sie sich so leicht trösten lassen. Ich konnte mich noch genau daran erinnern, wie sich ihre kleinen Körper dann an meinen schmiegten, wie sie den Kopf fest an meinen Hals drückten und die Beinchen entschlossen um meine Taille schlangen, während mein Kinn auf ihren weichen Haaren ruhte.

Doch irgendwann wollten sie nicht mehr, daß ich sie anfaßte. Eines Tages merkte ich, daß sie nicht mehr morgens zu mir ins Bett krochen. Und daß sie die Badezimmertür verriegelten. Wenn sie Probleme hatten, zogen sie sich in ihr Zimmer zurück, und ich mußte meinen Drang unterdrücken, ihnen nachzugehen und so zu tun, als könnte Mummy immer noch alles hinbiegen.

Seit dem Tag ihrer Geburt haben sie sich von mir entfernt. Mir fiel ein, daß meine Mutter kurz vor ihrem Tod sagte: »Das Beste, was ich dir schenken konnte, war deine Unabhängigkeit. Aber du hattest es immer so schrecklich *eilig*, von mir wegzukommen.« Kinder haben es immer eilig wegzukommen. Ich dachte an Robert am Strand; er war ungefähr fünf, sein Schuh war aufgegangen, und er heulte, weil wir nicht auf ihn gewartet hatten. Da stand er, eine kleine, stämmige Gestalt im endlosen Sand. Ich rannte zu ihm, bückte mich, um ihm zu helfen, aber er schubste mich weg: »Das kann ich allein!« Sie üben es so lange, erwachsen zu sein, und eines Tages merkt man dann, daß sie tatsächlich erwachsen sind. Wo war all die Zeit geblieben? Wie konnte es sein, daß ich plötzlich eine alleinstehende Frau mittleren Alters war, daß ich nie wieder die überschäumende Freude spüren würde, ein Kind auf dem Arm zu halten, mein Kinn an sein Köpfchen zu drücken und zu sagen: Sei nicht traurig, es wird alles gut, ich verspreche es dir.

Ich weinte mich in den Schlaf; von heftigen krampfhaften Schluchzern geschüttelt lag ich da und hatte das Gefühl, als sei etwas in mir zerbrochen. Am nächsten Morgen – mit einem phantastischen eisblauen Himmel und kahlen Zweigen, die der Frost knacken ließ – zog ich meinen Trainingsanzug an, packte mein Shampoo und *Jane Eyre* in eine Umhängetasche und zog los, um mich mit Kim zu treffen. Jetzt lag ich neben ihr, mit geschlossenen Augen in der grünweißen Umgebung, und sprach mit verträumter Stimme. Heute, mit Kim, konnte ich über alles reden. Worte trieben zwischen uns in der Luft, Wolken aus Erklärungen. Wasser plätscherte, kleine grüne Wellen tanzten über meine geschlossenen Augen. Mein Körper war Wasser, mein Herz hatte sich aufgelöst, Gefühle durchströmten mich sanft wie ein geträumter Fluß.

»Mir scheint, ich bin ziemlich am Ende, Kim.«

»Wegen Natalie?«

Kim hielt meine Hand fest, unsere Finger schlossen sich umeinander, unsere Arme schaukelten zwischen den Sonnenliegen. War es Verzweiflung, was ich fühlte? Verzweiflung mußte nicht immer hart und schneidend sein, sie konnte genausogut wie eine warme Flüssigkeit in jeden geheimen Winkel meines Körpers eindringen.

»Vielleicht war es ein Fremder. Eine Tragödie, bei der zufällig sie das Opfer wurde.«

»Ja.« Meine Stimme war nur noch ein Flüstern.

»Luke kommt als Täter wahrscheinlich am ehesten in Frage, auch wenn das Baby nicht von ihm war. Vielleicht hat er sie umgebracht, weil er wußte, daß er *nicht* der Vater war.«

»Vielleicht.«

»Wie auch immer, es ist jedenfalls nicht deine Pflicht, es herauszufinden.«

»Nein, natürlich nicht.«

»Du hast doch nicht womöglich jemand anderen in Verdacht? Liebe Jane, du solltest dich nicht lächerlich machen.«

Noch eine Weile lagen wir schweigend nebeneinander. Ich hatte die Augen immer noch geschlossen; das einzige, was sich an mir noch stabil anfühlte, waren meine Finger, dort, wo sie sich um Kims Hand schlangen.

Später ließ ich mich massieren. Eine nach Zitronen duftende Frau, die Haare zu einem glatten Pferdeschwanz zurückgebunden, beugte sich über mich und machte sich mit kräftigen Fingern an all meinen schmerzenden Körperstellen zu schaffen. Mein letzter Rest Widerstand wurde auf natürlichen Bahnen aus meinem Körper geschoben. Tränen rannen mir übers Gesicht und bildeten kleine Lachen auf der Liege.

Ich holte mein Auto vom Parkplatz an der St. Martin's Lane – Himmel, welcher Luxus! – und fuhr über die Charing Cross Road nach Norden. Ich stellte das Radio an. Nein, keine Musik. Ich wollte mich nicht meinen Gedanken überlassen, also drückte ich den Knopf, bis ich einen Sender fand, auf dem jemand redete.

»Was von den Vertretern des verschlafenen Establishment, die immer noch unser Land beherrschen, außer acht gelassen wird, ist die Tatsache, daß das Wertvollste der Welt bald etwas sein wird, was man nicht in Händen halten kann: kein Öl, kein Gold, sondern Information.«

»Ach du Scheiße!« schrie ich laut, da mich im Innern meines Wagens niemand hören konnte.

»Nun, die Auswirkungen sind unabsehbar, aber lassen Sie mich auf zwei Punkte besonders hinweisen. Erstens ist der Prozeß nicht umkehrbar, er entzieht sich jeder Kontrolle seitens nationaler Indikative oder Exekutive. Zweitens wird jede Organisation, die aus dieser Informationswelt ausgeschlossen bleibt, absterben und in Vergessenheit geraten.«

»O verdammt!« schrie ich.

Eine betont heitere Diskjockey-Stimme fragte, ob »Theo« vielleicht ein Beispiel dafür geben könne.

»In Ordnung, nehmen wir eine der angesehensten Institutionen, die Polizei. Wenn man eine neue Organisation schaffen wollte, die die Arbeit der Polizei übernimmt, dann würde sie vollkommen anders aussehen. Heute haben wir die typische unrationelle, arbeitskraftintensive Struktur, die jedes Jahr mehr Geld frißt und dabei immer schlechtere Resultate erzielt. Das ist hauptsächlich darauf zurückzuführen, daß die Rolle der Polizei auf einem Mythos basiert. Effiziente Polizeiarbeit basiert auf rationalem Management und der Beschaffung von Information.«

»Was ist mit dem einfachen Bobby auf Streife?«

»Allein die Erfindung ist doch schon ein Witz. Wenn wir möchten, daß Leute die Straße auf und ab marschieren, ohne etwas zu tun, holen wir uns doch lieber Pensionäre für ein Pfund pro Stunde. Das hat doch nichts mit Polizeiarbeit zu tun.«

»Hier müssen wir eine Pause machen. Wir sprechen mit Dr. Theo Martello über sein neues Buch *The Communication Cord.* Sie hören Capital Radio.«

Ich war gerade in der Tottenham Court Road und merkte zu meiner Belustigung, daß ich gleich am Capital Tower vorbeifahren würde. Also überquerte ich die Euston Road, bog, einem plötzlichen Impuls folgend, rechts von der Hampstead Road ab und parkte neben dem Laden mit den Armee-Restbeständen. Eine Weile ließ ich das Radio laufen und hörte zu, wie Theo vom Niederreißen der Grenzen schwärmte, vom Zusammenbruch der Institutionen, vom Ende des Staates, der Wohlfahrt, der Einkommensteuer und so weiter. Schließlich war er fertig, und der Diskjockey wies noch einmal auf das Buch hin. Ich stieg aus, überquerte die Straße und wartete ein paar Meter von der Drehtür entfernt.

Zuerst bemerkte Theo mich nicht. Er trug seine Geschäftskleidung, einen Anzug, dessen Revers so hoch und so scheußlich war, daß er sündhaft teuer gewesen sein mußte. Unter dem Arm trug er eine Aktentasche, etwa so groß und so dick wie eine Zeitschrift. Im Wintersonnenschein schimmerte seine Kopfhaut durch die kurzgeschorenen Haare.

»Darf ich Ihnen die Tasche tragen, Mister?« fragte ich freundlich.

Erschrocken wandte er sich um.

»Was ist denn jetzt los?« fragte er. »Hat mich etwa die versteckte Kamera erwischt?«

»Nein, ich hab dich gerade im Radio gehört und plötzlich bemerkt, daß ich ganz in der Nähe war.«

Er lachte. »Gut. Schön, dich zu sehen, Jane.«

»Kann ich dich irgendwohin mitnehmen?«

»Liegt Bush Home auf deinem Weg?«

»Nein, aber ich bringe dich gern hin.«

Theo sagte dem bereits wartenden Taxifahrer, er könne weiterfahren, und wir stiegen in meinen Wagen.

»Wie kommst du bloß mit einer so kleinen Aktentasche aus? Ich bin immer mit Einkaufstüten voller Papiere in den Satteltaschen unterwegs.«

Theo schüttelte den Kopf. »Ich finde selbst die noch viel zu groß. In fünf Jahren habe ich eine von der Größe und dem Gewicht einer Kreditkarte.«

»Ich verliere meine Kreditkarte andauernd.«

»Ich fürchte, die Informationsrevolution hat noch nicht herausgefunden, wie man das Gehirn beeinflußt, meine Liebe. Da vorne mußt du links abbiegen und dann rechts.«

»Ich kenne den Weg«, entgegnete ich etwas gereizt. »Du bist nicht sehr nett mit unserer Polizeitruppe umgesprungen, findest du nicht auch?«

»Das ist genau das Thema, bei dem die Leute die Ohren spitzen, oder nicht?«

Eine kurze Stille trat ein, und ich wartete in der Hoffnung, Theo würde bei diesem Thema bleiben. Ich selbst hatte Angst, das anzusprechen, was mir auf den Nägeln brannte. Doch ich mußte es tun.

»Theo, was hast du mit Helen Auster im Sinn?«

Zunächst erfolgte keine Reaktion, aber die Pause war etwas zu lang.

»Was meinst du damit?«

»Ach komm schon, Theo, ich bin doch nicht blind.«

Ich sah, wie sich sein Griff fester um die Aktentasche schloß.

»Ach, weißt du, Frauen in Uniform haben irgendwas an sich, findest du nicht?«

»Helen Auster trägt keine Uniform.«

»Nicht wirklich, aber metaphorisch. Es ist irgendwie erotisch, wenn ein Symbol staatlicher Autorität schwach wird und sich erobern läßt.«

Ich wußte nicht, wie ich anfangen sollte.

»Theo, sie versucht den Mord an deiner Schwester aufzuklären.«

»Ach, laß doch, Jane. Kein Mensch wird den Mord an Natalie je aufklären. Die Ermittlungen sind eine Farce. Es gibt kein Beweismaterial. Letztlich wird alles im Sand verlaufen.«

»Hab ich da was verpaßt, Theo? Ich dachte, du bist verheiratet. Wie paßt Frances in die Geschichte?«

Mit einem selbstsicheren Lächeln wandte sich Theo zu mir um.

»Was soll ich dir denn sagen, Jane? Daß meine Frau mich nicht versteht? Wir sind hier nicht beim Debattierklub.«

»Ist Helen Auster nicht auch verheiratet?«

»Mit dem Supermarktmanager, ja. Aber das scheint für sie kein Hinderungsgrund zu sein.« Ich musterte ihn. Auf seinem Gesicht lag ein leichtes Lächeln, als wollte er mich ärgern oder sich über mich lustig machen. »Helen ist eine leidenschaftliche Frau, Jane. Und sehr freizügig, wenn sie ein wenig ermutigt wird.«

»Willst du Frances verlassen?«

»Nein, es ist nur ein bißchen Abwechslung.«

So schrecklich einfach war es also. Mir war übel, aber ich konnte mich nicht bremsen.

»Ich habe neulich Chrissie Pilkington gesehen. Na ja, sie heißt nicht mehr Pilkington.«

»Und?«

»Sie hat deinen Namen erwähnt.«

»Worum ging es denn?«

»Sie war mal eine Flamme von dir. Nachdem dein Vater mit ihr fertig war.«

»Sehr kurz.« Er schwieg. »Alles in Ordnung, Jane?« fragte er schließlich.

»Wie meinst du das?«

»Möchtest du wirklich wissen, wie ich das meine?« fragte Theo, zum erstenmal richtig wütend. »Ich versuche mich daran zu erinnern, wer vor Chrissie meine Flamme war, wie du es so schön ausdrückst. Wie hieß sie denn nur?« Hektisch blickte er um sich. Wir steckten im Stau, mitten in der Gower Street. »Ich gehe von hier lieber zu Fuß oder nehme mir ein Taxi. Danke fürs Mitnehmen.«

Damit öffnete er die Wagentür, stieg aus und ging mit raschen Schritten davon. Ich blieb im Wagen sitzen, mitten im Stau, wütend und beschämt.

24. KAPITEL

Ich nahm gerade ein Bad, als das Telefon klingelte. Mit dem großen Zeh drehte ich den Warmwasserhahn zu, ließ mich in den Schaum zurücksinken und horchte. Ich hatte vergessen, den Anrufbeantworter einzuschalten. Ob ich drangehen sollte? Wenn ich jetzt aus der Badewanne hüpfte, würde das Klingeln aufhören, ehe ich den Apparat erreichte. Aber es hörte nicht auf zu klingeln. Also hievte ich mich doch aus dem Wasser, wickelte mich in ein Handtuch und rannte ins Schlafzimmer.

»Hallo!«

»Jane, hier ist Fred.«

»Fred? Ich hab ewig nichts mehr von dir gehört...«

»Ich rufe an wegen Martha. Es geht zu Ende.«

»Zu Ende?«

»Sie liegt im Sterben, Jane. Es wird schnell gehen. Sie

möchte dich sehen und hat mich gebeten, dich mitzubringen. Ich fahre morgen ganz früh los.«

»Sollten wir uns nicht lieber gleich auf den Weg machen?«

»Ich fürchte, dazu bin ich nicht in der Lage.« Seine Stimme klang undeutlich. »Aber sie schläft jetzt ohnehin.«

»In Ordnung, Fred. Um wieviel Uhr?«

»Ich hole dich so gegen fünf ab, dann kommen wir nicht in den Berufsverkehr und können um acht dort sein. Morgens geht es ihr am besten. Sie schläft fast den ganzen Nachmittag.«

In letzter Zeit hatte ich diese Fahrt eindeutig zu oft gemacht: zum großen Pilzesuchen mit der Familie, zur Beerdigung, zu meinen unbeholfenen Aussprachen mit Martha und mit Chrissie. Fred hatte getrunken, aber ich konnte nicht beurteilen, ob heute früh oder gestern nacht. Ich bot ihm an, das Steuer zu übernehmen, aber er winkte ab. Schweigend fuhren wir in seinem Firmenwagen durch den dunklen Morgen. Lynn hatte ihm eine Kanne guten schwarzen Kaffee mitgegeben, dazu ein paar Sandwiches, in ordentliche Dreiecke geschnitten, dünn mit Pflaumenmus bestrichen. Ich lehnte die Sandwiches ab, trank aber Kaffee. Als ich mir eine Zigarette anzündete, kurbelte Fred sofort das Fenster herunter. Ich steckte eine der Kassetten, die ich für Martha mitgenommen hatte, in den Recorder. Sofort erfüllten die Lieder von Grieg rein und klar das Auto.

Als wir in Birmingham ankamen, fragte ich Fred: »Erinnerst du dich daran, wie sie uns immer vorgesungen hat? Beim Abendessen, auf Spaziergängen – plötzlich fing sie an zu singen. Sie hat nicht nur vor sich hingesummt oder uns zum Mitsingen animiert, nein, sie hat geschmettert, richtig laut geschmettert.«

Fred knurrte etwas. Na ja, selbstverständlich erinnerte er sich daran. Aber ich war nicht zu bremsen.

»Oder wie sie auf ihrem alten Fahrrad rumgeradelt ist, aufrecht im Sattel, die Haare flatterten im Wind. Wir haben sie oft ausgelacht, und trotzdem war sie immer als erste oben auf dem Hügel. Oder wie sie uns gezeichnet hat. Wir spielten miteinander und wußten nicht mal, daß sie da war, und auf einmal zeigte sie uns dann die fertige Skizze. Manche waren wunderschön. Ich frage mich, wo sie geblieben sind. Ich hätte gern eine davon.«

»Ich weiß noch genau, wie sie immer im Gewächshaus saß.« Freds Stimme war barsch, und er hielt die Augen auf die Straße gerichtet. »Jeden Morgen ging sie zum Gewächshaus und setzte sich auf diesen hohen Hocker. Wenn wir aufstanden, fanden wir sie dann dort, vollkommen reglos, mit starrem Blick in Richtung Garten, wie ein Wachposten. Irgendwie war das beruhigend. Was auch sonst passierte, Mum saß da und bewachte das Stück Welt, das uns gehörte. Nimm doch noch ein wenig Kaffee.«

»Danke. Stört es dich, wenn ich noch eine Zigarette rauche?«

»Nur zu.«

Inzwischen hatten wir die Autobahn verlassen und folgten den Schildern nach Bromsgrove.

»Fred, wegen Natalie ...«

»Nein.« Seine Stimme war scharf.

»Ich wollte nur fragen ...»

»Ich habe nein gesagt, Jane. Später. Erst kommt Martha. Du mußt warten.«

Marthas Zimmer war voller Blumen und Pralinenschachteln, wie auf einer Krankenhausstation.

»Es ist schon merkwürdig, daß die Leute immer denken, wenn man alt oder krank ist, braucht man Süßigkeiten«, lachte sie und bedankte sich für meine Kassetten. Fred reichte ihr die Karten, die seine Kinder für sie gemacht hatten.

Martha betrachtete jede einzelne sehr aufmerksam und legte sie schließlich behutsam auf den Tisch neben ihrem Bett. Dann saßen wir da und konnten kaum unser Entsetzen darüber verbergen, wie schmal ihr Gesicht geworden war. Ihr Körper zeichnete sich kaum unter der Decke ab, ihre weißen Hände waren nur noch Haut und Knochen. Eine unbehagliche Pause trat ein, in der wir uns den Kopf darüber zerbrachen, welches Thema für ein Sterbebett geeignet wäre.

»Genauso seltsam ist es«, fuhr Martha fort, »daß man in Situationen, in denen es einem am wichtigsten ist zu reden – wie jetzt, wo ich sterbe –, oft gleichzeitig das Gefühl hat, es wäre unmöglich. Oder peinlich. Alfred, du wolltest mich nach dem Garten fragen oder nach dem Wetter, stimmt's? Dabei wirst du mich vielleicht nie wiedersehen.«

»Mummy«, sagte Fred leise. Es war beinahe ein Schock, daß ein erwachsener Mann jemanden mit einem so kindlichen, vertraulichen Namen anredete. Ich blickte auf meine Hände hinunter, die ich in meinem Schoß gefaltet hielt.

»Fred, mein Lieber, geh doch einfach ein Weilchen zu Alan. Er spaziert irgendwo im Garten herum. Ich möchte gern mit Jane unter vier Augen sprechen. Und dann mit dir, auch allein. In Ordnung?«

Als Fred gegangen war, sagte Martha: »Ich hatte lange Zeit, mich auf das Sterben vorzubereiten, aber irgendwie wird es dadurch auch nicht leichter.«

»Hast du Angst?« fragte ich.

»Ich fürchte mich entsetzlich, wenn du's genau wissen willst. Ich denke an dieses große schwarze Loch, das mich erwartet, und es kommt mir gar nicht so vor, als wäre mein Leben wirklich vorbei. Es ging alles viel zu schnell, ich fühle mich irgendwie betrogen. Aber mit Alan kann ich nicht darüber sprechen. Er redet nur davon, daß es mir in ein paar Wochen sicher wieder bessergehen wird, und überlegt, wo wir dieses Jahr Ferien machen sollten – weißt du, ich glaube, er hat sogar schon mit dem Reisebüro telefoniert. Er bemuttert mich entsetzlich, und ich kann nicht mal ein Glas Wasser trinken, ohne daß er gleich angeschossen kommt, um es für mich zu halten.« Sie hob ihre zitternde Hand. »Ein andermal sagt er, ich sollte versuchen aufzustehen und einen Spaziergang im Garten zu machen. Er schneidet Rezepte aus und ermuntert mich, sie auszuprobieren. Oder er kocht selbst für mich, Knödel und solches Zeug, und lädt ungefähr fünfmal soviel auf meinen Teller, wie ich essen kann. Dann beobachtet er mich, wie ich esse. Über Dinge, die wir regeln müssen, kann ich nicht mit ihm sprechen. Dinge für die Zeit nach meinem Tod.«

»Kann ich irgend etwas für dich tun?«

Sie blickte mir fest in die Augen, als wüßte sie alles. »Ja. Alan hat dir immer vertraut. Paß auf ihn auf. Kümmere dich um ihn, Jane.«

»Ich weiß nicht, ob ich das kann, Martha«, entgegnete ich.

»Doch, du kannst es«, sagte sie fest.

Wie soll man sich von einem geliebten Menschen verabschieden, wenn man weiß, daß man ihn nie wiedersehen wird? Ich beugte mich zu Martha hinab, und sie blickte mit glanzlosen, müden Augen zu mir empor.

»Du bist so schön«, sagte ich, was mir furchtbar lächerlich vorkam, und strich eine weiße Haarsträhne aus ihrer Stirn. Ich küßte sie auf beide Wangen und auf den Mund.

»Es tut mir leid«, sagte sie zu mir.

Auf dem Heimweg fuhr Fred viel zu schnell. Es herrschte reger Verkehr auf den Straßen, und es war neblig, aber er blieb auf der Überholspur, bremste scharf, wenn plötzlich ein Wagen vor ihm auftauchte, und hupte jeden an, der vernünftigerweise langsamer fuhr. Zunächst schwieg er, was mir auch lieber war. Im Radio liefen die Nachrichten, danach kam ein Theaterstück, dem ich nicht folgen konnte. Etwa sechzig Kilometer vor London sagte er: »Jane, es muß aufhören.«

Ich unternahm nicht mal den Versuch, so zu tun, als würde ich ihn nicht verstehen. »Warum sagst du das, Fred?«

Er hieb mit der Faust aufs Lenkrad, wich etwas Totem aus, das auf der Straße lag, und antwortete: »Begreifst du denn nicht, daß wir von diesem ganzen Unsinn genug haben? Ich habe mit Claud gesprochen – der dir unter den gegebenen Umständen unglaublich viel Verständnis entgegenbringt, finde ich –, und er hat erzählt, es hätte irgendwas mit einer Therapie oder so zu tun. Mit Theo hab ich auch gesprochen. Was hast du denn vor?«

Ich öffnete den Mund, um etwas zu sagen, aber er war noch nicht fertig.

»Ich weiß nicht, warum dir soviel daran liegt, dich zu rächen – wo du es doch warst, die Claud verlassen hat, aber vergessen wir das mal. Wir können es einfach nicht mehr ertragen, daß du in unserem Leben herumschnüffelst. Und jetzt liegt auch noch Mummy im Sterben – kannst du nicht endlich aufhören?«

»Ich tu doch gar nichts.«

»Ach, red keinen Unsinn. Was willst du von uns? Laß uns in Frieden. Mach ruhig weiter mit deiner Nabelschautherapie, aber *uns laß bitte in Ruhe*.«

Natürlich hatte er wieder getrunken. Aber dachten die anderen auch so über mich? Ein Teil von mir sehnte sich danach, daß man mir vergab und mich wieder im Schoß der Familie aufnahm, aber irgend etwas hielt mich zurück. Den Rest der Fahrt legten wir in grimmigem Schweigen zurück.

Ich sollte mir eine Katze zulegen, dachte ich, während ich die Eingangstür aufschloß und das kalte, stille Haus betrat. Ohne den Mantel auszuziehen, ging ich zum Telefon im Wohnzimmer und wählte Theos Nummer. Er hob sofort ab.

»Theo, hier ist Jane.«

»Hallo, Jane.«

Er klang nicht sonderlich erfreut.

»Ich muß mit dir sprechen. Ich war gerade mit Fred unterwegs.«

»Ja, ich weiß. Er hat mich mit seinem Handy angerufen.«

»Denkst du das gleiche wie er, Theo? Daß ich meine Nase in Angelegenheiten stecke, die mich nichts angehen?«

»Wenn du das noch fragen mußt, bist du weniger intelligent, als ich dich eingeschätzt habe, Jane. Ich finde, du machst dich lächerlich.«

Damit legte er auf. Eine nach der anderen wurden die Türen der Familie Martello vor meiner Nase zugeschlagen.

Ich spähte in meinen Kleiderschrank. Mein graues Gabardinekostüm mit dem langen, engen, bis zum Knie geschlitzten Rock? Zu sehr Geschäftsfrau. Das rote enge Kleid mit dem tiefen Ausschnitt und den langen Ärmeln? Zu sexy. Das kleine Schwarze? Zu bieder. Leggings mit einer chinesischen Seidentunika in Herbstfarben? Zu zurückhaltend. Ich probierte eins nach dem anderen vor dem langen Spiegel und entschied mich schließlich doch für die Tunika. Dann ließ ich mir ein Bad einlaufen, wusch mir die Haare und kleidete mich langsam an. Ich zog einen grünen Lidstrich, tuschte meine Wimpern und schminkte mir die Lippen dunkelrot. Ich lächelte in den Spiegel, aber mein Spiegelbild lächelte ängstlich zurück. Viel zu aufgedonnert. Also befeuchtete ich einen Wattebausch mit Make-up-Entferner und wischte den Lidstrich wieder weg.

Schließlich war es doch nur eine Dinnerparty, kein Examen. Ich bürstete mir die Haare zurück und steckte sie hoch, legte die tropfenförmigen Bernsteinohrringe an und tupfte Rosenwasser auf die Handgelenke. Außer mir waren noch sieben Gäste eingeladen, und natürlich würde Caspars Tochter da sein. Was sollte ich bloß tun, wenn sie mich nicht mochte?

Fanny betrat den Raum rückwärts, einen schweren Koffer hinter sich herziehend. Dann wandte sie sich um und sah uns ernst an.

»Ich bin auf Reisen«, verkündete sie. Vor meinen Knien machte sie halt und betrachtete mich einen Moment mit Caspars grauen Augen. »Wer bist du?«

Caspar machte keine Anstalten, sich einzumischen, sondern wartete nur die Antwort ab.

»Jane.«

»Sag mir alle Wörter, die sich auf Jane reimen. Auf die Plätze, fertig, los.«

Ich gab mir alle Mühe.

»Jetzt mit Fanny, los!«

»Danny, Annie, Mannie ...«

»Das sind alles bloß Namen. Ich will richtige Wörter.«

Ich versuchte es, kam aber nicht weit.

»In der Schule sagen die Mädchen immer, Fanny bedeutet Vagina, und dann singen sie ›Fanny hat 'ne Fanny‹. Meinst du auch, Fanny heißt Vagina?«

»Viele Wörter haben unterschiedliche Bedeutungen. Für manche Leute bedeutet Fanny tatsächlich Vagina, für mich bedeutet Fanny jetzt ein fünfjähriges Mädchen, das auf Reisen ist. Als ich in der Schule war, haben mich die anderen immer ›Plain Jane Crane‹ gerufen, dabei war ich weder unscheinbar noch ein Kran.«

Jetzt stand Caspar auf und sagte zu Fanny: »Na, dann komm jetzt lieber mal. Wir lesen noch ein Kapitel *Pippi* und lassen unsere Gäste ein paar Minuten allein. Ihr wißt ja, wo der Wein ist.«

Sie streckte ihm die Arme entgegen, und er hob sie auf seine Schultern.

»Noch ein Glas Wein, Jane?«

»Höchstens ein halbes.«

Ich streckte die Hand aus, um meinen Worten Nachdruck zu verleihen, und dabei berührten sich unsere Finger. Mein Atem stockte. Mir wurde flau im Magen, mein Herz zappelte wie ein Fisch.

»Wie hast du Caspar kennengelernt?« fragte der Mann neben mir – Leonard, der im Tropenkrankenhaus arbeitete und gerade aus Angola zurückgekommen war.

»Ich habe bei einer öffentlichen Versammlung neben ihr gesessen, und sie hat mich angeschrien«, mischte sich Caspar ein.

»Und dann ist er zu einer Bürgerversammlung gekommen, an der ich teilnehmen mußte, und jemand hat ihm ein blaues Auge verpaßt.«

»Für einen überzeugten Pazifisten läßt du dich in ziemlich viele Schlägereien verwickeln«, meinte Carrie von der anderen Seite des Tischs. »Hat dich nicht auch schon mal ein Penner verhauen, als du versucht hast, ihm Geld zu geben?«

»Das war ein Mißverständnis.«

»Na klar«, sagte Eric mit den roten Haaren und den abgebissenen Fingernägeln. »Und dann auch noch die alte Dame im Supermarkt, als du mit ihrem Einkaufswagen weggegangen bist. Bei der richtigen Beleuchtung sieht man die Narbe immer noch.«

Es war ein wunderschöner Abend mit interessanten, lockeren Gesprächen gewesen. Caspars Freunde hatten mich empfangen, als hätten sie schon viel von mir gehört. Gelegentlich, wenn ich Caspar ansah, ertappte ich ihn dabei, wie er mich musterte. Bei allem, was ich sagte oder tat, war ich mir stets bewußt, daß er sich mit mir im Zimmer befand. Ein Glücksgefühl, das ich kaum verbergen konnte, stieg in mir auf und raubte mir fast den Atem. Ich sprang auf.

»Oh, tut mir leid, ich hab gar nicht bemerkt, wie spät es ist. Ich muß heim.« Ich lächelte in die Runde. »Es war ein wunderschöner Abend, vielen Dank.«

Caspar hielt mir meinen Mantel hin, und ich schlüpfte hinein, sorgfältig jede Berührung vermeidend. Er öffnete die Tür, und ich trat hinaus in die frische Luft, die roch, als würde es demnächst schneien.

»Danke, Caspar, es hat mir sehr gefallen.«

»Gute Nacht, Jane.«

Reglos standen wir voreinander. Einen Augenblick dachte ich, er würde mich küssen. Wenn er mich küßte, würde ich ihn auch küssen und mich an seinen langen schmalen Körper schmiegen. Aber dann hörte ich Gelächter aus dem Wohnzimmer, und oben hustete ein Kind. Ich ging nach Hause.

»Tut mir leid, Jane Martello ist nicht zu sprechen, aber hinterlassen Sie bitte eine Nachricht nach dem Piepton.«

»Hallo, hier ist Paul, am Donnerstag abend um, äh, um zehn Uhr dreißig. Ich rufe an, um dir zu sagen, daß die Sendung am 21. Februar ausgestrahlt wird. Ich würde mich freuen, wenn du zu einer kleinen Feier zu uns kommen würdest. Und die Sendung ansehen natürlich. Bitte gib mir so bald wie möglich Bescheid.«

Wie war es möglich, daß die Sendung schon fertig war? Ich hatte Paul doch gesehen, wie er herumgewandert war und sich Notizen gemacht hatte, und dann war da natürlich noch das katastrophale Weihnachtsfest gewesen, aber ich hatte gedacht, es sei alles noch im Entwicklungsstadium. Eigentlich hatte ich im stillen sogar gehofft, es würde überhaupt nie zur Ausstrahlung kommen.

»Hi, Jane, hier ist Kim, ich wollte nur wissen, ob bei dir alles in Ordnung ist.«

»Ich bin's, Alan.« Er klang reichlich alkoholisiert.

»Bitte ruf mich an.«

Wie sich herausstellte, war er tatsächlich betrunken. Als wir von Martha sprachen, weinte er ins Telefon. »Oh, Jane«, klagte er, und mir lief eine Gänsehaut über den Rücken, als ich an seine unbeholfene, kindische Bedürftigkeit und meine überspannte, unloyale Heimlichtuerei dachte.

»Für sie bist du wie eine Tochter.« Das stimmte zwar nicht ganz, aber ich wußte, was er meinte. Auch für mich war Martha meine zweite Mutter.

»Gibt es keine Hoffnung, daß ihr euch versöhnt, du und Claud? Das würde sie so glücklich machen.« Nein, keine Hoffnung, nicht das kleinste bißchen. Und Martha wußte genau, daß es aus war.

»Ich werde nie wieder schreiben, nie mehr. Ich bin ein alter Mann, ich bin am Ende, Jane.«

Ich zog meine Zigarettenschachtel heraus.

»Verlaß uns nicht, Jane.«

Nun begann er, von Natalie zu faseln – so ein wunderbares Kind, so liebevoll. Warum war sie in ihren letzten Jahren so feindselig gewesen? Sie hatten doch immer versucht, gute Eltern zu sein, nicht wahr? Was hatten sie nur falsch gemacht? Er wußte ja, daß er bei Frauen leicht schwach wurde, aber das erklärte doch noch lange nicht… einmal hatte sie ihn sogar angespuckt. Erinnerungen sind so schrecklich, so schrecklich, so schrecklich, so schrecklich.

25. KAPITEL

Ich rief Caspar an. Den ganzen Tag über hatte ich an ihn gedacht, aber erst abends entschloß ich mich, ihn anzurufen.

»Hier ist Jane. Können wir uns am Sonntag auf dem Highgate Cemetery treffen?«

»Gern. Wann?«

»Um drei beim Grab von George Eliot.«

»Wie finde ich das?«

»Du erkennst es daran, daß ich um drei danebenstehe.«

»In Ordnung. Ich bin der mit dem Exemplar von *Daniel Deronda*, zur Hälfte gelesen.«

Das war alles – zwei Dutzend Worte. Und das erotischste Telefongespräch, das ich je geführt hatte. Ich buk zwei Madeirakuchen, drei Vollkornbrote und einen einfachen Biskuitkuchen zum Einfrieren. Ich trank vier Gläser Rotwein, rauchte acht Zigaretten und hörte Bach – unromantische Musik. Am Samstag putzte ich das Haus von oben bis unten, und zwar gründlich: Ich nahm die Bücher aus den Regalen und wischte sie einzeln ab, hängte die Bilder auf, die seit Monaten im Arbeitszimmer rumstanden und riß die Drucke von den alten Kirchen herunter, die Claud hatte hängenlassen und die sich bereits wellten. Ich klebte die Fotos vom letzten Jahr ins Album. Mit Ausnahme eines Schnappschusses von Hana mit einem Glockenhut, der fast ihr ganzes Gesicht verbarg, waren auf ihnen nur Gebäude zu sehen. Nachmittags ging ich nach Hampstead und kaufte mir einen Mantel. Er kostete nichts, da ich einfach mit meiner Kreditkarte zahlte. Alle Gedanken an Natalie verbannte ich aus dem Kopf. Schließlich war es *mein* Wochenende.

Abends machte ich mir einen Reissalat und trank dazu den Rest der Flasche Rotwein, die ich vor nicht allzulanger Zeit geöffnet hatte. Dann holte ich eine Schachtel vom Speicher, zündete eine Kerze an und schmökerte in den Liebesbriefen, die Claud mir geschrieben hatte. Fast alle stammten aus dem Jahr vor unserer Heirat und dem Jahr danach. Ansonsten gab es nur noch gelegentlich eine Postkarte von irgendeiner Konferenz: »Vermisse dich.« Wahrscheinlich war das nicht mal gelogen.

Alle Briefe waren in einer makellosen Handschrift verfaßt; auf manchen war die Tinte allerdings schon etwas verblichen. »Meine süße Jane«, schrieb er, »Du warst wunderschön in Deinem blauen Kleid.« »Mein Liebling, ich wünschte, Du wärst heute nacht bei mir.« Der früheste Brief stammte vom

September 1970 – ein paar Monate nach Natalies Verschwinden. Seltsam, daß ich ihn vergessen hatte: Es war ein netter, vernünftiger Brief darüber, wie die Familie zusammenhielt. »Sie wird wieder heimkommen«, hatte Claud geschrieben, »aber natürlich wird nichts je wieder so sein wie früher. Der erste Teil unseres Lebens ist vorüber.« Er hatte recht. Seltsam, daß er in diesen wenigen Zeilen mehr über Natalie gesagt hatte als jemals später. Ich dachte an ihn in seiner aufgeräumten Wohnung, mit den Kunstbänden über alte Kirchen und der alphabetisch geordneten Korrespondenz. Ob er immer noch hoffte, daß ich es mir anders überlegen würde? Wäre er in diesem Augenblick, am Abend vor meinem Rendezvous mit Caspar, zur Tür hereingekommen, ich glaube, ich hätte ihn nicht abgewiesen. Abschiednehmen war noch nie meine Stärke.

Er war pünktlich an Ort und Stelle, allerdings mit Fanny. Ihre wilden Locken umrahmten ihr von der Kälte gerötetes Gesicht; sie trug Jeans, die für ihren schmalen kleinen Körper mindestens zwei Nummern zu groß waren. Als erstes öffnete sie ihre behandschuhte Faust und zeigte mir die Steine, die sie während des Wartens gesammelt hatte. Daher stammten auch die Schmutzflecken auf ihren Wangen.

»Fannys Freundin, bei der sie heute eigentlich den Tag verbringen wollte, ist leider krank geworden«, erklärte Caspar.

»Ich freue mich, deine Tochter wiederzusehen«, log ich. »Komm mit, Fanny, da hinten ist ein Obelisk mit einer Hundeschnauze. Der Hund hieß Emperor.«

»Was ist ein Obelisk?«

»Eine Art spitze Säule.«

Wir spazierten den kiesbestreuten Hauptweg entlang; man mußte aufpassen, daß man sich nicht in den Brombeerranken verfing.

»Ist dir schon aufgefallen«, fragte Caspar, »wie viele Kinder hier begraben sind? Hier zum Beispiel, der kleine Samuel, fünf Jahre alt, und da drüben, ein elfmonatiges Baby.« An einem Familiengrab machten wir halt: fünf Namen, alles Kinder unter zehn Jahren. Fanny drehte Pirouetten auf einem sonnenbeschienenen Fleck. Auf manchen besonders gepflegten Gräbern standen Blumen, aber die meisten waren mit Nesseln und Efeu überwachsen, Moos wucherte auf den Grabsteinen und machte die Inschriften zum Teil unleserlich.

»Sieh dir mal das hier an«, sagte ich. Ein paar Meter entfernt stand ein kopfloser Engel Wache über einer bewachsenen Steinplatte. »Wir haben verlernt zu trauern, stimmt's? Wir wissen nicht mehr, wie man jemanden im Gedächtnis behält. Ich hätte gern ein solches Denkmal. Aber die Leute würden sagen, das ist kitschig – oder morbid.«

Caspar lächelte. »Morbid? Was soll daran morbid sein, wenn man mit vierzig sein Grabmonument plant? Ein solcher Gedanke wäre mir nie gekommen.«

»Ich bin zweiundvierzig. Sieh mal hier.«

Vier verträumte präraffaelitische Köpfe, trauernd in einem steinernen Kreis.

»Wo sind die Tiere begraben, Jane?« Fanny kehrte von einem Ausflug durch eine Reihe verfallener Grabsteine zurück.

Ich deutete den Pfad entlang. »Dort drüben. Noch ein Stück weiter.«

Und schon war sie fort, daß die Schalfransen nur so hinter ihr herflatterten.

»Komm hierher, Jane.«

Ich bahnte mir einen Weg durchs Dickicht, wo Caspar auf mich wartete. Ich ging langsam. Einen schöneren Moment als diesen würde ich wahrscheinlich nie erleben. Dicht vor ihm blieb ich stehen, und wir sahen uns an.

»Plain Jane Crane«, sagte er. Mit dem Zeigefinger zeichnete er sanft meine Lippen nach. Vorsichtig, als wäre ich kostbar und zerbrechlich, legte er die Hand um meinen Hinterkopf. Ich zog die Handschuhe aus, ließ sie einfach in die Nesseln fallen und schob die Hände unter seinen Mantel, unter seinen Pullover, unter sein Hemd. Er roch nach Holzrauch. Ich sah mein Gesicht in seinen Augen, doch dann schloß er sie und küßte mich. So viel Stoff war zwischen uns. Wir preßten uns aneinander, mein Körper schmerzte vor Sehnsucht.

»Caspar, Caspar, wo seid ihr? Kommt mal her und seht euch an, was ich gefunden habe. Ach, hier seid ihr ja. Warum versteckt ihr euch? Jane, du hast deine Handschuhe verloren. Kommt schon, beeilt euch.«

Als ich mich in meiner Erinnerungswelt wiederfand und die Felsen von Cree's Top hart und unnachgiebig in meinem Rücken fühlte, fror ich, und mir war ängstlich zumute. Zu meiner Linken floß der Col; seine kleinen Wellen wirkten auf mich beklemmend, dick wie Öl, nicht wie fließendes Wasser. Schwerfällig erhob ich mich und ging zur Flußbiegung. Dort blieb ich stehen und drehte mich um; mich fröstelte in meinen Tennisschuhen und dem dünnen Baumwollkleid, schwarz wie das, welches Natalie in diesem Sommer so oft getragen hatte. Der Wind drückte es eng an meinen jungen festen Körper, den ich tags zuvor Theo hingegeben hatte, der ihn liebkoste, entblößte und schließlich in ihn eindrang, draußen im Schatten des Waldes, während uns das Lachen und die Musik der Party in den Ohren klangen. Ich hatte das Tagebuch mit meinen kindischen Wünschen und Phantasien dabei und riß nun die Seiten heraus, eine nach der anderen. Mit solch albernen Vorstellungen wollte ich nichts mehr zu tun haben. In dem Gefühl, die Brücken hinter mir abzubrechen, zerknüllte ich die Blätter und warf sie ins Wasser, wo sie im Spiel von Licht und Schatten auf den Wellen verschwanden, im Zwielicht, das den Übergang von Wasser und

Luft beinahe unsichtbar machte. Jetzt war ich eine Frau, nicht wahr?

Ich stand da, das Gesicht dem Hügel zugewandt. Eine Woge der Furcht überflutete mich, ich fühlte mich plötzlich so schwach, daß ich mich kaum auf den Beinen halten konnte. Links von mir schwankten und bogen sich die Ulmen, vielleicht standen sie aber auch still und nur ich selbst taumelte. Dennoch machte ich mich auf den Weg, den schmalen, steilen Pfad hinauf, an den ich mich – obwohl er mir doch einst so vertraut war – nicht mehr erinnerte. Durch das Gebüsch zu meiner Rechten konnte ich zwar das schlammige Wasser des Flusses unter mir sehen, aber jetzt blickte ich nur auf den Pfad vor mir, diesen Pfad, der durch mein verschlossenes Gedächtnis führte. In der hereinbrechenden Dämmerung streiften mich unsichtbare Zweige und verfingen sich in meinem Kleid, Dornen zerkratzten meine nackten Arme und Beine, als wollten sie mich zurückhalten. Doch ich achtete nicht darauf. Nun war ich auf Cree's Top angekommen, aber die Sicht war in allen Richtungen von dichten Ginsterbüschen verstellt. Die Bergkuppe war sehr schmal, und schon nach ein paar Schritten ging es wieder bergab.

Ich blieb stehen und lauschte. Jetzt wußte ich es. Durch das Buschwerk vor mir sah ich, wie sich etwas bewegte. Schattenhafte Umrisse. Und auch Laute, gedämpft und undeutlich. Es war da. Es war wirklich da. All das, was ich ein Vierteljahrhundert aus meinem Gedächtnis verbannt hatte, alles war da, ich brauchte nur einen Schritt weiterzugehen, die Schranken durchbrechen, die ich zu meinem eigenen Schutz errichtet hatte. Als ich die Augen öffnete und – zunächst ohne etwas zu sehen – Alex anblinzelte, spürte ich nicht Angst wie bisher, sondern eine eiserne, kalte Entschlossenheit. Es war alles da. Aber ich war noch nicht bereit. Noch nicht ganz.

26. KAPITEL

Am Mittwoch, dem 15. Februar, erwachte ich mit dem Gefühl, daß irgend etwas bevorstand. Seit Tagen hatte es geregnet – der Rasen war schon ganz aufgeweicht –, aber heute war es plötzlich kalt und sonnig. Highgate Hill wirkte unnatürlich klar. Auch die ganz normalen Gegenstände in meiner Küche waren anders, irgendwie bedeutungsschwer. Meine Haut kribbelte. Alles, was ich ansah, schien von hinten beleuchtet zu sein – die Umrisse traten stärker hervor, und alles wirkte härter und deutlicher als sonst. Das galt auch für mich, ich fühlte mich selbstbewußt und völlig klar. Ich mußte mich betätigen.

Gestern hatte ich eingekauft, und einiges war schon vorbereitet. Ich stellte die Waage mit den großen Gewichten auf den Tisch, daneben eine Tüte Vollkornmehl, eine Tüte weißes Mehl, Plastiksäckchen mit Kürbiskernen, Sonnenblumenkernen und Sesamsamen, Hefe, die aussah wie weicher Ton, Meersalz, Vitamin-C-Pulver in einem orangefarbenen Apothekendöschen, eine Plastikflasche mit Traubenkernöl und eine Tüte harten, grobkörnigen braunen Rohrzucker. Diese Arbeit erledigte ich wie in Trance. Die Hefe ging auf und warf feuchtglänzende Blasen. Ich rührte das Salz in das grobe Vollkornmehl und vermischte alles mit der nach Bier duftenden Hefebrühe. Dann ging ich eine halbe Stunde in den Garten und rauchte, wobei ich an nichts dachte. Als ich wieder zurückkam, knetete ich zwei große Teigstücke – lehnte mich fest auf die Handballen, drückte und faltete –, schnitt den Teig schließlich in vier Teile, rollte ihn aus und preßte ihn in vier Backformen. Wieder eine Pause. Geistesabwesend wanderte ich durchs Haus, legte hier eine Bluse zusammen, rückte dort ein Buch im Regal zurecht. Dann bestrich ich die ballonartig aufgegangenen Laibe mit Salzwasser, bestreute sie mit Sesam und schob sie in den glühendheißen Ofen. Der Geruch des wohlkontrollierten Backvorgangs, der hefegärenden Wiedergeburt erfüllte das Haus und versetzte mich in eine Art Rauschzustand. Nach einer Zeit, die mir im Flug zu vergehen schien, klopfte ich prüfend gegen die Backformen, und da sie bereits hohl klangen, holte ich sie heraus und kippte die Brotlaibe auf die bereitgestellten Drahtgitter. Kleine geröstete Sesamsamen hüpften über die Arbeitsplatte; ich befeuchtete die Finger, tupfte sie auf und zermahlte sie zwischen den Zähnen.

Drei Laibe wurden verpackt und kamen sofort in den Gefrierschrank. Einen behielt ich zurück. Ich schnitt eine dampfende Scheibe ab, bestrich sie mit gesalzener Butter, legte ein Stück Ziegenkäse darauf und verschlang das Ganze gierig. Dazu gab es Leitungswasser. Keinen Wein, keinen Kaffee, so was brauchte ich jetzt nicht, ich hätte es gar nicht verkraftet. Mit schwirrendem Kopf stieg ich zitternd auf mein Fahrrad und radelte durch die kalte klare Luft zum Büro, denn Duncan und ich hatten ein Treffen vereinbart, das wir etwas überehrgeizig ein Meeting nannten. Kurz nach zwei kam ich an und begann, die Post der letzten beiden Tage zu öffnen, hauptsächlich Rundbriefe von Stellen, aus deren Versandlisten ich mich noch nicht hatte streichen lassen. Fast alles landete im Papierkorb. Wenn ich nicht ganz andere Sorgen gehabt hätte, wäre jetzt ein passender Zeitpunkt gewesen, um mir welche um meinen Job zu machen.

Allerdings war ich auch nicht planloser als andere. Aus Mangel an sinnvollerer Beschäftigung sortierte Gina unser Ablagesystem neu. Vor einer Woche noch hatte das Ergebnis absolut apokalyptische Ausmaße: Die gesamte Vergangenheit von CFM lag in Papierform überall im Büro verteilt. Jetzt verschwanden die Papierberge nach und nach an ihren neu zugewiesenen Plätzen, Ringhefter schnappten, Aktenschränke klapperten, und plötzlich standen wir kurz vor der perfekten Ordnung – wie in Pompeji. Es wäre fast schade gewesen, diese systematische Perfektion durch neue Arbeit zu zerstören.

Duncan war vertieft in die technischen Finessen der Espressomaschine, die in den boomenden Achtzigern eine unserer größten Anschaffungen gewesen war. Er brachte mir einen Fingerhut voll Kaffee, und nachdem ich ihn mir mit einem einzigen, winzigen Schluck einverleibt hatte, spürte ich augenblicklich einen kräftigen Koffeinstoß. Unterdessen berichtete er mir von dem neuen Plan, über den er zur Zeit mit der Stadtverwaltung diskutierte und in dem es darum ging, obdachlose Familien (»Heimchenlose«, wie er sie etwas albern nannte) in baufälligen Häusern unterzubringen und ihnen dann die Mittel für die Eigenrenovierung zur Verfügung zu stellen. Ich nickte begeistert. Der Plan war äußerst kostendeckend (außer für uns), praktikabel, sozial förderlich, hatte wenig mit Architektur im herkömmlichen Sinn zu tun. Außerdem war es so gut wie sicher, daß das Wohnungsamt das Projekt ohne Zögern ablehnen würde. Das ideale Projekt für CFM. Dann kamen wir zum Thema Wohnheim.

»Ich habe in der Zeitung von dem Fackelzug der Anwohner gelesen«, sagte Duncan. »Euer Versuch, die Ängste der Leute zu zerstreuen, hat offensichtlich nicht ganz hingehauen. Bedeutet das denn, daß das ganze Wohnheimprojekt abgeblasen ist?«

»Nicht unbedingt«, antwortete ich. »Ein Anwalt der Stadtverwaltung hat sich eine etwas hinterhältige Methode ausgedacht, wie man die Sache durchziehen könnte. Wegen des Krachs bei der Versammlung und der Verhaftung danach gibt es eine gerichtliche Anhörung. Soweit ich die Sache begreife, besteht der Trick darin zu behaupten, daß die ganze Geschichte noch nicht entschieden sei, sozusagen ein schwebendes Verfahren sei, was bedeutet, daß wir auf Fragen zum Thema nicht eingehen können. Jedenfalls werden wir das sagen. In der Zwischenzeit geht das Projekt weiter seinen

Gang. Irgendwann werden sich unsere Gegner dann mit einem Wohnheim auseinandersetzen müssen, das bereits in Betrieb ist. Wenn Bürger auf arrogante Vertreter der Stadtverwaltung und eine modernistische Architektin losgehen, ist das eine Sache. Ein gefundenes Fressen für die Lokalpresse. Aber es ist etwas anderes, wenn sich irgendwelche Dummköpfe über psychisch Kranke ereifern, die wieder in die Gesellschaft eingegliedert werden sollen. So sieht die neueste Strategie aus.«

»Hast du denen erklärt, daß diese Leute auf dem Gehweg und in den Ladentüren rumstehen und auf den Parkbänken rumsitzen würden, wenn sie sich nicht auf ihren eigenen Hinterhöfen aufhalten könnten?«

»Nein. Dazu bin ich aufgrund der Ereignisse nicht mehr gekommen.«

Recht gutgelaunt beendeten wir das Meeting. Ich kehrte an meinen Schreibtisch zurück, rauchte etliche Zigaretten und trommelte mit dem Bleistift aufs Telefon, bis ich merkte, daß ich nichts zu tun hatte und vielleicht besser heimgehen sollte. Ich war überzeugt, daß ich alles klar durchschaute und deshalb meine Energien anderweitig einsetzen mußte. Gina erkundigte sich nach meinem Befinden, aber ich konnte ihr nicht mal richtig zuhören. Also ging ich – ohne mich von Duncan zu verabschieden. Später würde ich alles erklären.

Wieder zu Hause, öffnete ich eine Flasche Rotwein, stieg auf einen Stuhl und durchforstete den Küchenschrank. Ich fand eine Packung gesalzene Cashewnüsse, eine zusammengerollte, dreiviertelvolle Packung mit Pistazien und ein kleines Päckchen kartoffelchipsähnlicher Gebilde mit Scampigeschmack. Das reichte als Abendessen. Ich trank Wein und aß Chips, während ich zwischen den verschiedenen Fernsehkanälen hin und her schaltete. Es gab eine Quizshow mit Fragen, die mir ziemlich an den Haaren herbeigezogen schienen, außerdem Lokalnachrichten und eine amerikanische Science-fiction-Serie, von der ich zuerst dachte, es wäre *Star Trek*. Allerdings bestätigte sich diese Vermutung nicht, es war nicht mal die Nachfolgeserie. Dann gab es noch eine Sendung über Albatrosse – über die langen Reisen, die sie auf den Passatwinden machen, über die lebenslange Bindung der Pärchen –, eine Comedyshow, die in einer amerikanischen High-School spielte, und eine weitere Nachrichtensendung.

Nachdem ich viel zu lange auf den Bildschirm geglotzt hatte, drehte ich den Ton ab und rief auf Stead an. Ich wollte mit Martha reden. Aber unerwarteterweise meldete sich eine andere Stimme. Es war Jonah. Mit ruhiger, förmlicher Stimme erklärte er mir, Martha sei heute früh ins Koma gefallen und am Nachmittag ganz friedlich gestorben. Ich versuchte ein paar Fragen zu stellen, um mit Jonah im Gespräch zu bleiben, aber er entschuldigte sich gleich, er müsse auflegen. Auf dem Fernsehschirm war inzwischen ein Mann in einem grauen Anzug zu sehen, der stumm den Mund auf- und zumachte wie ein Fisch im Glas. Ich mußte jemanden anrufen. Bei Claud erreichte ich den Anrufbeantworter. Bei Caspar hob eine Frau ab, und ich legte auf. Bei Alex Dermot-Brown meldete sich Alex. Er war überrascht und meinte als erstes, wir hätten doch am nächsten Tag einen Termin. Konnte mein Anliegen nicht bis dahin warten? Doch nachdem ich ein bißchen mehr erzählt hatte, meinte er, ich solle gleich zu ihm kommen, ja, er fragte sogar, ob ich es allein schaffen würde oder ob er mich abholen solle. Ich versicherte ihm, ich würde es allein schaffen, und schwang mich aufs Fahrrad – ohne Mütze und ohne Handschuhe, obwohl die Autofenster schon mit Rauhreif bedeckt waren.

Alex sah irgendwie verändert aus, als er die Tür öffnete. Obwohl ich ihn in dieser Umgebung kannte und er auch sonst nie sonderlich schick angezogen war, fühlte ich mich wie ein Schulmädchen, das unerlaubterweise zu nachtschlafender

Zeit seinen Lehrer besucht. Er begrüßte mich mit leiser Stimme, offensichtlich besorgt. Von unten aus der Küche hörte ich Stimmen. Allmählich bekam ich den Eindruck, daß ich ihn vielleicht bei etwas gestört hatte, aber ich war unfähig, mir darüber Gedanken zu machen. Alex führte mich in sein Zimmer. Ich erkundigte mich nach seinen Kindern, und er antwortete, sie schliefen längst, ganz oben unterm Dach, ich brauchte mir ihretwegen keine Sorgen zu machen. Als er das Licht anknipste, war ich geblendet. Nach der Dunkelheit draußen, dem heimeligen Dämmerlicht in der Eingangshalle und im Treppenhaus schien die plötzliche Helligkeit kalt und fordernd. Ich legte mich auf die Couch, Alex setzte sich neben mich.

»Martha ist tot«, sagte ich.

Ich holte tief und vorsichtig Luft, wie ich es manchmal auf Seereisen machte, um den Brechreiz zu unterdrücken. Alex ließ sich lange Zeit, ehe er etwas sagte. Dann sprach er sanft, aber entschlossen.

»Ich möchte, daß Sie wieder an den Tag zurückdenken, an dem Natalie verschwunden ist«, sagte er.

Das überstieg meine Kräfte. »Das kann ich nicht, Alex, wirklich.«

Plötzlich kniete er neben mir. Ich spürte seinen warmen Atem an meiner Wange, seine Hand lag auf meinem Haar.

»Jane, eine Frau, die Sie sehr geliebt haben, ist heute gestorben. Ich weiß, wie Ihnen zumute ist. Aber Sie sind nicht zu mir gekommen, um sich trösten zu lassen. Sie wollen diese Gefühlsbewegung ausnutzen. Habe ich nicht recht?«

»Keine Ahnung, was ich will«, erwiderte ich, aber ich wußte, daß mein Widerstand gebrochen war.

»Dann lassen Sie uns anfangen«, meinte Alex.

Wieder sprach er die leisen, beruhigenden Worte, die jetzt ein vertrauter Zauberspruch waren und wie gedämpfte Musik aus einem entlegenen Zimmer zu mir drangen. Als sich mein Körper entspannte, erfaßte mich eine ungeheure Erleichterung, und schon war ich dort. Das Moos in meinem Rücken, Zweige und Kieselsteine unter meinen Schenkeln. Als ich aufstand und mein Kleid ausklopfte, spürte ich die Abdrücke auf meiner Haut, wie von einer Bastmatte. Die Sonne war hinter dem Cree's Top verschwunden, der Col lag im Schatten, seine unregelmäßig dunkle Oberfläche kräuselte sich träge. Die zerknüllten Papierfetzen waren verschwunden und mit ihnen die kindischen Phantasien, die sie verkörperten. Das alles war vorüber.

Ich drehte mich um; der Wind ließ mich frösteln, und vereinzelte Tropfen, die mir ins Gesicht wehten, kündeten Regen an. Das schwarze Kleid preßte sich gegen meinen Körper, meinen sexuell erwachten Körper, dessen Brüste und Schenkel nun nicht mehr mir allein gehörten. Eine kühle Entschlossenheit erfüllte mich. Vor mir lag Cree's Top, rechts neben mir war das Flußufer. Ich rannte den schmalen, steilen Pfad empor, hinein in den Wald und durch die Ginsterbüsche hindurch. Ich hörte Geräusche, nicht von Vögeln, nicht vom Wind oder vom Fluß – sondern ein seltsames Pfeifen und Stöhnen. Ich achtete nicht darauf. Ich rannte, bis ich mein eigenes Keuchen hörte und den Schmerz in meiner eingeschnürten Brust spürte. Die Bäume wirkten auf mich wie tot, die Büsche nackt, der Fluß rechts unter mir braun und müde. Doch meine Pflicht war es, nicht nachzudenken, sondern einfach weiterzugehen. Zweige zerkratzten mein Gesicht, Dornenranken griffen nach meinem Kleid. Jetzt hatte ich die Bergkuppe erreicht, rannte weiter, auf der anderen Seite bergab. Auf Natalies Seite. Durch die Büsche vor mir sah ich, wie sich etwas bewegte, schemenhaft tauchten Gestalten zwischen den Ästen auf, ich hörte Schreie, unverständliches Rufen. Doch es gab kein Zurück mehr. Ich lief weiter, bahnte mir einen Weg durchs Gebüsch und hinaus ins helle Sonnenlicht.

Im ersten Moment war ich von der Sonne geblendet und

sah weiter nichts als golden gefleckte Explosionen. Ich kniff die Augen zusammen und zwang mich, genau hinzuschauen. Die Dinge nahmen Gestalt an, und ich nahm mehrere Dinge gleichzeitig wahr. Ein Mädchen lag im Gras. Sie schrie. Natalie. Dunkle Haare, lodernde Augen. Sie wurde zu Boden gedrückt. Über sie gebeugt ein Mann, die Hände um Natalies Hals. Sie schlug mit Armen und Beinen um sich. Vergeblich. Dann wurde die Bewegung langsamer und erstarb schließlich ganz. Ich wollte schreien, aber mein Mund war voller Asche. Ich wollte weglaufen, aber meine Füße waren aus Blei. Das Mädchen wurde losgelassen und blieb reglos liegen. Der Mann wandte mir den Rücken zu. Er war dunkelhaarig, nicht grau. Er war schlank, nicht untersetzt. Er war glattrasiert, nicht bärtig. Aber es bestand kein Zweifel. Es war Alan. Plötzlich brach es aus mir heraus, ich schrie und schrie. Jemand packte mich. Es war Alex. Er drückte mich an sich und flüsterte mir beruhigend ins Ohr. Ich richtete mich auf. Meine Haare klebten mir im Gesicht. Ich war gehäutet, mein Innerstes war nach außen gekehrt. Ich konnte Alex gerade noch rechtzeitig sagen, daß ich mich übergeben mußte, und zwar sofort. Er hielt mir den Papierkorb hin. Ich würgte, und dann kotzte ich alles heraus. Schließlich sank ich auf die Couch zurück, alle viere von mir gestreckt, hilflos, verrotzt, Reste von Erbrochenem auf dem Gesicht, tränenverschmiert, stöhnend, heulend, nach Luft ringend. Erschöpft, vernichtet, voller Entsetzen.

Dann hörte ich eine vertraute Stimme an meinem Ohr. »Sie haben es geschafft, Jane. Alles in Ordnung. Sie sind in Sicherheit.«

27. KAPITEL

Ich erwachte in meinem Bett, ohne zu wissen, wie ich dorthin gekommen war. Ach ja, richtig, Alex hatte mich nach Hause gefahren. Hatte ich eine Szene gemacht und seine Kinder erschreckt? Mein Fahrrad mußte noch vor seinem Haus stehen, an eine Parkuhr gekettet. Ich griff nach dem Wecker. Fast zehn Uhr. Morgens oder abends? Bestimmt morgens. Wenn es abends wäre, wäre es zwanzig Uhr. Nein, zweiundzwanzig Uhr. Am äußersten Rand meines Bewußtseins lauerte etwas, das ich nicht aufspüren wollte. Trotzdem gab ich mir Mühe, mich zu erinnern. Ich mußte mich beeilen, um noch rechtzeitig aufs Klo zu kommen. Eine Weile hing ich über der Schüssel, aber es kamen nur ein paar heiße, brennende Spritzer.

Schließlich wusch ich mir den Mund mit einem Waschlappen ab. Ich trug noch immer die Sachen von gestern. Kurz entschlossen ließ ich sie einfach dort fallen, wo ich gerade stand, und stieg unter die Dusche. Erst ganz heißes, dann ganz kaltes Wasser. Danach schlüpfte ich in Jeans und ein altes Cordhemd. Meine Finger zitterten so, daß ich kaum die Knöpfe zumachen konnte. Ich beschloß etwas zu essen und ging hinunter in die Küche. Im Gefrierschrank befanden sich zwei Tüten mit Kaffeebohnen; ich entschied mich für die dunkleren und kochte mir eine große Kanne voll. Nach längerer Suche fand ich ein ungeöffnetes Päckchen Zigaretten in dem Mantel, den ich gestern abend angehabt hatte. Ich trank eine Tasse Kaffee nach der anderen, bis die Kanne leer war, und rauchte die ganze Packung.

Ein paarmal klingelte das Telefon, und ich hörte Stimmen vom Anrufbeantworter. Duncan, Caspar, mein Vater. Ich würde mich später um sie kümmern. Aber als ich die Stimme von Alex Dermot-Brown hörte, sprang ich auf und nahm den

Hörer ab. Er machte sich Sorgen um mich und wollte wissen, ob alles in Ordnung sei und ob ich zu ihm kommen könne. Am besten sofort. Ich versprach ihm, in einer Stunde da zu sein. Draußen war es kalt, aber sonnig. Ich zog einen langen, wallenden Mantel an, band mir einen Schal um, setzte eine Baskenmütze auf und machte mich auf den Weg nach Hampstead Heath. Ein böiger Wind blies, und als ich den Gipfel von Kite Hill erreichte, lag mir London zauberhaft klar zu Füßen, sogar die Hügel von Surrey konnte ich am Horizont erkennen. Ich ging bergab, verließ Hampstead Heath beim Parliament Hill und kam am Royal Free Hospital vorüber. Claud hatte mir einmal von einem psychisch gestörten Patienten berichtet, der von dem neurotischen Zwang besessen war, die Fenster des Gebäudes zu zählen. Da er nie zweimal hintereinander zum gleichen Ergebnis kam, war es ein endloses Unterfangen.

Die Dinge, die wir tun, um unserem Leben eine Ordnung zu verleihen. Ich erinnere mich an ein Gedicht über einen Mann, der dabei erwischt wurde, wie er alle Os in der Bibliothek ausmalte. Dachte er an die Os, die er schon ausgemalt hatte, oder mehr an die, die noch ausstanden?

Es war ein langer Gewaltmarsch, und als ich bei Alex an die Tür klopfte, war ich ganz außer Atem. Daran waren sicher die Zigaretten schuld. Fast hätte ich laut gelacht, als ich mich bei dem Vorsatz ertappte, das Rauchen aufzugeben. Noch nicht. Noch nicht.

Als die Tür sich öffnete, überraschte, oder besser, überwältigte mich Alex – er nahm mich in die Arme, drückte mich fest an sich und redete tröstend auf mich ein, als wäre ich eins seiner Kinder, das Angst vor der Dunkelheit hatte. Genau das war mein sehnlichster Wunsch. Schließlich ließ er mich wieder los, sein Gesicht wurde ernst, und er fragte mich, ob alles in Ordnung sei.

»Ich weiß nicht. Ich habe mich mehrmals übergeben, und

mir ist immer noch übel. Mein Kopf fühlt sich an, als würde jemand versuchen, ihn mit einer Fahrradpumpe aufzupumpen.«

Alex lächelte. »Keine Sorge«, meinte er. »Genau das war zu erwarten. Es ist ein ähnlicher Effekt, wie wenn das Fieber zurückgeht. Stellen Sie sich einfach vor, daß Ihr Körper versucht, das ganze Gift und die Verunreinigungen auszustoßen, die er in einem Vierteljahrhundert aufnehmen mußte. Es ist ein Reinigungsprozeß.«

»Werde ich jetzt verrückt, Alex?«

»Sie werden gesund. Sie entdecken die Qual eines Lebens ohne Selbsttäuschung.«

»Aber Alex, kann das denn wahr sein? Wirklich? Könnte ein Mann wie Alan seine eigene Tochter schwängern? Und sie ermorden?«

Sanft umschloß Alex mein Gesicht mit den Händen und sah mir in die Augen.

»Sie sind diejenige, die die Schranken durchbrochen und die Lügen entlarvt hat, Jane. Sie haben diese Reise gemacht, Jane. Sagen Sie es mir – halten Sie es für unmöglich, daß er all das getan hat?«

Die Antwort erforderte einen großen Kraftaufwand. Ich trat einen Schritt zurück, und Alex löste seine Hände von meinem Gesicht. Nachdenklich schüttelte ich den Kopf.

»Nein«, antwortete ich kaum hörbar. »Ich glaube nicht, daß es unmöglich ist.«

Ein paar Minuten später lag ich wieder auf der Couch, und Alex saß auf seinem Stuhl. Ich wollte versuchen, die Einzelheiten des Geschehenen zu rekonstruieren, aber Alex verbot es mir. Das konnte alles warten. Statt dessen sprach er sanft auf mich ein, wie er das nun schon so oft getan hatte, und führte mich zurück in meine Erinnerung, zurück zum Schauplatz des Mordes. Während dieser Sitzung und der des nächsten und übernächsten Tages ging er mit mir die Ereignisse mehrmals durch, bis sie sich für mich immer eindeutiger darstellten. Wie beim Fotografieren, wenn man den Apparat schärfer stellt und mit einemmal alle Einzelheiten und Nuancen des Motivs erkennt. Ich sah, wie Natalie sich wehrte, sah, was sie anhatte, angefangen von dem geflochtenen Stirnband bis zu den roten Turnschuhen, die ich immer mit ihr in Zusammenhang bringe. Und ich erkannte Alan, stark und schwer, wie er sie zu Boden drückte, ihren Hals packte, immer fester, bis sie sich nicht mehr regte.

»Hätte ich denn gar nichts tun können?«

»Was denn? Ihr Gedächtnis kam Ihnen zu Hilfe, indem es den Horror des Geschehens ausblendete und Sie auf diese Weise davor schützte. Jetzt haben wir den Schutzschild durchbrochen.«

Es bedeutete eine ungeheure Anstrengung für mich, alles noch einmal zu durchleben. Das Verbrechen war so lebensecht und gewaltsam und so nah – wahrscheinlich hatte ich mich im Gebüsch versteckt –, daß ich meinte, ich könnte eingreifen, etwas unternehmen, vielleicht wenigstens schreien. Dabei wußte ich ja die ganze Zeit, daß ich nichts unternommen hatte und daß es jetzt jenseits meiner Macht lag – es war nicht mehr zu ändern. Der Schock und der Schmerz ließen nicht nach. Es gelang mir nicht, das Geschehene zu verarbeiten. Ich wurde damit nicht fertig, es gab keine Katharsis, es war nicht möglich, das Leid zu überwinden, sich davon zu lösen. Ich bekam einfach keine Distanz zu den Ereignissen, ich war unfähig, in Ruhe darüber nachzudenken. An manchen Tagen konnte ich nur schluchzen, von Schmerz geknebelt; ich rauchte, statt zu essen, und ich betrank mich allein in meinem Haus.

Ein wenig Selleriesalz in einen Krug, dazu ein paar Prisen schwarzen Pfeffer, drei Spritzer Tabasco, eine Wahnsinnsration Lea and Perrins, der Saft einer halben Zitrone und ein Klecks Tomatenketchup. Man sollte immer mit den billigsten Zutaten beginnen. Wenn man eine ganze Literpackung Tomatensaft verwendet wie ich, braucht man ein großes Glas russischen Wodka. Schließlich die geheime Zutat: ein halbes Weinglas trockener Sherry. Eine Handvoll Eis in ein breites Glas, und man hat einen hinreichend nahrhaften Drink, der zur Not das Abendessen ersetzt. Zu meiner Stimmung hätte ein Streichquartett von Bartók (aus der mittleren Schaffensperiode) am besten gepaßt, aber statt dessen hörte ich *Rigoletto*. La donna è mobile. Ich nicht. Ich hatte den Blick in mein Inneres gewagt und war über das, was ich vorfand, entsetzt. Draußen war es kalt und dunkel. Aber bald würde ich aufbrechen und mich den realen Dingen stellen müssen. Das stand mir als nächstes bevor.

Als ich den letzten verwässerten Rest aus meinem Glas hinuntergekippt hatte, beschloß ich hinauszugehen. Aber alles mußte äußerst sorgsam eingefädelt werden. Es war kalt. Ich zog einen Pullover an. Darüber einen Mantel. Ich setzte eine Mütze auf. Schlüssel und Portemonnaie in die Manteltasche. Die kalte Luft draußen klärte meinen Kopf ein wenig. Ich hatte meine Ehe zerstört. Ich hatte meinen Kindern weiß Gott was angetan. Ich hatte meine eigene psychische Gesundheit ruiniert. Ich hatte fürchterliche Dinge aufgedeckt. Schon jetzt waren Menschen, die ich liebte, entsetzt über das, was ich tat. In welche Katastrophe würde ich jetzt die Familie stoßen, die mir mehr bedeutete als alles andere auf der Welt? Der Wind trieb mir stechende Regentropfen ins Gesicht. Das Leben war ein Alptraum geworden.

Jetzt ging ich an Geschäften vorüber. Ein Mann mit langen verfilzten Haaren saß neben einem räudig und elend aussehenden Hund undefinierbarer Rasse vor dem Supermarkt und streckte mir die Hand entgegen. So endeten Menschen, die sich aus Familie, Gesellschaft und Arbeit zurückzogen. Ich holte eine Münze aus meinem Portemonnaie und gab sie dem Mann. Ganz fest klemmte ich sie zwischen zwei Finger, damit sie nicht hinunterfiel.

Mir war klar, daß ich mein eigenes Leid auf die Welt übertrug – wie jämmerlich es manchen ihrer Bewohner auch ergehen mochte –, und deshalb überraschte es mich auch nicht sonderlich, als ich vor einem Fernsehgeschäft stand und auf den flimmernden Bildschirmen Alan erblickte, der hinter der Schaufensterscheibe stumme Mundbewegungen in meine Richtung machte. Hier war der Patriarch persönlich, und er verteidigte sich mit Worten, die ich nicht verstehen konnte. Einen Augenblick glaubte ich, nun endgültig den Verstand verloren zu haben. Die Realität hätte sich mit meiner Erinnerung und meinen Alpträumen vermischt, und Alan hätte mich besiegt, vernichtend und unwiderruflich. Dann plötzlich fiel es mir ein.

»Ach du Scheiße!«

Ich blickte benommen um mich, war aber endlich aus meiner Trance erwacht. Als ich die gelbe Leuchtschrift eines freien Taxis entdeckte, winkte ich den Wagen zu mir. Ich sagte dem Fahrer eine Adresse in Westbourne Grove. Während wir Swiss Cottage und Paddington durchquerten, hielt ich mein Gesicht direkt in den bitterkalten Wind, der zum offenen Fenster hereinblies.

»Alles in Ordnung, meine Liebe?« erkundigte sich der Taxifahrer besorgt.

Ich nickte, denn ich war nicht sicher, ob ich einen zusammenhängenden Satz herausbringen würde. Als ich an die Tür klopfte, ließ Erica mich herein.

»Es ist fast vorbei«, sagte sie. »Möchtest du was zu trinken?«

»Nur Wasser«, antwortete ich, während ich ihr die Treppe hinauf folgte.

»Trinkst du nicht mehr?«

»Im Gegenteil.«

Sie führte mich in ein dunkles Zimmer. Die einzige Lichtquelle war ein riesiger Fernsehbildschirm; auf den Stühlen erkannte ich schemenhafte Silhouetten. Ich suchte mir ein Plätzchen auf dem Fußboden. Erica reichte mir mein Wasser, und ich hielt mir das feuchte Glas an die Stirn. Da ich gedacht hatte, Pauls Dokumentation über unsere Familie wäre eine Abfolge von Interviews, war ich auf das, was ich nun sah, ganz und gar nicht vorbereitet. Als ich mich endlich konzentrieren konnte, erschien ein Foto von Natalie auf dem Bildschirm, die undeutliche Vergrößerung eines Klassenfotos, ein Bild, das überhaupt nicht typisch für sie war. Jemand redete vom verlorengegangenen Geist der sechziger Jahre, wahrscheinlich Jonah, vielleicht aber auch Fred. Die Kamera schwenkte von Natalie zu einem Bild von Stead, das vermutlich von Chantry's Hill aus aufgenommen worden war. Zuerst dachte ich, es wäre ebenfalls ein Foto, aber ein leichtes Zittern der Kamera, eine kaum wahrnehmbare Bewegung der Blätter, ein Changieren des Lichts zeigte, daß gefilmt wurde. Die Kamera wanderte weiter, bis sie bei Paul angelangt war. Er blickte auf das Haus hinunter, mit dem Rücken zur Kamera. Dann wandte er sein Gesicht direkt der Kamera zu und sprach im Gehen mit ihr wie mit einem Freund. Er war eben ein echter Profi.

Er redete über die Familie, nannte sie die Heimat eines Menschen, den Ort, der einem stets Zuflucht bietet. Er sprach über die Familie als Symbol der Zuneigung und als Symbol der Gesellschaft mit all ihren Bindungen und Verpflichtungen. Umnebelt wie ich war, fiel es mir schwer, mich zu konzentrieren, aber ich bekam immerhin mit, daß er eine Geschichte aus seiner goldenen Kindheit erzählte. Als er fertig war, blieb er stehen. Die Kamera fuhr zurück, und man sah, daß er die Stelle erreicht hatte, an der Natalies Leiche gefunden worden war. Die Grube war noch offen; Paul machte ein gefühlvolles Gesicht. Die Kamera entfernte sich immer weiter, bis schließlich die ganze Szenerie im Bild war: Ein nachdenklicher Paul spähte in die Grube, neben ihm Stead im

Schein der frühen Morgensonne, ein Vogel zwitscherte. Dazu erklang Musik im Stil von Delius, die kräftig anschwoll. Dann kam der Abspann. Jemand knipste das Licht an.

»Wo bist du gewesen?« Paul stupste mich von hinten.

»Tut mir leid.«

»Ich bin froh, daß du wenigstens den Schluß gesehen hast«, sagte er. »Das war eine echte *Tour de force*. Viereinhalb Minuten ohne einen einzigen Schnitt. Ich mußte den ganzen Hügel runtermarschieren und genau in dem Moment unten ankommen, in dem ich mit meinen Erinnerungen fertig war. Das war die größte technische Anforderung, an die ich mich je herangewagt habe. Als ich dann endlich ›Schnitt!‹ rufen konnte, haben sogar die Techniker applaudiert. Aber ich möchte, daß du es dir vollständig ansiehst. Ich lasse dir eine Kassette schicken.«

»Danke«, sagte ich. »Ich muß jetzt gehen.«

»Aber du bist doch gerade erst gekommen, Jane. Ich möchte dich gern mit ein paar Leuten bekannt machen.«

»Ich muß gehen.«

Da ich nicht mal den Mantel ausgezogen und die Mütze abgenommen hatte, konnte ich einfach die Treppe wieder hinuntergehen und verschwinden. Ich vermutete, daß ich mein ganzes Geld für das Taxi ausgegeben hatte, aber ich schaute nicht nach, sondern ging zu Fuß nach Hause und machte sogar noch einen Umweg durch den Regent's Park. Ich brauchte anderthalb Stunden, und als ich meine Haustür aufschloß, war ich stocknüchtern.

28. KAPITEL

Als ich am nächsten Morgen aufstand, war mir so schwindlig und übel, daß ich mich mehrere Sekunden am Bettrand festhalten und tief Luft holen mußte. Die ganze Nacht hatten mich quälende Träume verfolgt. In dem hohen Spiegel erblickte ich eine alternde, verstörte Frau mit kreidebleichem Gesicht und ungewaschenen Haaren. Seit Tagen hatte ich nicht mehr ordentlich gegessen, und in meinem Mund breitete sich ein ekelhaft fauliger Geschmack aus. Vor einer Woche hatte ich Caspar geküßt und gespürt, wie mein Körper zu neuem Leben erwachte. Aber diese magere Frau, die mir dort entgegenstarrte, war eine vollkommen andere Person, erschöpft und kränklich, die nur die Schattenseite des Lebens kennengelernt hatte.

Das Bild von Alans gebücktem Körper wollte einfach nicht verschwinden. Ständig sah ich ihn vor mir, so klar und deutlich wie eh und je. Ich brauchte Alex' Hilfe nicht mehr. Jetzt war das Monster aus seinem Versteck hervorgekommen, hinaus ins grelle Licht des Tages. Ich konnte es nicht mehr zurückdrängen. Alles war in meiner Erinnerung haftengeblieben. Ich war Augenzeugin eines Mordes gewesen, und jetzt mußte ich alles neu erleben. Ich konnte mir selbst dabei zusehen. Mein Atem ging flach, und schon sah ich, wie sich Alan über Natalie beugte, triumphierend, abstoßend.

Ich schlüpfte in meinen Morgenmantel und ging in die Küche. Dort mahlte ich Kaffee und steckte zwei Scheiben Brot in den Toaster. Ich bestrich sie mit Butter und Marmelade, setzte mich an den Tisch und starrte sie an. Fünf Minuten später biß ich einmal ab. Dann noch einmal. Es fühlte sich an wie Streusand. Ich kaute und schluckte, kaute und schluckte. Wieder überkam mich eine Woge der Übelkeit, kalter Schweiß stand mir auf der Stirn. Ich sprang auf und rannte ins Badezimmer, wo ich mich übergab, bis mein Hals weh tat und meine Augen brannten.

Ich ließ die Badewanne vollaufen und schrubbte mich gründlich ab. Und obwohl ich mir minutenlang die Zähne putzte, wollte der Geschmack von Erbrochenem und Panik sich nicht vertreiben lassen. Ich zündete eine Zigarette an und füllte meine Lungen mit Asche. Asche zu Asche.

Ich zog mir eine schwarze Jeans an und einen schwarzen Pullover mit Polokragen. Dann bürstete ich mir die Haare aus dem Gesicht, setzte mich auf einen Stuhl in der Küche, trank den abgekühlten Kaffee, der grauenhaft schmeckte, und starrte zum Fenster hinaus in den Regen und den verwilderten Garten. Es war neun Uhr, und ich hatte keine Ahnung, wie ich den Rest des Tages hinter mich bringen sollte. Den Rest meines Lebens.

Schließlich raffte ich mich auf und rief Kim in der Klinik an. Sie war mit einem Patienten beschäftigt, also hinterließ ich eine Nachricht. »So bald wie möglich«, sagte ich. Meine Stimme war nur ein heiseres Flüstern; wahrscheinlich dachte die Sekretärin, ich läge im Sterben. Noch eine Zigarette. Ich hörte, wie die Post durch den Briefschlitz in der Haustür plumpste, aber ich rührte mich nicht. Mein Körper fühlte sich schwer und hohl an. Endlich klingelte das Telefon.

»Jane.«

Ich öffnete den Mund, brachte aber kein Wort heraus.

»Jane. Hier ist Kim. Jane, sag mir bitte, was los ist.«

»O Go-o-o-ott!« Stammte dieses dünne Jammern etwa von mir?

»Jane, hör zu, ich komme rüber. Rühr dich nicht vom Fleck. In fünfzehn Minuten bin ich bei dir. In Ordnung? Fünfzehn Minuten. Alles wird wieder gut.«

»Ich kann es dir nicht sagen. Ich kann's nicht. O Gott. Ich kann's nicht.«

»Trink deinen Tee, Jane.« Gehorsam nahm ich einen kleinen Schluck und zog eine Grimasse: Der Tee war milchig und süß, Babynahrung.

»Also, ich werde dir jetzt ein paar Fragen stellen, okay?«

Ich nickte.

»Hat es was mit Natalie zu tun?«

Ich nickte.

»Glaubst du, du weißt etwas über Natalies Tod?«

Ich nickte wieder.

»Glaubst du, du weißt, wer der Mörder ist?«

Nicken.

»Hast du das in der Therapie rausgefunden?«

»Ja.«

»Hör zu, Jane, erzähl mir bitte, wer Natalie deiner Meinung nach umgebracht hat, aber denk daran, es wird nicht wahrer, wenn du es aussprichst.«

»Ich – ich – o Gott, Kim, ich kann es nicht.«

»Doch du kannst es. Ist es jemand aus deiner Familie?«

»Meiner Großfamilie, ja.«

»Sag mir den Namen, Jane.«

Ich konnte seinen Namen nicht aussprechen. Also benutzte ich ein Wort, das überhaupt nicht zu ihm zu passen schien: »Mein Schwiegervater.«

Mein Schwiegervater. Der beste Freund meines Vaters. Der Großvater meiner Söhne. Der Mann, den ich mein Leben lang kannte und von dem ich noch vor wenigen Wochen ganz nebenbei gesagt hätte, daß ich ihn liebte. Ich sah sein gemeines Gesicht vor mir, als ich die Worte hervorstieß.

»Er hat sie bestimmt deshalb getötet, weil sie schwanger war. Vielleicht hat er sie geschwängert. Ich traue es ihm zu. Noch ein Nervenkitzel, eine weitere Möglichkeit, sich an Martha zu rächen. Oder jemand anderer hat sie geschwängert, und er hat es rausgefunden. Wenn ich die Leute nach Natalie gefragt habe, haben sie immer betont, wie seltsam sie war: intrigant, berechnend, verschlossen, bezaubernd, sexy, voller sexueller Komplexe. Jetzt paßt alles zusammen.«

Wieder kam es mir hoch, und ich rannte aus dem Zimmer, aber ich würgte nur den milchigen Tee heraus. Als ich zurückkam, starrte Kim aus dem Fenster. Stirnrunzelnd.

»Jane«, sagte sie mit ernster Stimme. »Das ist ein ziemlicher Hammer, was du da behauptest.«

»Ich weiß.« Ich schluckte schwer.

»Es geht um deine Familie, Jane. Bist du ganz sicher?«

»Ich habe es genauso deutlich gesehen, wie ich dich jetzt sehe.«

»Du meinst also, Alan Martello hat seine eigene Tochter ermordet – womöglich nachdem er sie zuvor auch noch geschwängert hatte – und sie dann vor seiner eigenen Haustür vergraben?«

»Ja.«

»Hast du das der Polizei gesagt?«

»Nein.«

»Was hast du jetzt vor?«

Ich starrte hinaus in den Garten, wo eine Elster – der Trauervogel – über den durchweichten Rasen hüpfte.

»Vielleicht mit jemandem darüber sprechen. Am besten mit Claud. Das bin ich ihm schuldig.«

»Ja, ich denke, das solltest du. Aber vorher solltest du alles noch mal genau überdenken. Unternimm noch nichts, Jane. Laß dir erst alles gründlich durch den Kopf gehen.«

»Jane, hier ist Caspar. Wann können wir uns treffen? Was machst du beispielsweise heute abend?«

»Oh, ich kann nicht. Ich meine, da paßt es mir nicht.«

»Ja gut, dann vielleicht morgen?«

»Nein, ich kann nicht.«

»Ist alles in Ordnung bei dir?«

»Ja, klar.«

»Na gut.« Seine eben noch so warme Stimme klang nun beleidigt. »Wenn du mich sehen möchtest, kannst du ja anrufen.«

»Das mache ich. Caspar?«

»Ja?«

»Nichts. Tschüs.«

»Du siehst furchtbar aus. Bist du krank?«

Claud, der gerade von der Arbeit zurückgekommen war, stand in seinem hellgrauen Anzug in der Tür und betrachtete mich beunruhigt. Ich wußte, daß mein Anblick keine Freude war, schließlich hatte ich vor meinem Aufbruch in den Spiegel geblickt und war selbst erschrocken über mein verkniffenes Gesicht. Doch als ich Claud sah, spürte ich einen heftigen Schmerz über der Nasenwurzel. Ich hatte das Gefühl, meine Knie würden gleich nachgeben.

»Komm rein, setz dich.«

Er führte mich zum Sofa – so freundlich und sanft wäre er bestimmt nicht mehr, wenn ich ihm erst einmal meine Geschichte erzählt hatte. Lieber Himmel – ich war gekommen, um alles zu zerstören.

»Sag mir, was du auf dem Herzen hast.«

Seine Doktorstimme. Unter anderen Umständen hätte mich seine professionelle Ruhe geärgert. Jetzt beneidete ich ihn darum, und die Distanz, die zwischen uns entstand, war mir sehr willkommen. Ich holte tief Luft.

»Alan hat Natalie ermordet.«

Clauds Gesichtsausdruck hätte wohl in jeder anderen Situation lächerlich gewirkt. Es herrschte völlige Stille.

»Ich habe gesehen, wie er es getan hat. Ich habe versucht, es für immer zu vergessen, aber jetzt erinnere ich mich wieder.«

»Wovon redest du? Was soll das heißen, du hast ihn gesehen?«

In knappen Worten berichtete ich ihm von meiner Therapie bei Alex Dermot-Brown. Einen Augenblick befürchtete ich schon, ich müßte mich wieder übergeben. Clauds Gesicht verschwamm vor meinen Augen. Seine Hand legte sich auf meine Schulter wie eine Klaue.

»Du sprichst von meinem *Vater*. Du hast gerade behauptet, mein Vater hätte meine Schwester ermordet. Und wer soll der Vater des Babys gewesen sein?«

Ich zuckte die Achseln.

»Entschuldige mich bitte einen Moment.«

Claud stand auf und verließ das Zimmer. Ich hörte Wasserrauschen. Als er zurückkam, trocknete er sich mit einem kleinen Handtuch das Gesicht ab. Dann setzte er seine Brille wieder auf und sah mich an.

»Gibt es irgendeinen Grund, der mich daran hindern könnte, dich hinauszuwerfen?«

»Ich weiß nicht, was ich tun soll, Claud.«

Er stand vor mir und blickte auf mich herab. Ich wollte nicht, daß er mich hinauswarf.

»Möchtest du einen Drink?«

»Ja«, antwortete ich erleichtert.

Claud goß uns beiden einen Whisky ein und blieb neben mir stehen, während ich gut die Hälfte hinunterkippte. Der Whisky versengte mir die Kehle und bahnte sich einen Weg zu meinem leeren Magen, wo er dann wie Feuer brannte.

»Alles in Ordnung?« Ich nickte und trank noch einen Schluck. Claud nahm meine Hand, und ich ließ zu, daß er meine verkrampften Finger löste und streichelte. Lange rieb er meinen leeren Ringfinger.

»Jane, ich bin nicht glücklich über diese therapeutische Offenbarung. Du hast deine Ehe beendet, deine Söhne sind aus dem Haus, du hast Natalies Leiche entdeckt – bist du sicher, daß du dich nicht einfach in einem extremen Streßzustand befindest?«

»Du meinst, ich habe das erfunden?«

»Du sprichst von meinem *Vater*, Jane.«

»Tut mir leid. O Gott, es tut mir so leid. Was kann ich nur tun?«

»Auf einmal kommst du zu mir gelaufen, Jane, und fragst mich um Rat?«

Ich schwieg. Langsam ging Claud zum Fenster hinüber und starrte hinaus in die undurchdringliche Dunkelheit. Volle fünf Minuten blieb er dort stehen, nur gelegentlich nippte er an seinem Whisky. Ich saß auf der Couch, ohne mich zu rühren. Schließlich kam er zu seinem Stuhl zurück und setzte sich mir gegenüber.

»Du hast keine Beweise«, sagte er schließlich.

»Ich weiß, was ich gesehen habe, Claud.«

»Ja«, meinte er mit unüberhörbarem Zweifel in der Stimme. »Ich will offen mit dir sprechen, Jane. Ich glaube nicht, daß mein Vater Natalie getötet hat. Aber ich werde versuchen, dir aus dem Schlamassel herauszuhelfen, in den du dich gebracht hast. Aus zwei Gründen. Erstens wegen meiner Gefühle für dich, die du ja kennst. Zweitens weil ich verhindern will, daß eine zweite Katastrophe über die Familie hereinbricht. Und das würde passieren, so oder so, wenn du solche Anschuldigungen verbreitest. Wenn wir Alans Unschuld beweisen können, um so besser.«

»Was kann ich tun, Claud?«

»Gute Frage. Es gibt keine handfesten Beweise, keine Augenzeugen, abgesehen von dir.« Claud zog eine Augenbraue hoch. Eine lange Pause kehrte ein. »Eine Idee hätte ich, Jane, immerhin. Warst du schon mal im Arbeitszimmer meines Vaters?«

»Nicht mehr, seit ich klein war.«

»Was bewahrt er dort auf?«

»Seine Manuskripte vermutlich, seine Entwürfe, Exemplare seiner Bücher, Nachschlagewerke.«

»Und seine Tagebücher.«

»Um Himmels willen, Claud, er wird wohl kaum seine Tochter ermordet und es dann in seinem Tagebuch notiert haben.«

»Aber ich bin derjenige, der ihn für unschuldig hält, richtig? Wenn du an die Tagebücher aus dem damaligen Jahr herankommst, finden wir vielleicht ein Alibi für die Zeit, zu der du ihn gesehen haben willst, und möglicherweise gibt es Zeugen dafür. Ansonsten könnten uns die früheren Einträge gegebenenfalls Hinweise auf seine Gefühle geben.«

»Ich halte das nicht für sehr aussichtsreich.«

»Ach nein?« entgegnete er sarkastisch. »Na, dann entschuldige bitte, daß ich dir meine Hilfe aufgedrängt habe. Vielleicht solltest du es lieber bei jemand anderem versuchen, bei Theo oder Jonah beispielsweise.«

»Tut mir leid, Claud, so habe ich das nicht gemeint. Ich bin dir dankbar, wirklich. Es ist ja auch eine gute Idee, aber wie sollen wir es anstellen?«

»Wann fährst du zur Beerdigung?«

»Was? Oh, ich weiß noch nicht, Donnerstag wahrscheinlich. Und du?«

»Ich fahre morgen. Hör zu, wenn ich eine Gelegenheit habe, versuche ich mich ins Arbeitszimmer zu schleichen. Wenn es nicht klappt, mußt du es tun. Aber ich tue alles, was ich kann. Alles.«

Er stand wieder auf und sah auf mich hinunter. Ich erwiderte seinen Blick, ohne zu lächeln; seine Augen hielten mich in ihrem Bann, ich konnte nicht wegsehen. Plötzlich veränderte sich sein Gesicht, und er ließ sich neben mich aufs Sofa sinken. Diesmal griff ich nach seiner Hand. Er trug seinen Ehering noch, und ich drehte ihn langsam zwischen den Fingern. Tränen rannen ihm über die Wangen; ich wischte sie behutsam ab und nahm sein Gesicht in beide Hände.

»Es tut mir leid, Claud.«

Er schluchzte laut auf und rückte näher zu mir. Ich hielt ihn nicht zurück. Wie hätte ich das tun können? Er drückte den Kopf an meinen Hals, ich wehrte mich nicht. Langsam ließ er sich an meiner Brust hinabgleiten und verbarg sein tränenüberströmtes Gesicht in meinem Schoß.

»Jane, Jane, bitte verlaß mich nicht. Ich kann nicht ohne dich leben, ich kann einfach nicht. Ohne dich ist alles anders. Ich schaffe das nicht allein. Du warst immer bei mir. Du hast mir immer geholfen. Immer. Wenn ich dich am meisten brauchte, warst du da. Du hast mich gerettet. Geh nicht. Nicht jetzt.«

»Pssst.» Ich strich ihm übers Haar und spürte seinen Atem heiß an meinem Schenkel. Es war ein Gefühl, als begingen wir Inzest. »Psssst. Ist gut, Claud, weine nicht. Ich ertrage es nicht, wenn du weinst.« Er lag da wie ein zu groß geratenes Kind, und ich wiegte ihn in meinen Armen.

29. KAPITEL

Ich war wieder dort, wo alles begonnen hatte, in Alex Brown-Dermots Küche, mit einem großen Becher Kaffee. Alex unterhielt sich mit jemandem am Telefon, wobei er unverbindliche Laute von sich gab, eine Menge Hmmms und Ahas, ganz offensichtlich in der Absicht, den Anrufer abzuwimmeln. Immer wieder sah er zu mir herüber und warf mir einen aufmunternden Blick zu. Ich schaute mich um. In dieser Küche fühlte ich mich wohl: Sie war unaufgeräumt, Rezepte steckten an der Pinnwand, Rechnungen häuften sich auf dem Tisch, überall verstreut lagen Zeitungen, Fotos lehnten an Kerzenhaltern, Frühstücksgeschirr stapelte sich im Spülbecken, dazwischen Knoblauchzehen in einer Schale und Blumen in einer Vase. Ich bemerkte das Foto einer dunkelhaarigen Frau mit einem verlegenen Lächeln – vermutlich Alex' Frau. Ich überlegte mir, wie wichtig diese Küche wohl für den Verlauf meiner Therapie gewesen war. Hätte ich mich einem Mann mit einer ordentlichen, nüchternen Küche anvertraut?

Endlich legte Alex auf und setzte sich mir gegenüber an den Tisch.

»Noch Kaffee?«

»Ja, bitte.«

Es kam mir seltsam vor, mich auf gleicher Höhe mit ihm zu unterhalten, seinem Blick direkt zu begegnen.

»Sie sehen ein wenig besser aus.«

Heute morgen hatte ich ein Wollkleid mit tiefer Taille angezogen, einen witzigen kleinen Hut aufgesetzt und sogar Lippenstift und Wimperntusche benutzt.

»Ich fühle mich auch ein wenig besser. Glaube ich jedenfalls.«

Ich hatte so viel geweint, daß ich mich ganz ausgetrocknet fühlte.

Alex beugte sich über den Tisch. »Jane«, sagte er mit seiner leisen, angenehmen Stimme, »Sie haben enormen Mut bewiesen, ich bin sehr stolz auf Sie. Ich weiß, daß es schwer gewesen ist.«

»Warum fühle ich mich dann nicht besser?« platzte ich heraus. »Sie haben gesagt, es ist, als würde man einen Abszeß aufschneiden. Wieso fühle ich mich dann so gräßlich? Nicht nur anderen gegenüber, sondern vor allem mir gegenüber. Ich finde mich selbst schrecklich.«

Alex reichte mir ein Papiertaschentuch.

»Einen Abszeß aufzuschneiden ist schmerzhaft und bringt immer Probleme mit sich. In einem sehr verletzlichen Stadium Ihres Lebens, beim Übergang von der Kindheit zum Erwachsensein, haben Sie etwas so Abscheuliches mit angesehen, daß Ihr Bewußtsein das Ereignis einfach zensiert hat. Sie dürfen nicht erwarten, daß alles sofort wieder in Ordnung ist. Wissen tut weh; das eigene Leben in die Hand zu nehmen ist schwer, der Heilungsprozeß braucht seine Zeit. Aber Sie müssen begreifen, Jane, daß Sie nicht mehr zurück können. Sie werden nie wieder vergessen.«

Ich fröstelte. »Was soll ich machen?«

»Sie geben mir also recht, daß Sie vor Ihrem neuerworbenen Wissen nicht davonlaufen können?«

»Ja.«

»Glauben Sie, Sie könnten damit leben und nichts unternehmen?«

»Nein, wahrscheinlich nicht.«

»Selbstverständlich ist Ihnen klar, daß Sie, sollten Sie sich entschließen, einfach mit dieser schrecklichen Erinnerung weiterzuleben, dennoch Macht ausüben und eine Entscheidung fällen.«

»Ja, das weiß ich.«

»Wer ist wichtig für Sie?«

Diese Frage verblüffte mich. »Wie bitte?«

»Ich fragte, wer ist wichtig für Sie?«

»Robert und Jerome.« Ihre Namen kamen blitzschnell aus meinem Mund, und plötzlich wurde mir klar, daß sie die ganze Zeit ganz nah an der Oberfläche meines Bewußtseins gewesen waren – sie und auch der Horror, den sie nun meinetwegen würden durchmachen müssen. Ich hatte sie nur mit Mühe verdrängt. »Dad. Kim. Und Hana.«

»Wer noch?«

»Na ja, Claud. Trotz allem.«

»Wer noch?«

»Danach kommen noch eine Menge Leute, aber die sind mir nicht ganz so wichtig.«

»Alan?«

»Nein, er natürlich nicht«, antwortete ich fast gequält. Ich konnte die Erwähnung dieses Namens kaum ertragen.

»Sonst niemand Besonderer?«

»Eigentlich nicht.«

»Wirklich niemand?«

»Alex, was soll denn das?«

»Was ist mit Ihnen?«

»Mit mir?« Ich verstand nicht, worauf er hinauswollte.

»Sind Sie sich selbst nicht wichtig, Jane?«

»Ja, stimmt, ich weiß, was Sie meinen, aber ...«

»Finden Sie nicht, Jane, daß Sie es sich selbst schuldig sind, ganz offen zu Ihrer Erkenntnis zu stehen? Sie denken an Ihre Söhne, Ihren Vater, Ihren Ex-Ehemann. Sie sind so mit der Welt um Sie herum beschäftigt, daß Sie das Wichtigste einfach vergessen haben.«

»Aber ich muß doch an die anderen denken. Ich bin dabei, ihre Welt zu zerstören.«

Alex beugte sich noch weiter vor und musterte mich durchdringend.

»Ich hatte schon des öfteren mit ähnlichen Fällen zu tun«, sagte er. »Alle diese Frauen mußten tapfer und entschlossen sein. Sie mußten nicht nur mit ihrem eigenen Schmerz fertig werden, sondern auch damit, daß ihnen weder die Menschen ihrer Umgebung noch die staatlichen Behörden glauben wollten. Sie schulden es sich nicht nur selbst, die Sache durchzuziehen, Jane, Sie schulden es all diesen Frauen, die wissen, wie weh es tut, die Erinnerung zu verdrängen, und all denen, die den Mut gefunden haben, offen darüber zu sprechen. Weinen Sie doch nicht.«

Jetzt war seine Stimme wieder ganz sanft; er reichte mir noch ein Taschentuch, und ich putzte mir geräuschvoll die Nase.

»Sie haben nicht zufällig eine Zigarette für mich?«

Er lächelte.

»Wir könnten in den Garten gehen.«

Draußen war es feucht und kalt. Schlammpfützen hatten sich auf dem kümmerlichen Rasen gebildet, Schneeglöckchen welkten in den Blumentöpfen neben der Tür. Ich steckte eine Zigarette zwischen die Lippen und riß ein Streichholz an; es flammte auf und ging sofort wieder aus. Ich versuchte es noch einmal, indem ich meine Hand schützend vor die Flamme hielt. Diesmal klappte es, und ich sog dankbar den Rauch ein.

»Diese anderen Frauen«, sagte ich schließlich. »Was haben die getan?«

»Die meisten haben sich daran erinnert, daß sie mißbraucht

worden waren«, antwortete Alex. »Sie waren nicht Zeugin von Greueltaten, die anderen zugefügt wurden. Allmählich erkennt auch die Wissenschaft, daß das Bewußtsein fähig ist, zu seinem eigenen Schutz eine Amnesie herbeizuführen. Aber die verdrängten Erinnerungen gehen nicht verloren. Sie sind wie Unterverzeichnisse in einer geschützten Computerdatei, die mit dem richtigen Paßwort wieder aufgerufen werden können. Mit manchen Therapieformen kann man diese Informationen zurückholen.«

»Ja, aber was haben diese Frauen getan, als sie sich wieder erinnerten?«

»Manche haben gar nichts getan – abgesehen davon, daß sie natürlich jeden Kontakt zu ihren Peinigern abbrachen.«

»Und die anderen?«

»Sie sind mit ihren Wunden an die Öffentlichkeit getreten. Sie boten denen, die sie mißbraucht haben, die Stirn, manche gingen auch zur Polizei. Sie wollten sich nicht länger nur als Opfer fühlen.«

Ich steckte mir noch eine Zigarette an und wanderte langsam zum Ende des Gartens. Alex machte nicht den Versuch, mir zu folgen, er beobachtete nur, wie ich hin und her marschierte. Schließlich sagte ich: »Sie glauben also, ich sollte Alan damit konfrontieren?«

Er antwortete nicht, sondern sah mich nur an.

»Oder zur Polizei gehen?«

Noch immer schwieg er. Auf einmal spürte ich, wie eine gewaltige Wut in mir aufstieg. Zorn brauste in meinem Kopf. Mir war plötzlich heiß, trotz der kalten Luft.

»Sie haben ja keine Ahnung«, schrie ich Alex ins Gesicht, »Sie haben ja keine Ahnung, was Sie da von mir verlangen, keine Ahnung! Hier geht es um meine Familie. Mein ganzes bisheriges Leben. Wenn ich so etwas tue, dann gehöre ich nirgendwo mehr hin, dann bin ich endgültig eine Ausgestoßene.« Tränen brannten auf meinen Wangen. »Ich kann doch nicht einfach zur Polizei gehen und denen von Alan erzählen. Er war wie ein Vater für mich. Ich habe ihn *geliebt*!«

Schließlich hörte ich auf zu toben. Wir beide schwiegen. Ein paar Gärten weiter hörte ich das dünne, erstickte Gewimmer eines Babys, das seit einer Ewigkeit schrie und nicht aufhören wollte. Ich kramte meine Zigaretten aus der Tasche, zündete eine an, während ich mein Gesicht vergeblich mit einem durchweichten Taschentuch abzuwischen versuchte.

»Hier.«

Alex gab mir ein neues.

»Tut mir leid. Ich plündere Ihren gesamten Taschentuchvorrat.«

»Schon in Ordnung. Ich habe einen Taschentuchberg. Ich bekomme EG-Subventionen dafür.«

Wir gingen zum Haus zurück. An der Tür blieb Alex stehen und legte mir die Hand auf die Schulter.

»Ich verlange von Ihnen nicht, etwas zu tun. Natürlich müssen Sie das ganz allein entscheiden. Ich habe Sie nur gefragt, ob Sie damit leben können.«

Alex kochte noch eine Kanne Kaffee, und ich ging ins Badezimmer, um mir das Gesicht zu waschen. Ich sah gräßlich aus. Die Wimperntusche floß in kleinen Bächen über mein Gesicht, meine Haare hingen strähnig unter meinem Hut hervor und klebten an den Wangen, meine Augen waren geschwollen, meine Nase war rot von der Kälte. »Reiß dich zusammen«, sagte ich leise zu der Frau im Spiegel und sah zu, wie sich der Mund zu einem freudlosen Lächeln öffnete. »You'll never get to heaven«, begann ich zu pfeifen, ein Lied, das wir auf Stead immer zusammen gesungen hatten. Aber wenn ich nicht in den Himmel kam, war das auch egal, ich glaubte ohnehin schon lange nicht mehr daran.

Alex hatte eine Dose Kekse auf den Tisch gestellt. Ich nahm

einen, tunkte ihn in meinen Kaffee und verzehrte ihn mit Heißhunger. Als ich fertig war, räumte er die Tassen ab und trug sie zur Spüle. Das Gespräch war beendet.

»Danke, Alex«, sagte ich und stieg auf mein Fahrrad.

Als ich Camden Lock erreichte, merkte ich plötzlich, daß ich ihm unbedingt noch etwas sagen mußte, also radelte ich zurück und klopfte an die Tür. Er öffnete fast im gleichen Augenblick und wirkte nicht im geringsten überrascht.

»Ich werde es durchziehen«, sagte ich.

Er rührte sich nicht, musterte mich aber eindringlich. Dann nickte er.

»So soll es sein«, meinte er.

Das klang beinahe biblisch. Ohne ein weiteres Wort radelte ich davon.

30. KAPITEL

Als das Auto vor dem Haus hupte, war ich bereits seit einer halben Stunde startbereit. Es schneite – wunderschöne große Flocken, die herabsegelten und sich wie Federn auf Bäumen, Häusern und geparkten Autos niederließen. Im Dämmerlicht wirkte London sauber und heiter, und ich saß lange am Fenster, rauchte und dachte nach. Rostige Lieferwagen, Mülleimer, leere Milchflaschen, alles war rein und weiß. Alle Geräusche sanfter. Sogar die Fenstergitter am Haus gegenüber glitzerten. Bis heute abend würde sich alles in braunen Matsch verwandelt haben. Heute abend würde Martha bereits neben ihrer einzigen Tochter liegen. Ich war froh, daß sie tot war.

Ich zog den Mantel an, den ich gekauft hatte, bevor ich mich mit Caspar im Highgate Cemetery getroffen und ihn geküßt hatte. Dann setzte ich eine braune Pelzmütze auf, zog mir braune Lederhandschuhe über und ging hinaus zu Claud.

Obwohl es für ihn ein beträchtlicher Umweg war, hatte er darauf bestanden, mich abzuholen. Bei diesem Wetter. Er meinte, er wolle sichergehen, daß ich wirklich mitkam.

Anfangs schwiegen wir beide. Ich rauchte und beobachtete, wie London allmählich in ländlichere Gefilde überging. Claud kramte in seinen Kassetten und fuhr dabei mit hundertzehn Stundenkilometern die M1 entlang. Die Scheibenwischer schaufelten den Schnee systematisch zu schmalen Schmutzlinien zusammen.

»Na?« sagte ich schließlich.

»Was denn, na?«

»Du weißt schon.«

Claud verzog das Gesicht.

»Alan hat sich die ganze Zeit über in seinem Arbeitszimmer verschanzt, während ich auf Stead war. Und wenn er gerade nicht drin war, hat er die Tür abgeschlossen.«

»Ach je«, seufzte ich.

»Keine Sorge, Jane, gemeinsam wird uns schon was einfallen.«

Ich brummte zustimmend, während Birmingham mit seinen ausufernden Wohnblocks vorbeiflog. Noch eine Zigarette. Ich hatte keine Ahnung, was ich zu Alan sagen würde, ich hatte mich noch nicht mal darauf vorbereitet, ihn zu sehen. Eine Weile wühlte ich in meiner Handtasche herum, fand einen Kamm und fuhr mir damit durch die Haare, ehe ich die Pelzmütze wieder aufsetzte. Claud musterte mich aus dem Augenwinkel.

»Nervös?«

Mir fiel ein, daß Claud der einzige Martello war, mit dem ich hier einfach so sitzen konnte.

»Du hast dich sehr fair verhalten«, sagte ich.

Er blickte starr geradeaus.

»Hoffentlich«, entgegnete er nur.

Unter der dünnen Schneedecke wirkte Natalies Grab immer noch ordentlich und neu. In einer steinernen Vase steckten Frühlingsblumen – Schneeglöckchen, gelber Winterling. Ich überlegte, ob sich wohl jemand um das Grab kümmern würde. Daneben klaffte ein häßliches Loch in der Erde. Die letzten kalten Schneeflocken fielen hinein.

Eine kleine Gruppe dunkel gekleideter Trauergäste stand um das Grab und sah zu, wie Marthas vier Söhne mit dem Sarg nahten. Ihre Gesichter waren ernst und schön – so trugen trauernde Söhne die sterblichen Überreste ihrer geliebten Mutter zu Grabe. Vor mir nahm ein Mann seinen Hut ab, und plötzlich erkannte ich, daß es Jim Weston war, in einem unmöglichen langen Mantel. Das letzte Mal hatte ich ihn ebenfalls an einem Grab getroffen. Einer Art Grab jedenfalls. Ich stellte mich ganz an den Rand der Trauergemeinde, um eine zufällige Begegnung mit Alan nach Möglichkeit zu vermeiden. Später würde er mich sicher umarmen und mir zuflüstern, wie schwer ihn dieser Verlust traf. Doch das alles konnte warten. Plötzlich spürte ich, wie jemand meine Schulter berührte, und wandte mich um. Es war Helen Auster.

»Ich wollte mich nur blicken lassen«, erklärte sie mit einem kleinen Lächeln.

Ich umarmte sie kurz, während wieder die vertrauten Worte gesprochen wurden.

Alan hörte ich, ehe ich ihn sah. Als Marthas Sarg in die offene Grube hinabgelassen wurde, zerriß ein lauter Klageschrei die Luft. Alle reckten die Köpfe, und plötzlich sah ich durch eine Lücke im Gedränge, was los war. Alan beugte sich über den Sarg und brüllte laut. Der Wind blies ihm die grauen Haare aus dem Gesicht; trotz der Kälte trug er keinen Mantel, sein schwarzer Anzug war schmuddelig und nicht mal zugeknöpft. Tränen rannen über sein fleckiges Gesicht, und er hob seinen Stock und reckte ihn zum Himmel wie ein improvisierter König Lear.

»Martha!« schrie er. »Martha!«

Seine vier Söhne scharten sich um ihn; groß und aufrecht standen sie neben ihrem dicken, unbeherrschten Vater, der außer sich war vor Kummer, konfus vom Alkohol. Jetzt schlug er die Hände vors Gesicht, und Tränen quollen ihm durch die Finger; er stöhnte und schluchzte ununterbrochen. Wir anderen verharrten schweigend. Das war ein Soloauftritt.

»Vergib mir!« schrie Alan auf einmal. »Es tut mir so leid!«

Claud legte den Arm um ihn; Alan lehnte sich an seinen Sohn, murmelte vor sich hin und weinte weiter. Neben mir begann eine Frau, die ich noch nie gesehen hatte, leise in ein kleines Taschentuch zu schniefen. Erica, die mit Paul und Dad ein wenig abseits stand, putzte sich geräuschvoll die Nase und stieß einen kurzen, abgehackten Klagelaut aus. Ich dagegen fühlte mich klar und kalt wie das Wetter, denn ich hatte mich vor langer Zeit von Martha verabschiedet. Jetzt war ich im Begriff, ihre letzte Bitte abzuschlagen. *Kümmere dich um Alan.*

Kalte Erdklumpen prasselten auf den Sarg hinab. Nun lagen Martha und Natalie Seite an Seite. Alan weinte laut.

Helen hakte mich unter, und wir trennten uns von den übrigen, verließen den Weg und wanderten ein Stück zwischen den Grabsteinen.

»Sie sehen nicht gut aus«, bemerkte sie.

»Es ging mir auch nicht gut. Aber ich glaube, jetzt wird es besser. Und was macht die Untersuchung?«

Sie lächelte. »Ich wollte es Ihnen erzählen. Wir haben eine Verwendung für eine der Listen gefunden. Am Montag veröffentlichen wir eine Erklärung. Alle männlichen Gäste, die sich am 27. Juli, dem Tag nach der Party, als man Natalie zum letztenmal gesehen hat, auf Stead oder in der Umgebung aufgehalten haben, sollen eine Blutprobe abgeben, damit eine DNS-Analyse gemacht werden kann.«

»Um den Vater festzustellen?«

»Vielleicht.«

»Und den Mörder?«

»Es wäre kein zwingender Beweis.«

»Trotzdem klingt es nach einem Schritt in die richtige Richtung.«

»Das glauben wir auch.«

Eine Weile gingen wir schweigend nebeneinander her. Inzwischen war außer uns niemand mehr auf dem Friedhof. Ich zwang mich zu fragen: »Und wie geht es *Ihnen*, Helen?«

»Mir?« Offensichtlich hatte ich sie aus der Fassung gebracht. »Sie wissen sicher Bescheid, oder?« meinte sie zögernd.

»Ja.«

Helen machte halt und setzte sich auf einen Sockel, auf dem eine steinerne Urne stand, halb bedeckt von einem steinernen Tuch. Fast schuldbewußt blickte sie zu mir empor.

»Was wollen Sie hören?«

»Helen, ich verlange ganz bestimmt keine Rechtfertigung von Ihnen. Es interessiert mich nur, wie es Ihnen geht.«

»Mir? Ich bin total verwirrt. Mein Leben ist völlig auf den Kopf gestellt.« Sie zog ein Papiertaschentuch aus der Tasche, faltete es mit kältestarren Fingern umständlich auseinander und putzte sich die Nase. »Ich verhalte mich unprofessionell. Ich zerstöre meine Ehe. Ich schwöre Ihnen, ich habe so was noch nie getan, und ich fürchte, Barry – das ist mein Mann – muß es früher oder später erfahren. Andererseits, so scheußlich das vielleicht klingt – ich bin gleichzeitig auch glücklich und finde alles furchtbar spannend. Na klar, das muß ich Ihnen ja nicht erzählen. Sie wissen selbst am besten, wie Theo ist.«

»Ja.«

»Auf einmal sehe ich viele Dinge ganz anders, entdecke neue Möglichkeiten. Ich fühle mich manchmal wie in einer Art Rausch.«

»Was haben Sie vor?«

»Meine Pläne ändern sich dauernd. Wahrscheinlich warte ich erst mal, bis die Ermittlungen abgeschlossen sind. Dann sage ich meinem Mann, was los ist, ziehe aus, und irgendwann können Theo und ich zusammenleben.«

»Hat Theo das gesagt?«

»Ja.« Wieder blickte sie schuldbewußt zu mir empor. »Sie sehen nicht gerade aus, als würde Ihnen das gefallen.«

»Es ist weniger eine Frage des Gefallens.« Ich ließ mich neben Helen auf der Kante des Sockels nieder, was äußerst unbequem war. »Sehen Sie, ich will Ihnen keine guten Ratschläge aufdrängen. Vielleicht haben Sie ja vollkommen recht, und es kommt wirklich so. Ich denke nur, Sie sollten vorsichtig sein mit der Familie Martello. Die Martellos sind faszinierend und äußerst anziehend, aber ich fürchte, manchmal führen sie einen auch an der Nase herum.«

»Aber *Sie* gehören doch auch dazu.«

»Ja, ich weiß, und alle Kreter lügen.«

»Wie bitte?«

»Nicht so wichtig. Ich weiß auch nicht, was ich sagen will. Machen Sie keinen Höhenflug ohne Fallschirm. Irgendwas in der Art.«

»Aber Sie haben Theo geliebt, oder nicht?«

»Woher wissen Sie das?«

Sie antwortete nicht.

»Passen Sie nur auf, daß Sie sich nicht Ihr Leben und Ihre Karriere kaputtmachen«, sagte ich.

Sie sah mich an, mit einem Gesicht, das mich fatal an ein trauriges kleines Mädchen erinnerte. »Ich dachte, Sie würden mir einfach gratulieren, mir Glück wünschen oder so.«

Auf einmal begann sie zu weinen, und ich nahm sie tröstend in den Arm.

»Es ist so blöd und peinlich, daß ich es kaum über die Lippen bringe«, schluchzte sie. »Ich hatte diese Vorstellung, wir könnten Freundinnen sein, daß diese Geschichte uns irgendwie näherbringen würde.«

»Aber, aber«, sagte ich und nahm ihr tränennasses Gesicht in die Hände. »Wir sind uns doch schon viel nähergekommen.«

»Nein, ich meinte mehr als das. So wie Schwestern.«

Ich drückte sie an mich. »Ich brauche eine Freundin mehr als eine Schwester«, flüsterte ich.

Über das Zusammentreffen mit Alan hätte ich mir keine Sorgen zu machen brauchen; er wollte weder mich noch sonst jemanden sehen. Als ich wieder im Haus war, verkroch er sich wie ein riesiger Einsiedlerkrebs, dessen Schutzpanzer zerbrochen ist, in sein Arbeitszimmer. »Ich will schreiben«, sagte er nur.

In der Küche und im Wohnzimmer wimmelte es von Trauergästen; manche kannte ich, andere sah ich zum erstenmal. Ich glaubte Lukes Adlernase und die hohen Backenknochen zu erspähen, aber was hätte er hier zu suchen gehabt? Auch Jim Weston kam angeschlurft; man sah ihm an, wie unbehaglich er sich in seinem engen braunen Anzug mit dem breiten Revers fühlte, in dem er wie ein entlassener Soldat wirkte. Er packte mich am Ärmel und murmelte irgend etwas, aber ich verstand ihn nicht. Um mich herum herrschte ein einziges Stimmengewirr, von dem ich nur unzusammenhängende Laute vernahm. Ich beobachtete, wie Münder sich öffneten und schlossen. Leute wischten sich die Augen. Manche lachten. Stopften sich Sandwiches in den Mund. Hoben mit Daumen und Zeigefinger zierliche Teetassen. Körper stießen gegen meinen.

Mir war heiß, meine Beine juckten in der Strumpfhose, meine Handflächen schwitzten, unter meinem linken Auge zuckte unsichtbar ein Muskel. Ich spürte die Vorboten übler Kopfschmerzen. Vor mir stand Theo mit gerunzelter Stirn, Paul hielt mich an der Schulter und flüsterte mir etwas ins

Ohr – es ging um Dad und darum, daß wir bald aufbrechen mußten. Der Pfarrer – ein junger Mann mit einem Adamsapfel, der hektisch über seinem Stehkragen auf und ab hüpfte – schüttelte mit verschwitzten Händen andere verschwitzte Hände und faselte irgend etwas davon, daß Martha endlich Frieden gefunden hätte. Luke – es war tatsächlich Luke – fragte, ob mit mir alles in Ordnung sei, und jemand reichte mir ein Glas Wasser. Peggy war ganz in Grau gekommen, Erica in Dunkelblau. Dad saß auf einem Stuhl bei der Verandatür; gelegentlich beugte sich ein Hut zu ihm herab und hob sich nach einer Weile wieder auf normale Höhe. Dad wirkte alt, elend und traurig.

Ich zog meinen Mantel wieder an, ging hinaus in den Garten und begann ziellos umherzulaufen, wobei ich den Rest aus der Packung rauchte. Erst als ich sah, daß die Gäste in ihre Autos stiegen und wegfuhren, traute ich mich ins Haus zurück.

Wir waren eine seltsame, provisorische Gemeinschaft ohne gemeinsames Ziel. Paul und Erica fuhren bald nach dem Begräbnis zurück nach London. Am nächsten Morgen brachen Jonah und seine Familie auf, und Theo brachte Frances zum Bahnhof. Fred und Lynn, die sehr besorgt wirkte, blieben noch. Und Claud war natürlich auch noch da. Aber was hatten wir eigentlich alle hier zu suchen? Marthas materielle Hinterlassenschaften brauchten nicht geordnet zu werden. Am Morgen des Begräbnisses sahen wir ihre Schubladen und Schränke durch. Jedes Kleidungsstück war gewaschen, zusammengefaltet und ordentlich verstaut. Manches lag in Pappkartons, auf denen Martha in ihrer klaren, selbstbewußten Handschrift den Bestimmungsort vermerkt hatte. Ihr Arbeitszimmer schien leer, aber nur, weil es so gut aufgeräumt war. Ich wußte, daß Martha ihr letztes Buch ein paar Monate vor ihrem Tod beendet und ihre letzten Wochen systematisch genutzt hatte. Sie hatte Notizen und eine Menge alten Papierkram weggeworfen. Nachdem wir ein paar Schubladen aufgezogen hatten, war klar, daß jede Akte, jede Heftmaschine und auch sonst alles dort lag, wo es hingehörte. Das war Marthas letzte große Geste. Sie hatte dafür gesorgt, daß wir ihren Geist in keinem Winkel des Hauses unvorbereitet erwischten. Ehe sie gestorben war, hatte sie alles unterschrieben und versiegelt und uns genauso hinterlassen, wie sie es wollte. Diese Erkenntnis war das einzige, was mir an diesem Tag ein Lächeln entlockte.

Die Brüder hatten nichts zu tun. Sie sprachen nicht viel – Fred war kaum nüchterner als sein Vater –, aber ich glaubte, daß sich keiner von ihnen vorstellen konnte, Alan allein im Haus zurückzulassen. Wie sich herausstellte, sollten sie das auch nie tun.

Das Mittagessen war eine trostlose Angelegenheit. Brot, Käse, Wein und eine seltsam heitere Konversation, in die sich sogar Alan gelegentlich einschaltete. Wir balancierten auf einem schmalen Grat zwischen zwei Leben. Das anerkannte alte, von Martha wohlorganisierte, war noch nicht abgelegt, und davon, wie das neue sein mochte, sprach niemand. Keiner konnte es sich vorstellen. Glaubten wir etwa, irgendwann könnten wir alle gehen und Alan sich selbst überlassen?

Als wir fertig waren, hinderte Claud seinen Vater mit fast körperlich spürbarer Überredungskunst daran, wieder nach oben in sein Arbeitszimmer zu fliehen.

»Du, ich und Jane machen einen kleinen Spaziergang«, sagte er.

Erschrocken blickte Alan uns an, und ich war kaum weniger überrascht.

»Wir gehen spazieren?« wiederholte ich fragend.

»Ja, es ist wunderbar frisch draußen«, meinte Claud fröhlich.

Ich sah aus dem Fenster und konnte nur dräuende Wolken entdecken.

»Kommt, wir holen unsere Mäntel«, fuhr er fort.

Eifrig half er Alan mit Regenmantel, Hut, Schal und Stiefeln und drückte ihm seinen alten Stock in die Hand. Wir zogen alte Mäntel an, die noch an der Garderobe hingen (mit Schaudern stellte ich fest, daß ich einen von Martha trug), dann gingen wir – Alan zwischen uns – hinaus.

Während wir über den Rasen marschierten, erzählte Claud von einem Spaziergang, den er tags zuvor unternommen hatte. Er hatte in einer Esche an der Auffahrt ein Eulennest entdeckt, das er uns gern zeigen wollte. Plötzlich schlug er sich mit der flachen Hand gegen die Stirn.

»So ein Mist, jetzt hab ich doch glatt das Fernglas vergessen. Könntest du vielleicht schnell zurücklaufen und es holen, Janey?«

Anscheinend waren wir wieder verheiratet.

»Wo ist es denn?«

»In der Stiefelkammer. Die ich natürlich abgeschlossen habe.«

»Wozu denn das?« fragte Alan.

»Moment, ich gebe dir meine Schlüssel«, sagte Claud, während er in den verschiedenen Taschen wühlte. »Oh, tut mir leid, ich hab wohl meinen Schlüsselbund verlegt. Dad, könntest du Jane deine Schlüssel geben?«

Wortlos zog Alan einen großen Schlüsselbund aus der Tasche und gab ihn Claud, der ihn mir ohne erkennbare Gemütsbewegung – abgesehen vielleicht von einer leichten Gereiztheit, weil er so vergeßlich war – in die Hand drückte. Man sagt ja immer, daß Ärzte gleichzeitig auch Schauspieler sein müssen.

»Bis gleich«, sagte ich, drehte mich um und rannte über die Wiese zurück.

Erster Stock, zweiter Stock, die steile Treppe hinauf, die zum großen Speicher führte. Meine Beine zitterten so sehr, daß ich Angst hatte hinzufallen. Ich mußte mehrere Schlüssel ausprobieren, ehe ich den passenden gefunden hatte, dann endlich stieß ich die Tür auf und trat in Alans Reich. Es war ihm heilig, und tatsächlich hatte es, direkt unter dem Dach, eine gewisse Ähnlichkeit mit einem Kirchenschiff. Auf jeder Schräge waren Fenster, durch die sanftes graues Licht fiel und den Raum nur schwach erhellte, bis ich den Lichtschalter betätigte. Ich war nicht oft hier gewesen. In diesem Raum schrieb Alan seine Bücher – oder tat zumindest so, als schriebe er. Wäre der Raum leer gewesen, hätte er sehr groß gewirkt. Aber vollgestopft, wie er war, kam man kaum durch. Briefe, Rechnungen, Quittungen, Briefe von Verlagen und Universitäten, Reklamesendungen, Flugblätter, Anfragen von Studenten, alte Zeitungen, Postkarten von Alans Söhnen, Einladungen, ungeöffnete Briefumschläge. Auf gut Glück sah ich mir einen Poststempel an: 1993. Ich betrachtete die Bücherstapel, die unordentlich, halb umgekippt überall herumlagen; die zerknüllten Papiertaschentücher in der Ecke; die lange Reihe gebrauchter Kaffeetassen, in denen sich bereits Schimmel bildete; die fast leere Whiskyflasche auf dem Fenstersims.

Nur Alans Schreibtisch war ordentlich – der einzig aufgeräumte Platz im ganzen Zimmer. Wie ein Panzer thronte darauf seine uralte deutsche Schreibmaschine. Daneben ein Becher mit Stiften und Kugelschreibern und ein leerer Notizblock. Auf dem Regal über dem Schreibtisch drängten sich Dutzende Exemplare von *The Town Drain* in einer babylonischen Sprachenvielfalt. Der Titel hatte sich immer gegen eine Übersetzung gesperrt. Ich zog ein paar Schubladen auf: Notizbücher mit fragmentarischen Entwürfen, unbenutzte Postkarten, Farbbänder für die Schreibmaschine, Reißzwekken, eine Heftmaschine, alte Batterien und etliche Gegenstände, deren Verwendungszweck sich mir nicht erschloß. Ich blickte mich um. An einer Wand stand ein Aktenschrank aus grauem Metall, an einer anderen eine Reihe niedriger Schränke. Niemand hebt Tagebücher in einem Aktenschrank auf. Also öffnete ich die Schranktüren. Hinter der ersten fand ich eine Reihe großer Pappschachteln. Auf sie konnte ich bei Bedarf später zurückkommen. Im nächsten Schrank stapelten sich alte Akten, im dritten befand sich lediglich ein großer Karton, auf dem stand: *Arthur's Bosom* (provisorischer Titel). Ich spähte hinein, entdeckte aber nur ein paar Blätter mit Alans breiter Handschrift. Dialogfetzen, noch nicht zusammengefügte Sätze, Beschreibungen, die im Sand verliefen. Dies war also der großartige Roman, Alans langerwartetes Comeback, das Meisterwerk, für das er regelmäßig die Stufen emporklomm. Wider meinen Willen überkam mich Mitleid. Das Leben konnte unerträglich hart sein.

Der vierte Schrank war mit Zeitungen und Zeitschriften vollgestopft, wahrscheinlich alte Buchbesprechungen und Interviews. Aber im nächsten fand ich endlich, was ich suchte. Dutzende kartonierter Notizbücher standen aufgereiht in den Fächern. Ich zog eines davon heraus. Es war von 1970. Ich blätterte es rasch durch: Die Seiten waren dicht beschrieben mit den Ereignissen des Tages. Ich nahm ein anderes heraus und noch eins. Überall das gleiche. Zumindest diese Art des Schreibens hatte Alan beibehalten. Von unten aus weiter Ferne hörte ich Stimmen und Geschirrgeklapper. Garantiert würde niemand heraufkommen.

Es war nicht schwer, den Band zu finden, den ich suchte. Ich schlug ihn auf, ein Stück Papier flatterte heraus und landete zu meinen Füßen. Eilig blätterte ich die Seiten um, aber als ich beim 1. Juli ankam, bot sich mir ein gänzlich unerwartetes Bild: Überreste herausgerissener Seiten. Von Anfang Juli bis September war alles weg. Dann gingen die Eintragungen weiter wie zuvor. Ich war wie gelähmt. Fast reflexartig bückte ich mich und hob das Stück Papier auf, das aus dem Buch gefallen war: ein vergilbtes liniertes Din-A4-Blatt, in der Mitte gefaltet. Ich klappte es auf. Es sah aus, als wäre es hastig aus einem Notizblock gerissen worden. Kein Zweifel, es war Natalies Handschrift, mit blauem Kugelschreiber. Ich kannte ihre Schrift noch immer genausogut wie meine eigene. Der Brief lautete folgendermaßen:

> Ich weiß nicht, was es bringen soll, daß Du mir aus dem Weg gehst. Wir wohnen im selben Haus! Du weißt, was Du mir angetan hast. Du weißt, was jetzt passiert. Glaubst Du vielleicht, Du kannst sowieso nichts tun? Glaubst Du, Du kommst ungeschoren davon? Okay, Du brauchst nicht mit mir zu sprechen. Aber Du sollst wissen, daß ich tun werde, was ich tun muß, auch wenn es die ganze Familie zerstört. Ich werde alles verraten. Wenn ich mich danach umbringen muß, ist es mir auch egal. Ich kann es immer noch nicht fassen. Ich dachte, eine Familie wäre dazu da, um einen zu beschützen.
> Natalie.

Mit einem Schlag war ich völlig ruhig. Ich faltete Natalies Brief wieder zusammen und legte ihn zurück zwischen die Seiten des Tagebuchs. Dann drehte ich mich um – und vor mir im Türrahmen stand Alan. Noch immer trug er seinen weiten Mantel und die Gummistiefel, die seine Schritte auf dem Treppenteppich gedämpft hatten. Er atmete schwer vor Anstrengung.

»Ich denke, den Feldstecher findest du eher unten.«

»Ich habe nicht den Feldstecher gesucht. Wo ist Claud?«

»Unten. Wenn du schon in mein Arbeitszimmer einbrichst, Jane, dann solltest du nicht so unvorsichtig sein und das Licht anknipsen. Was hast du hier zu suchen, Jane? Aha, du hast dich in meine großartigen Werke vertieft.«

»Ich habe dich gesehen, Alan.«

»Ach, wirklich?«

»Ich habe gesehen, wie du Natalie getötet hast. Ich habe gesehen, wie du sie erwürgt hast. Ich hatte es vergessen, aber jetzt erinnere ich mich wieder daran. Und ich habe auch den Beweis gefunden.«

»Was meinst du mit ›gesehen‹? Und was für ein Beweis soll das sein?«

Er trat auf mich zu. Ich versuchte, mich an ihm vorbeizudrängen, aber er packte mein Handgelenk, und das Buch fiel polternd zu Boden. Vor Schmerz schrie ich laut auf, aber Alan stieß mich rücksichtslos auf einen Stuhl. Ich wollte aufstehen, aber er hinderte mich daran, indem er seine Hand auf meinen Hals drückte. Dann packte er meine Kehle mit beiden Händen.

»Ist es das, was du gesehen hast? War es ungefähr so?«

Ich brachte keinen Ton heraus. Ich konnte nicht atmen. Von Krämpfen geschüttelt, rang ich nach Luft. Dann ließ er mich plötzlich los. Während ich hustete und keuchte, bückte er sich langsam und hob das Tagebuch auf. Im Handumdrehen fand er Natalies Brief, faltete ihn auf und las ihn. Als er fertig war, legte er ihn zurück, klappte das Buch zu und reichte es mir.

»Du hast deine Tochter vergewaltigt und getötet«, sagte ich. »Aber ich habe dich gesehen.«

Da begann Alan laut zu schluchzen. Er schlug sich immer wieder an den Kopf, Rotz und Speichel liefen über sein Gesicht.

»Du hast es getan, stimmt's Alan?« schrie ich. »Du hast deine Tochter gefickt und sie dann umgebracht, nicht wahr?«

Ein dünnes Blutgerinnsel floß über sein Gesicht. Er berührte das Blut mit einem Finger und hielt ihn hoch.

»Schuldig. Schuldig, schuldig, schuldig!«

Dann sackte er langsam in sich zusammen. Langsam glitt

er zu Boden und blieb dort sitzen, ohne ein Wort zu sagen, ohne meine Gegenwart zu beachten. Ich stand auf, packte das Buch und schlich mich auf Zehenspitzen an ihm vorüber.

31. KAPITEL

Ich wollte keinen Menschen sehen. Wie ein Dieb schlich ich mich die Treppe hinunter und verließ das Haus durch die Hintertür. Das Tagebuch steckte ich sorgsam in die Innentasche meines dicken Mantels und marschierte los, weg von dem Haus. Ich wählte eine Route, die ich gut kannte, eine der längsten, freiesten und vertrautesten, die ich zurücklegen konnte, ohne darüber nachzudenken. Ich wanderte durch den Wald, die Hügel hinauf, wo der Wind mich beinahe umblies und wo sich mir an diesem kalten, stürmischen Tag eine Aussicht bot, daß ich fast glaubte, die Beacons in Wales zu erkennen.

Immer weiter marschierte ich, ohne mich umzusehen. Als es dunkel wurde, kam ich zu einem Pub. Von dort aus rief ich auf Stead an und sagte Claud, er solle mich nicht zum Abendessen erwarten; ich versprach, später alles zu erklären. Ich bestellte eine Lasagne und ein warmes, schaumiges Bier, als Nachtisch einen sauren Rhabarberkuchen mit Vanillesoße und schwarzen Kaffee. Die Frau hinter dem Tresen zeigte mir eine Landkarte, und ich wanderte auf der Landstraße unter dem gleißenden Licht des Vollmonds nach Stead zurück. Als ich meine Stiefel auf dem Kies der Auffahrt knirschen hörte, waren alle Lichter schon erloschen. Ich ging geradewegs in mein Zimmer und fiel sofort in einen tiefen Schlaf, das Tagebuch unter dem Kopfkissen.

Es war schon nach neun, als ich am nächsten Morgen herunterkam. Ich sah Fred und Lynn, die vor dem Haus ihr Gepäck in den Wagen luden. Claud reparierte ein Regalbrett in der Küche. Ich fragte ihn, wo Alan war, und er sagte mir, Theo und Alan seien in die Stadt gefahren. Vermutlich zum Einkaufen. Er deutete zum Backofen, in dem Eier, Tomaten und Speck auf mich warteten. Ich verschlang alles und spülte es mit Tee und Orangensaft hinunter. Dann fragte ich Claud, ob er mir den Vormittag über seinen Wagen borgen könnte. Ja, antwortete er, wollte aber wissen, ob ich ihm vielleicht etwas zu sagen hätte. Noch nicht, vertröstete ich ihn. Ich trank den letzten Schluck Tee, nahm Clauds Schlüssel und ging zum Wagen. Unterwegs verabschiedete ich mich mit einer Umarmung von Fred und Lynn.

Im Polizeirevier von Kirklow fragte ich nach Helen Auster. Sie war nicht da.

»Kann ich mit ihrer Vertretung sprechen?«

Ich betrachtete die Plakate, bis ein untersetzter junger Mann erschien und sich als Detective Sergeant Braswell vorstellte. Ich zeigte ihm das Tagebuch und Natalies Brief und erklärte in wenigen Sätzen, wo ich beides gefunden hatte. Er machte ein ziemlich entsetztes Gesicht und begleitete mich durch das Revier zur Kriminalabteilung, die angenehm modern und zweckmäßig wirkte. Als ich eintrat, verstummte das Gespräch, und alle blickten mich neugierig an. Braswell führte mich durch den Raum zu einem Vernehmungszimmer, wo er mich fragte, ob er das Tagebuch einen Moment haben könne. Nach kurzer Zeit kam er mit zwei anderen Männern zurück; der jüngere von ihnen trug einen blauen Plastikstuhl, den er in eine Ecke des Raums stellte. Der andere, offensichtlich ein leitender Beamter, war schlank, hatte ein rotbackiges Gesicht und braune, glanzlose Haare, offensichtlich mühsam glattgekämmt. Er trat auf mich zu und schüttelte mir die Hand.

»Ich bin Detective Superintendent Wilks. Ich leite die Ermittlungen«, erklärte er. »Detective Constable Turnbull kennen Sie ja schon.«

Ich nickte dem jungen Mann zu, der sich in der Ecke niedergelassen hatte. Wir nahmen alle Platz, während Wilks fortfuhr.

»Sergeant Braswell wird mit der Unterstützung von Constable Turnbull alle notwendigen Fragen stellen. Ich wollte nur bei einem kurzen einleitenden Gespräch dabeisein, wenn es Ihnen recht ist. Kann ich Ihnen irgend etwas bringen lassen? Tee? Kaffee?«

Turnbull wurde beauftragt, vier Tassen Tee zu besorgen.

»Wo ist Detective Sergeant Auster?« fragte ich.

»Im Urlaub«, antwortete Wilks.

»Mitten im Verlauf der Ermittlungen?«

»Sergeant Auster arbeitet nicht mehr an dem Fall«, erklärte Wilks. »Auf ihre eigene Bitte hin.«

»Oh.«

»Nun, Mrs. Martello, können Sie uns etwas über dieses Tagebuch erzählen?«

In allen Einzelheiten berichtete ich, wie ich Alans Arbeitszimmer durchsucht und das Tagebuch mit dem Brief gefunden hatte.

»Ja«, sagte Wilks und hob den Brief hoch, der inzwischen in einer Klarsichthülle steckte. »Und es besteht kein Zweifel, daß es sich um die Handschrift von Natalie Martello handelt?«

»Keinerlei Zweifel. Zu Hause gibt es noch eine Menge anderer Dinge in ihrer Handschrift, falls Sie es überprüfen möchten.«

»Gut. Sie sagen, Alan Martello hat Sie dabei entdeckt. Was geschah dann?«

Ich beschrieb die schreckliche Szene, so ruhig ich konnte, Alans Hände an meinem Hals, den Zusammenbruch, das »Schuldig, schuldig, schuldig«.

»Warum haben Sie Alan Martellos Arbeitszimmer durchsucht, Mrs. Martello?«

»Wie bitte?«

»Oberflächlich gesehen scheint es seltsam, wenn jemand seinen Schwiegervater verdächtigt, die eigene Tochter ermordet zu haben. Warum haben Sie ihn verdächtigt?«

Ich holte tief Luft. Vor diesem Teil hatte ich mich gefürchtet. Doch ich erzählte die ganze Geschichte meiner Therapie bei Alex, wenn auch mit glühenden Wangen. Ich hatte erwartet, die Polizisten würden mitleidig lächeln und vielsagende Blicke wechseln, aber Wilks Stirn blieb die ganze Zeit konzentriert gerunzelt, und er unterbrach mich nur, um ein paar sachdienliche Fragen zu stellen: Unter welchen Umständen fand die Therapie statt, wie häufig wurden die Sitzungen abgehalten? Als ich geendet hatte, herrschte eine Weile Schweigen. Wilks sprach als erster.

»Nun, Mrs. Martello, lassen Sie uns etwas klarstellen: Sie behaupten also, Augenzeugin des Mordes gewesen zu sein?«

»Ja.«

»Sind Sie bereit, eine entsprechende Aussage zu machen?«

»Ja.«

»Und eventuell vor Gericht als Zeugin der Anklage aufzutreten?«

»Ja.«

»Gut.«

Wilks stand auf und steckte die Hände in die Hosentaschen. Ich sah zu den anderen drei Polizisten.

»Ich hatte Angst, Sie würden mich auslachen«, sagte ich leise.

»Warum sollten wir?« fragte Wilks.

»Ich dachte, Sie glauben mir vielleicht nicht, daß ich mich daran erinnere, Alan gesehen zu haben.«

»Sie hatten ja offensichtlich selbst gewisse Zweifel daran.«

»Was wollen Sie damit sagen?«

Wilks zuckte die Achseln. »Sie sind mit Ihrem Verdacht nicht sofort zu uns gekommen. Statt dessen haben Sie eigene

Ermittlungen angestellt, in deren Verlauf sowohl Sie als auch Alan Martello mit Beweismaterial herumhantiert haben.«

»Das klingt nicht, als wären Sie mir sonderlich dankbar.«

»Ich möchte nicht undankbar erscheinen, aber die Sache hätte auch anders ausgehen können. Sie hätten ebenfalls zu Schaden kommen können.«

»Was geschieht jetzt?«

»Wenn Sie dazu bereit sind, und das hoffe ich, werden die Detectives Braswell und Turnbull eine umfassende Aussage von Ihnen aufnehmen, was wahrscheinlich ein paar Stunden dauert. Ich sollte noch hinzufügen, daß Sie das Recht haben, sich mit einem Rechtsanwalt zu beraten, ehe Sie etwas sagen. Wir können Ihnen gern ein paar Namen nennen.«

»Schon in Ordnung. Und was werden Sie dann unternehmen? Werden Sie Alan zum Verhör herbringen?«

»Nein.«

»Warum nicht?«

Wilks lächelte, doch in seinem Gesicht erkannte ich eine Spur von Verwirrung.

»Weil er schon da ist.«

»Wie um alles in der Welt haben Sie ihn so schnell geholt?«

»Er ist selbst gekommen. Er hat gesagt, er wolle eine Aussage machen. Um neun Uhr zwölf hat er das Revier betreten, und fünfundzwanzig Minuten später hat Alan Edward Dugdale Martello unaufgefordert ein Geständnis abgelegt, seine Tochter Natalie ermordet zu haben.«

»Wie bitte?«

»Er ist jetzt in einer Zelle im Untergeschoß, während die Anklage vorbereitet wird.«

Ich war wie vor den Kopf geschlagen. »Hat er … Hat er gesagt, na ja, hat er gesagt, warum und wie er sie getötet hat?«

»Nein.«

»Werden Sie ihn anklagen?«

»Natürlich muß man auch die Möglichkeit eines falschen

Geständnisses in Erwägung ziehen. Es gibt böse Zungen, die die Polizei schon des öfteren beschuldigt haben, solche Dinge zu provozieren. Wie dem auch sei – ganz unter uns« – Wilks sah mich mit hochgezogenen Brauen an –, »nachdem ich nun Ihren Bericht gehört und das Tagebuch sowie den Brief gesehen habe, neige ich durchaus zu einer Anklageerhebung. Aber warten wir, bis wir Ihre vollständige Aussage aufgenommen haben, in Ordnung? Guy und Kevin werden Ihnen helfen, falls es Probleme geben sollte. Dann bis nachher.«

Detective Turnbull kramte eine Weile in einer Pappschachtel herum und holte dann einen großen Doppel-Kassettenrecorder hervor. Während er geräuschvoll einige Kassettenschachteln durchwühlte, legte Detective Braswell ein Durchschlagpapier in einen dicken Formularblock. Als er meinen Blick bemerkte, lächelte er.

»Sie glauben vielleicht, Sie hätten das Schlimmste schon hinter sich. Aber Sie haben die ganzen Formulare nicht gesehen, die wir mit Ihnen noch durchgehen müssen.«

32. KAPITEL

Am Abend des Tages, an dem Alan sein Geständnis abgelegt hatte, rief mich um neun Uhr ein Reporter der *Daily Mail* an. Die Zeitung hatte über eine sogenannte »Quelle« erfahren, daß Alan Martello eine Anklage wegen Mordes an seiner schwangeren Tochter drohte. Fünfundzwanzig Jahre nach der Tat, und zwar weil ich mich plötzlich daran erinnert hatte, Zeugin des Verbrechens gewesen zu sein. Ob ich bereit wäre, der Zeitung ein Interview zu geben. Ich war so perplex, daß ich mich erst einmal hinsetzen mußte, bis ich meine Stimme wieder einigermaßen unter Kontrolle hatte. Wenn Alan angeklagt würde, sagte ich, dann meines Wissens aufgrund seines Geständnisses. Aber der Mann ließ nicht locker und wollte wissen, ob es denn wahr sei, daß ich den Mord mit eigenen Augen gesehen hatte.

Einen Augenblick konnte ich keinen klaren Gedanken fassen. Sollte ich lügen? Oder war es besser, wenn ich mich kooperativ zeigte? Mir fiel mein letzter Auftritt in der Öffentlichkeit ein, als ich versucht hatte, mein Wohnheim zu verteidigen, das doch dem Allgemeinwohl dienen sollte. Jetzt wußte ich, was ich zu tun hatte. Ich riet dem Reporter, er solle sich am besten direkt an die Polizei wenden. Dann kam mir eine Idee. Da die Anklage wahrscheinlich unmittelbar bevorstand, war die Angelegenheit anhängig. Obwohl das meinem Gesprächspartner offenbar ganz und gar nicht schmeckte, gab er sich damit zufrieden.

Kaum hatte er aufgelegt, wählte ich Alex Dermot-Browns Nummer und erzählte ihm von dem Gespräch. Entgegen meinen Erwartungen äußerte er sich weder mitfühlend noch schockiert, sondern fing an zu lachen.

»Wirklich?« fragte er nur.

»Ist das nicht furchtbar?« beharrte ich.

Alex schien nicht sonderlich beeindruckt und meinte nur, das sei doch zu erwarten gewesen. Ich hätte damit rechnen müssen, als ich mich entschloß, gegen Alan vorzugehen. Irgendwie war ich unzufrieden mit seiner Reaktion. Aber seine Stimme klang nett, als er forfuhr: »Gut, daß Sie sich melden, ich wollte Sie nämlich anrufen. Haben Sie morgen nachmittag schon was vor?«

»Nein, jedenfalls nichts Wichtiges. Worum geht es denn? Soll ich zu einer Extrasitzung zu Ihnen kommen?«

»Nein, ich möchte Sie entführen. Um halb zwölf stehe ich vor Ihrer Tür.«

»Aus welchem Anlaß?«

»Das erkläre ich Ihnen unterwegs. Bis morgen.«

Ich spielte mit dem Gedanken, Alex zurückzurufen und

ihm zu sagen, ich hätte keine Zeit, aber dann ließ ich es doch bleiben. Außerdem war ich neugierig.

Um einschlafen zu können, schluckte ich ein paar Tabletten, was zur Folge hatte, daß ich am nächsten Morgen mit Kopfschmerzen aufwachte. Mein Frühstück bestand aus ein paar Aspirin, schwarzem Kaffee und einer Grapefruit. Anschließend duschte ich und zog mich an. Da ich das Ziel unseres Ausflugs nicht kannte, entschied ich mich für neutrale Garderobe. Ich zog einen dunklen, halblangen Rock an und dazu einen hellgrauen Pullover und eine dezente Kette, ein Hauch Lippenstift und Lidstrich, flache Schuhe. Falls ich aussah wie eine geistesgestörte Patientin, dann doch zumindest wie eine, die man getrost zurück in die Gemeinschaft entlassen konnte. Als ich fertig war, zeigte die Uhr erst halb elf. Nervös versuchte ich, die verbleibende Stunde irgendwie totzuschlagen, rauchte, hörte Musik und las unkontrolliert in einem Roman. Ich hätte in den Garten gehen und ein paar Pflanzen setzen sollen, aber ich fürchtete, ich würde draußen nicht hören, wenn jemand an der Haustür war.

Schließlich klopfte es. Völlig unerwarteterweise trug Alex einen Anzug. Er hatte sich rasiert, und sein Haar war ordentlich gekämmt.

»Sie sehen sehr schick aus«, begrüßte ich ihn. »Aber das ist doch kein Rendezvous, oder?«

»Um halb zwölf vormittags? Übrigens sehen Sie auch sehr schick aus. Kommen Sie.«

Alex fuhr einen Volvo. Auf der Rückbank war ein Kindersitz befestigt; überall lagen Chipstüten, Kassetten und leere Kassettenhüllen herum. Alex fegte einiges davon vom Beifahrersitz, um Platz für mich zu schaffen. Dann ging es die Kentish Town Road hinunter in Richtung Süden.

»Also, wohin fahren wir denn nun?«

Alex schaltete den Kassettenrecorder ein. Musik von Vivaldi oder einem seiner Zeitgenossen erfüllte das Auto.

Monatelang hatte ich unablässig auf der Lauer gelegen, um irgendein Detail seines Privatlebens zu erhaschen, und nun saß ich plötzlich in seinem Wagen, zwischen seinen Kassetten, Miles Davis und Albinoni, Blur und die Beach Boys – alle von Hand beschriftet. Das schien mir so unwirklich, als säße ich auf einmal neben Neil Young oder einer anderen Berühmtheit. Allerdings schwang das Gefühl des Unerlaubten, Inzestuösen mit.

»Ich halte eine Einführungsrede auf einer Konferenz«, erklärte Alex. »Ich dachte, das interessiert Sie vielleicht.«

»Weshalb gerade *mich*?«

»Weil es auf dieser Konferenz um das wiedergewonnene Erinnerungsvermögen geht.«

»*Was*?« Ich war fassungslos. »Meinen Sie das ernst?«

»Natürlich.«

»Ich verstehe das nicht. Es geht dabei aber doch nicht um mich *persönlich*, oder?«

Alex lachte. »Nein, Jane, es ist einfach ein Gebiet, das mich interessiert.«

Den Rest der Fahrt starrte ich aus dem Fenster, bis Alex in die Tiefgarage des Clongowes Hotel in Kingsway fuhr. Wir nahmen den Lift nach oben, durchquerten die Lobby und gingen zum Tagungsraum, vor dem ein Schild stand mit der Aufschrift: »Das wiedergewonnene Erinnerungsvermögen – Opfer und Täter.« Nachdem Alex uns beide im Tagungsbüro angemeldet hatte, erhielt ich einen Anstecker, auf dem mit Kugelschreiber mein Name stand. Man hatte offensichtlich nicht mit mir gerechnet. In dem großen Saal stand eine Anzahl Tische, wie für ein Examen. Da die meisten besetzt waren, steuerte Alex mit mir einen Platz ganz hinten an.

»Warten Sie hier auf mich«, sagte er. »Ich bin in etwa zwanzig Minuten wieder zurück. Es gibt ein paar Leute, mit denen ich Sie bekannt machen möchte.«

Er winkte mir zu und ging dann zwischen den Tischen

nach vorne. Er brauchte eine Weile, da er fast jeden begrüßte, an dem er vorbeikam. Hände wurden geschüttelt, man umarmte sich und klopfte sich gegenseitig auf den Rücken. Eine schöne Frau mit dunklem Teint stöckelte auf ihn zu und schlang die Arme um ihn, wobei sie nur auf einem Fuß stand und den anderen in die Kniekehle des Standbeins legte. Eifersucht stieg in mir auf, aber ich unterdrückte sie sofort. Da ich Alex monatelang ganz für mich allein gehabt hatte, war für mich sein Auftreten in der Öffentlichkeit ein Schock. Ich zwang mich, an etwas anderes zu denken. Auf dem Schreibtisch vor mir lagen ein weißer Kugelschreiber und ein kleiner linierter Block mit der Aufschrift »Mindset« – Bewußtseinsbildung/Bewußtsein. Außerdem eine Mappe, auf der das Thema der Konferenz stand. Innen steckten zahlreiche Unterlagen, darunter eine Liste mit den Namen und Berufsbezeichnungen der etwa hundert Tagungsteilnehmer. Ärzte, Psychiater, Sozialarbeiter, Vertreter gemeinnütziger Organisationen und eine Anzahl von Personen – lauter Frauen – mit der Bezeichnung »Überlebende«. Dazu zählte ich wohl auch.

Vor der ersten Reihe stand ein Tisch mit einem Krug Wasser und vier Gläsern, daneben ein Stehpult. Mit der für ihn typischen charmanten Schüchternheit, die mir bereits so vertraut war, begrüßte Alex noch einen letzten Kollegen und steuerte dann auf das Pult zu. Er klopfte an das Mikrofon, daß es durch den Raum hallte.

»Es ist zwölf Uhr fünfzehn, und ich denke, wir sollten anfangen. Ich möchte Sie zu unserer von Mindset organisierten diesjährigen Konferenz über das wiedergewonnene Erinnerungsvermögen herzlich begrüßen und freue mich, so viele bekannte Gesichter zu sehen. Dies ist *Ihre* Tagung, und sie ist wie im letzten Jahr so konzipiert, daß Sie sich aktiv daran beteiligen können. Folglich werde ich mich bemühen, meinen Redefluß zu bremsen. Ich bin mir bewußt, daß mein Publikum aus vielen angesehenen Analytikern besteht.«

Höflich verhaltenes Lachen ertönte. Alex hüstelte nervös und nahm einen Schluck Wasser – dabei bemerkte ich mit Schrecken, daß seine Hand zitterte – und fuhr fort.

»Ich möchte mich auf ein paar einführende Worte zur Tagesordnung beschränken. Dann wird Dr. Kit Hennessey einen Überblick über die jüngsten Forschungsarbeiten geben. Anschließend folgt eine kurze Mittagspause. Das Büffet finden Sie, wenn Sie aus dem Saal kommen und sich nach rechts wenden. Nach dem Essen werden in den einzelnen Konferenzräumen hier im Erdgeschoß verschiedene Arbeitsgruppen abgehalten. Einzelheiten entnehmen Sie bitte Ihren Unterlagen. Ich glaube, das ist alles. Nun zu meinem kurzen Beitrag.«

Alex öffnete den schmalen Dokumentenordner, den er bei sich trug, und holte ein paar Blätter heraus. Dieser Alex dort vorne hatte nichts mit dem entspannten, fürsorglichen Zuhörer gemein, mit dem ich in den vergangenen Monaten soviel Zeit verbracht hatte. Von Anfang an sprach er leidenschaftlich, klar und polemisch: »Die Tatsache, daß das wiedergewonnene Erinnerungsvermögen nach wie vor totgeschwiegen wird, gehört zu den größten Skandalen unserer Zeit.« Er erläuterte, wie Menschen, insbesondere Frauen, über Generationen hinweg gezwungen wurden, frühe Kindheitstraumata zu verbergen. Wenn sie darüber sprachen, glaubte ihnen niemand, sie wurden verleumdet, ausgestoßen und als krank abgestempelt; viele wurden gezwungen, sich einer Gehirnoperation zu unterziehen. Leider, so führte Alex weiter aus, waren gerade die medizinischen Autoritäten, die solche Mißstände hätten anprangern können – nämlich Psychiater und Analytiker –, ebenso wie die Vertreter von Recht und Gesetz – also Polizei und Juristen –, maßgeblich an diesen Unterdrückungsmaßnahmen beteiligt.

»Gesetz und Wissenschaft«, fuhr er fort, »wurden gegen die Opfer eingesetzt, genauso wie es schon immer mit bestimmten Gruppen geschehen ist, überall dort, wo es den Interessen der Machthaber entgegenkam, die Rechte einer Minderheit zu unterdrücken. Die sogenannte logische Beweisführung wurde als Unterdrückungsinstrument eingesetzt. Wir müssen den mißbrauchten Opfern, die den beschwerlichen Weg gegangen sind und ihr Gedächtnis wiedergewonnen haben, zurufen, daß wir ihnen glauben und sie unterstützen.«

Jetzt wußte ich, weshalb Alex mich mitgenommen hatte. Auch ich hatte mich immer für verrückt gehalten und wie eine Außenseiterin gefühlt, gefangen in meinem eigenen Leid. Das also meinte Alex, wenn er sagte, ich müsse an die Öffentlichkeit gehen – die Erkenntnis, daß ich nicht allein mit meinem Problem war und daß andere Leute das gleiche durchgemacht hatten.

Alex hatte seine Einleitung beendet und erkundigte sich, ob noch jemand Fragen hatte. Mehrere Hände hoben sich. Ein Mann – ein leitender Angestellter des Sozialamts – dankte Alex für seine Rede, meinte aber, in seinem Bericht sei die politische Dimension vernachlässigt worden. Das Problem bedürfe einer gesetzlichen Regelung. Weshalb befand sich unter den Zuhörern nicht ein Abgeordneter oder zumindest ein Stadtrat? Alex lächelte und zuckte die Achseln. Das frage er sich auch. Er kenne eine Menge Politiker, die sich dem Problem gegenüber aufgeschlossen zeigten, aber da die Konsequenzen, die sich aus den Erkenntnissen über die wiedergewonnene Erinnerung ergaben, so weitreichend waren und die herkömmlichen medizinischen und rechtlichen Bestimmungen so erdrückend, zeigten sich diese Herrschaften doch äußerst unwillig, in der Öffentlichkeit auch nur den geringsten Vorstoß zu unternehmen.

»Wir müssen die Angelegenheit anders vorantreiben«, erklärte er. »Einige markante Rechtsfälle könnten uns dabei helfen, die Problematik nachhaltig ins Bewußtsein der Menschen zu bringen. Wenn uns das gelingt und wir die Öffentlichkeit dafür sensibilisieren können, schwindet vielleicht auch die Angst vor dem Thema. Wenn die Sache erst mal ins Rollen kommt, werden die Politiker schon aufspringen.«

Die Zuhörer applaudierten. Als der Beifall verebbte, erhob sich eine Frau. Sie war Ende Vierzig, auffallend klein und nachlässig gekleidet. Statt über ihre eigenen Erfahrungen mit Mißhandlung zu berichten, stellte sie sich vor: Thelma Scott, Psychiaterin am St. Andrews Hospital in London. Alex gab durch ein knappes Nicken zu erkennen, daß er wußte, wen er vor sich hatte.

»Ich nehme an, Sie sind jedem von uns bekannt, Dr. Scott.«

»Dr. Dermot-Brown, ich habe die Themen Ihres Tagungsprogramms durchgelesen«, sagte sie, die Unterlagen unterm Arm. »›Glauben und fähig machen‹, ›Hört uns zu!‹, ›Hürden in der Rechtsprechung‹, ›Das Dilemma des Arztes‹, ›Schutz des Patienten‹.« Sie hielt inne.

»Und?« fragte Alex etwas gereizt.

»Ist dies ein Diskussions- und Frageforum? Dann vermisse ich Diskussionen über Schwierigkeiten bei der Diagnostik, über mögliche Rehabilitationsprobleme bei Feststellung des wiedergewonnenen Erinnerungsvermögens, über den Schutz der Familien im Fall falscher Schuldzuweisungen.«

»Das ist hier nicht das Thema, Dr. Scott«, entgegnete Alex. »Schon immer ging es doch um den Schutz der Familie vor *wahren* Anschuldigungen. Bis jetzt ist das Problem noch nicht aufgetaucht, daß wir jemanden davon *abhalten* müssen, einen Mißbrauch anzuzeigen. Die Opfer sehen sich so massiv unter Druck gesetzt, daß sie selbst kaum damit fertig werden, geschweige denn öffentliche Erklärungen abgeben, um auf ihre Rechte aufmerksam zu machen.«

»Außerdem fällt mir auf, daß Vertreter einer bestimmten Berufsgruppe fehlen«, fügte Dr. Scott hinzu.

»So?«

»Unter den Teilnehmern befindet sich kein einziger Neurologe. Es wäre doch interessant, etwas über die Funktionsweise des Gedächtnisses zu erfahren.«

Alex seufzte ärgerlich. »Wir wissen nichts über den genauen Ablauf der Tumorentwicklung. Trotzdem wissen wir, daß Zigarettenrauchen das Krebsrisiko erhöht. Mich beeindruckt die derzeitige neurologische Forschung, Thelma, und ich teile Ihre Sorge. Ich wünschte, wir hätten ein wissenschaftliches Modell, das uns über die Funktionen und Störungen des Gedächtnisses Aufschluß gibt, aber unser begrenztes Wissen über die Funktionsweise des Gehirns wird mich nicht daran hindern, meinen Beruf auszuüben und Patienten zu helfen. Gibt es sonst noch Fragen?«

Als die Diskussion versiegte, stellte Alex noch Dr. Hennessey vor, einen großen schlanken Mann mit blondgelockten, langen Haaren, Nickelbrille und einem dicken Papierstapel unter dem Arm. Dann verließ Alex das Podium und kam auf Zehenspitzen zu mir nach hinten. Unterwegs nickte er wieder dem einen oder anderen Zuhörer zu. Ich empfing ihn mit einem Lächeln.

»Sie haben offenbar nicht alle Zuhörer überzeugt?«

Er verzog das Gesicht. »Vergessen Sie Dr. Scott«, murmelte er. »Galilei ist damals vermutlich von Leuten wie Dr. Scott verfolgt worden, allerdings mit dem kleinen Unterschied, daß sie Folterinstrumente bei sich trugen. Es ist reiner Aberglaube, daß Menschen sich von vernünftigen Argumenten überzeugen lassen. Jemand hat mal gesagt, neue wissenschaftliche Erkenntnisse könnten sich nur auf eine Art durchsetzen: Alle Wissenschaftler, die an der veralteten Idee festhalten, müssen erst das Zeitliche segnen. Kommen Sie, gehen wir. Ich möchte Ihnen noch jemanden vorstellen.«

Als wir uns leise hinausschlichen, winkte er einer Frau, die an der Wand lehnte, und sie folgte uns. Der Vorraum war menschenleer.

»Ich möchte zwei meiner Starklientinnen miteinander bekannt machen«, sagte Alex. »Jane, das ist Melanie Foster, Melanie, das ist Jane Martello. Weshalb geht ihr beide nicht nach nebenan und schnappt euch was zu essen, bevor die Meute eingelassen wird?«

Melanie wirkte in ihrem grauen Flanellkostüm so elegant, daß ich mir richtig schäbig vorkam. Sie war höchstens fünf Jahre älter als ich, aber ihr Gesicht war voller kleiner Fältchen. Das graue, dicke Haar war kurz geschnitten. Sie trug eine runde Brille und lächelte etwas unsicher. Ich fand sie sofort sympathisch. Wir sahen einander an, nickten und steuerten auf das Essen zu.

Ein Büffet war aufgebaut. Die Kellner standen in Grüppchen beisammen und warteten auf den Ansturm der Gäste. Ich wollte mir gerade ein wenig Käse und Brot nehmen, als Melanie einen großen Löffel Pasta mit würziger Soße auf meinen Teller lud. Ich kicherte und protestierte nicht.

»Sie sehen so dünn aus«, sagte sie. »Hier.« Neben die Nudeln häufte sie Tomatensalat und grüne Bohnen, bis ich mit gespieltem Entsetzen »Halt!« schrie. »Sie können mich doch nicht allein essen lassen«, meinte Melanie.

Wir trugen unsere Tabletts zu einem Tisch in der Ecke, wo wir nicht zu fürchten brauchten, Gesellschaft zu bekommen. Jetzt war wohl die Reihe an mir, etwas zu sagen.

»Ich sollte wahrscheinlich fragen, woher Sie Alex kennen«, begann ich.

»Ja«, antwortete Melanie in einem sicheren Lehrerinnenton. »Aber um es vorwegzunehmen, ich weiß, woher *Sie* ihn kennen.«

»Wirklich?« fragte ich entsetzt. »Aber sollte das nicht eigentlich geheim sein?«

»Ja, da haben Sie natürlich recht«, räumte sie ein. »Aber Ihr Fall wird mittlerweile schon in der Öffentlichkeit breitgetreten, stimmt's?«

»Ja, schon, aber trotzdem ...«

»Meine liebe Jane, ich bin hier, um Ihnen zu helfen, und Sie können mir glauben, Sie werden Hilfe benötigen.«

»Weshalb gerade *Sie*, Melanie?«

Als Melanie antwortete, verschluckte sie sich an einem Bissen Sandwich. Ich klopfte ihr auf den Rücken.

»Vielen Dank, jetzt geht's wieder«, meinte sie nach einiger Zeit. »Ich habe meine Therapie bei Dr. Dermot-Brown vor zehn Jahren begonnen. Ich hatte Depressionen, und meine Ehe lief schlecht. Außerdem kam ich mit meinem Job nicht zurecht. Sie wissen ja, die normalen Probleme einer berufstätigen Frau.«

Ich lächelte verständnisvoll.

»Mehrere Jahre lang sprach ich über meine frühe Kindheit, aber es änderte sich nichts. Eines Tages sagte Dr. Dermot-Brown, er habe das Gefühl, ich sei von einem nahen Verwandten mißbraucht worden und würde die Erinnerung verdrängen. Daraufhin bin ich schrecklich wütend geworden. Ich habe den Gedanken weit von mir gewiesen und wollte die Analyse hinschmeißen, aber irgendwas hielt mich davon ab. Also machten wir weiter. Wir streiften bestimmte Abschnitte meiner Kindheit, Erinnerungslücken, aber es gab keine Fortschritte. Alles schien sinnlos zu sein, bis Alex vorschlug, ich solle mir einfach vorstellen, ich sei mißbraucht worden, und von diesem Punkt aus weitermachen.«

Melanie machte eine Pause und nahm einen großen Schluck Wasser. »Auf einmal öffneten sich alle Schleusen. Mich quälten Bilder, die allesamt mit Sexualität zu tun hatten. Als ich genauer hinsah und mich auf sie einließ, merkte ich, daß es Erinnerungen an sexuelle Übergriffe meines Vaters waren. Keine Angst, ich erzähle Ihnen nichts darüber, was mein Vater mit mir gemacht hat. Es waren schreckliche, perverse Sachen, die ich mir selbst kaum vorstellen kann. Während Alex und ich uns weiter vortasteten, deckten wir immer mehr auf. Ich begriff, daß meine Mutter die Verbündete meines Vaters war und sein Treiben nicht nur duldete, sondern aktiv unterstützte. Mein Bruder und meine Schwester wurden genau wie ich vergewaltigt und mißbraucht.«

Sie sprach erschreckend ruhig, als hätte sie geübt, diese entsetzliche Geschichte zu erzählen. Wie sollte ich reagieren?

»Das ist furchtbar!« sagte ich und wußte sofort, wie unzulänglich diese Bemerkung war. »Hatten Sie keinerlei Zweifel, daß Sie es sich nur eingebildet haben?«

»Ich quälte mich unendlich und brauchte viel Hilfe und Zuspruch, die ich zum größten Teil von Alex bekommen habe.«

»Was haben Sie dann getan? Sind Sie zur Polizei gegangen?«

»Ja, nach einiger Zeit. Man hat meinen Vater vernommen, aber er hat alles abgestritten, so daß es nie zu einer Anklage kam.«

»Und Ihre Geschwister? Was haben die gesagt?«

»Sie haben sich auf die Seite meiner Eltern gestellt.«

»Und was ist aus Ihrer Familie geworden?«

»Ich habe keinen Kontakt mehr zu ihr. Was habe ich denn mit Menschen zu schaffen, die mein Leben ruiniert haben?«

»O Gott, das tut mir leid. Und wie ging es dann für Sie weiter? Wie hat Ihr Mann reagiert?«

Ich war entsetzt, aber Melanie beschrieb ganz distanziert, fast amüsiert ihr gescheitertes Leben.

»Er wurde überhaupt nicht fertig damit. Mir ging es ein, zwei Jahre fürchterlich schlecht, ich wurde krank und konnte nicht arbeiten. Ich war einfach fix und fertig. Schließlich zog ich aus und kündigte meine Arbeit. Auf diese Weise habe ich fast ein Jahrzehnt meines Lebens verloren. Ich hab mir immer Kinder gewünscht. Meine Therapie bei Alex begann ich mit Mitte Dreißig. Jetzt bin ich sechsundvierzig. Ich werde nie Kinder haben. Ich brauche mich nur noch um mich selbst zu kümmern.«

»Lieber Himmel, Melanie, war es das wirklich wert?«

Ihr seltsames Lächeln verschwand. »Wert? Mein Vater hat Sodomie mit mir getrieben, als ich fünf Jahre alt war! Meine Mutter wußte Bescheid, nahm es aber nicht zur Kenntnis. Das haben sie mir angetan, und damit muß ich fertig werden.«

Mir war übel, und das Essen blieb mir im Hals stecken. Ich mußte mich zwingen zu schlucken.

»Haben sich Ihre Eltern nie bei Ihnen entschuldigt für das, was sie Ihnen angetan haben?«

»Entschuldigt? Sie haben *alles* abgestritten.«

»Und jetzt?« Das war wahrscheinlich eine blöde Frage, aber mir fiel nichts Besseres ein.

»Ich habe vor ein paar Jahren eine Selbsthilfegruppe gegründet – für Menschen, die sich nachträglich an einen Mißbrauch erinnert haben. Deshalb wollte Alex auch, daß wir uns kennenlernen. Wir veranstalten heute nachmittag einen Workshop und haben dabei an Sie gedacht. Hätten Sie Lust mitzumachen?«

»Ich bin mir nicht sicher, Melanie.«

»In der Gruppe sind wirklich ganz großartige Frauen, Jane, ich denke, sie werden Ihnen gefallen. Geben Sie uns eine Chance. Vielleicht können wir Ihnen helfen.« Sie sah auf ihre Uhr. »Ich muß jetzt gehen. Wir treffen uns um zwei, im Konferenzraum 3, am Ende des Flurs. In Ordnung?«

Ich nickte. Melanie warf den Riemen ihrer Handtasche über die Schulter, nahm einen Stoß Akten, und während sie sich durch die Menge kämpfte, nickte sie hier und da jemandem zu. Sie hätte genausogut auf dem Weg zu einem Fest oder zur Versammlung einer Frauenorganisation sein können, aber nein, sie ging zu einem Seminar für mißhandelte Menschen, dem sie sogar vorstand. Eine Frau, die viel gelitten, aber überlebt hatte.

Ich brauchte dringend eine Zigarette und einen Kaffee. Also reihte ich mich in die Schlange ein, aber als ich bei den

Tassen angelangt war und mir einschenken wollte, zitterte meine Hand so stark, daß sich der Kaffee überallhin ergoß, nur nicht in meine Tasse.

»Lassen Sie nur, ich schenke Ihnen ein«, sagte eine Frau neben mir und füllte meine und ihre Tasse. Dann führte sie mich zum nächsten freien Tisch, und wir setzten uns. Ich erkannte sie sofort wieder, bedankte mich bei ihr, und sie streckte mir ihre Hand entgegen.

»Guten Tag, mein Name ist Thelma Scott.«

»Ja, ich weiß. Ich habe Ihren Diskussionsbeitrag vorhin gehört.«

»Ich weiß auch, wer *Sie* sind«, entgegnete sie trocken. »Sie sind Jane Martello, Alex Dermot-Browns neuestes und bestes Vorzeigeexemplar.«

»Jeder, dem ich hier begegne, scheint mich zu kennen.«

»Sie sind eben ein wertvolles Objekt, Mrs. Martello.«

Das ging nun wirklich zu weit.

»Dr. Scott, ich danke Ihnen für Ihre Hilfe, aber ich weiß wirklich nicht, was ich hier soll, und ich möchte keinesfalls in einen Streit verwickelt werden.«

»Dafür ist es jetzt ein bißchen spät, finden Sie nicht auch? Ihr Schwiegervater ist auf dem Weg ins Gefängnis und wird dort bis ans Ende seiner Tage bleiben. Und Sie haben ihn dorthin gebracht.«

»Er hat das Verbrechen gestanden, Dr. Scott. Er wird sich schuldig bekennen.«

»Ja, ich weiß«, sagte sie offensichtlich wenig beeindruckt. »Was halten Sie von Melanie Foster?«

»Ihr Fall ist wirklich tragisch.«

»Dieser Meinung bin ich auch.«

Ich trank meinen Kaffee aus. »Ich muß jetzt gehen«, sagte ich und erhob mich langsam.

»Zu Melanies Workshop?«

»Ja.«

»Um schwesterlichen Zuspruch zu bekommen? Damit Ihnen jemand bestätigt, daß Sie richtig gehandelt haben?«

»Das ist nicht meine Absicht.«

Amüsiert zog Thelma Scott die Stirn kraus. »Wirklich nicht? Na, dann ist ja alles in Ordnung«, sagte sie und öffnete ihre Geldbörse.

»Ich zahle«, erklärte ich.

»Da ist nichts zu zahlen«, erwiderte sie. »Unser Kaffee geht auf Kosten von Mindset. Ich möchte Ihnen nur etwas geben.«

Sie zog eine Karte hervor und reichte sie mir.

»Meine Visitenkarte, Jane. Meine private Telefonnummer und Adresse stehen auf der Rückseite. Sollten Sie jemals Lust verspüren, mit mir zu reden, rufen Sie mich an. Jederzeit. Ich sichere Ihnen absolute Diskretion zu, was bei anderen Kollegen nicht immer der Fall ist.«

Zögernd nahm ich die Karte. »Dr. Scott, ich bezweifle, daß wir uns etwas zu sagen haben.«

»Auch gut. Dann rufen Sie eben nicht an. Aber stecken Sie die Karte in Ihren Geldbeutel. Na los, ich möchte sehen, wie Sie es tun.«

»Okay, okay.« Folgsam tat ich – unter ihrem wachsamen Auge –, was sie mir befohlen hatte. »So, ich hab sie unter meine Kreditkarte gesteckt.«

Bevor ich aufstehen konnte, beugte sich Thelma Scott über den Tisch und ergriff meine Hand.

»Heben Sie die Karte auf. Es ist noch nicht überstanden, Jane«, sagte sie mit einer Eindringlichkeit, die mich überraschte. »Passen Sie auf sich auf.«

»Keine Sorge«, erwiderte ich und ging hinaus.

Ich betrat den Konferenzraum 3, der erheblich kleiner war als der Saal, in dem die Einführung stattgefunden hatte. Die zehn im Kreis aufgestellten Stühle waren schon fast alle besetzt; die Frauen musterten mich neugierig, als ich Platz nahm. Sollte ich mich vorstellen? Ob es unhöflich war, bis zum Beginn des Workshops eine Zeitschrift zu lesen? Ich öffnete meine Mappe, als müßte ich noch dringend etwas vorbereiten. Ich merkte, wie noch mehr Teilnehmer eintrafen. Als Melanie mich begrüßte, blickte ich auf. Kein Platz war mehr frei. Da drei Teilnehmer stehen mußten, darunter auch Alex Dermot-Brown, wurden zusätzliche Stühle hereingetragen. Alle rutschten ein Stück nach hinten, um den Kreis zu vergrößern.

»Guten Tag«, sagte Melanie, nachdem wir alle saßen. »Ich begrüße Sie zu unserer Arbeitsgruppe ›Hört uns zu!‹. Ich werde mich bemühen, nicht allzu viele Worte zu machen. Wie Sie alle wissen, ist dies keine gewöhnliche Gruppensitzung. Unter uns befinden sich einige Beobachter und ein Gast. Ich möchte nicht zu förmlich sein und übernehme die Diskussionsleitung nur im weitesten Sinne. Ich schlage vor, daß sich alle erst einmal vorstellen und erklären, weshalb sie hier sind. Wir verfahren im Uhrzeigersinn, ich fange an. Ich heiße Melanie. Ich habe mich daran erinnert, daß ich von meinen Vater und meiner Mutter mißbraucht worden bin.«

Nun stellten sich alle nacheinander vor – soviel Leid war kaum zu ertragen. Schließlich war die Reihe an mir. Meine Wangen brannten.

»Ich heiße Jane«, sagte ich. »Bitte, ich bin leider nicht recht auf das hier vorbereitet. Ich habe nichts von Ihrer Arbeitsgruppe gewußt. Ich wollte nur mal zuhören, um die Gruppe kennenzulernen.«

»Das ist doch in Ordnung, Jane«, sagte Sylvia, eine hübsche, robuste Frau mittleren Alters. »Zuerst mal müssen wir lernen, Worte für das zu finden, was uns angetan wurde. Wir haben uns so sehr daran gewöhnt, daß man uns nicht glaubt und uns verunsichern will. Aus diesem Grund haben wir unser Trauma verdrängt.«

»Entschuldigung«, sagte die Frau links von mir. »Darf ich

mich noch vorstellen, bevor wir mit der Diskussion beginnen?«

»Ja, natürlich«, sagte Melanie. »Nur zu.«

»Hallo, ich heiße Sally, und ich erinnere mich daran, daß mich mein Vater und ein Freund der Familie mißbraucht haben. Entschuldigen Sie, daß ich Sie unterbrochen habe, Sylvia.«

Alle schwiegen verlegen, denn Sylvia war eigentlich mit ihren Ausführungen fertig gewesen. Ich nutzte die Stille, um noch etwas zu sagen.

»Es tut mir leid, aber ich bin noch nicht soweit. Sie sind alle so mutig, und ich halte es kaum aus, mir vorzustellen, was ihr durchgemacht habt. Für mich ist das alles noch so frisch.«

»Wir sollten Ihnen nicht leid tun«, meinte Carla, eine junge Frau mit wunderschönen hennaroten Haaren und einem phantasievollen, langen, bunten Kleid. Sie sah traumhaft aus – wie eine Zigeunerin. »Das Schreckliche ist die Unfähigkeit, darüber zu reden. Hier in der Gruppe haben wir versucht, uns von dieser Ohnmacht zu befreien. Jane, ich weiß nicht viel über Sie, aber wahrscheinlich zweifeln Sie noch an den Erinnerungen, die Ihr Gedächtnis freigegeben hat, fühlen sich schuldig und machen sich Sorgen über die Konsequenzen. Mißbrauchsopfer durchleben alles noch einmal, wenn sie versuchen, das Geschehene in Worte zu fassen. Jeder, der die Aussage einer mißhandelten Frau in Frage stellt, wird selbst zum Täter. Der Zweck unserer Gruppe besteht darin, daß wir uns gegenseitig helfen und unterstützen. Wir glauben und vertrauen Ihnen, Jane.«

»Danke. Sicher ist Ihre Gruppe eine wichtige emotionale Unterstützung.«

Die Frauen lachten und sahen einander an. Melanie klopfte mit dem Stift auf ihren Ordner und bat um Ruhe. Dann sagte sie: »Es geht nicht nur um Gefühle, sondern um Politik. Wenn Sie bei uns mitmachen wollen, was wir sehr hoffen, werden

Sie bald herausfinden, daß Mißbrauch kein isoliertes Verbrechen ist und selbst von Menschen in verantwortlichen Positionen verübt wird. Das ist die Situation, gegen die wir antreten.«

»Das kann nicht Ihr Ernst sein!« protestierte ich.

»Denken Sie an Ihre persönliche Erfahrung, Jane. Sie haben einen Mörder und Vergewaltiger entlarvt, der fünfundzwanzig Jahre seiner gerechten Strafe entgangen ist. Und jetzt? Wird Ihre Aussage ernst genommen? Wird sie aktenkundig festgehalten?«

»Ich habe eine Aussage gemacht. Aber er hat ein Geständnis abgelegt«, räumte ich ein. »Er bekennt sich schuldig.«

»Wie praktisch«, sagte Melanie. »Die Leute wollen nicht wahrhaben, daß Mißhandlungen weit verbreitet sind und nicht nur ein Irrer zu dieser Tat fähig ist, sondern ebenso unser Nachbar, der Mann nebenan. Es ist so schrecklich, daß man gar nicht daran denken will. Deshalb sind wir, die Opfer, diejenigen, die sich nicht daran erinnern sollen und die beschimpft werden, wenn sie es doch tun. Aber damit ist jetzt Schluß. Bald werden sich uns noch mehr Leute anschließen, bis der Schutzwall bricht, der die Täter umgibt. Die Polizei und Ihre Familien haben Ihnen einzureden versucht, Ihre eigene Sicht der Dinge zu verleugnen und sich von sich selbst zu entfremden. Wir wollen Ihnen helfen.«

Nach dem Workshop wollte Alex mir noch andere Leute vorstellen, aber ich sagte ihm, daß ich gern nach Hause fahren möchte. Ich sagte ihm, ich werde ein Taxi nehmen, aber er bestand darauf, mich heimzufahren. Ich schwieg lange, während wir uns langsam durch den Berufsverkehr bewegten.

»Wie fanden Sie Melanies Gruppe?«

»Ich weiß nicht, was ich sagen soll. Es fällt mir schwer, über soviel Leid vernünftig zu reden.«

»Hätten Sie Lust mitzumachen?«

»Himmel, das weiß ich nicht, Alex. Früher mußte ich mal für ein Schulfest der Jungen einen Flohmarkt organisieren. Danach habe ich mir geschworen, mich nie mehr für so etwas zu engagieren. Menschenmengen sind nicht meine Stärke.«

Wieder schwiegen wir lange. Aber mir lagen zwei Fragen auf dem Herzen.

»Alex«, begann ich schließlich. »Sie sind Spezialist auf diesem Gebiet, und ich hatte tatsächlich eine Erinnerung, die darauf wartete, aufgedeckt zu werden. Ist das nicht seltsam?«

»Nein, Jane, das ist es nicht. Entsinnen Sie sich nicht an unser erstes Gespräch? Ich glaubte, ich könnte nichts für Sie tun. Sie sagten, es gäbe ein schwarzes Loch mitten in Ihrer goldenen Kindheit. Das hat mein Interesse geweckt. Ich suchte nach einer verschütteten Erinnerung, weil ich felsenfest davon überzeugt war, daß es eine gab.«

»Und Sie können sich nicht vorstellen, daß Sie sich vielleicht getäuscht haben?«

»Sie haben doch das wiedergefunden, was verschüttet war, oder nicht?«

»Ja, aber ich wünschte, ich könnte mich darüber freuen.«

»Denken Sie an das, was Melanie gesagt hat. Es ist nur natürlich, daß eine wiedergewonnene Erinnerung Schuldgefühle weckt. Vorher schien das Leben einfacher zu sein, nicht wahr? Aber schließlich haben nicht *Sie* Natalie umgebracht.«

»Alex, Sie haben das doch nicht etwa einem Journalisten erzählt?«

Unvermittelt riß Alex das Lenkrad herum und hielt an. Jemand hupte und schrie etwas.

»Jane, ich bin Ihr Arzt. Wie können Sie so etwas von mir glauben!«

»Auf der Konferenz war mein Fall nicht gerade ein Geheimnis.«

»Die Menschen dort haben alle viel durchgemacht. Diese Leute können Ihnen helfen und umgekehrt. Jane, Sie sind stark und intelligent, Sie haben überlebt. Sie könnten viel Gutes bewirken.«

»Aber das geht alles viel zu schnell, Alex. Ich kann keine Verantwortung für andere übernehmen. Es fällt mir schon schwer genug, die Verantwortung für mich selbst zu tragen.«

»Sie sind stärker, als Sie denken. Wenn Sie wollten, könnten Sie zu einer bedeutenden Sache beitragen. Vielleicht sollten Sie mal daran denken, ein Buch zu schreiben über das, was Sie erlebt haben, auch wenn es nur einem therapeutischen Zweck dient. Nein, sagen Sie nichts, behalten Sie es nur im Kopf. Wenn Sie Hilfe brauchen, könnten wir es auch gemeinsam versuchen.«

Ich schüttelte den Kopf. Ich war völlig erschöpft.

33. KAPITEL

Unter allen Darstellern, die in diesem schrecklichen Drama mitwirkten, kam Claud zweifellos die Rolle des Helden zu. Monatelang – nein, jahrelang, um ehrlich zu sein – war er ein fester Bestandteil meines Lebens, bis ich beschloß, ihn daraus zu verbannen. Aber jetzt war mir ein Leben ohne ihn kaum vorstellbar, obwohl ich es vermied, allzu häufig mit ihm zusammenzusein oder mich bei unseren Begegnungen zu stark auf ihn einzulassen. Kim wurde nicht müde, mich zu warnen.

»Sei nett zu ihm«, riet sie mir. »Aber überleg dir gut, wohin deine Freundlichkeit unter den gegebenen Umständen führen kann.«

Es gab Tage, da wollte ich ihn zurückhaben und konnte mir einfach nicht erklären, weshalb ich ihn überhaupt verlassen hatte. Dann hantierte ich in der Küche mit meinen Kochtöpfen herum, buddelte im Garten, trank Gin und bemühte mich, das flaue Panikgefühl im Magen zu ignorieren.

Claud war natürlich sehr bald über die Sache mit Alan informiert worden, was aber weder sein Entsetzen milderte noch den Schmerz linderte. Als erstes übernahm er, der Erstgeborene, die Rolle des Familienoberhaupts. Benommen und bewundernd beobachtete ich, wie er sich den Journalisten stellte, Briefe verfaßte und Marthas Habseligkeiten ordnete. Er vermittelte den Eindruck, als kümmerte er sich Tag und Nacht um das Wohl seiner Mitmenschen. Er wirkte plötzlich jünger. Die tiefen Falten um seinen Mund, die seinem Gesicht den Ausdruck eines traurigen Mannes mittleren Alters verliehen, verschwanden, und seine Augen bekamen einen ungewohnten Glanz. Während jeder um ihn herum zu zerbrechen drohte, erschien er unerschütterlich. Er wirkte ausgeglichen wie seit Jahren nicht mehr und war voller Tatendrang. Vielleicht waren das ja die Vorzeichen eines Nervenzusammenbruchs.

Er machte mir Vorwürfe. Ich hatte das Gefühl, als entginge ihm keine meiner Bemerkungen und Gesten, als achte er stets darauf, nichts zu sagen, was mich verletzen könnte. Seine Freundlichkeit war unerträglich und erinnerte mich an unsere ersten Rendezvous, als er mir stets die Tür aufhielt, mir Blumen mitbrachte, mich nie in meinem Redefluß unterbrach und auch nie vergaß, mir Komplimente zu meinem Äußeren zu machen. Immer war er bemüht, Streit zu vermeiden, und wenn er doch einmal anderer Meinung war, blieb sein Ton dennoch höflich und behutsam. Er brachte mich damit fast zur Raserei. Erst als unsere beiden Söhne geboren waren, wir eine Hypothek und einen großen gemeinsamen Freundeskreis hatten, ließ seine Anspannung nach. Allerdings bezweifle ich, daß er sich meiner je wirklich sicher fühlte, denn er hatte immer große Angst, mich zu verprellen und zu verlieren.

Aber eines Tages passierte es dann natürlich, und vielleicht verlor er mich, weil er sich mir nie ganz öffnen konnte. Seine Liebe und seine Stärke hatte er mir gezeigt, mich aber nicht an seinen Ängsten und Unsicherheiten teilhaben lassen. Er hatte sich zu sehr bemüht, Stärke zu zeigen. Jetzt, in seiner neu erwachten Besorgtheit, hielt er mich über alle neuen Entwicklungen auf dem laufenden. Er erzählte mir, wie Theo, Jonah und Alfred und ihre Frauen und Kinder mit der Situation umgingen. Er ließ mich sogar wissen, was sie über mich sagten. Allerdings informierte er mich nie vollständig – ich spürte, wie er alle Bitterkeit ausblendete, die sie mir gegenüber empfanden.

»Und was ist mit Alan?« fragte ich ihn bei einem seiner ersten Besuche.

»Er schweigt«, erwiderte Claud. »Er redet mit niemandem.«

Die Vorstellung, daß sich Alan – den ich von jeher als Menschen mit unstillbarem Rededrang kannte – in Schweigen zurückzog, war irgendwie beängstigend. Ich stellte mir vor, wie seine Gedanken gegen diese Mauer anrannten.

Je näher der Prozeßtermin rückte, desto verwundbarer und wehrloser fühlte ich mich. Eines Tages wurde ich ohne mein Wissen auf dem Weg zum Einkaufen fotografiert. Das Foto erschien später unter der Überschrift: »Die Frau, die ihr Gedächtnis zurückgewann.« Zwar gab es juristische Bestimmungen darüber, was im einzelnen über mich geschrieben werden durfte, aber das hielt die Journalisten nicht davon ab, medizinische Beiträge über Fälle von wiederhergestelltem Erinnerungsvermögen zu veröffentlichen. Klatschreporter schrieben über die mit einer solchen Therapie einhergehenden Probleme und berichteten über betroffene Familien und die Schwierigkeiten, mit denen ein berühmter Schriftsteller beim Älterwerden zu kämpfen hatte.

Trotz verzweifelter Anstrengungen ließ Alan sich nicht überreden, einen Anwalt zu nehmen, und lehnte auch sonst jede juristische Hilfe ab. Er berief sich auf sein Geständnis. Nein, er wolle sich nicht verteidigen und würde auch niemandem gestatten, die Verteidigung für ihn zu übernehmen. Befürchtungen wurden laut, daß es sich vielleicht um einen üblen Trick handelte und Alan das Geständnis im letzten Moment doch noch widerrufen würde. Zweimal wurde ich in ein enges Büro in der Nähe der Fleet Street bestellt, wo ich einem konventionell gekleideten jungen Mann und einer Frau Rede und Antwort stehen mußte. Die beiden waren besonders daran interessiert, wie ich an die Tagebücher herangekommen war und wie sich meine Sitzungen bei Alex Dermot-Brown im einzelnen abgespielt hatten. Fast alle meine Äußerungen riefen nervöses Geflüster und ernste Mienen hervor.

»Gibt es irgenwelche Probleme?« fragte ich.

»Es erhebt sich die Frage, ob das als Beweis zulässig ist«, antwortete der junge Mann. »Aber darüber müssen wir uns den Kopf zerbrechen, nicht Sie.«

Claud benahm sich, als könnte er allein mit Willenskraft alles wieder in Ordnung bringen. Er war der einzige, der sich mit allen seinen Brüdern traf. Außerdem führte er Gespräche mit Jerome und Robert und spielte Squash mit Paul. Auf diese Weise nährte er die Illusion, zwischen den Cranes und den Martellos herrsche nach wie vor paradiesische Eintracht. Auch Dad besuchte er mehrmals. Ich vermute, sie konnten jetzt, nachdem Claud und ich in Scheidung lebten, besser miteinander reden als vorher. Selbst mit Peggy traf er sich, obwohl sich die beiden eigentlich nie sonderlich gut verstanden hatten, und beantwortete ihre Fragen. »Daß Paul und sie geschieden sind, ist noch lange kein Grund, sie auszuschließen. Schließlich kennt sie Alan viel besser als Erica.«

Was er wohl tat, wenn er in sein kleines, penibel sauberes Apartment zurückkehrte? Womit vertrieb er sich die Zeit, wenn keine Aufgaben auf ihn warteten? Ob es jemanden gab, mit dem er über sich selbst sprach? Ich sah ihn vor mir, wie er sich ein Kotelett briet, sich dazu ein Glas Wein einschenkte und sein bescheidenes Mahl vor den Neun-Uhr-Nachrichten zu sich nahm. Anschließend ging er durch die Wohnung, strich hier einige Kissen glatt, zog dort die Vorhänge zu und prüfte, ob die Wohnungstür richtig verschlossen war und seine Anziehsachen für den nächsten Tag bereitlagen. War auch der Wecker richtig eingestellt, daß er ihn am Morgen mit Radioklängen aus dem Schlaf holte? Dann legte er sich in die Mitte des Doppelbetts und wartete darauf, daß er einschlief. Bestimmt verfolgten ihn unablässig die Bilder der jüngsten schrecklichen Ereignisse, aber er schaffte es irgendwie, sich mit ihnen zu arrangieren. Obwohl er so heikel ist, so vernünftig, ein solcher Gewohnheitsmensch und Pedant, hat er doch Mut – wahrscheinlich weil er letztlich ein Stoiker ist.

Einmal lud ich ihn zum Abendessen ein. Es war das erste Mal, seit wir uns getrennt hatten, daß ich für ihn kochte – wenn man das Pilzessen einmal außer acht läßt. Nervös plante ich das Menü; schließlich sollte es weder zu sehr aus dem Rahmen fallen – als hätten wir ein Rendezvous – noch zu alltäglich sein – als wären wir immer noch Mann und Frau. Letztlich entschied ich mich für etwas ganz Simples: Hähnchen mit Knoblauchbrot und Salat, eine Käseplatte und Obst. Fünfundvierzig Minuten bevor er erscheinen sollte, schnitt ich zwei rote Paprikaschoten in Streifen, rieb sie mit Knoblauch ein und fritierte sie. Wenn sie abgekühlt waren, wollte ich sie mit Balsamico-Essig und abgetropften Dosentomaten mischen. Ich würzte das Hähnchen mit Rosmarin und schob es in den Ofen. Anschließend wusch ich den Salat und vermengte ihn mit Fenchel und Avocado in einer Schüssel. Ich überlegte kurz, ob ich meine Bürokluft anlassen oder mich lieber umziehen sollte. Schließlich blieb ich, wie ich war – allerdings tuschte ich mir die Wimpern und tupfte mir Rosenwasser hinter die Ohren.

Claud beim Essen zuzusehen ist ein Vergnügen. Er geht ganz methodisch vor, spießt ein bißchen von allem auf seine

Gabel, kaut das Ganze gründlich und spült es mit einem Schluck schwerem Chardonnay hinunter. Ihn zu beobachten erinnert mich an früher, als ich Daddy morgens beim Rasieren zuschauen durfte. Ob wir je wieder zusammenfinden würden, überlegte ich, während ich Clauds schmale Handgelenke betrachtete, seine geschickten langen Finger, sein ruhiges konzentriertes Gesicht. Heute abend erschien mir der Gedanke gar nicht so abwegig – auch wenn ich mich im selben Augenblick fühlte, als wäre ich besiegt worden. Als er fertig gegessen hatte, legte er Messer und Gabel ordentlich nebeneinander, wischte sich mit einem Zipfel der Serviette über seinen ohnehin sauberen Mund und lächelte mich an.

»Wer ist Caspar?«

Mit dieser Frage hatte ich nicht gerechnet.

»Ein Freund.«

»Mehr nicht?«

»Ich möchte nicht darüber reden.«

»Sag mir wenigstens, ob es ernst ist.«

»Es gibt kein ›es‹. Ich habe Caspar seit Wochen nicht gesehen. In Ordnung?«

»Reagier doch nicht gleich so gereizt, Janey.«

»Nenn mich nicht Janey.«

Er schnitt sich zwei Stückchen Käse ab und nahm ein paar Cracker aus der Dose.

»Meinst du nicht, ich habe ein Recht darauf, es zu erfahren?«

»Nein, hast du nicht.«

Jetzt ging es mir schon besser – das Gefühl, wir könnten unsere Ehe vielleicht doch wiederbeleben, verblaßte. Wäre das Abendessen doch bloß schon vorbei. Ich wollte ins Bett gehen, einen Thriller lesen und dabei Tee trinken.

Claud jonglierte ein Stückchen Ziegenkäse auf einem Cracker, steckte den Happen in den Mund und kaute eine Weile.

»Das Problem ist, daß ich mich immer noch mit dir verheiratet fühle«, erklärte er sachlich. »Für mich bist du nach wie vor meine Frau. Und ich bin dein Mann.«

»Hör mal...«

»Ich bin noch nicht fertig.« Offenbar merkte er nicht, daß er den falschen Zeitpunkt erwischt und etwaige Chancen für heute bereits verspielt hatte. »Dieses Gefühl ist noch stärker geworden, seit Dad seine Schuld gestanden hat. In dieser furchtbaren Zeit, die wir durchgemacht haben – eine schlimmere kann man sich wirklich nicht vorstellen –, haben wir uns gegenseitig unterstützt. Oder habe ich dir nicht geholfen?«

Ich nickte stumm.

»Ich will offen zu dir sein – einer der Gründe, weshalb ich das alles durchgestanden habe – diese scheußliche Situation –, war die Hoffnung, daß wir dadurch möglicherweise wieder zusammenfinden. Sieh mal, Jane, wir sind inzwischen über vierzig. Wir sollten lieber nett zueinander sein, anstatt uns voneinander zurückzuziehen. Wir gehören zusammen, wir und die Jungs.«

Ich fuhr auf, als er unsere Söhne erwähnte. Sie hineinzuziehen war unfair.

Er bemerkte nicht, wie ich mich verschloß. »Wir sollten wieder eine Familie sein. Findest du nicht auch?«

Aber Claud ließ mir gar keine Möglichkeit zu antworten. Er erhob sich, ging um den Tisch herum und nahm mein Gesicht in seine Hände. Er wirkte weder aufgeregt noch ungehalten, sondern nur sehr entschlossen, als glaubte er, nachdem er alles geregelt hatte, könnte er jetzt auch noch rasch unsere Ehe wieder in Ordnung bringen. Er stand viel zu dicht vor mir, ich konnte ihn nicht klar sehen und roch in seinem Atem nur Wein und Knoblauch. Ich stieß ihn weg.

»Nein, Claud, hör auf. So einfach geht das nicht.« Ich zitterte. »Es ist meine Schuld. Du hast recht, wir sind uns in letzter Zeit wieder nähergekommen und haben uns gut verstanden. Und als ich dich zu mir einlud, hast du natürlich gedacht...«

»Sei still. Kein Wort mehr.« Zwei hektische rote Flecken erschienen plötzlich auf seinem blassen Gesicht. Er nahm seinen Mantel. »Kein Wort. Jetzt nicht. Denk einfach darüber nach, ja? Ich will nichts überstürzen und dich nicht in Panik versetzen.« Als wäre ich ein scheues Tier, das man vorsichtig anlocken mußte. Einen Augenblick lang stand er in der Tür. »Auf Wiedersehen.« Er zögerte. »Liebling.«

Ich habe nicht das geringste Verlangen gespürt, dachte ich, als ich die Teller wegräumte. Nichts, absolut nichts. Statt dessen hatte mich so etwas wie hoffnungsloses Entsetzen gepackt: Ich konnte mein altes Leben nicht einfach wieder aufnehmen, als hätte ich nach einer bewältigten Midlife-crisis mein Gleichgewicht zurückgewonnen. Claud hatte recht, wir waren über vierzig. Aber ich kam mir gar nicht so vor.

»Es tut mir leid, daß ich mich verspätet habe.«

Caspar nahm mir gegenüber Platz.

»Ich bin selbst gerade erst gekommen.«

Wir waren übertrieben höflich zueinander. Ich reichte ihm die Weinliste, die er vorsichtig entgegennahm, damit sich unsere Finger bloß nicht berührten.

»Ich habe einen Pinot Noir bestellt.«

»Gut«, sagte er. »Sollen wir auch noch was zu trinken bestellen?« Er sah auf, und unsere Blicke begegneten sich. »Hat dir mein unwiderstehlicher Humor nicht gefehlt?«

Mißbilligend schüttelte ich den Kopf. »War das etwa eine Kostprobe?«

»Na ja, ich bin ein bißchen aus der Übung.«

Der Kellner brachte den Wein. Wir tranken ihn ernst und in kleinen Schlucken. Ich zündete mir eine Zigarette an. Meine Hände zitterten ein wenig. Caspars Gesicht verfinsterte sich.

»Möchtest du lieber, daß ich stocksauer werde und dich frage, weshalb du mich erst ohne Erklärung sitzenläßt und dann aus heiterem Himmel wieder anrufst?«

»Fragen kannst du gern. Aber bitte nicht stocksauer.«

»Wie geht es dir, Jane?«

Während der Wochen, in denen ich auf Distanz zu Caspar gegangen war, hatte ich vergessen, wie aufmerksam er war. Als er mich anblickte, hatte ich das Gefühl, daß er mich wirklich sah. Wenn er mich fragte, wie es mir ging, wußte ich, daß dies keine leere Floskel war, sondern daß er es wirklich wissen wollte. Ich holte tief Luft.

»Ich glaube, nicht sehr gut.«

Er nickte. »Ist das Interesse der Presse abgeflaut?«

»Ja, ein wenig. Aber der Prozeß ist in einer Woche. Dann wird's vermutlich noch mal schlimmer.«

»Mußt du aussagen?«

»Wahrscheinlich nicht. Es sei denn, Alan besinnt sich anders und widerruft sein Geständnis. Dann hängt alles von mir ab.«

»Erzählst du mir davon?« Er hatte seine Frage genau richtig formuliert. Hätte er gesagt: »*Möchtest* du mir davon erzählen?«, hätte ich den Eindruck gehabt, er wolle mir seine Hilfe anbieten, und mich vor ihm verschlossen. So aber erkannte ich, daß ich ihm liebend gern erklären wollte, was ich in den zurückliegenden Wochen erlebt hatte. Eigentlich hatte ich mir selbst all das Geschehene noch nicht richtig klargemacht. Ich brauchte das Gespräch dringend.

»Es tut mir leid, daß ich dich nicht angerufen habe«, sagte ich spontan.

Caspar lächelte. »Freut mich, daß es dir leid tut, aber es ist schon in Ordnung«, erwiderte er. Er setzte seine Brille auf und studierte die Speisekarte. »Laß uns ein paar Dips und Oliven bestellen. Ich hab seit dem Frühstück so gut wie nichts gegessen.«

Ich vertraute Caspar alles an. Ich schilderte meine Kindheit, unsere Freundschaft zu den Martellos – Theo erwähnte ich nur flüchtig – und Natalies Verschwinden. Ich erzählte ihm von meiner Heirat mit Claud, wie jung ich damals war und wie meine Ehe im Lauf der Jahre immer mehr zerfiel – wie eine Sandburg, die der Wind nach und nach abträgt, bis nichts mehr von ihr übrig ist. Bis ich Claud endlich verließ. Ich beschrieb, wie wir Natalies Überreste gefunden hatten. Caspar war ein guter Zuhörer.

Ich erklärte ihm, daß ich irgendwann merkte, wie unglücklich ich war, und daß ich mich nach einigen fehlgeleiteten Anläufen (ich gestand meinen ersten mißglückten Therapieversuch, erwähnte jedoch William nicht) zu einer Therapie bei Alex Dermot-Brown entschlossen hatte.

»Was hast du dir von der Therapie versprochen?« erkundigte sich Caspar.

»Vermutlich wollte ich dadurch mein Leben wieder selbst in den Griff bekommen. Ich hatte das Gefühl, im Chaos zu versinken, und wußte nicht, wie ich wieder herausfinden sollte. Später entwickelte sich das Ganze allerdings mehr zu einer Suche nach meiner wahren Vergangenheit.«

»Ziemlich großes Vorhaben«, sagte Caspar leise.

Ihm von der Therapie zu erzählen war ungleich schwieriger. Die Erkenntnisse, die ich auf der Couch gewonnen hatte, entglitten mir immer wieder, wie Quecksilberkügelchen, die man mit dem Finger aufnehmen will.

»Er hat mir geholfen, aus meinem Leben eine zusammenhängende Geschichte zu machen«, wiederholte ich unbeholfen Alex' Worte.

»Ich hab immer gedacht«, entgegnete Caspar, »der Reiz der Psychoanalyse läge darin, die eigenen Lebensgeschichte kennenzulernen und in Worte zu fassen.«

War das eine Kritik an mir oder ein Kompliment? Wahrscheinlich weder das eine noch das andere.

»Es fällt mir schwer, darüber zu reden – und ich kann mich so schlecht an die chronologische Reihenfolge erinnern«, gestand ich. »Es ist mehr wie ein Raum, in dem ich mich selbst erforscht habe. Aber ich bin mir nicht sicher, ob ich weitermachen soll – welchen Zweck das jetzt alles hat. Außerdem« – die Bar füllte sich allmählich, und ich mußte die Stimme heben, damit Caspar mich verstand –, »außerdem ist es irgendwie unheimlich. Ich habe mir früher nie Gedanken darüber gemacht, wie es Menschen gelingt, so viel Leid mit sich herumzutragen und dennoch ihr Leben zu meistern. Ich bin mir auch immer noch nicht im klaren darüber, ob es richtig ist, Erinnerungen auszugraben und alte Wunden aufzureißen. Vielleicht sollte man schreckliche Ereignisse einfach ruhen lassen.« Mich fröstelte. »Natürlich nicht in meinem Fall. Aber ich bin der Ansicht, es gibt Dinge, die keiner Erklärung bedürfen. Und zuweilen muß angerichteter Schaden in absolut dichten Behältern aufbewahrt werden, wie nuklearer Müll. So was ist natürlich Ketzerei in den Augen der Psychologen. Außer bei den Skeptikern, zu denen auch Alex gehört.«

»Du stehst dem allem Gott sei Dank genauso skeptisch gegenüber«, bemerkte Caspar.

»Und du hast Gott sei Dank nicht das Wort *befähigt* verwendet«, lachte ich.

Zum Schluß erzählte ich ihm noch von der Gruppe, an der ich teilgenommen hatte, aber er sagte kein Wort dazu.

»Tja, das war's. Und jetzt weißt du hundertmal mehr über mein Leben als ich über deines.« Plötzlich war ich ganz befangen, als wären im Kino die Lichter angegangen.

»Meine Zeit kommt noch«, sagte er und winkte dem Kellner. »Die Rechnung, bitte.« Er nahm seine Brille ab und zog seine Handschuhe an. »Ich muß zu Fanny nach Hause«, sagte er. »Übrigens erwähnt sie dich immer wieder.«

Wir gingen gemeinsam hinaus. »Kommst du zurecht?«

»Ja«, antwortete ich und war auch überzeugt davon.

»Und du rufst mich an?«
»Ja. Diesmal ganz bestimmt.«
»Na dann, auf Wiedersehen.«
»Auf Wiedersehen, Caspar. Vielen Dank.«
Einen Moment befürchtete ich, er würde mich berühren, aber er tat es glücklicherweise nicht.

34. KAPITEL

Eines Abends brachte Claud mir auf dem Weg von der Arbeit meinen Karton von Stead vorbei. Zögernd stand er vor der Tür. Er fragte zwar nicht, erwartete aber offenbar, daß ich ihn auf einen Drink hereinbat, ihn zum Essen einlud oder mich bereit erklärte, wieder mit ihm zusammenzuleben. Aber ich widerstand jeder Versuchung. Ich wollte allein sein, wenn ich den Inhalt des Kartons durchsah. Claud erzählte mir, wie die Dinge auf Stead standen, nun da Jonah alles losgeworden war und der Besitz bald verkauft werden sollte. Ich hörte ihm zu, stellte aber keine Fragen und ging kaum auf seine Worte ein. Nach ein paar Minuten versiegte unser Gespräch, und ich stand noch immer unnachgiebig in der halboffenen Tür. Claud sah niedergeschlagen aus und meinte, es sei wohl besser, wenn er sich jetzt auf den Weg mache. Ich dankte ihm, daß er mir den Karton vorbeigebracht hatte. Daraufhin wirkte er noch enttäuschter und murmelte etwas, was ich nicht verstand; aber ich fragte nicht nach. Er sah mich leidend an und ging davon.

Die Brüder hatten damals natürlich ständig auf Stead gelebt, aber auch Paul und ich hatten dort unsere Kartons. Martha und Alan hatten sie uns geschenkt, als wir noch klein waren. In diese Kartons packten wir die Besitztümer, die wir auf Stead hatten; Dinge, die, wenn wir gegen Ende des Sommers zurück in den Alltag mußten, weggepackt und auf dem

Dachboden verstaut wurden. Wenn wir im darauffolgenden Juli den Alltag hinter uns ließen und zurückkehrten, liefen wir als erstes hinauf, kramten unsere Kartons hervor und holten die Dinge heraus, die in der Zwischenzeit kleiner geworden waren, weil wir gewachsen waren.

Irgendwie paßte der Karton nicht hierher, sein Anblick hatte geradezu etwas Anstößiges. Er gehörte zu Stead, zu meiner Vergangenheit. Als ich versuchte, ihn hochzuheben, bedauerte ich fast, Claud nicht hereingebeten zu haben. Meine Arme waren zu kurz, ich konnte den Karton nicht umfassen und mußte ihn daher durch den Flur ziehen. Dabei entstand ein Geräusch, wie wenn ein Fingernagel über eine Fensterscheibe kratzt, und der Karton hinterließ eine weiße Spur, die mir, wie ich fürchtete, erhalten bleiben würde. Es gelang mir, ihn bis in die Küche zu schleifen, wo ich ihn neben dem Tisch stehenließ.

Das Ganze würde eine Weile dauern. Zur Stärkung mixte ich mir einen Gin Tonic, holte ein neues Päckchen Zigaretten aus der Duty-free-Schachtel, die Duncan in einem Anfall von Toleranz letzte Woche für mich am Flughafen erstanden hatte, zündete die erste an und öffnete den Karton. Der Inhalt unterschied sich sehr von dem der Kartons, die ich auf meinem eigenen Dachboden stehen hatte. Dieser enthielt keine Bündel alter Briefe, die mit einem Band verschnürt waren, oder alte Zeitungsausschnitte, Studentenausweise, Aufsätze, Zeugnisse, Schulfotos. Sein Inhalt sagte nichts über mein Leben aus, sondern barg Bruchstücke der kurzen Momente zwischen meinem Alltagsleben.

Ich nahm ein paar alte Bücher heraus. *Das kleine weiße Pferd*, *Anna von Green Gables*, *Stolz und Vorurteil*, *Vier Schwestern*, *Kim* und einige *Wie funktioniert das?* Am liebsten hätte ich jedes sofort aufgeschlagen und durchgeblättert, doch ich legte sie mir für eine spätere Gelegenheit zur Seite. Dann kamen einige unnütze Sachen zum Vorschein wie alte Füller, Batterien, ausgetrocknete Klebstofftuben, einzelne

Ohrringe, Lippenstifthüllen ohne Lippenstift. Warum hatte ich das nicht in den Mülleimer geworfen? Jede Menge Krimskrams. Ein herzförmiges Kästchen voller Watte. Was hatte ich darin aufbewahrt? Kämme. Einen großen, bemalten Stein, den ich als Briefbeschwerer zu benutzen beschloß. Einen kleinen, getöpferten Teller mit dem Bild eines Affen. An den konnte ich mich überhaupt nicht erinnern. Ich würde ihn vielleicht für Büroklammern verwenden. Ein paar alte Kassetten. Ein paar Taschenreiseführer über Griechenland und Italien wanderten schnurstracks in den Müll. Ich hatte den Griechenlandreiseführer gekauft und war bis zum heutigen Tag nicht da gewesen.

Ganz unten entdeckte ich alte Notizbücher. Wir alle, aber besonders Natalie und ich, schrieben und schrieben, vor allem an jenen Sommertagen, an die wir uns ungern erinnerten, weil es unablässig regnete und wir im Baumhaus herumsaßen. Ich blätterte die Bücher kurz durch, entdeckte verblichene alte Zeichnungen und Geschichten, Zettel, auf denen wir Schiffeversenken gespielt oder Männchen gekritzelt hatten, Briefe. Und die Tagebücher, die ich fast jedes Jahr geführt hatte. Plötzlich durchzuckte mich ein Gedanke, und ich stöberte, bis ich schließlich ein zerfleddertes rotes Schulheft fand, auf dem »J. Crane. Tagebuch. 1969« stand. Ich blätterte es hastig durch, bis ich bei den letzten Seiten angelangt war. Das war natürlich sinnlos. Es gab keinen Eintrag am Tag nach der Party oder am Tag der Party selbst. Damals war das Leben zu sehr von Gefühlen beherrscht, um in einem Tagebuch festgehalten zu werden. Was hatte ich in den letzten goldenen Tagen gefühlt und getan? Ich blätterte ein paar Seiten zurück und las:

24. Juli
Theo Theodosius!! Mit Natalie ist es total öde, sie will nicht mit mir sprechen, Paul jammert die ganze Zeit,

keine Ahnung, was mit ihm los ist, Fred und Jonah benehmen sich fürchterlich kindisch, Claud ist am Durchdrehen, weil er die ganze Party organisiert. Er sagt, daß er nicht weiß, wo das Zelt stehen soll und wer es aufbauen wird und wessen Idee es überhaupt gewesen sei, den Grillplatz – von dem alles abhängt – erst kurz vor der Party zu bauen, und ob irgend jemand Alan und Martha im Notfall erreichen kann. Er (Claud) sieht richtig krank aus. Luke hängt auch rum und sieht elend aus, und Mum und Dad sind auch nicht gerade in Hochform. In diesem ganzen Chaos, in dem jeder kurz vor dem Nervenzusammenbruch zu stehen scheint, fühle ich mich so wundervoll wie noch nie in meinem ganzen Leben. Es hat alles gerade erst angefangen, und es ist wundervoll. Während ich dies schreibe, ist es bereits tiefe Nacht (Natalie schläft schon – sie sah *echt* schrecklich aus heute abend, aber wenn sie nicht bald netter zu mir ist, höre ich wirklich auf, mir Sorgen um sie zu machen). Ich halte eine Taschenlampe über die Seite, während ich schreibe. Ich bin so aufgeregt, daß ich den Füller kaum ruhig halten kann. Tagsüber mußte ich mich um die Dinge kümmern, die Claud organisiert hat: Lebensmittel in Westbury abholen, aufräumen, austüfteln, wer wo schläft... Hab Theo also kaum gesehen. Dann, nach dem Abendessen, als es dunkel wurde, kreuzten sich unsere Blicke. Wir trafen uns draußen und nahmen uns wortlos bei der Hand, gingen über den Rasen und durch den Wald fast bis ganz zum Cree's Top hinauf. Wir setzten uns nebeneinander und küßten und streichelten uns. Theo knöpfte mir mein Kleid auf und berührte meinen Körper durch die Wäsche hindurch, und ich berührte seinen Körper mit zitternden Händen und hoffte, daß er nicht merkt, wie sehr ich zitterte, aber eigentlich war es mir egal. Noch immer laufen Schauer durch meinen Körper, und wenn ich die Augen schließe, fühle ich genau, wo er mich berührt hat, jede noch so winzig kleine Stelle. Wir sagten einander, daß wir uns lieben. Eng umschlungen lagen wir da, und ich wollte weinen, aber ich tat es nicht. Dann gingen wir ganz langsam wieder zurück. Es war der letzte Tag des Halbmondes, die silberne Sichel war unglaublich schmal. Dann küßten wir uns ganz lange und sagten einander gute Nacht, und ich schlich auf Zehenspitzen die Treppe hinauf und schreibe das jetzt und weiß, daß ich überhaupt nicht schlafen kann.

25. Juli
Stimmt nicht ganz. Ich lag stundenlang wach, bis ich schließlich doch einschlief. Ich wurde aber schon ganz früh, um halb fünf, von den Vögeln geweckt und fühlte mich den ganzen Tag über entweder müde oder träumte vor mich hin. Ein langweiliger, langweiliger, stinklangweiliger Tag. Alan und Martha können von Glück sagen, daß sie bloß zur Pary kommen und sie nicht vorbereiten müssen. Jeder sieht noch schlechter aus als gestern. Ach ja, wir haben Zuwachs bekommen, Mr. Weston kam mit dem großen Zelt, den Backsteinen und anderen Sachen für den Grillplatz und war furchtbar mies gelaunt. Aber als Claud Mr. Weston erklärt hatte, was er tun sollte, waren beide mies gelaunt. Ich konnte nicht anders, ich mußte kichern. (Natalie ist das leibhaftige Elend, wirklich.) Erst meinte Claud, der Grill müsse gebaut werden, dann sollte plötzlich das Zelt aufgebaut werden, und am Abend stand der Grill noch immer nicht. Claud sagte, wenn wir uns morgen als erstes darum kümmern, würde alles noch klappen, Mr. Weston ist kurz vorm Durchdrehen und so weiter und so fort. Alle brüllen sich nur noch an. Morgen ist die Party, und es wird das totale

Chaos geben, alle werden wie verrückt herumrennen, und ungefähr zehn Millionen Gäste werden eintreffen, die an verschiedenen Orten übernachten sollen. Erst mal werden wir morgen alle von Seiner Hoheit Claud von Martello bis in die hintersten Winkel von Shropshire gejagt werden. Aber das juckt mich nicht weiter. Theodore und ich haben heimlich darüber geredet, und wir werden überhaupt nicht zu der Party gehen (!!!). Sein Freund Pete Nichol kommt mit seinen Eltern, und sie werden bis zum Morgengrauen bleiben, bis Claud auch noch den letzten Hot dog vom *el nouveau barbecudos* serviert hat. Theo und ich werden uns heimlich davonschleichen und zu Pete fahren. Und dann werde ich mich ihm ganz hingeben, und ich kann es kaum noch aushalten. Ich bin so glücklich, aber ich habe auch große Angst.

Als ich das gelesen hatte, weinte ich nicht wirklich, aber trotzdem waren meine Wangen naß. Ich fühlte mich nicht mitgenommen oder so. Ich hatte einen sehr befreienden Fünf-Minuten-Heulanfall, nach dem ich mich bedeutend besser fühlte, mir das Gesicht wusch und Caspar anrief. Als er den Hörer abnahm, wußte ich gar nicht mehr so genau, warum ich ihn eigentlich hatte anrufen wollen. Ich fragte ihn, ob er Lust auf einen Drink hätte, und er fragte, wann denn, und ich sagte, jetzt sofort. Aber er meinte, daß er nicht weg könne, weil ein Stockwerk höher ein Kind schlafend im Bett liege. So schlug ich vor, mit einer Flasche Wein zu ihm zu kommen, und versprach, auch höflich und anständig zu sein und keine Szene zu machen. Ich wolle keine Mitleidsbezeugungen oder weise Ratschläge. Er meinte, ich solle besser aufhören und lieber keine weiteren Versprechungen machen. In Ordnung. Also machte ich mich auf den Weg.

»Du bist wirklich sehr geduldig«, sagte ich zu Caspar, als mein Fahrrad im Flur und die Weinflasche auf seinem Küchentisch stand.

»Ich habe Geduld mit *dir*«, erwiderte er. »Aber verlaß dich besser nicht darauf.«

»Ich weiß. Du mußt ganz schön viel mit mir aushalten. Das tut mir wirklich leid.«

»Ich fühle mich anscheinend zu Frauen hingezogen, mit denen es das Leben nicht gut gemeint hat. Sicher wird es hochinteressant zu sehen, wie ich mit einer glücklichen Jane Martello zurechtkomme.«

»Glücklich?« fragte ich. »Na, ja, wir wollen es nicht gleich übertreiben.«

Ich berichtete ihm, wie mein Abend verlaufen war, und erzählte ihm, ohne ins Detail zu gehen, daß ich in meinem alten Tagebuch gelesen hatte.

»Bist du noch immer auf der Suche, Jane?«

»Nein, natürlich nicht. Ich bin dabei, das alles hinter mir zu lassen. Aber wahrscheinlich hatte ich gehofft, dort irgendeinen Hinweis zu entdecken, der auf wundersame Weise die Entwicklung der Ereignisse bestätigt. Es erscheint mir noch immer so merkwürdig. Ich möchte etwas anderes – jemand soll mir sagen, daß alles in Ordnung ist.«

Es folgte eine lange Pause. Ich hatte insgeheim gehofft, daß er dieses Schweigen mit beruhigenden Worten füllen würde, doch er tat es nicht. Er lächelte mich nur so merkwürdig an, spielte mit seinem Glas und trank schließlich einen Schluck.

»Und dennoch«, sagte er, »hast du das Angebot abgelehnt, dich dieser Selbsthilfegruppe von Frauen anzuschließen, die ihr Gedächtnis wiedererlangt haben. Sie hätten dir geholfen. Warum hast du abgelehnt?«

Ich lachte und nahm eine Zigarette aus meiner Tasche, dachte aber im selben Augenblick an Fanny, die oben schlief, und legte sie wieder weg.

»Aus mehreren Gründen, nehme ich an. Unter anderem war es ein Satz von dir.«

»Von mir?« meinte Caspar mit gespieltem Erschrecken.

»Als wir uns damals auf einen Drink getroffen haben, bevor du zu der öffentlichen Anhörung wegen des Wohnheims gekommen bist, erzähltest du mir von einer Studie, die zeigt, daß Leute, wenn sie einmal etwas öffentlich geäußert haben, bei ihrer Meinung bleiben, selbst wenn man ihnen beweisen kann, daß ihre Behauptungen nicht stimmen. So ist es doch, oder?«

»Ja.«

»Ich möchte Gewißheit, aber ich möchte Gewißheit und dazu noch *recht haben*.«

»Dabei kann ich dir nicht helfen.«

»Ich weiß nicht.«

Beide stellten wir unsere Gläser auf den Tisch. Ich weiß nicht mehr, wie es dazu kam, aber plötzlich lagen wir uns in den Armen, küßten uns leidenschaftlich, während unsere Hände den Körper des anderen erkundeten. Ich knöpfte sein Hemd auf und glitt mit den Lippen seine behaarte Brust hinab. Er zog mir den Pullover aus und schob den BH, ohne ihn zu öffnen, von meinen Brüsten.

»Warte«, sagte ich atemlos. »Ich muß erst die Stiefel ausziehen.«

Meine Schuhe waren so fest verschnürt wie ein Korsett. Er schüttelte den Kopf, und ich spürte seine Hände auf meinen Knien und dann, wie sie meine Beine hinaufglitten. Zum Glück hatte ich keine Strumpfhose an. Als er sich bis zum Slip vorgetastet hatte, zog er ihn mit einem Ruck nach unten und über meine Schuhe. Als ich auf das Sofa zurückfiel, rutschte mein Rock hoch, und schon spürte ich ihn in mir.

Später gingen wir ins Schlafzimmer und befreiten uns von unseren verknautschten Kleidern, erkundeten zärtlich den Körper des anderen und schliefen wieder miteinander. Ich fühlte, fast zum erstenmal, daß Sex etwas war, an dem ich Geschmack finden könnte. Wir lagen den Rest der Nacht nebeneinander und redeten. Gegen fünf murmelte Caspar etwas von Fanny. Ich küßte ihn, stand auf, zog mich an, küßte ihn noch einmal leidenschaftlich zum Abschied und ging. Als ich im Morgengrauen durch die Straßen radelte, dachte ich mitleidig an all die Leute, die um diese Zeit in ihrem Bett lagen und schliefen.

35. KAPITEL

Am Tag vor dem Prozeß lungerte eine Handvoll Fotografen vor meinem Haus und erwischte mich, wie ich gerade Milch kaufen gehen wollte. Als ich mir die Hand vors Gesicht hielt, konnte ich mir bereits ausmalen, wie sich das in der morgigen Zeitung machen würde. Ich sah die Schlagzeilen schon vor mir: »Das verdeckte Gesicht der Anklägerin« – »Die streitbare Schwiegertochter«. Der Verhandlung selbst wohnte ich nicht bei. Der Prozeß dauerte nur einen Vormittag. Ich hatte das Haus sehr früh verlassen – noch vor sieben –, um der Presse zu entgehen, doch ein Journalist lauerte mir bereits um diese Uhrzeit auf. »Gehen Sie zum Prozeß?« rief er, aber ich trat, so schnell ich konnte, in die Pedale und sauste wortlos auf meinem Fahrrad an ihm vorbei.

Auf dem Heimweg las ich an einem Zeitungsstand in Großbuchstaben: SCHRIFTSTELLER: »ICH TÖTETE MEINE TOCHTER«. Ich trat auf die Bremse und kaufte den *Standard*. Auf der ersten Seite prangte ein altes Foto, das einen gutaussehenden Alan zeigte. Mir brach der Schweiß aus, und mein Atem ging stoßweise.

Ich radelte nach Hause und bekam vor lauter Nervosität das Fahrradschloß nicht zu. Durch den Briefkastenschlitz hatte der Postbote ein Päckchen gequetscht. Ich erkannte die Handschrift des Absenders: Es war von Paul. Das mußte sein Video sein. Auch das noch! Da es im Haus kalt war, machte ich, bevor ich in die Küche ging, erst einmal die Heizung an. Ich setzte den Wasserkessel auf und steckte zwei Scheiben Brot in den Toaster. Die Signallampe des Anrufbeantworters blinkte unablässig, aber ich kümmerte mich nicht darum. Wahrscheinlich waren es lauter Anfragen von Journalisten, die eine Stellungnahme von mir wollten. Die Zeitung hingegen, die noch immer gefaltet im Korb lag, wirkte wie ein Magnet auf mich. Aber ich blieb standhaft. Ich schmierte mir Orangenmarmelade (ich hatte sie letztes Jahr von Martha geschenkt bekommen) auf das Toastbrot und goß kochendes Wasser über einen Teebeutel. Im Mantel setzte ich mich an den Tisch und trank einen Schluck von dem dünnen Tee.

Ich überflog den Artikel auf der Suche nach den wichtigen Einzelheiten. Alan hatte sich schuldig bekannt und es abgelehnt, strafmildernde Umstände geltend zu machen. Der Staatsanwalt hatte kurz die Beweislage dargelegt (die im wesentlichen auf Natalies Brief, wie und wo er gefunden worden war, und meinen Erinnerungen basierte). Abschließend erklärte der Staatsanwalt, daß anhand der vorliegenden Gutachten kein Grund zu der Annahme bestünde, daß Alan Martello nicht zurechnungsfähig sei. Mit keinem Wort wurde erwähnt, daß Natalie von ihm schwanger gewesen war. Ich konnte mir nicht erklären, warum. Bevor der Richter das Urteil verkündete, hatte Alan lediglich eine einzige Aussage gemacht: »Ich büße für ein grauenhaftes Verbrechen, das jahrzehntelang auf meiner Familie gelastet hat.« Er weigerte sich, näher auf diesen Satz einzugehen oder sich zu der Sache ausführlicher zu äußern. Der Richter beschrieb den Mord eines Vaters an seiner Tochter als eines der abscheulichsten und schwersten Verbrechen. Durch die Weigerung Alan Martellos, Reue zu zeigen, und durch sein wenig kooperatives Verhalten während des Verfahrens habe er die Sache nur noch schlimmer gemacht. Alan wurde zu lebenslanger Haft verurteilt, von denen er mindestens fünfzehn Jahre zu verbüßen hatte.

Ein großes Foto zeigte die finster dreinblickenden Martello-Brüder, die alle zum Prozeß gekommen waren. Sie hatten der Presse gegenüber jeden Kommentar verweigert. Der *Standard* bezeichnete ihre Haltung als »gefaßt, ja fast heldenmütig«. Claud hielt den weinenden Fred im Arm. Auf einem kleineren Foto war ich zu sehen, wie ich mit der Hand mein Gesicht verdeckte, und ein zurechtgeschnittenes Foto, das ich nie zuvor gesehen hatte, zeigte eine Porträtaufnahme von Natalie. Sie wirkte auf dem Bild jünger als fünfzehn und sah durchschnittlich hübsch aus. In ihrem Gesicht war nichts Bedrohliches oder Unheilvolles zu erkennen. Außerdem entdeckte ich einen zwei Seiten langen Artikel mit der Überschrift »DAS KURZE LEBEN VON NATALIE UND IHR GRAUSAMER TOD«. Unter einer etwas unscharfen Aufnahme, auf der alle sieben Martellos zu sehen waren, wie sie in die Kamera lächelten, stand eine kurze Erläuterung. Der erste Satz lautete: »Sie schienen eine so glückliche Familie zu sein.« Außerdem gab es noch einen Bericht über die polizeilichen Nachforschungen; mein Name fiel mir gleich im ersten Absatz ins Auge, aber ich las die Geschichte nicht; ich konnte einfach nicht.

Das Telefon läutete. Ich erstarrte und umklammerte die Tasse mit dem inzwischen kalt gewordenen Tee.

»Jane, hier ist Kim. Bitte, nimm den Hörer ab.«

»Kim.« Ich glaube, ich war noch nie so froh gewesen, eine vertraute Stimme zu hören. »Kim, Gott sei Dank, du bist es.«

»Hör mal, wir können später reden. Ich habe uns ein Zimmer in einem kleinen Hotel in Bishop's Castle an der Grenze zu Wales gebucht. Ich will mit dir übers Wochenende wegfahren. Kannst du bis halb sechs fertig sein? Ich hol dich ab.«

Ich hatte keine Einwände.

»Was würde ich nur ohne dich anfangen, Kim? Ja, das geht.«

»Gut. Vergiß nicht, deine Wanderschuhe und jede Menge warme Sachen einzupacken. Bis dann.«

Ich lief nach oben und stopfte ein paar langärmelige T-Shirts, dicke Pullover und warme Socken in eine große Reisetasche, kramte meine Wanderschuhe hervor, an denen noch der Dreck vom letzten Jahr klebte, und fand schließlich meine Regenjacke zusammengeknüllt ganz hinten im Schrank. Viertel vor fünf. Ich zündete mir eine Zigarette an und schaltete den kleinen Fernseher am Bettende an. Alans Gesicht, das nur aus Bart und bedrohlich blickenden Augen zu bestehen schien, starrte mich an, dann schwenkte die Kamera auf das ernste Gesicht eines noch sehr jungen Reporters: »Bei der Urteilsverkündung beschrieb der Richter den Mord eines Vaters an seiner Tochter als eines der schlimmsten und widernatürlichsten Verbrechen, das man sich vorstellen könne...« Ich beugte mich entsetzt vor und schob Pauls Video in den Recorder. Der junge Reporter verschwand jäh von der Bildfläche. Während der Vorspann lief, tauchte hinter aufsteigendem Zigarettendunst Stead auf dem Bildschirm auf.

Obwohl ich die letzte Sequenz bereits vorab gesehen hatte, war ich nie den Eindruck losgeworden, daß Paul bei seinem Film nicht sonderlich systematisch vorgegangen war. Also erwartete ich wohl einen Urlaubsfilm, wie man ihn mit der Videokamera dreht. Doch ich sollte eine Überraschung erleben. Der Film begann damit, daß Paul einige Verse aus *A Shropshire Lad* rezitierte:

> *Dringt in mein Herz ein tödlicher Wind*
> *Aus jenem fernen Land,*
> *Sag mir, was das für blaue Hügel sind*
> *Und Dörfer, unbekannt.*

Die Kamera zeigte in ruhigen Einstellungen die Landschaft von Shropshire, die nun im Winter zwar kahl, aber noch immer sehr imposant wirkte. Die Sonne schimmerte durch die blattlosen Äste rund um Stead, und das alte Haus mit seinen rosa schimmernden Mauern sah einladend aus. Es waren das Haus meiner Kindheit und das Land meiner verlorenen Unschuld.

Ich saß gebannt vor dem Fernseher, während die Zigarette bis zu meinen Fingerspitzen niederbrannte, und betrachtete Paul, wie er direkt in die Kamera sprach. Erinnerung, sagte er, ist etwas nicht Greifbares, und die Erinnerungen, die man an seine Kindheit hat, sind verführerisch und voller Sehnsucht. Wenn man eine glückliche Kindheit verleben durfte, dann fühlt man sich als Erwachsener wie ein Verbannter, dem diese Freuden nun für immer versagt sind. Wir können niemals dorthin zurückkehren. Die Musik schwoll an, und die Kamera zoomte zur Eingangstür von Stead. Alan trat heraus. Die Zigarettenasche fiel auf die Bettdecke, und ich fegte sie achtlos beiseite. Er zitierte etwas von Wordsworth und sprach über die Liebe. Er erklärte in seiner großspurigen Art, daß er ein zorniger, junger Mann gewesen sei, der die Familie und die damit verbundenen Werte verachtet habe. Aber er habe gelernt, daß dies – wobei er auf Stead deutete – der Ort sei, an dem er wirklich er selbst sein könne. »Ich habe für mich so etwas wie Frieden gefunden«, erklärte er. Als er da auf der Türschwelle stand, wirkte er wie der Prototyp des weisen Patriarchen. Ich betrachtete seine breiten Hände, mit denen er seinen Worten Gewicht verlieh, und erschauderte. Martha, so zart und zerbrechlich wie eine Blütenranke, kam den Flur entlang. Sie hatte einen flachen, breiten Korb und eine Gartenschere bei sich, lächelte verlegen in die Kamera und verschwand wieder aus dem Bild. Die Kamera schwenkte seitwärts und kam an der Stelle zum Stehen, wo man Natalies Leichnam gefunden hatte. Paul erzählte die Fakten. Dann wurden eine Reihe von Fotos eingeblendet, auf denen Natalie als Baby, als Kleinkind, als Zehnjährige, als Teenager, mit der Familie und allein zu sehen war, und schließlich ihr Grabstein.

Als Claud im Bild erschien und ich ihn mit den Augen eines neutralen Zuschauers betrachtete, fiel mir auf, wie gut er aussah und wie ernst er wirkte. Angespannt wartete ich darauf, daß er über mich und über das Scheitern unserer Ehe sprechen würde. Doch er beschränkte sich darauf zu sagen, daß »die Dinge sich nicht so entwickelt hätten«, wie er gehofft habe. Ich war selbst entsetzt über die Woge von Schuldgefühl und Liebe, die mich bei seinen Worten erfaßte. Schnitt zu Robert und Jerome, die in Hampstead Heath Frisbee spielten. Wie jung und unbeschwert sie aussahen! Dann Jerome, der sich liebevoll darüber mokierte, wie besessen die ältere Generation von der Erinnerung an die Vergangenheit sei. Schnitt zu Fred und seiner Familie, wie sie bei sich zu Hause auf ihrer gepflegten Terrasse sitzen. Wieder Schnitt zu Alan, der – einen Brandy in der Hand – sich lang und breit über die Macht der Vergebung ausließ. Und dann noch Schnitt zu Theo, der eine Familie mit einem Computerprogramm verglich.

Das war ja ich, wie ich mit hochrotem Gesicht in meiner Küche stand. O Gott, Weihnachten – aber das Weihnachten, das ich dort sah, während ich auf Kim wartete, war voll festlicher Ausgelassenheit; Gelächter dröhnte mir aus dem Fernseher entgegen; ich lächelte ständig und reichte den Wein herum. (Hatte ich an jenem Abend wirklich so oft gelächelt? Ich konnte mich gar nicht daran erinnern.) Erica und Kim sahen in ihren feuerroten und gelben Kleidern wie zwei extravagante Paradiesvögel aus. Dad wirkte wie ein distinguierter älterer Herr, und meine beiden Söhne verkörperten das Sinnbild der Jugend. Die Macht der Cutter – Bilder so aufzusplitten, daß sich das kollektive Trauma in ein Bild weinseliger Eintracht verwandelt.

Ich rauchte die letzte Zigarette aus meinem Päckchen. Trotz meiner Abneigung gegen die Botschaft des Films, die durch Alans Geständnis zunichte gemacht worden war, berührte mich dieses melancholische Verhaftetsein in der Vergangenheit als Ort der Unschuld und der Freude, dem verlorenen Eden für jeden von uns. Die Musik, der grüne Winter in Shropshire, die Gesichter, die auf dem Bildschirm erschienen und wieder verschwanden und mir so vertraut waren wie mein eigenes. Paul war es gelungen, daß auch diejenigen, die bei diesem Projekt nur widerstrebend mitgewirkt hatten, während des Interviews mit einer Art innerer Beteiligung sprachen, als würden sie im Gespräch Erkenntnisse über sich selbst erlangen. All dies erfüllte mich mit tiefer Trauer.

Der Film war fast zu Ende. Paul ging, die Hände in den Taschen vergraben, am Col entlang. Der Pegel des braunen Wassers war nach den letzten Regenfällen stark angestiegen. Paul blieb stehen, drehte sich zur Kamera und streckte seine Hände dem Betrachter entgegen. O Gott, er rezitierte noch einmal aus einem Gedicht:

Verlor'nes Land der Zuversicht,
Erinn'rung, strahlend klar.
Der Weg des Glücks, wie es einst war –
Doch Rückkehr gibt es nicht.

Ich war verwirrt. Wollte uns dieser Dokumentarfilm nun sagen, daß man wieder nach Hause gehen konnte oder daß man es nicht konnte? Doch Paul sprach weiter. »Familie«, sagte er. »Alan Martello nannte sie Plage und Frieden. Jane Martello, meine Schwester, meinte, daß die Menschen hier ihre besten, aber auch ihre schlechtesten Seiten offenbaren.« (Ach, du lieber Himmel!) »Für Erica, meine Frau, ist sie sowohl ein Hafen als auch ein Gefängnis – wir können immer wieder in den Schoß der Familie zurückkehren, aber ganz gleich, wie weit wir sie auch hinter uns lassen, entkommen können wir ihr niemals.« (Aus welchem Weihnachts-Knallbonbon hatte sie denn diesen Spruch?) Paul lächelte mit der

Weisheit des Alters und schritt davon, in die letzte Sequenz, die ich bereits gesehen hatte: Großaufnahme von dem Haus und dem Fundort der Leiche.

Ich schaltete den Fernseher aus und beschloß, ihn endlich zu verkaufen. Ach, vielleicht würde netterweise ein Cracksüchtiger einbrechen und ihn stehlen, während ich mit Kim weg war. Es war fast halb sechs. Ich machte die Reisetasche zu, doch dann öffnete ich sie noch einmal und packte mein altes Tagebuch ein. Ich wählte rasch Pauls Nummer, aber es meldete sich nur der Anrufbeantworter. Nach dem Piepton sagte ich: »Paul, hier ist Jane. Ich habe mir gerade deinen Film angesehen. Er ist sehr beeindruckend – ehrlich, trotz allem, was inzwischen passiert ist, hat er seine Berechtigung. Ich fahre übers Wochenende mit Kim weg, aber ich rufe dich an, sobald ich wieder da bin. Wirklich gute Arbeit.« Ich wollte schon auflegen, aber da fiel mir plötzlich noch etwas ein. »Oh, Paul – könntest du mir sagen, auf welcher Seite des Flusses du am Ende des Films stehst?«

Kaum hatte ich aufgelegt, hörte ich Kim auch schon hupen. Ich zog meine Lederjacke an, nahm meine Tasche und ging hinaus.

River Arms war ein kleines weißes Gasthaus mit niedrigen Deckenbalken und einem riesigen offenen Kamin in der Bar. Wir hatten ein Doppelzimmer mit Bad. Kim sagte, wenn man morgens aufwache, könne man von unserem Fenster aus den Fluß und die Berge schon sehen. Jetzt war es allerdings diesig und dunkel. Ich saß auf meinem Bett und fühlte mich zu erschöpft, um mich vom Fleck zu rühren.

»Es ist jetzt neun Uhr«, sagte Kim. »Warum nimmst du nicht ein Bad, und wir treffen uns in einer halben Stunde in der Bar? Die Küche hier ist zwar ganz ausgezeichnet, aber das heben wir uns für morgen auf. Wir werden einfach eine Kleinigkeit am Kamin essen.«

»In Ordnung.« Ich gähnte und stand auf. »Woher kennst du dieses Gasthaus eigentlich?«

Kim kicherte. »Tja, ein Relikt aus meiner bewegten romantischen Vergangenheit. Manchmal leistet es mir noch gute Dienste.«

Ich nahm ein heißes Bad und benutzte sämtliche Badezusätze und -gels, die herumstanden. Ich wusch mir die Haare und schlüpfte in eine Leggings und ein flauschiges, weites Baumwollhemd. Kim hatte uns Plätze am Kamin gesichert und bereits zwei große Gin Tonic bestellt. Sie hob ihr Glas und stieß mit mir an.

»Auf bessere Zeiten«, sagte sie.

Meine Augen füllten sich mit Tränen, und ich trank einen großen Schluck von dem klaren, kalten Getränk.

»Ich habe uns schon etwas zu essen bestellt«, fuhr sie fort. »Roastbeef-Sandwiches und eine Flasche Rotwein. Ist dir das recht?« Ich nickte; ich war froh, daß mir heute jemand alle Entscheidungen abnahm.

»Morgen können wir eine lange Wanderung machen, irgendwo hoch hinauf, wo die Luft dünn und der Ausblick phantastisch ist. Falls es nicht regnet. Ich habe Wanderkarten dabei, die können wir beim Frühstück studieren.«

Wir tranken unsere Drinks und sagten beide lange nichts. Es gibt nur wenige Menschen, mit denen man zusammen schweigen kann, ohne daß es peinlich ist.

Schließlich meinte Kim: »War es schlimmer, als du erwartet hast?«

»Ich weiß nicht. Ich weiß nicht, was ich erwartet habe. Aber es war trotzdem schlimm genug.«

Die Sandwiches wurden gebracht; sie waren mit dünnen Scheiben rosa gebratenen Fleisches belegt, dazu gab es eine Meerrettichsoße. Der Wein war ein schwerer vollmundiger Shiraz, samtig genug, um mich friedlich zu stimmen.

»Warum habt ihr euch, Andreas und du, eigentlich getrennt? Ihr schient so glücklich miteinander.«

»Wir waren auch glücklich. Zumindest dachte ich das.« Kim klappte ihr Sandwich auseinander und bestrich das Roastbeef mit Meerrettichsoße. »Erst hatte er mit mir noch darüber gesprochen, wohin wir nächsten Sommer in Urlaub fahren würden, und im nächsten Augenblick erzählt er mir, daß er und seine Ex-Freundin beschlossen hätten, es noch mal miteinander zu versuchen. Dann die alte Leier: ›Tut mir leid, danke für die schöne Zeit, ich werde dich nie vergessen, du bist wundervoll‹ und dieser ganze Mist.« Sie schenkte uns beiden Wein nach. »Ich war zu alt. Ich kann keine Kinder mehr bekommen. Ich verkörpere die Vergangenheit und nicht die Zukunft.« Sie hob ihr Glas: »Auf ein Altwerden in Schande.«

Ich beugte mich vor und umarmte sie. »Er ist bescheuert. Er begreift nicht, was er an dir hatte.«

Kim rang sich ein Lächeln ab. »Das Leben scheint nie so zu verlaufen, wie man es gerne möchte, oder? Wenn du mich damals, als wir zusammen studierten, gefragt hättest, was ich mir vom Leben wünsche, hätte ich dir geantwortet, daß ich alles haben will: eine gute, dauerhafte Beziehung, Kinder, viele Kinder, Karriere, Freunde. Ich habe Freunde, und ich habe Karriere gemacht, obwohl der Job mir heute nicht mehr so viel bedeutet. Den mache ich inzwischen mit links. Aber mit der dauerhaften Beziehung habe ich offensichtlich Probleme. Und Kinder werde ich nie haben.«

Was konnte ich darauf antworten?

»Das Leben ist grausam. Ich dachte immer, jeder ist seines Glückes Schmied. Aber so was denkt man, glaube ich, nur, wenn man jung ist, oder? Da wären wir also: du – schön, geistreich, warmherzig – und allein. Und ich, ich hatte eigentlich alles, was ich mir wünschte, und plötzlich lebe ich in einem Alptraum. Auf jeden Fall« – ich war inzwischen etwas angetrunken, geschwätzig und schrecklich sentimental – »haben wir uns, und daran wird sich auch nichts ändern.« Damit hob ich das Glas. »Auf uns.«

»Auf uns. Im übrigen laß uns jetzt mal was essen, ich bin schon blau.«

Mit großem Appetit verspeisten wir die Sandwiches.

»Wußtest du«, sagte ich nach einer Weile, »daß Stead gar nicht weit weg ist?«

»Ja«, erwiderte Kim. »Das wußte ich. Ist das ein Problem für dich?«

»Nein, nicht direkt. Hast du dieses Gasthaus ausgesucht, weil es in der Nähe von Stead liegt?«

»Irgendwie schon. Das heißt, ich habe es ausgesucht, weil es ein schönes Plätzchen ist, und dann dachte ich, daß du vielleicht gerne nach Stead willst. Um die Vergangenheit zu bewältigen. Ich fürchtete, daß sie dich sonst erdrücken könnte.«

Ich sah sie verwundert an.

»Kim, du bist wirklich erstaunlich. Seit wir hier angekommen sind, denke ich darüber nach, daß ich unbedingt dorthin muß. Ich muß an den Ort zurück, an dem es passiert ist. Nicht unbedingt nach Stead, aber zu Cree's Top. Ich kann es nicht erklären, aber ich habe das Gefühl, daß ich das Geschehene erst dann verarbeiten kann, wenn ich noch einmal dort war. In meiner Erinnerung bin ich x-mal dagewesen; wenn ich meine Augen schließe, könnte ich dir jeden Zentimeter, jede Senke und jeden Baum genauestens beschreiben. Aber ich war niemals wieder da – nicht seit Natalie verschwunden ist. Es wurde zu einer Art verbotener Zone für mich. Nun, inzwischen weiß ich ja, warum. Aber ich weiß auch, daß ich dem, was ich getan habe, nicht entfliehen kann. Also muß ich mich der Sache stellen. Alle Plätze noch mal abgehen. Das verstehst du doch, oder?«

Kim nickte und schüttete den Rest der Flasche in unsere Gläser. »Sicher. Wenn ich in deiner Haut steckte, würde ich es wahrscheinlich genauso machen.«

Ich wollte etwas erwidern, aber sie ließ mich nicht zu Wort kommen. »Da dem aber nicht so ist, werde ich morgen, während du nach Stead zurückkehrst, einen langen Spaziergang machen.«

Wir starrten beide, von Wein und Müdigkeit benebelt, schweigend in die Flammen.

»Woran denkst du?« fragte Kim.

»Es war nicht Memory, weißt du«, sagte ich.

»Was?«

»Das Spiel, das wir immer an Weihnachten gespielt haben, bei dem man sich an Gegenstände auf einem Tablett erinnern muß. Das heißt nicht Memory. Es heißt ›Kims Spiel‹.«

»Welches Spiel? Wovon in aller Welt redest du eigentlich?«

»Ich habe in dem Karton mit den alten Sachen aus Stead, die Claud mir vorbeigebracht hat, einen Roman von Kipling gefunden. *Kim*. Beim Durchblättern stieß ich auf die Stelle, wo Kim zum Spion ausgebildet wird. Sie trainieren sein Gedächtnis, indem er sich wahllos zusammengestellte Gegenstände merken muß, die anschließend verdeckt werden. Das ist Kims Spiel.«

»Möchtest du vielleicht noch ein Glas Wein«, erkundigte sich Kim lächelnd.

»Memory dagegen ist ein Spiel, bei dem Karten verdeckt auf dem Tisch liegen und man versuchen muß, möglichst viele Paare zusammenzubekommen. Wie konnte ich das nur vergessen?«

Kim stand auf.

»Ich vergebe dir«, sagte sie. »Komm, laß uns schlafen gehen.«

36. KAPITEL

Das Anwesen wirkte, als wäre es bereits nicht mehr bewohnt. Als ich aus dem Auto stieg und mich umsah, spürte ich Marthas Abwesenheit sofort. Sie hatte mir mal erzählt, daß ihre Bücher quasi nebenbei entstanden und die Kinder von allein groß geworden seien, aber sie habe immer das Gefühl gehabt, daß ihr Garten sie wirklich brauche. Früher war zwar ein paarmal in der Woche ein Mann aus Westbury gekommen, doch wenn ich auf Stead Ferien machte, schien sie mir jede freie Minute im Garten zu verbringen. Ich sehe sie noch vor mir, wie sie auf Knien mit einer kleinen Schaufel den Boden umgrub, Unkraut jätete und Stecklinge setzte. Unermüdlich widmete sie sich einer Aufgabe, von der wir anderen so gut wie nichts verstanden. Wenn wir die Blumen, das Obst und das Gemüse bemerkten, dann bewunderten wir das alles gebührend, wir hatten es gern um uns, aber um die vielen kleinen Schlachten, die im Lauf des Wachstumsprozesses gewonnen oder verloren wurden, kümmerten wir uns nicht. Hatte sich jemand darüber Gedanken gemacht, was ohne Martha aus dem Garten werden sollte? Es war noch nicht einmal ein Jahr her, seit sie sich – zunächst geistig, dann auch körperlich – aus dem Leben zurückgezogen hatte, und es war noch nicht Frühling, aber schon jetzt wirkte alles vernachlässigt. Stöcke, an denen nichts festgebunden war, steckten in den Beeten, Löwenzahn überwucherte den Rasen, und überall lag welkes Laub.

Das Haus war verschlossen, und ich hatte keinen Schlüssel. Ich hatte nie einen gebraucht. Als ich durch die Fenster spähte, sah ich leere Räume, kahle Borde, nackte Wände, auf deren Tapeten helle Rechtecke an abgenommene Bilder erinnerten. Das war nicht mehr unser Haus, und es bereitete mir eine bittere Genugtuung zu sehen, daß alles, was an die Martellos erinnerte, so radikal entfernt worden war. Stead stand zum Verkauf. Vielleicht würde schon bald jemand mit neuen Erinnerungen hier einziehen. Meine eigenen waren für mich noch überall spürbar, wie das raschelnde Laub, das der Wind von der kleinen Landstraße bis ans Ende der Auffahrt heraufgeweht hatte. Ich wandte mich ab. Die trostlose Grube, in der man Natalie gefunden hatte, war noch da, halbvoll mit morastigem Wasser. Warum schüttete sie denn niemand zu?

Aber deshalb war ich nicht hergekommen. Ich hatte keine Zeit zu vergeuden, und es war auch niemand da, dem ich etwas hätte vorjammern können. Ich wollte die Sache möglichst schnell hinter mich bringen und mir das ansehen, worum es mir ging. Dann würde ich Stead für immer verlassen, mich mit Kim treffen, etwas Gutes essen, ein schönes Wochenende verbringen, nach London zurückfahren und endlich mein eigenes Leben beginnen. Mit schnellen Schritten überquerte ich den ungepflegten Rasen und fühlte, wie meine Zehen feucht wurden. Verdammt, ich hatte die falschen Schuhe angezogen. Schließlich erreichte ich den Waldrand. Zu meiner Linken sah ich die Pullam Farm, und zu meiner Rechten befand sich der Weg, der am Waldrand entlang und dann in einer Kurve wieder zu Stead führte. Doch heute wollte ich nicht diesen Weg einschlagen, sondern zum erstenmal nach fünfundzwanzig Jahren durch den Wald zu Cree's Top und zum Ufer des Col gehen. Es war ein nebelverhangener, feuchter Morgen, und ich fror in meinem Anorak. Aber es würde nicht lange dauern. Der Weg gabelte sich, als ich auf die Anhöhe zukam, hinter der sich der Fluß verbarg. Ich nahm die rechte Abzweigung, die mich um Cree's Top herum zum Flußufer führen würde.

Der Weg, von Gestrüpp überwuchert, wurde anscheinend kaum noch benutzt. Nachdem ich mich durch das Unterholz gekämpft hatte, erreichte ich nach kurzer Zeit das Flußufer und den Fuß von Cree's Top. Ich war wieder da. Ein winziges Detail hatte alles ins Rollen gebracht, eine Kleinigkeit, die Alex' Interesse geweckt hatte. War es nicht so gewesen? Diese albernen Teenager-Gedichte, die ich zusammengeknüllt und ins Wasser geworfen hatte, als ich, mit dem Rücken zu Cree's Top, am Fluß gesessen und beobachtet hatte, wie sie von der Strömung davongetragen wurden. Ob wohl eins davon das Meer erreicht hatte? Oder waren sie allesamt nach der ersten Biegung im Schilf hängengeblieben? Ich kramte in meiner Anoraktasche und holte einen Werbezettel von einem indischen Restaurant heraus, das mir »Unglaublich niedrige Preise!« versprach. Ich knüllte ihn zusammen und warf ihn in den Fluß.

Und nun geschah etwas so Komisches, daß ich fast lachen mußte. Der Fluß floß in die falsche Richtung! Der zusammengeknüllte Werbezettel von »The Pride of Bengal« wurde nicht weggetragen und verschwand nicht hinter der Biegung des Flusses – nein, er schwamm direkt auf mich zu. Und tatsächlich, als ich flußaufwärts blickte, sah ich, daß es in dieser Richtung erst nach mehreren hundert Metern eine Biegung gab. Wie war das möglich? Einen Augenblick lang war ich völlig verwirrt, aber dann begriff ich plötzlich, was los war. Mit raschen Schritten erklomm ich Cree's Top. Viele Bäume waren gefällt worden, und als ich oben angelangt war, hatte sich der Morgennebel gelichtet, und man konnte den Fluß und den Weg, der am Ufer entlangführte, klar erkennen. Der Col machte eine leichte Biegung nach rechts, bevor er seine ursprüngliche Richtung wieder aufnahm. Von hier oben sah das wie ein umgedrehtes C aus. Fünfzig Meter entfernt befand sich die Brücke, von der Natalie zum letztenmal gesehen worden war.

Der Weg wurde mit einemmal sehr abschüssig, und ich mußte aufpassen, daß ich hangabwärts nicht zu schnell wurde. Als ich die Ebene erreichte, setzte ich mich, den Rücken gegen den breiten Felsen am Fuß von Cree's Top gelehnt. Ich kramte wieder in meinen Anoraktaschen und förderte den Kreditkartenbeleg einer Tankstelle zutage. Wenn ich ordentlicher wäre, hätte ich ihn natürlich schon längst am richtigen Platz abgeheftet. Ich knüllte ihn zusammen und warf ihn ins Wasser. Inzwischen hatte sich die Sonne hervorgewagt, und das hellblaue Papier auf den glitzernden Wellen war nur schwer zu erkennen, aber ich ließ es nicht aus den Augen. Es wurde schneller und verschwand schließlich hinter der grasbewachsenen Biegung. Wie ein Traum...

37. KAPITEL

Als Kinder spielten wir oft in der Nähe der Blutbuche mit dem dicken, grauen Stamm und den leuchtendbunten Blättern. Sie stand vor einer Steinmauer, und wenn man auf die Mauer stieg, waren die unteren Äste des Baums nah genug, daß man hinaufklettern konnte. Jetzt erschien er mir schwindelerregend hoch. Für alle anderen unsichtbar konnten wir durch die bronzefarbenen Blätter Stead und sein Portal sehen und beobachteten, wie die Erwachsenen kamen und gingen. Stundenlang blieben wir dort oben. Wir nahmen unsere Puppen mit und, als wir älter waren, Bücher und Äpfel. Natalie und ich saßen und redeten, während das Licht durch die Blätter flirrte. Wir sahen den vorbeiziehenden Wolken nach, tauschten Geheimnisse aus, und die Tage zogen gemächlich vorüber. Ich hatte fast vergessen, wie ausgeglichen und fröhlich Natalie sein konnte. Nach ihrem Verschwinden hatte ich mich ihr gegenüber nicht wie eine wirkliche Freundin verhalten. Wenn ich diejenige gewesen wäre, die ohne ein Wort der Erklärung gegangen wäre, hätte sie mich fieberhaft gesucht, das weiß ich. Sie hätte sich von mir im Stich gelassen gefühlt und sich wütend gegen die Beschwichtigungsversuche der Erwachsenen gewehrt. Sie hätte keine Ruhe gegeben.

Ich dagegen hatte Nacht für Nacht passiv und traurig in dem Zimmer gelegen, das ihres gewesen war, hatte zwar immer von ihr geträumt, aber nie richtig nach ihr gesucht. Einmal, als Natalie und ich im Garten Verstecken spielten, konnte ich sie nirgends finden. Nachdem ich vergeblich hinter den dichten Büschen und in den Geräteschuppen gesucht hatte, marschierte ich in die Küche, wo Martha Plätzchen buk. Gerade machte ich mich daran, die Schüssel auszulecken, da stürmte Natalie herein. »Warum gibst du immer gleich auf?« brüllte sie mich an. »Ich weiß nicht, warum ich mich überhaupt mit dir rumärgere, wenn du immer gleich aufgibst. Du gehst mir *auf die Nerven*, Jane Crane.«

Ich rieb mit dem Finger über die Rinde. Martha hatte diesen Baum auch sehr gemocht. Sie hatte Krokusse und Schneeglöckchen um ihn herum gepflanzt. Die Schneeglöckchen blühten schon, die weißen Köpfe neigten sich anmutig im kalten Wind. Helle Krokustriebe lugten aus dem Erdreich hervor. Ich setzte mich, und als ich mich an den Baumstamm lehnte, spürte ich die rauhe, alte Rinde durch meine Jacke. Mit Anfang Zwanzig hatte ich ein viermonatiges Architekturpraktikum in Florenz gemacht. Ich hatte die Stadt geliebt und in meiner Freizeit die engen Gassen durchwandert oder dunkle, nach Weihrauch duftende Kirchen erkundet, wo Madonnenstatuen in Nischen standen und alte Frauen Kerzen für die Toten anzündeten.

Zehn Jahre später fuhr ich wieder dorthin. In meiner Erinnerung hatte ich die Stadt noch ganz klar vor Augen, doch schon bald mußte ich feststellen, daß irgend etwas nicht ganz stimmte. Die Straßen waren kürzer; wo ein Aussichtspunkt sein sollte, stand ein hohes Gebäude; das Café, in dem ich immer meinen Espresso getrunken und kleine Reiskuchen gegessen hatte, war von der Mitte des Platzes in eine Ecke gerückt. Claud hatte mich zu beruhigen versucht: Man müsse einen Ort eben immer wieder neu entdecken, und das Schöne am Reisen sei doch gerade, daß neue Eindrücke hinzukämen und alte sich änderten. Aber ich kam mir irgendwie betrogen vor: Ich wollte in eine unversehrte Vergangenheit zurückkehren, in der jede Stelle ihre Erinnerungen für mich bereithielt; doch statt dessen kam ich in eine Stadt, die mir auf rätselhafte Weise entglitten war.

Die gleiche, nicht erklärbare Unzufriedenheit plagte mich auch jetzt. Einer plötzlichen Eingebung folgend, zog ich den Reißverschluß meines Anoraks bis zum Kinn hoch, stand auf und kletterte auf den niedrigsten Ast des Baums. Mühsam arbeitete ich mich von Ast zu Ast vorwärts, bis ich einen Sitzplatz erreichte. Durch das Gewirr der mit winzigen Knospen übersäten Zweige blickte ich auf Stead. Da stand das Haus, das unsichtbare Spuren des Verfalls aufwies. Wenn sich rein äußerlich nichts ändert, woran erkennt man dann den Augenblick, in dem das Leben aus dem Gesicht eines Freundes schwindet, wie weiß man, daß ein Haus verlassen ist? Von meinem Platz aus konnte ich die Haustür nicht genau erkennen, obwohl ich mich ganz klar daran erinnerte, sie als Kind von hier gesehen zu haben. Ich kletterte wieder hinunter, sprang ungeschickt auf den Rasen und setzte mich ein zweites Mal mit dem Rücken an den Baum.

Ich zog mein altes Tagebuch hervor, das ich heute morgen noch aus der Reisetasche gekramt hatte, und blätterte auf gut Glück in den hinteren Seiten. Bei manchen Eintragungen kamen mir sofort Erinnerungen: Zum Beispiel die Geschichte mit der Kerze, die Alans Bart in Brand gesetzt hatte, als er sich gierig über den Tisch beugte, um sich die letzten Kartoffeln auf den Teller zu schaufeln. Ich hatte damals so lachen müssen, daß mir hinterher der Bauch weh tat. Oder als wir auf dem nahen Baggersee segeln gingen und ich furchtbare Angst bekam, weil das Boot sich schräg legte und Wasser hineinschwappte, es aber natürlich nicht zugeben wollte – vor allem nicht vor Natalie und Theo, die sehr sportlich waren und es nicht ausstehen konnten, wenn jemand nicht so mutig war wie sie. Oder wie ich mit Alan und den Zwillingen um vier Uhr morgens aufgestanden war, um bei Tagesanbruch dem Vogelkonzert zu lauschen, und wie wir fröstelnd und hungrig, aber vollkommen begeistert zurückkehrten.

Doch es gab andere Eintragungen, die rein gar nichts bei mir auslösten: ein Streit mit Mum, den ich mit scheinheiliger Einsichtslosigkeit beschrieb, oder der Besuch eines mittelalterlichen Herrensitzes, in dem sich während der Reformation Katholiken unter den Dielenbrettern versteckt hielten. Sie waren wie die vergessenen, von Efeu und Nesseln überwucherten Gräber auf dem Highgate Cemetery. Der größte Teil unseres Lebens ist eben verschüttet.

Der letzte Eintrag war mir allerdings immer im Gedächtnis geblieben – was nicht weiter verwunderlich war, denn der Tag vor Natalies Verschwinden war für mich sozusagen der sichtbare Rand rund um ein großes schwarzes Loch. Ohne Schwierigkeit konnte ich die Vorbereitungen aufzählen, die an jenem Tag für die Party getroffen worden waren; ich erinnerte mich daran, wie ich Theo auf der freien Stelle zwischen den frischen gemauerten Steinen für den Grill geküßt hatte, der rechtzeitig für die Party am nächsten Tag fertig werden mußte, und wie wir schuldbewußt aufsprangen, als wir Jim Weston kommen hörten.

Ich klappte das Tagebuch zu und rieb mir die Augen. Regen tropfte auf den Umschlag. Ich hatte das Gefühl, etwas durch dichten Nebel zu betrachten; alle Umrisse waren verzerrt und verschwommen. Wie ich mit Theo dort stand, wo der Grill stehen würde, wie wir uns küßten. Der Grill.

Ich stand so hastig auf, daß ich beinahe gestolpert wäre, und rannte in dem stärker werdenden Regen dorthin, wo Natalies Überreste gefunden worden waren. Die Stelle war noch immer deutlich zu erkennen, ein hellerer Fleck mit aufgewühltem Lehm, Schutt und herausgerissenem Unkraut. Ich sprang in die Grube hinunter und fing planlos an, im Dreck zu graben. Das Bein einer Puppe kam zum Vorschein, eine rostige Gabel mit verklebten Zacken, eine Bierflasche mit zersplittertem Hals; dann förderte ich einen zerbrochenen Backstein zutage und Teile eines rostigen Grillgitters. Das waren die Überreste des Grills. Natalie war darunter begraben gewesen.

Schwer atmend ließ ich mich am Rand der Grube nieder und wischte mir die schmutzigen Hände an meinen schmutzigen Jeans ab. Inzwischen fiel der Regen stetig und legte sich wie ein dunkler Vorhang vor Stead und all seine Geheimnisse. Irgend etwas war hier faul. Ich konnte keinen klaren Gedanken fassen; es war, als entglitte mir ein Traum immer wieder bei dem Versuch, mich an ihn zu erinnern. Natalie war unter dem Grill begraben worden. Aber der Grill war gebaut worden, bevor sie starb!

Ich sagte laut: »Deshalb also wurde ihre Leiche hier begraben! Niemand wäre auf die Idee gekommen, hier zu suchen, weil sie unmöglich hier sein konnte.«

Ich vergrub mein Gesicht in den Händen und starrte durch die Finger in die lehmige Grube. Regen lief mir über den Nacken. Ich versuchte es noch einmal: »Natalie ist vergraben worden, bevor sie starb.«

Oder: »Natalie wurde unter dem Grill vergraben; Natalie ist gestorben, nachdem der Grill fertig war; deshalb...«

Deshalb was? Ich kickte mit dem Fuß ein paar Steinreste in das Loch und stand auf. Kim wunderte sich sicher schon, wo ich blieb.

38. KAPITEL

Als ich in den Gasthof zurückkehrte, lag Kim auf dem Bett und studierte eine Landkarte. Bei meinem Anblick setzte sie sich auf.

»Du bist ja ewig weg gewesen. Du liebes bißchen, schau dir mal dein Gesicht an! Hast du ein Schlammbad genommen oder wie? Ist was passiert?«

»Nein, nichts. Ich weiß nicht.« Ich ging ins Badezimmer und wusch mir Gesicht und Hände. Als ich wiederkam, zog Kim sich gerade die Stiefel an.

»Willst du was essen?« fragte sie.

»Nein. Geh nur, wenn du Hunger hast.« Doch dann überlegte ich es mir anders und fügte schnell hinzu: »Hast du Lust auf einen Spaziergang?«

»Klar; auf der Karte habe ich einen fünfzehn Kilometer langen Wanderweg gefunden, der gleich unten an der Straße beginnt. Wenn wir die Strecke gehen, sind wir noch vor Einbruch der Dunkelheit zurück. Der Weg führt über Berg und Tal, und bei dem Wetter heute wird es bestimmt ziemlich matschig.«

Mit einem Blick auf meine Jeans meinte ich: »Na, ich denke, damit komme ich klar.«

Auf dem ersten Teil der Strecke sagte ich kein Wort, und wir erklommen den schmalen, steinigen Pfad ohnehin in einem solchen Tempo, daß ich vermutlich nicht gleichzeitig hätte wandern und sprechen können. Brombeerranken verfingen sich in meiner Kleidung, und Regen tropfte von den nassen Blättern. Schließlich wurde der Weg breiter, und wir kamen auf eine Anhöhe, von der man bei schönem Wetter sicher einen guten Ausblick gehabt hätte.

»Ich bin vollkommen durcheinander«, begann ich.

»Weshalb?«

»Anfangs war alles klar, genauso wie ich es erwartet hatte – natürlich, schließlich kenne ich Stead wie mein eigenes Zuhause. Ich hab mich einfach ein bißchen umgesehen, du weißt schon, die ganzen alten Erinnerungen...« Kim nickte, sagte aber nichts. »Dann bin ich zu der Stelle zurückgegangen, an der es passiert ist.« Es war merkwürdig, ich brachte es immer noch nicht fertig zu sagen, ›wo Alan Natalie ermordet hat‹. »Seit sechsundzwanzig Jahren bin ich nicht mehr dort gewesen.« Ich kletterte über einen Baumstamm, der quer über dem Pfad lag, und wartete, bis Kim mich eingeholt hatte. »Und als ich zu der Stelle kam, merkte ich, daß alles falsch war. Ich habe mich falsch erinnert.«

»Warum überrascht dich das so? Du hast doch selbst gesagt, daß du fast dreißig Jahre nicht mehr dort warst. Es ist ganz normal, daß du dich nicht erinnerst.«

»Nein. Ich *habe mich erinnert* – aber falsch. Verstehst du nicht, Kim? Ich bin mit Alex in Gedanken so oft durch diese Landschaft gegangen, aber als ich jetzt tatsächlich dorthin zurückkehrte, da war alles anders! Ich meine, verkehrt herum. Oh, verdammter Mist, ich weiß nicht.« Ich zog ein feuchtes Päckchen Zigaretten aus der Jackentasche und zündete mir, während wir weitergingen, eine an.

»Nur damit ich dich richtig verstehe, Jane – willst du damit sagen, daß der Weg, den du Stück für Stück mit Alex erforscht hast, der falsche war?«

»Nein, nein, das meine ich nicht. Ich bin den richtigen Weg gegangen, jedes Detail stimmte – aber es war eben alles verkehrt herum.«

»Ich glaube, ich kapier das nicht. Was soll das denn heißen?«

»Ich weiß es selbst nicht. Ich bin total verwirrt, Kim. Und das ist noch nicht alles.«

»Wie, nicht alles?« Kim war so entnervt, daß sie mich fast anschrie.

»Nicht nur, daß der Weg andersrum verlief, als ich dachte, ich habe noch etwas anderes herausgefunden – und ich weiß nicht, warum bis jetzt niemand darauf gekommen ist. Dabei ist es eigentlich ganz naheliegend.«

»Was denn? Verdammt noch mal, Jane, hör auf, in Rätseln zu sprechen! Mach endlich den Mund auf und erklär es mir!«

»Okay. Also: Ich saß da und las das Tagebuch, das Claud mir gebracht hat. Und das beschreibt genau den Zeitraum vor Natalies Tod.«

»Aha.«

»Tja, in meinem letzten Eintrag – den ich am Tag vor Natalies Ermordung gemacht habe – schreibe ich, daß der Grill noch nicht fertig ist. Der Grill, den Jim Weston für die Party gebaut hat.«

»Und?«

»Aber dort hat man Natalie gefunden. Kim. Unter dem Grill.«

Ich beobachtete, wie Kims verständnisloser Gesichtsausdruck sich veränderte. Nachdenklich sah sie mich an: »Das ist unmöglich. Das würde bedeuten ...«

»Das würde bedeuten, daß die Backsteine, unter denen man Natalie gefunden hat, gemauert wurden, bevor sie starb.«

»Aber ...«

Ich zählte die verschiedenen Argumente an meinen Fingern ab: »Also, erstens: Wir wissen, daß Natalie am Tag nach der Party starb. Jemand hat sie gesehen, ein vertrauenswürdiger Zeuge, der nicht in irgendwelche Familienstreitigkeiten verwickelt war. Zweitens: Wir wissen, daß Alan sie umgebracht hat – ich erinnere mich daran, und er hat es gestanden. Aber Alan traf erst auf Stead ein, als der Grill schon fertig war. Drittens: Natalies Leiche ist unter dem Grill vergraben worden.« Wütend und frustriert steigerte ich das Marschtempo, und Kim mußte fast rennen, um mit mir Schritt zu halten.

»Wenn das stimmt, solltest du zur Polizei gehen, Jane.«

Ich blieb wie angewurzelt stehen. »Was soll ich der Polizei denn sagen? Keiner würde diese neue Laune meiner Erinnerung akzeptieren. Und es ändert sowieso nichts daran, daß Alan Natalie getötet hat. Ich will bloß wissen, *wie* er das fertiggebracht hat.«

Ich versetzte einer Brombeerranke, die mir im Weg lag, einen Tritt und kramte in meiner Jackentasche nach einer weiteren Zigarette.

»Verdammt, Jane, kannst du nicht endlich damit aufhören?« meinte Kim. »Warum ist das so wichtig für dich? Denk doch mal darüber nach. Du weißt die Hauptsache über Natalies Tod – du weißt, wer sie umgebracht hat. Jetzt willst du auch noch alle Einzelheiten rauskriegen. Und wenn du das alles rausgefunden hast, dann wirst du durch die Gegend rennen und rauchen wie eine Blöde. Aber du wirst nie alles herausbekommen, Jane. Soll ich dir sagen, was ich denke?«

»Na, mach schon. Du gibst ja sowieso nicht eher Ruhe.«

Ich war durchnäßt und wütend. Ein Steinchen drückte gegen meinen Fußballen, mein Kopf juckte unter der Wollmütze, der Wollschal kratzte am Hals, meine Hände schwitzten in den Wollhandschuhen, und meine Nase war eiskalt. Warum konnte Kim nicht einfach nur zuhören, nicken und mir die Hand halten?

»Ich glaube, das Ganze ist für dich zu einer fixen Idee geworden. Wenn du ein Rätsel gelöst hast, taucht garantiert gleich das nächste auf. Du suchst nach dem ultimativen Sinn dieser gräßlichen Tragödie. Du hast den Verstand verloren.«

»O danke.«

»Doch, du gehst mir wirklich langsam auf die Nerven. Kannst du nicht endlich Ruhe geben?«

Ich kletterte über einen Zaun und faßte dabei mitten in eine schleimige, grüne Flechte.

»Ich möchte ja gern. Und ich dachte auch, alles wäre überstanden. Ich wollte noch einmal hierherkommen, um die ganze Sache zu Ende zu bringen und – das hört sich sicher dumm an – um Natalie wiederzufinden. Sie war für mich eine Art Puzzle geworden, und die einzigen Charakterzüge, über die ich nachdachte, waren jene, die ihren Tod erklärten. Aber neulich hab ich sie plötzlich ganz deutlich vor mir gesehen;

es war, als könnte ich die Hand ausstrecken und sie berühren. Ich habe sie wirklich geliebt, sie war meine beste Freundin. Deshalb mußte ich herkommen und Natalies wahrem Ich Lebewohl sagen, dort, wo sie zuletzt gewesen ist. Aber jetzt fühle ich mich so ... ach, Mist, ich brauche einen neuen Ansatzpunkt. Ich hab das Gefühl, ich werde noch verrückt.«

Kim sagte nichts. Wir gingen den Hügel hinunter zum Auto.

»Du willst das restliche Wochenende hierbleiben, oder?« fragte Kim, als wir zum Gasthof zurückfuhren.

»Ja, natürlich.« Aber dann sagte ich: »Weißt du, Kim, ich fürchte, ich kann nicht bleiben. Ich bin furchtbar unruhig. Tut mir wirklich leid, aber können wir nicht heute abend zurückfahren?«

Kim machte ein grimmiges Gesicht.

»Eine ziemlich lange Fahrt, um hier eine Nacht zu verbringen und einen Spaziergang im Regen zu machen, findest du nicht auch?«

»Ich weiß, aber ich wäre bestimmt keine angenehme Gesellschaft.« Ich kurbelte das Fenster herunter und zündete mir eine Zigarette an. »Du weißt schon, unerledigte Dinge ... Wie die Frau zu mir gesagt hat: ›Es ist noch nicht überstanden.‹«

»Und wie heute schon die ganze Zeit habe ich nicht die geringste Ahnung, was du meinst. Na ja«, Kim streckte die Hand aus und berührte sanft meine Schulter, »laß uns nicht streiten. Ich wollte nicht meckern.« Sie lächelte mich wehmütig an. »Ich hatte mir schon mein Abendessen ausgemalt: Muscheln und Thunfisch in Zitronenmarinade, gefolgt von Lammbraten. Und zum Nachtisch einen Apfelstrudel mit Sahne.«

»Ich werde ein paar Sandwiches für unterwegs besorgen«, sagte ich. »Vollkornbrot mit Käse und Salat und hinterher einen Apfel.«

»Na, toll.«

Es war noch nicht ganz sechs Uhr abends, als wir den Gasthof mit Sack und Pack verließen. Ich bestand darauf, die zweite Übernachtung, die wir nicht in Anspruch genommen hatten, zu bezahlen, und entschuldigte mich bei dem Besitzer für unsere überraschende Abreise.

»Die denken wahrscheinlich, es handelt sich um eine kleine Meinungsverschiedenheit unter Liebenden«, mutmaßte Kim.

»Ach, sie werden glauben, wir sind die typischen Schönwetterwanderer aus London, die vor dem Regen flüchten.«

Und es regnete noch immer, als wir an diesem scheußlichen Februarabend aufbrachen. Die Scheibenwischer fegten das Wasser beiseite, und Kim legte eine Kassette ein. Schräge, jazzige Saxophonklänge erfüllten das Wageninnere und übertönten den prasselnden Regen. Während der Fahrt sagten wir beide kein Wort, aber unser Schweigen hatte nichts Unbehagliches. Allmählich ließ der Regen nach, doch es waren noch genügend Pfützen auf der Straße, und jedesmal, wenn ein Lkw an uns vorbeidonnerte, mußte Kim die Scheibenwischer wieder einschalten.

Erschöpft lehnte ich mich zurück und betrachtete die Landschaft, die an uns vorüberzog. In der Scheibe konnte ich undeutlich und verschwommen mein Gesicht erkennen. Ich hätte es dort nicht länger ausgehalten, aber warum ich zurückfuhr, konnte ich eigentlich auch nicht sagen. Was sollte ich jetzt bloß tun? Mein Leben war in eine Sackgasse geraten. Vielleicht wäre es das Beste, wenn ich mich wieder in Alex' Behandlung begab und versuchte, mir über die schrecklichen Widersprüche Klarheit zu verschaffen, die mich nicht mehr losließen. Mit Alex' Hilfe war es mir gelungen, einen grauenerregenden Abschnitt meiner Vergangenheit zu erhellen, aber alles andere lag noch im dunkeln. Vielleicht mußte ich auch Licht in diese Dinge bringen. Beim bloßen Gedanken daran fühlte ich mich bereits unaussprechlich erschöpft. Jeder Knochen tat mir weh. Als ich diese Reise zurück in meine

Kindheit begonnen hatte, hatte ich immer von einem schwarzen Loch in meiner Vergangenheit gesprochen. Doch jetzt schien es, als hätte sich dieses Bild – wie das Negativ einer Fotografie – umgekehrt. Das einzige, was für mich jetzt sichtbar, verwirrend sichtbar war, war der Teil, der bis dahin im dunkeln gelegen hatte. Aufgewühlte Erde, in der ein toter Teenager lag.

»Könntest du kurz das Licht anmachen? Ich will eine andere Kassette einlegen«, meinte Kim und kramte in der Ablage, in der ein heilloses Durcheinander herrschte.

»Klar.« Ich blinzelte in das Licht, und die Welt außerhalb des Wagens war ausgeblendet. »Weißt du, Kim, ich habe das Gefühl, alles ist auf den Kopf gestellt. Als ich heute morgen den Hügel hinaufging, kam ich mir vor wie Alice bei ihrer Reise hinter den Spiegeln, als sie in dem Garten spazierengeht, in dem alles umgekehrt ist. Wenn man zu einem bestimmten Punkt will, darf man nicht auf ihn zu-, sondern muß von ihm weggehen. Merkwürdig, nicht wahr?«

Erstaunt stellte ich fest, daß mir die Tränen kamen. Ich mußte blinzeln und blickte auf die Scheibe. Eine Frau mittleren Alters, deren schmales Gesicht kummervoll aussah, starrte zurück, gefangen in ihrer Welt auf der anderen Seite der Scheibe. Wir sahen einander aus weit aufgerissenen Augen erschreckt an. Sie war mir nicht fremd; wir kannten uns ziemlich gut, doch vielleicht nicht gut genug. Ein Blitz durchzuckte mein Gehirn. O nein, lieber Gott, bitte nicht! Was hatte ich getan?

Ich griff hastig nach oben und knipste das Licht aus. Der silberhelle, betörende Klang einer Flöte schwebte durch den Raum. Das Gesicht der Frau war verschwunden. Ich hatte mich selbst gesehen. Natürlich. Ich war das Mädchen auf der Anhöhe, war für eine Stunde Natalie; ich hatte mich selbst auf der Anhöhe gesehen, war mir auf der Fährte gewesen. Ich hatte mich in dem Garten hinter den Spiegeln befunden und war meinem eigenen Bild gefolgt, und als ich mich selbst gefunden hatte, hatte ich mich auf ganz schreckliche Weise verloren. Auf ganz schreckliche Weise. Ich fühlte, wie ein Schrei aus meiner Kehle aufstieg, und hielt mir den Mund zu. Es war gar nicht Natalie, die auf dem Hügel gewesen war; das war immer ich gewesen, Natalies Freundin, ihre Doppelgängerin. Der alte Mann, der damals das Zelt abgebaut hatte, hatte mich gesehen; ich war es, die Natalie genannt worden war. In meinen Alpträumen hatte ich mich gesucht.

»Kim, kannst du mich bitte an der nächsten U-Bahn-Station absetzen?«

Wir fuhren gerade durch die Londoner Randbezirke, und ich wußte, wohin ich jetzt fahren mußte.

Kim sah mich erstaunt an, hielt aber an der nächsten Haltestelle prompt an. »Ich hoffe, du weißt, was du tust, Jane, denn ich weiß es mit Sicherheit nicht.«

Ich küßte sie auf die Wange und drückte sie ganz fest an mich. »Ich weiß, was ich tue, zum erstenmal seit langer, langer Zeit weiß ich das. Ich muß unbedingt etwas herausfinden, und ich denke, es wird sehr schmerzlich sein.«

»Jane«, sagte Kim, als ich ausstieg. »Falls du das hier jemals hinter dich bringen solltest, dann schuldest du mir was. Und zwar einen großen Gefallen.«

39. KAPITEL

Hallo?«

»Hallo, spreche ich mit Dr. Thelma Scott?«

»Ja.«

»Hier ist Jane Martello. Vielleicht erinnern Sie sich an mich, wir sind uns schon mal begegnet…«

Sie unterbrach mich, und ihre Stimme klang interessiert. »Ja, ich erinnere mich.«

»Ich weiß, das klingt ein bißchen komisch, aber könnte ich vielleicht bei Ihnen vorbeikommen?«

»Wie? Jetzt gleich?«

»Ja, wenn das geht...«

»Es ist Samstagabend. Woher wissen Sie, daß ich keine Dinnerparty gebe oder vorhabe auszugehen?«

»Tut mir leid. Ich möchte Sie natürlich nicht stören.«

»Nein, ist schon in Ordnung, ich lese nur. Sind Sie sicher, daß es so wichtig ist? Können wir nicht einfach am Telefon darüber reden?«

»Wenn ich es Ihnen erzählt habe und Sie es nicht wichtig finden, dann können Sie mich ja wegschicken. Geben Sie mir fünf Minuten.«

»In Ordnung. Wo sind Sie denn jetzt?«

»An der U-Bahn-Haltestelle Hanger Lane. Soll ich ein Taxi nehmen?«

»Nein, Sie sind schon ganz in der Nähe. Steigen Sie einfach in die U-Bahn nach Shepherd's Bush.«

Sie gab mir eine kurze Wegbeschreibung, und wenige Minuten später bog ich bei der Wood Lane in eine ruhige Wohnstraße ein. Auf mein Klingeln öffnete eine zierliche Frau mit hellwachem Gesicht; ich erinnerte mich noch genau an sie. Heute trug sie allerdings Jeans und einen ausgesprochen bunten Pullover. Zwar lächelte sie ein wenig spöttisch, als entspräche mein Anblick genau ihren Erwartungen, aber ihr Händedruck war durchaus herzlich.

»Möchten Sie etwas essen?«

»Nein, danke. Ich habe keinen Hunger.«

»Dann müssen Sie mir wohl beim Essen zusehen. Kommen Sie mit in die Küche. Rauchen ist leider nicht gestattet«, sagte sie, denn sie hatte die Zigarette in meiner Hand sofort bemerkt. Rasch warf ich den Glimmstengel hinter mich auf den Weg. In der Küche goß sich Dr. Scott ein Glas Chianti ein; mir servierte sie das gewünschte Glas Leitungswasser.

»Da Sie nichts essen wollen, mache ich mir auch nur einen kleinen Imbiß«, meinte sie. »Also, worum geht es? Warum wollten Sie mich sprechen?«

Während des Gesprächs bereitete sie eine große Auswahl kleiner Gerichte zu: Pistazien, Oliven mit Sardellen- und Chilifüllung, Tortillachips mit einem Guacamole-Dip aus dem Kühlschrank, Mozzarella und Parmaschinken mit einem großen Klecks Olivenöl.

»Sind Sie Psychoanalytikerin?«

»Nein, Psychiaterin. Ist das wichtig?«

»Sie wissen, was mir passiert ist, was ich getan habe, nicht wahr?«

»Ich glaube schon. Aber erzählen Sie es mir lieber noch einmal.«

Himmel, wie ich mich jetzt nach einer Zigarette sehnte! Damit sie mir beim Nachdenken half und damit meine Hände was zu tun hatten.

»Seit November war ich bei Alex Dermot-Brown in Therapie. Ich hatte große emotionale Probleme, nachdem man die Überreste meiner Freundin Natalie gefunden hatte, die seit dem Sommer 1969 vermißt worden war. Alex zeigte besonders großes Interesse, als ich ihm erzählte, daß ich zur Zeit des Verbrechens ganz in der Nähe war. Wir haben die Szene immer wieder durchgearbeitet, sie visualisiert, und so kam mir allmählich wieder die Erinnerung. Ich war Augenzeugin. Ich habe gesehen, wie Natalie von ihrem Vater, meinem Schwiegervater Alan Martello, getötet wurde. Als ich Alan mit dieser Erkenntnis konfrontierte, hat er gestanden. Jetzt ist er… na ja, das haben Sie sicher in der Zeitung gelesen.«

»Ja, allerdings.«

»Jetzt habe ich eine Frage, Dr. Scott. Eigentlich sind es sogar zwei Fragen. Kann es sein, daß jemand ein Verbrechen bekennt, das er gar nicht begangen hat? Und, wenn ja, weshalb sollte jemand so etwas tun?«

»Darüber muß ich einen Augenblick nachdenken«, sagte Dr. Scott. »Eine knifflige Frage. Warum möchten Sie das ausgerechnet von mir wissen?«

»Weil ich mich frage, ob es möglich ist, daß sich eine Erinnerung später als falsch herausstellt. Ich meine, eine klare, detaillierte visuelle Erinnerung.« Dr. Scott setzte zu einer Antwort an, aber ich ließ sie noch nicht zu Wort kommen. »Ich hatte das Gefühl, nach einer Computerdatei zu suchen, die ich aus Versehen gelöscht hatte. Wenn man die dann wiederfindet, zweifelt man doch nicht daran, daß es tatsächlich die gelöschte Version ist, oder?«

Inzwischen hatte Dr. Scott am Tisch Platz genommen; die Teller mit den kleinen Speisen standen aufgereiht vor ihr. Sie hatte eben von einem Sandwich abgebissen und mußte erst einmal energisch kauen und schlucken, bevor sie antworten konnte.

»Nennen Sie mich doch Thelma. Übrigens ist dieser Name ein Beispiel für Irritationen bei der Übermittlung von Informationen. Er stammt aus einem Roman von Marie Corelli, geschrieben in den achtziger Jahren des letzten Jahrhunderts. Die Heldin, eine Norwegerin, heißt so. Auf einer Konferenz im norwegischen Bergen begann ich deshalb meine Ansprache mit der Bemerkung, meine Anwesenheit sei doch sehr angemessen, weil ich einen norwegischen Namen habe und so weiter und so fort. Aber danach kam ein Mann zu mir und erklärte mir, daß Thelma überhaupt kein norwegischer Name sei. Corelli muß da irgend etwas mißverstanden haben. Oder sie hat es einfach erfunden.«

»Ihr Name ist also ein Irrtum?«

»Ja, alle Frauen mit Namen Thelma müßten eigentlich neu getauft werden und einen richtigen Namen bekommen.« Sie lachte. »Aber es ist ja auch gleichgültig, solange man das mit der kulturellen Tradition nicht zu eng sieht. Ihr Vergleich mit der Computerdatei ist sehr interessant. Nicht mal die Neurologen haben ein akkurates Modell von den Funktionen des menschlichen Gedächtnisses, deshalb steht es jedem frei, eigene Befehlsmodelle zu entwickeln. Manchmal kann das Gedächtnis wie ein Speichersystem funktionieren. Ein ganzer Teil kann verlorengehen, beispielsweise alles, was mit einer alten Schulklasse zu tun hat. Dann begegnet man zufällig einem ehemaligen Klassenkameraden, der ein bißchen von früher erzählt, und plötzlich kommen eine ganze Menge Erinnerungen zurück, von denen man gar nichts mehr wußte und über die der Klassenkamerad auch nicht geredet hat.

Problematisch wird es, wenn man die eigenen Behelfsmodelle mit der Realität verwechselt. Dann nämlich kann einen der Vergleich mit dem Speichersystem zu der Annahme verleiten, daß alles, was man je erlebt hat, jederzeit erinnert und neu durchlebt werden kann – vorausgesetzt, man entdeckt den richtigen Schlüsselreiz. Aber ich würde manche Erinnerungen eher mit einer Sandburg am Strand vergleichen. Wenn das Meer sie einmal überschwemmt und weggewaschen hat, kann man sie nicht mehr in ihrer ursprünglichen Form wiederaufbauen, nicht mal theoretisch. Ist das alles, worüber Sie mit mir sprechen wollten?«

»Natürlich nicht. Ich bin verzweifelt und weiß nicht mehr, an wen ich mich wenden soll.«

»Warum sprechen Sie nicht mit Alex Dermot-Brown?«

»Ich glaube nicht, daß Alex für das, was ich sagen möchte, ein offenes Ohr hat.«

»Und jetzt glauben Sie, ich bin Alex nicht wohlgesonnen und nehme Ihnen deshalb Ihre Geschichte ab«, meinte Thelma und goß sich ein drittes (oder war es schon ihr viertes?) Glas Wein ein.

»Sehen Sie, auf der Konferenz, bei der wir uns begegnet sind, habe ich auch ein paar sehr nette Frauen kennengelernt, die schreckliche Dinge erlebt haben. Diese Frauen haben mir versprochen, mich zu unterstützen, mir Glauben zu schenken und mich nicht in Frage zu stellen. Jetzt stehe ich am Rand eines Abgrunds, aber ich möchte gar keine Unterstützung. Ich will nicht, daß man mir glaubt, wenn ich unrecht habe. Verstehen Sie, was ich meine?«

»Noch nicht ganz, aber reden Sie ruhig weiter.«

»Ich würde Ihnen gern die wichtigsten Punkte erklären. Der letzte Zeuge, der Natalie lebend gesehen hat, sagt, es war am Sonntag, dem 27. Juli, an einem Fluß in der Nähe des Herrenhauses. Meine Gedächtnisarbeit mit Alex beruhte auf der Annahme, daß ich ganz in der Nähe der Stelle war, an der zur gleichen Zeit das Verbrechen passierte. Ich hatte damals eine leidenschaftliche Liebesaffäre mit einem von Natalies Brüdern, ging hinunter zum Col, dem Fluß, und setzte mich ans Ufer, mit dem Rücken zu dem kleinen Hügel, der mich von Natalie trennte. Aus einer Laune heraus hatte ich ein paar Gedichte, die ich früher geschrieben hatte, zerrissen und ins Wasser geworfen. Dann sah ich den Papierfetzen nach, wie sie um die Flußbiegung verschwanden.«

Thelma zog eine Augenbraue hoch. »Ist das alles wirklich von Bedeutung?«

»Ja, es ist sogar sehr wichtig. Genau das gleiche habe ich auch Alex erzählt – es war der Teil, an den ich mich erinnerte, ohne Vorbehalte, der Teil, an dem es für mich keinen Zweifel gab.«

»Und?«

»Heute früh war ich zum erstenmal, seit es passiert ist, wieder am Fluß. Als ich zu der Stelle kam, an die ich mich erinnerte, floß das Wasser in die falsche Richtung.«

»Wie meinen Sie das – ›in die falsche Richtung‹?«

»Es klingt blöd, aber es stimmt. Ich habe ein Stück Papier reingeworfen, und es ist nicht von mir weg-, sondern zu mir hergeschwommen.«

Thelma sah enttäuscht aus. Sie zuckte die Achseln. Mehr hatte ich nicht zu bieten?

»Ganz einfach«, fuhr ich fort. »Ich drehte mich um und ging über die kleine Anhöhe zur anderen Seite. Und da begriff ich, daß ich *dort* gesessen und das Papier ins Wasser geworfen hatte. Ich habe probeweise sogar noch ein Stück reingeworfen, und es ist von mir weg und um die Flußbiegung geschwommen, genau wie in meiner Erinnerung.«

Thelmas Gesichtsausdruck war kühl geworden. Sie wirkte distanziert, etwas peinlich berührt sogar. Sogar das Essen schien sie nicht mehr zu interessieren. Zweifellos überlegte sie, wie sie mich ohne größere Umstände loswerden konnte.

»Tut mir leid«, sagte sie. »Bestimmt bin ich schwer von Begriff, aber ich verstehe wirklich nicht ganz, worauf Sie hinauswollen. Mir leuchtet nicht ein, warum es wichtig sein sollte, daß Sie sich an die falsche Stelle am Fluß erinnert haben.«

»Es war nicht nur falsch herum. Die Brücke, von der aus der Zeuge Natalie angeblich gesehen hat, war ebenfalls auf dieser Seite des Hügels. Aber schenken Sie mir bitte noch eine Minute Geduld. Aus Gründen, die ich nicht näher erörtern möchte, habe ich vor kurzem eine Menge Sachen von früher bekommen, aus der Zeit, als ich den Sommer immer im Haus der Martellos verbracht habe. Darunter befand sich auch das Tagebuch, das ich damals führte. Da es schon zwei Tage vor Natalies Verschwinden aufhörte, habe ich ihm nie Beachtung geschenkt. Als ich es mir jedoch heute noch einmal ansah, fiel mir ein hochinteressantes Detail auf. Mir war es schon immer seltsam vorgekommen, daß Natalies Leiche nicht gefunden wurde. Als man sie im November entdeckt hat, war das – jedenfalls für mich – beinahe noch seltsamer. Die Stelle war brillant gewählt, denn sie lag direkt vor unserer Nase, im Garten, nur ein paar Meter vom Haus entfernt. Aber wie war es dem Tätger gelungen, sie unbemerkt dort zu vergraben?«

»Ich weiß nicht. Sagen Sie's mir«, entgegnete Thelma mit spürbarer Ungeduld.

»Mein Tagebuch erinnerte mich daran, daß vor dem Haus ein Grill gebaut wurde und daß dieser Grill genau am Morgen des 26. Juli fertig war – das war der Samstag, an dem es abends eine Party gab, der Tag, bevor Natalie zum letztenmal gesehen wurde. Heute früh habe ich mir die Grube angesehen, in der Natalies Leiche gefunden wurde, und dort entdeckte ich auch die Reste dieses Grills. Er war aus Backsteinen gemauert und mit in Beton eingelassenen Tonkacheln verkleidet. Jetzt sind nur noch Scherben da, denn der Grillplatz wurde abgerissen, und die Tonkacheln wurden zertrümmert, als Martha – das ist meine Schwiegermutter – den Rasen vergrößern ließ. Aber der springende Punkt ist: Der Mörder hat Natalie in dem Loch vergraben, weil er wußte, daß darüber eine schwere Backsteinkonstruktion mit Beton und Kacheln errichtet werden würde.«

»Würde die Polizei nicht zuallererst in einem Loch im Boden suchen?«

»Aber es gab ja gar kein Loch mehr, verstehen Sie denn nicht? Als Natalie am 27. zum letztenmal gesehen wurde, war der Grill schon über vierundzwanzig Stunden an Ort und Stelle. Aber aus einleuchtenden Gründen ist es unmöglich, eine Leiche unter einem Backsteingrill zu vergraben, der schon fix und fertig auf der Wiese steht.«

»Na ja, damit beantworten Sie doch Ihre eigene Frage, stimmt's?«

»Sie verstehen immer noch nicht ganz. Natalie kann unmöglich erst am 27. gestorben sein, als man sie erstmals vermißte. Sie war schon am Morgen vor der Party, also schon am 26., tot – und vergraben.«

Thelma machte ein verwirrtes Gesicht, aber nun war ihr Interesse wenigstens wieder geweckt. »Aber Sie haben doch gesagt, man hat Natalie am 27. gesehen, oder?«

»Ja. Aber was ist, wenn ich Ihnen sage, daß Natalie und ich gleich alt waren, daß wir einen sehr ähnlichen Teint hatten und oft die gleichen Kleider trugen? Daß Natalie in der Gegend sehr bekannt war, während ich nur im Sommer auftauchte – eine Menge Nachbarn hatten mich also noch nie gesehen? Und daß ich inzwischen entdeckt habe, daß ich zur gleichen Zeit am selben Ort war, an dem man Natalie angeblich zum letztenmal lebend gesehen hat? Was dann?«

Auf Thelmas Gesicht breitete sich ganz langsam ein Lächeln aus, wie eine Flamme, die sich gemächlich durch eine Zeitung frißt. Jetzt dachte sie nach, und zwar gründlich.

»Sind Sie sicher, was den Grill betrifft?« wollte sie wissen.

»Hundertprozentig. Ich habe auf beiden Seiten des Lochs Kachelreste gefunden. Natalies Leiche lag garantiert darunter.«

»Und Sie wissen auch ganz genau, daß der Grill nicht doch ein paar Tage später fertig geworden ist? Vielleicht hat man es ja nicht bis zur Party geschafft.«

»Nein, er war der Mittelpunkt der Party. Ich habe Fotos, wie die Gäste davor Schlange stehen, um sich Rippchen und Bratwurst zu holen.«

Thelma fiel noch ein Einwand ein.

»Spielt das alles denn überhaupt eine Rolle? Alan hat ein Geständnis abgelegt. Die Polizei würde sicher behaupten, daß Sie die Daten falsch im Kopf haben.«

»Aber Alan war überhaupt nicht da. Mein Vater hat Alan und Martha am Morgen der Party in Southampton vom Schiff abgeholt. Sie kamen gerade mit dem Dampfer aus der Karibik und sind erst am frühen Abend auf Stead eingetroffen, direkt zu Beginn der Party. Alan kann Natalie nicht ermordet haben. Es gibt nur ein einziges Problem.«

»Und das wäre?«

Ich hob ratlos die Hände. »Ich hab ihn gesehen. Und er hat es gestanden.«

Thelma lachte laut auf. »Oh, weiter nichts?«

»Ja«, antwortete ich.

»Ich habe nie an so was geglaubt.«

»Wollen Sie damit sagen, ich habe mir alles nur eingebildet?«

Höchstwahrscheinlich sagte ich das ziemlich laut.

»Jane, ich mache mir jetzt einen Whisky, und Sie kriegen auch einen. Außerdem erlaube ich Ihnen, ein paar von Ihren widerlichen Zigaretten zu rauchen, und dann setzen wir uns hin und unterhalten uns mal ernsthaft. In Ordnung?«

»Ja, in Ordnung.«

Schon holte sie zwei unglaublich klobige Whiskygläser hervor und danach noch einen unglaublich klobigen Aschenbecher. In meinem Haus hätte ich beides nicht geduldet.

»Hier«, sagte sie, während sie die beiden Gläser jeweils mit einem etwa fünffachen Scotch füllte. »Nichts von diesem modischen Single-Malt-Zeug, sondern ein altbewährter Verschnitt – so sollte man Whisky trinken. Prost.«

Ich nahm einen großen Schluck und zog beglückt an meiner Zigarette.

»Also?« fragte ich.

»Erzählen Sie mir von Ihren Therapiesitzungen bei Alex Dermot-Brown«, sagte Thelma

»Wie meinen Sie das?«

»Erzählen Sie mir davon, wie Sie Ihr Gedächtnis wiedergefunden haben. Wie ging das vor sich?«

Ich berichtete kurz über das kleine Ritual, das Alex und ich jedesmal vollzogen, wenn ich mich ans Ufer des Col zurückversetzte. Während ich sprach, erschien auf Thelmas Gesicht erst ein Stirnrunzeln, dann allmählich ein Lächeln.

»Entschuldigung«, unterbrach ich mich, »hab ich was Komisches gesagt?«

»Aber nein«, entgegnete sie. »Machen Sie weiter.«

»Das war schon alles. Was halten Sie davon?«

»Haben die Vertreter der Anklage es je in Erwägung gezogen, Sie in den Zeugenstand zu rufen?«

»Wozu? Alan hat ja gestanden.«

»Natürlich. Aber hatten Sie den Eindruck, daß die Ankläger darauf brannten, Sie aussagen zu lassen?«

»Das weiß ich nicht. Na ja, ich glaube, einigen von ihnen wäre es eher unangenehm gewesen.«

»Dann sage ich Ihnen, daß man Alan Martello nie allein aufgrund Ihrer Aussage verurteilt hätte. Das wäre wahrscheinlich sogar gesetzwidrig gewesen.«

»Wieso?«

»Weil sich das Gedächtnis unter dem Einfluß von Hypnose verändert. Und Sie sind hypnotisiert worden.«

»Das ist doch albern! Ich weiß genau, was ich getan habe. Ich lag bloß auf der Couch und habe versucht, mich zu erinnern. Wenn man mich hypnotisiert hätte, müßte ich das doch wohl wissen.«

»Das glaube ich kaum. Hypnose ist kein Hokuspokus. Ich schätze, Sie reagieren sehr empfänglich auf hypnotische Prozesse. Ich könnte Sie jetzt in Trance versetzen und Ihnen sagen, daß Sie… hmm, sagen wir mal, daß Sie auf dem Weg von Shepherd's Bush hierher gesehen haben, wie jemand überfahren wurde. Wenn ich Sie aus der Hypnose zurückhole, wären Sie überzeugt, daß es stimmt.«

»Selbst wenn es so wäre – Alex hat mir nicht gesagt, woran ich mich erinnern soll.«

»Ich weiß, aber allein durch die Wiederholungen und die Verstärkung, die er Ihnen gab, haben Sie sozusagen immer mehr Erinnerungen angehäuft. Jedesmal haben Sie ein Versatzstück zu Ihrer Geschichte hinzugefügt, und bei der nächsten Sitzung erinnerten Sie sich dann an das Detail, das Sie bei der vorhergehenden dazugewonnen hatten.

Selbstverständlich ist Ihre Erinnerung in gewisser Weise real, aber es ist eine Erinnerung an Erinnerungen.«

»Aber was ist mit dem Verbrechen, das ich gesehen habe? Es war so real, so detailliert.«

»Die ganze Therapie war doch darauf zugeschnitten. Alex Dermot-Brown hat Sie darauf vorbereitet, er hat Ihnen immer wieder versichert, daß alles, woran Sie sich erinnern, der Wirklichkeit entspricht, und er hat seine Autorität als Arzt und Analytiker eingesetzt, um Sie davon zu überzeugen, daß Sie etwas wiedererlebten – und nicht etwa konstruierten.«

»Ist so etwas denn *möglich*?«

»Ja, so etwas ist durchaus möglich.«

»Hat Alex das absichtlich gemacht? Hat er versucht, mir eine falsche Erinnerung einzutrichtern?«

»Ganz gewiß nicht. Aber manchmal schafft man sich das, wonach man sucht. Ich weiß, daß Dr. Dermot-Brown leidenschaftlich an das Phänomen der wiedergewonnenen Erinnerungen glaubt, und ich bin überzeugt, daß er den Menschen helfen will, die unter Gedächtnisverlust leiden. Mittlerweile hat er sogar seine ganze berufliche Arbeit darauf ausgerichtet.«

»Sie sind also sicher, daß er sich irrt?«

»Welche Erklärung könnte es sonst geben für das, was Sie erlebt haben, Jane?«

»Und was ist mit dem Mißbrauch von Kindern? Glauben Sie, das sind alles bloß Phantasien, wie Freud behauptet hat?«

Thelma nahm einen großen Schluck Whisky. »Nein. Zur Zeit behandle ich ein halbes Dutzend Opfer von sexuellem Mißbrauch. Zwei davon sind Schwestern und haben beide jeweils zwei von ihrem Vater gezeugte Kinder zur Welt gebracht, bevor sie sechzehn waren. Beim Prozeß gegen ihn hat meine Aussage hoffentlich geholfen, ihn zu überführen. Natürlich weiß ich auch, daß sich Mißbrauch oft schwer beweisen läßt. Ich kenne Männer, die deshalb ungeschoren davonkommen, und das treibt mich zur Verzweiflung. Vielleicht ist das der Grund, weshalb ich mehr trinke, als mir bekommt.« Sie schwenkte ihr schon fast leeres Whiskyglas. »Aber ich glaube nicht, daß Mißbrauch in einem luftleeren Raum existiert, in dem die normalen Regeln – ich meine damit juristische und wissenschaftliche Grundsätze – nicht mehr gelten. Nur weil Mißbrauch extrem schwer nachweisbar ist, bedeutet das noch lange nicht, daß wir versuchen sollten, Angeklagte ohne Beweise zu verurteilen.«

»Aber in diesen Fällen *gibt* es Beweise. Bei den Frauen, die ich im Workshop kennengelernt habe. Sie erinnern sich daran, wie sie mißbraucht wurden.«

»Tun sie das? Alle? Ich kenne junge Frauen aus anscheinend liebevollen, intakten Familien, die nach ein, zwei Jahren Analyse überzeugt waren, ihre gesamte Kindheit hindurch auf entsetzliche Weise mißbraucht worden zu sein. Sie erzählen von wiederholten rituellen Vergewaltigungen, Inzest, Folter, davon, daß man sie gezwungen hat, Exkremente zu essen und an irgendwelchen schwarzen Messen teilzunehmen. Vielleicht meinen manche Leute, daß solche unerhörten Beschuldigungen von besonders stichfesten Beweisen untermauert werden müssen, aber die Leute, die sich für die Rechte dieser bedauernswerten Frauen einsetzen, vertreten die Ansicht, daß wir außer den eigenen Aussagen der Opfer keine weiteren Beweise brauchen. Alles andere ist für sie Kollaboration mit dem Täter. Es gibt nicht mal eine neurologische Erklärung für den Gedächtnisverlust, der, wie wir alle wissen, nach einem Schlag auf den Kopf, beispielsweise bei einem Autounfall, eintreten kann. Und es gibt keine Erklärung dafür, wie regelmäßig über mehrere Jahre hinweg wiederkehrende Einzelereignisse aus dem Gedächtnis gelöscht werden können. Da ist Ihr Erlebnis, daß Sie gesehen haben, wie Ihr Schwiegervater Ihre Freundin ermordet hat, noch ein vergleichsweise trivialer Fall.«

»Aber warum habe ich denn ausgerechnet Alan gesehen?«

Thelma zuckte die Achseln. »Fragen Sie mich nicht. Sie kennen ihn, ich nicht. Vielleicht haben Sie im Verlauf Ihrer Analyse besonders starke Gefühle auf ihn projiziert. Als Ihre Phantasie dann einen Bösewicht brauchte, erschien er Ihnen möglicherweise als geeignet, weil er ein Mann ist, der Frauen gegenüber zur Gewalt neigt. Das Bild des Mordes entstand in dem Moment, in dem Ihre innere und Ihre äußere Welt aufeinandertrafen. Auf eine abnorme Weise war es so etwas wie ein Triumph für den psychoanalytischen Therapieansatz. Unglücklicherweise hat sich die Realität sehr hartnäckig eingemischt.«

»Aber warum um alles in der Welt hat Alan dann gestanden?«

»So etwas kommt vor, wissen Sie. Er wird seine Gründe haben.«

»O Gott«, stöhnte ich und ließ den Kopf auf die Hände sinken.

»Wenn Sie wissen wollen, ob Alan Martello ein Mann ist, der mit Schuldgefühlen und Verzweiflung umzugehen versucht, indem er etwas absolut Irres, Selbstzerstörerisches, Theatralisches tut, dann haben Sie so ziemlich ins Schwarze getroffen.«

Thelma trank ihren Whisky aus.

»So sieht's also aus.«

Ich betrachtete mein Glas. Keine Chance, es je leerzukriegen: Mindestens ein dreifacher Scotch war noch übrig, und ich fühlte mich schon jetzt betrunken. Ein bißchen unsicher erhob ich mich.

»Ich glaube, ich gehe jetzt lieber.«

»Ich rufe Ihnen ein Taxi«, sagte Thelma, und nach ihrem Anruf vergingen nur wenige Minuten, bis es an der Tür klingelte.

»Vermutlich wollen Sie mich jetzt als Paradebeispiel in Ihrem Kreuzzug gegen die Theorie der wiedergewonnenen Erinnerung benutzen«, meinte ich im Haupteingang.

Thelma lächelte mich traurig an. »Nein, da brauchen Sie sich keine Sorgen zu machen. Das, was Sie erlebt haben, wird die Verfechter dieser Theorie nicht verunsichern.«

»Das kann doch nicht wahr sein.«

»Wieso denn nicht? Wie steht es mit Ihnen? Was hätten Sie gedacht, wenn Sie zu Ihrem Fluß gekommen wären, und die Strömungsrichtung hätte *gestimmt*?«

»Ich weiß nicht.«

»Passen Sie auf sich auf«, sagte sie, als ich ins Taxi stieg. »Sie müssen morgen früh die Polizei anrufen. Die müssen mit ihren Ermittlungen noch mal von vorn anfangen.«

»O nein, bestimmt nicht.«

Thelma sah mich verwundert an, aber das Taxi war bereits losgefahren und sie schon außer Hörweite.

40. KAPITEL

Wir fuhren auf der A 12 gegen den Strom der Pendler aus der Stadt und gelangten rasch in die nur auf den ersten Blick ländlich wirkenden Londoner Randbezirke. Ich hatte die Straßenkarte auf meinem Schoß ausgebreitet. Außer den Wegangaben, die ich machte, fiel kein Wort. Wir bogen von der Hauptverkehrsstraße ab und gelangten in das typische Chaos aus Kreisverkehr, Dorfstraßen und Industriegebieten. An der Baustelle für eine Umgehungsstraße saßen wir für eine halbe Stunde auf einer nur einspurig befahrbaren Straße fest. Ein Mann regelte per Handzeichen den Stop-and-go-Verkehr. Wiederholt sah ich nervös auf die Uhr.

Für den letzten Teil der Fahrt brauchten wir die Straßenkarte gar nicht, sondern folgten einfach den blauen Schildern in Richtung Wivendon. Wir parkten vor einem neoklassizistischen Gebäude, das genausogut als Fremdenverkehrsamt hätte durchgehen können. Aber es war ein Gefängnis.

Die anderen blieben auf dem Parkplatz. Ich ging zwischen niedrigen Ligusterhecken den Weg entlang, der zum Sicherheitstor führte. Man überprüfte meinen Personalausweis, inspizierte meinen Führerschein und nahm mir die Handtasche ab. Eine Frau in marineblauer Uniform lächelte mich freundlich an, aber tastete mich unter den Armen und meinen Kleidern ab. Ich mußte relativ schmale Türen passieren, die mich an den Personaleingang in städtischen Hallenbädern erinnerten.

Ich nahm in einem Wartezimmer Platz, in dem auf einem Tisch in der Mitte des Raums eine blütenlose Topfpflanze und alte Zeitschriften lagen. An der Wand hing ein Plakat, das für ein großes Feuerwerk warb. Die Tür öffnete sich, und ein übergewichtiger Mann in braunen Cordhosen und kariertem Hemd trat ein. Sein dichtes, rötlichbraunes Haar hing über dem offenen Hemdkragen. Er war ungefähr in meinem Alter, und unter seinem linken Arm trug er mehrere dicke, braune Aktenordner.

»Mrs. Martello?« Er kam auf mich zu, setzte sich neben mich und reichte mir die Hand. »Ich bin Griffith Singer.«

»Hallo.«

»Sie sehen überrascht aus.«

»Ich nehme an, ich habe einen Wärter erwartet.«

»Wir versuchen hier etwas legerer zu sein.«

»Wieviel Zeit habe ich?«

Stirnrunzelnd sah er mich an. »Solange Sie wollen. Tut mir leid, heute bin ich leider ziemlich beschäftigt. Sind Sie einverstanden, wenn ich Ihnen alles weitere unterwegs erzähle?«

Wir standen auf, und er führte mich durch die Tür und einen Korridor entlang, der an vergitterten Flügeltüren endete.

»Von hier aus kommen wir zu der Gruppe«, erklärte mir Griffith und drückte auf eine simple Plastikklingel, die an der Wand neben der Tür befestigt war. Ein uniformierter Mann kam aus einem gläsernen Büro, das zwischen diesen beiden Türen lag. Griffith zeigte seinen Ausweis vor, und sie suchten meinen Namen auf einer Liste und konnten ihn nicht finden. Bis jemand vom Haupteingang meine Registrierung bestätigte, vergingen ein paar Minuten.

»Wie macht er sich?« erkundigte ich mich.

»Er ist einer unserer Stars«, meinte Singer. »Wir sind wirklich sehr mit ihm zufrieden. Dies ist eine neue Gruppe, wissen Sie. Ich beziehungsweise wir haben diese Gruppe erst kurz vor seiner Ankunft eingerichtet, und er gehört zu den Leuten, die dafür gesorgt haben, daß sie läuft. Wissen Sie etwas über unsere Arbeit?«

»Wir haben ihm alle geschrieben, aber er hat nicht geantwortet.«

»Unsere Insassen müssen alle lange Haftstrafen verbüßen. Anstatt sie im Knast verrotten zu lassen, haben wir hier Bedingungen geschaffen, damit sie sich untereinander helfen und, wie wir hoffen, ihre Zeit auch kreativ nutzen können.«

»Erinnerungen austauschen.«

»Es ist nicht so, wie Sie denken«, sagte Singer. »Er macht sich verdammt gut. Er hat ein Seminar gestaltet und jeden mit einbezogen. Er … oh, gut, da kommt Riggs.«

Ein anderer uniformierter Mann polterte den Gang entlang. Nach Luft ringend murmelte er eine Entschuldigung. Ich mußte einen Zettel unterschreiben und ihn in eine durchsichtige Plastikhülle stecken, die an meinem Revers befestigt wurde. Die erste Tür öffnete sich und fiel hinter mir ins Schloß. Dann die zweite. Ein Wärter, den ich anhand des Namensschildchens als Barry Skelton identifizierte, begleitete uns.

»Bin ich hier auch sicher?«

Singer lächelte amüsiert. »Hier drinnen sind Sie sicherer als draußen auf dem Parkplatz. Außerdem wird Barry die ganze Zeit bei Ihnen sein.«

In jede Richtung führte ein weiß getünchter Korridor mit flauschigem Teppichboden.

»Ich sehe mal, ob ich ein Zimmer finde, in dem Sie beide ungestört reden können. Es gibt hier einen Lagerraum, der frei sein könnte.«

Wir kamen an mehreren Räumen vorbei. Ich konnte im Vorübergehen ein paar Männer erkennen, die fernsahen. Niemand nahm Notiz von uns. Irgend etwas – ich konnte nicht sehen,was – tat sich im Lagerraum, und so gingen wir weiter, bis wir einen leeren Seminarraum fanden.

»Barry wird sich um alles weitere kümmern«, meinte Singer und ging den Korridor weiter entlang. Plötzlich fiel ihm noch etwas ein, und er drehte sich zu uns um. »Er schreibt einen Roman, wissen Sie. Es klingt ziemlich vielversprechend.«

Wir betraten einen mittelgroßen Raum mit breiten Fenstern am anderen Ende, von denen aus man auf einen leeren Sportplatz sah. In der Mitte des Zimmers standen acht orangefarbene Plastikstühle im Kreis. Durch das Neonlicht, das brannte, war alles hell erleuchtet. Barry nahm sich einen der Stühle und stellte ihn genau in den Türrahmen.

»Ich werde mich hierhin setzen«, sagte er mit leichtem Ulster-Akzent. Er war ein auffallend großer Mann mit blasser Haut und glattem, schwarzem Haar. »Setzen Sie sich bitte mir gegenüber hin. Hier herrschen zwar keine strengen Regeln, aber es ist Ihnen nicht gestattet, einander irgendwelche Gegenstände zu reichen. Wenn Sie das Gespräch, aus welchen Gründen auch immer, beenden wollen, brauchen Sie nichts zu sagen. Berühren Sie einfach nur kurz Ihren Ausweis am Revers, dann komme ich zu Ihnen und begleite Sie hinaus.«

Ich nickte und setzte mich auf den angegebenen Stuhl. Um mich zu sammeln, bedeckte ich mein Gesicht mit den Händen.

»Hallo, Jane.«

Ich sah auf.

»Hallo, Claud.«

Claud hatte bestimmt vierzehn Pfund abgenommen. Sein Gesicht sah hagerer, spitzer aus, und seine kurzgeschnittenen Haare waren ein wenig grauer geworden. Er trug ein verwaschenes blaues Sweatshirt, schwarze Jeans und Turnschuhe. Er sah sich kurz nach Barry Skelton um, der im Türrahmen saß.

»So, dann werde ich Sie beide jetzt mal allein lassen«, meinte Singer etwas unbeholfen, als hätte er uns für ein Blind date zusammengebracht und wäre sich nicht sicher, wie es weitergehen würde.

Claud nickte.

»Soll ich mich hierhin setzen, Barry?« fragte er und deutete auf den Stuhl, der in dem Kreis mir gegenüberstand. Barry nickte. Claud setzte sich, und wir musterten einander.

»Du siehst gut aus, Claud«, sagte ich.

Er sah tatsächlich gut aus, besser als jemals zuvor. Mit einem leichten Nicken bedankte er sich für das Kompliment und griff in seine Hosentasche, um ein zerdrücktes Zigarettenpäckchen und ein graues Metallfeuerzeug hervorzukramen. Er bot mir eine Zigarette an, aber ich schüttelte dankend den Kopf. Er zündete sich eine an und nahm einen tiefen Zug.

»Die Umgebung ist sehr anregend«, meinte er. »Es werden hier interessante Ideen entwickelt. In vielerlei Hinsicht, denke ich, ist es eine Verbesserung des Barlinnie-Modells. Und für mich persönlich ...«, er zuckte leicht die Achseln, »ist es ein außerordentlich gesundes Leben. Aber wie geht es dir?«

»Hast du von Alan gehört?«

»Ich sehe nicht fern und lese keine Zeitungen. Ich nehme an, er ist aus der Haft entlassen worden.«

»Mehr noch. Er ist wieder ein berühmter Schriftsteller.«

»Wie das?«

»Als er auf freien Fuß gesetzt wurde, schrieb er innerhalb von vierzehn Tagen seine Gefängnis-Memoiren. Sie heißen *A Hundred and Seventy-Seven Days*. Die Verleger brachten es diesen Monat auf den Markt. Es war eine Sensation. Der *New Yorker* verglich Alans Werk wohlwollend mit *Ein Tag im Leben des Iwan Denissowitsch*, Alan hat mir erzählt, daß bei der Verfilmung des Stoffs Anthony Hopkins seinen Part spielen wird. Ich glaube, das einzige, worüber Alan im Augenblick nachgrübelt, ist die Frage, ob er eher den Literaturnobelpreis oder den Friedensnobelpreis verliehen bekommt.«

Claud lächelte. Er klopfte die Zigarette ab, und die Asche fiel neben seinem rechten Fuß auf den Boden.

»Ihr sprecht also wieder miteinander?« erkundigte er sich.

»Es sieht so aus. Alan schloß mich in die Arme und vergab mir. Ich war sehr gerührt, obwohl sich das Ganze live in einem Fernsehstudio abspielte.«

»Was ist aus deinem Therapeuten geworden?«

Ich zuckte mit den Achseln.

»Wie geht es den Jungen, Jane?«

»Gut, Paul übrigens auch. Er hat seinen Film noch mal komplett überarbeitet und ist jetzt gerade auf einem Fernsehfilmfestival in Seoul.«

»Gut. Ich persönlich fand die erste Fassung etwas oberflächlich.«

»Es wundert mich nicht, Claud, daß du diesen Eindruck hattest.«

»Was ist aus deinem Wohnheim geworden? Steht es schon?«

»Noch nicht, aber wir haben jetzt den dritten offiziellen Eröffnungstermin, und wir nähern uns diesem Datum unaufhaltsam, ohne daß bis jetzt etwas dazwischengekommen wäre. Ich bin optimistisch.«

»Freut mich zu hören, Jane. Das ist ein gutes Zeichen. Es ist ein phantastisches Projekt. Wie schön für dich.«

Hinter meinen Augen fing es unaufhaltsam an zu pochen.

»Und wie steht es um dein Opus magnum? Wie ich hörte, schreibst du an einem Roman.«

Claud lachte. »Hat Griff mal wieder geplaudert? Ich weiß, man sollte anderen seine Arbeit erst dann zeigen, wenn sie fertig ist. Aber ich konnte ihm seine Bitte einfach nicht abschlagen.«

»Was ist es?«

»Ich schreibe eine Art Krimi, quasi als intellektuelle Übung. Ich muß sagen, die Arbeit macht mir viel Freude.«

»Worum geht es?«

»Um den Mord an einem jungen Mädchen.«

»Wer tötet es?«

»Ein sehr interessanter Aspekt. Ich versuche von der abgedroschenen Vorstellung wegzukommen, daß junge Mädchen süße, passive Geschöpfe sind. Die Ermordete ist ein Teenager, der sich seiner erwachenden sexuellen Anziehungskraft sehr bewußt ist und sie dementsprechend einsetzt. Sie ist schön und bezaubernd, aber sie setzt diese Vorzüge ein, um allen anderen um sie herum Schaden zuzufügen. Sie kennt deren Geheimnisse und erpreßt sie.«

»Wird sie deshalb umgebracht?«

»Nein, nicht nur. Sie kann es nicht lassen, ihre körperlichen Reize auch den Männern ihrer Familie gegenüber einzusetzen. Von allen anderen unbemerkt, gelingt es ihr, ihren älteren Bruder zu verführen.

»Wie bewerkstelligt sie das?«

»Du weißt schon, gelegentliche Blicke oder Berührungen, eine gewisse Vertrautheit, ja, sie flirtet sogar mit ihm. Was ich versuche herauszuarbeiten, ist der Übergang von einer unschuldigen Beziehung der Familienmitglieder untereinander zu einem Stadium, wo ein ähnliches Verhalten sexuell aufgeladen wird, weil das Mädchen zur Frau wird und die Macht erkennt, die es ausübt.«

»Was passiert?«

»Sie bekommt mehr, als sie erwartet hat. Als er merkt, daß sie ihn an der Nase herumgeführt hat, bringt er sie dazu, zu ihrem Angebot zu stehen. Sie muß die Konsequenzen, die ihr Verhalten logischerweise haben wird, erkennen. Aber das ist gleichzeitig auch die überraschende Wendung, verstehst du. Noch in dieser Situation benutzt sie ihre Sexualität als eine Form der Macht, die sie über ihren Bruder hat. Sie verhöhnt und demütigt ihn. Was als Bestrafung für sie gedacht war, wird für sie zum Genuß.«

»Und dann?«

»Das Ganze wäre nach und nach vielleicht im Sande verlaufen, aber sie wird schwanger.«

»Kann sie nicht abtreiben lassen?«

»Diese Frage stellen sie sich gar nicht. Das Mädchen droht seinem Bruder damit, daß es ihn vor der Familie bloßstellen will.«

»Das hört sich ja an, als würdest du auf der Seite des Mörders stehen.«

»Jede Geschichte hat doch zwei Seiten, oder? Und was uns Menschen auszeichnet, ist unsere Vorstellungskraft! Sagtest du das nicht immer?«

»Denkst du, dir gelingt es, die Leser davon zu überzeugen, daß ein junges Mädchen es verdient, von seinem Bruder, der es geschwängert hat, ermordet zu werden?«

Claud zuckte die Achseln, und ein Lächeln huschte über sein Gesicht. »Das ist eine künstlerische Herausforderung.«

»Wie stellt der Junge es an?«

»Ja, das ist nicht uninteressant, nicht wahr?« Claud wirkte ruhig und nachdenklich. »Im Vergleich zu der Tat selbst besteht die weitaus größere Schwierigkeit darin, nicht überführt zu werden. Der Bruder zieht zwei ganz unterschiedliche Möglichkeiten in Betracht. Er könnte seine Schwester zum Beispiel zufällig bei einem Streit töten. Das Schlimmste, was der Täter in einem solchen Fall zu erwarten hätte, wäre eine kurze Haftstrafe; wenn er Glück hat, bekommt er Bewährung. Aber das ist keine besonders reizvolle Lösung. Ich mußte...« Claud wirkte, als habe er für einen Moment den Faden verloren. Er trat die Zigarette aus und zündete sich eine neue an. »Ich wollte über einen Jungen schreiben, der seine Schwester tötet, um den Anstand zu wahren. Ihn hat sie ganz offensichtlich provoziert, aber sie vergiftet auch die Atmosphäre in der Familie. Sie ist ein Mädchen, das hinter Geheimnisse kommt und dieses Wissen ausnutzt. Familien brauchen ihre Geheimnisse, diese kleinen Ausflüchte, die alles zusammenhalten. Dieses Mädchen ist dabei, eine gute, eine großartige Familie zu zerstören. Viele werden mir zustimmen, wenn ich sage, es ist besser, ein Mädchen zu verlieren als eine komplette Familie.«

»Vom Standpunkt des Mädchens erfährt man in der Geschichte wohl nicht sehr viel.«

»Ihr Standpunkt ist sonnenklar: Sie folgt ihren unmittelbaren Begierden, egal, welchen Schaden sie damit bei anderen anrichtet.«

»Wie begeht der Junge eigentlich den Mord?«

»In dem Haus auf dem Land, in dem die Familie lebt, soll ein großes Sommerfest stattfinden. Es werden sehr viele Menschen kommen, und so wird es nicht weiter auffallen, wenn jemand fehlt. Der Bruder organisiert dieses Fest, und dabei kommt ihm eine Idee. Er sorgt dafür, daß der Grill für die Party erst in letzter Minute gemauert wird, und weil er sich mit den Handwerkern anlegt, ist der Grill am Abend vor der Party erst halb fertig. Er bittet seine Schwester, sich mit ihm mitten in der Nacht zu treffen. Da das Mädchen mit einem Jungen aus dem Ort flirtet, schlägt er vor, es solle seiner Zimmergenossin einfach sagen, es habe sich mit seinem neuen Schwarm verabredet. Er erwürgt seine Schwester und vergräbt ihren Leichnam nicht sehr tief an der Stelle, wo der Grill am nächsten Morgen fertig gemauert werden soll.«

»Ist der Grill nicht ein viel zu auffälliger Platz?«

»Das Schöne an diesem Plan ist, daß mehrere andere Faktoren hinzukommen. Der Roman spielt im Jahr 1969. Wenn damals ein aufsässiges, schwieriges sechzehnjähriges Mädchen verschwand, nahm man an, daß es von zu Hause weggelaufen sei. Als man dann später Schlimmeres nicht mehr ausschließen kann, ist bereits einige Zeit vergangen, und bei dem ganzen Durcheinander, das auf der Party herrschte, kann niemand mehr genau sagen, wann es zum letztenmal gesehen wurde. Doch die Anwesenden haben den Eindruck, das Mädchen sei auf der Party gewesen. Der Bruder hatte mehreren Handwerkern aus dem Ort und einigen Freunden erzählt, welche Aufgaben seine Schwester bei der Party übernehmen würde. Natürlich ist sie, als das Fest beginnt, schon tot und begraben, aber sie hat eine sehr gute, gleichaltrige Freundin. Ein süßes Mädchen. Sie sehen sich ähnlich und ziehen sich gleich an. Dieses Mädchen ist in der Gegend kaum bekannt, da es in London lebt. Alles, was ich brauchte – was die Story brauchte – war, daß ein oder zwei Leute auf der Party die beiden miteinander verwechselten, und so würde aus einem guten das perfekte Versteck werden.«

Ich sah über Clauds Schultern hinweg zu Barry, der sich offensichtlich langweilte. Anscheinend hatte er nicht viel für Literatur übrig.

»Aber ich war doch gar nicht auf der Party, Claud.«

»Ja, ich weiß. Theo hat es mir erzählt, als ich aus Indien zurückkam. Nun, das ist ein Detail, das ich im Roman ausgelassen habe. Dieser Umstand würde bei dem hieb- und stichfest strukturierten Roman, den ich schreibe, einfach zu unglaubwürdig wirken. Wie du bereits sagtest, warst du nicht auf der Party und konntest mir somit auch nicht das entscheidende Alibi liefern. Doch als Gerald Docherty am Sonntag, dem 27. Juli, über die Brücke am Col ging, um uns beim Zeltabbau zu helfen, hat er dich gesehen und für Natalie gehalten. Damit hattest du nicht nur sehr wirkungsvoll vom Fundort der Leiche abgelenkt, sondern mir gleichzeitig auch ein solch perfektes Alibi verschafft, wie ich es mir selbst nie hätte ausdenken können. Du warst, ohne es zu ahnen, zu meiner Komplizin geworden.«

»Warum hast du mich geheiratet, Claud? Warum hast du mich geheiratet und Kinder mit mir bekommen?«

Zum erstenmal wirkte Claud überrascht.

»Weil ich mich in dich verliebt habe. Ich habe nie eine andere geliebt. Ich habe immer nur dich geliebt. Du bist die Frau für mich. Und ich wollte, daß du mich liebst. Was ich nicht bedacht hatte, war die Tatsache, daß du eines Tages aufhören könntest, mich zu lieben. Alles weitere entwickelte sich aus diesem Versagen.«

»Und du warst bereit, Alan für deine Freiheit zu opfern. War der Brief tatsächlich von Natalie, oder hast du ihn gefälscht?«

»Es war der Brief, den Natalie *an mich* geschrieben hat. Ich mußte lediglich das Stückchen Papier mit ›Lieber Claud‹ abreißen und einige andere verräterische Worte entfernen. Im übrigen habe ich Alan nicht geopfert. Du hast doch oft genug von seinem Hang zur Theatralik gesprochen. Ich sah, in welche Richtung sich die Dinge entwickelten, und habe der Sache lediglich einen kleinen Schubs gegeben. Er nahm die Rolle bereitwillig an, als er gestand. Und aus dem, was du mir erzählt hast, schließe ich, daß er niemals glücklicher war. Ich bin nicht stolz darauf, wenn du das meinst. Ich fürchte, ich dachte, ich könnte dich damit zurückgewinnen, und das hat womöglich mein Urteilsvermögen leicht getrübt.«

Claud beugte sich vor, und seine Stimme wurde zu einem kaum vernehmbaren Flüstern.

»Willst du wissen, was ich wirklich bedaure, Jane?« Ich reagierte nicht. »Wenn du das alles herausgefunden hättest, als wir noch verheiratet waren...« Claud runzelte die Stirn. »Ich meine nicht verheiratet, sondern als wir noch zusammen, richtig zusammen waren, dann hättest du mich verstanden. Nein, sag jetzt nichts. Ich weiß, du hättest es getan. Da ist noch etwas, was ich dir unbedingt sagen will, denn ich weiß, daß du nie wieder hierherkommen und mich besuchen wirst. Es ist schon in Ordnung, Jane. Ich nehm es dir nicht übel. Das einzige, was zählt, ist, daß ich dich noch immer liebe. Du hast nicht gesagt, was du von mir denkst, und das ist vermutlich das Beste, was ich von dir erwarten darf. Vergiß nur eins nicht, Jane: Die Familie und unsere beiden Söhne, das ist mein Geschenk an dich. Du wirst für immer in der Welt leben, die ich dir erschaffen habe.«

Ich tippte an meinen Ausweis. Als Barry mich hinausführte, vermied ich es, Claud anzusehen. Keiner von uns sagte ein Wort.

Griffith geleitete mich durch alle Korridore zur Eingangspforte zurück. Er reichte mir zum Abschied seine breite Hand.

»Auf Wiedersehen, Mrs. Martello. Wenn es Ihnen ein Trost ist, ich ...«

»Auf Wiedersehen. Und danke.«

Als ich nach draußen ging, fiel die Tür hinter mir mit einem dumpfen Knall ins Schloß. Während ich weg war, war das Wetter umgeschlagen. Die Sonne schien von einem fast türkisblauen Himmel herunter. Die wenigen trockenen Blätter, die noch an den Bäumen entlang des Wegs hingen, schimmerten. Ich strich mir mit beiden Händen das Haar zurück, streckte mein Gesicht den wärmenden Strahlen entgegen und stand mit geschlossenen Augen im Sonnenschein. Allmählich verstummte das Dröhnen in meinem Kopf. »Das war's, Natalie«, sagte ich laut. »Es ist vorbei. Ich wünschte, du wärst noch unter uns. Meine Schwester. Meine Freundin.«

Langsam ging ich die flachen, gepflasterten Stufen zwischen den niedrigen Hecken und den gepflegten, leeren Blumenbeeten entlang. Ich blieb stehen, als ich auf dem Parkplatz eine kleine Gestalt in einem Dufflecoat erspähte, die wie ein

Kobold im Sonnenschein herumwirbelte. Sie hielt inne, stand schwankend auf Zehenspitzen und plumpste zu Boden, während sich in ihrem Kopf alles drehte. Ein junger Mann mit blondem, zotteligem Haar in einer abgetragenen Lederjacke, unter der ein dicker Pullover hervorlugte, rannte zu ihr hin, hob sie hoch und warf sie in die Luft. Fanny quietschte vor Vergnügen, und ihr blondes Haar flatterte im Wind. Robert warf sie wieder in die Luft, setzte sie dann behutsam ab und hielt sie an den Schultern fest.

Caspar und Jerome gingen auf die beiden zu. Sie waren in ein ernsthaftes Gespräch vertieft, und mitten in der Unterhaltung blieb Caspar stehen und legte seine Hand auf Jeromes Arm. Als sie bei Fanny angekommen waren, griff sie nach Caspars Hand. Sie reckte ihm ihr blasses, ernstes Gesichtchen entgegen und erzählte ihm etwas. Jerome setzte ihr fürsorglich die Kapuze auf.

Als sie mich erblickten, verstummte ihre Unterhaltung. Drei große Männer und ein kleines Mädchen drehten sich erwartungsvoll zu mir um. Ich holte tief Luft und ging auf sie zu.

Im Bechtermünz Verlag ist außerdem erschienen:

Charlotte Link
Der Verehrer

512 Seiten, Format 13,5 x 21,5 cm
gebunden, Best.-Nr. 445 999
ISBN 3-8289-6768-X
19,90 DM

Als in einem Waldstück die Leiche einer kürzlich ermordeten jungen Frau aufgefunden wird, stehen die Polizei und die Angehörigen der Toten vor einem Rätsel. Die Frau galt seit sechs Jahren als spurlos verschwunden. Doch da liefert der Anruf einer ehemaligen Urlaubsbekanntschaft erste Hinweise ...